도나 플로르와 그녀의 두 남편

도나 플로르와 그녀의 두 남편

도나 플로르와 그녀의 두 남편 ⓗ

Dona Flor e seus dois maridos

조르지 아마두 장편소설   오숙은 옮김

DONA FLOR E SEUS DOIS MARIDOS
by JORGE AMADO

이 책은 실로 꿰매어 제본하는 정통적인 사철 방식으로 만들어졌습니다.
사철 방식으로 제본된 책은 오랫동안 보관해도 손상되지 않습니다.

포근하고 따스한 올 4월, 고양이가 있는 정원의 조용한 오후에, 젤리아에게. 그들의 첫 번째 책과 꿈이 함께하는 아침에, 주앙과 팔로마에게.

이 책의 등장인물이 되어서, 그 존재로 이 밋밋한 책을 영광되고 생기 있게 해준 나의 코마드레 노르마 두스 기마랑이스 삼파이우에게. 바지뉴가 진심으로 찬사를 보냈던 베아트리스 코스타에게. 닥터 테오도루 마두레이라가 바순으로 연주한 국가를 듣는 특권을 누렸던 이네이다에게. 화가 조제 지 두미의 그림 — 난초와 노란색에 둘러싸인 소녀 때 도나 플로르의 초상화 — 을 갖고 있는 지오바나 보니누에게. 작가가 좋아해서 여기 관련시킨 네 명의 친구에게.

지아울라스 히에델과 루이스 몬테이루에게.

「신은 뚱뚱하다.」
돌아온 바지뉴의 폭로.

「지구는 푸르다.」
가가린이 최초의 우주 비행을 하면서 한 말.

〈모든 것을 위한 자리, 제자리에 있는 모든 것.〉
닥터 테오도루 마두레이라의 약국 벽에 걸린 표어.

「아아.」
도나 플로르의 한숨.

9

수업 중 도나 플로르의 애원과 몽상

사람들은 왜 나 혼자 슬퍼하고 외로워하게 놔두지 않는 걸까? 사람들은 왜 그런 얘기를 해야 하는 걸까? 내 과부 생활을 존중해 줄 수 없는 걸까? 스토브 쪽으로 갈까요? 오늘의 멋지고 우아한 요리는 바이아 요리 중에서 가장 유명한 생선(또는 닭고기) 바타파예요. 내가 아직 젊다느니 하는, 말도 안 되는 소리들은 집어치우라지. 나는 그 모든 것이 다 죽어 버린 과부잖아. 열 명 분량으로 충분한 바타파예요(늘 그렇듯이 조금 남기는 하겠지만).

능성어 두 마리를 고르세요. 다른 생선을 써도 되지만 능성어만큼 좋지는 않아요. 소금과 고수풀, 마늘, 양파, 토마토 몇 개, 레몬 즙이 필요해요. 올리브 오일 네 숟가락, 포르투갈산이나 스페인산 다 좋아요. 그리스산은 더 좋다고 하던데 모르겠어요. 써본 적이 없어서요. 파는 걸 못 봤거든요.

만약 내가 배우자를 구한다면 어떻게 해야 하지? 내 정욕, 죽은 자의 관에 묻어 버린 정욕을 되살릴 누군가를 구한다면. 너희 처녀들이 과부의 사생활에 관해 무얼 알겠니? 과부의 정욕은 타락과 죄악의 정욕이야. 품위 있는 과부는 그것을 말하지 않고 그것을 생각하지 않고 그것에 관한 대화는 하지 않지. 나를 스토브 옆에 혼자 있게 놔둬.

이렇게 양념한 생선을 살짝 튀긴 뒤 물을 조금 넣어 끓이세요. 물은 아주 조금, 넣는 시늉만 하는 거예요. 그런 다음에는 국물을 걸러서 한쪽으로 치워 두고 다음 과정으로 넘어갑니다.

내 침대가 내 몸을 누이기에 슬픈 곳이라면, 다른 용도가 전혀 없다면 무슨 소용일까? 세상 모든 일에는 보상이 따른다는데. 조용한 생활, 꿈도 없고 욕망도 없고, 뜨거운 자궁의 불꽃으로 소진되지도 않는 생활보다 더 좋은 건 없어. 욕심이나 정욕이 없는 평온한 존재, 진중하고 정숙한 과부의 생활보다 더 좋은 것은 없어. 하지만 나의 침상이 잠자기 위한 침대가 아니라 건너야 할 사막, 성난 모래 바람 속의 출구 없는 사막이라면? 너희가 과부의 비밀 생활에 관해, 그 외로운 침대에 관해, 그 죽음의 짐에 관해 무얼 알겠니? 너희는 요리를 배우러 여기 온 거지, 금욕의 대가, 고결하고 정숙한 과부가 되기 위한 고통과 고독의 대가를 알려고 온 건 아니지.

강판과 속이 꽉 찬 코코넛 두 개를 준비해 갈아 주세요. 세게 갈아야 해요. 해보세요. 연습 좀 한다고 해서 나쁠 건 없으니까요(그러면 나쁜 생각이 달아난다고들 하지만 난 믿지 않아). 갈아 놓은 하얀 과육을 모아서 꼭 짜기 전에 따뜻하게 데우세요. 그러면 코코넛 밀크가 쉽게 떨어져서, 순수한 코코넛 밀크가 나옵니다. 그걸 한쪽에 치워 두세요.

첫 번째 걸쭉한 밀크를 짜냈다고 코코넛 과육을 버리면 안 돼요. 낭비하지 마세요. 낭비하지 않으면 부족한 것도 없는 법이니까요. 과육을 1리터 정도의 끓는 물에 넣어 데치세요. 그런 다음 짜면 묽은 밀크가 나오죠. 이제 과육을 버려도 되는데, 이때쯤이면 찌꺼기만 남기 때문이에요.

과부는 찌꺼기, 제한, 위선일 뿐이야. 어느 나라에서 과부를 남편의 묘지에 함께 묻는다더라? 과부를 죽은 남편의 시신과 함께 태우는 데가 어디더라? 금지된 불길 속에서 천천히 타는 것보다, 겉으로는 과부의 상복을 입고 정숙함을 가장하고, 두려움과 죄악의 애처로운 표정을 베일로 숨기고서, 그리움과 욕망에 타는 것보다 차라리 같이 묻히는 게 훨씬 나아. 과부는 찌꺼기이고 고난일 뿐이야.

빵에서 딱딱한 부분을 잘라 낸 다음, 묽은 코코넛 밀크에 넣어 촉촉하게 적십니다. 이제 촉촉해진 빵을 고기 분쇄기(잘 씻은 것)에 넣어 갈고, 아몬드, 말린 새우, 캐슈너트, 생강도 같이 갈아요. 손님의 취향을 명심하고 고추도 잊지 마세요. 고추가 가득한 바타파를 좋아하는 사람도 있고, 그냥 살짝 고추 맛만 나는 걸 좋아하는 사람도 있지요.

갈아서 잘 섞였으면 이 양념을 능성어 소스에 넣는데, 생강과 코코넛, 소금과 고추, 마늘과 캐슈너트, 이런 식으로 하나씩 다른 것과 섞습니다. 그리고 불에 올려서 소스가 걸쭉해질 때까지 오랫동안 가열하세요.

혹시 생강, 고추, 아몬드를 넣은 강한 맛의 바타파가 사람들의 꿈에 영향을 미쳐서 꿈을 데우고 감각적인 양념을 더하는 건 아닐까? 그런 욕구에 대해서 내가 알게 뭐람? 절대로 생강과 아몬드가 필요했던 건 아니야. 나한테 필요했던 건 그의 손, 혀, 말, 그의 옆모습, 그의 매력이었고, 내 몸에서 시트와 정숙함을 벗겨 버리고 거친 키스의 천문학으로, 그 밤의 꿀 속에서 별들로 나를 밝혀 줄 그이였어. 지금 나의 외로운 침대에서, 과부인 나의 꿈속에서 정숙함의 베일을 벗기는 사람은 누구일까? 그의 손도 입술도, 달빛에 비친 옆모습도 시름없는 웃음도 더 이상 존재하지 않는데, 내 가슴과 자궁을 태우는 이 정욕은 어디서 온 것일까? 이 욕정, 나 혼자한테서 나온 이 욕정은 무슨 까닭일끼? 왜 그렇게 궁금한 게 많아? 과부의 마음속이 어떤지 알고 싶은 이 관심은 뭐냐고? 왜 사람들은 내가 검은 베일을 쓰고 지내게 놔두지 않는 거지? 관습은 베일을 쓰라고, 나의 두 얼굴, 정숙함과 욕망으로 분열된 얼굴을 가리라고 시키는데? 나는 과부야. 그런 생각을 말하는 것조차 과부한테는 적절하지 않아. 스토브 앞에서 바타파를 요리하며 생강과 아몬드, 고추의 양을 재는 과부. 그뿐이라고.

코코넛 밀크, 걸쭉하고 순수한 밀크를 한 번에 부어 넣은 다음, 맨마지막에 덴데 오일 두 컵 가득, 덴데 야자 꽃, 바타파의 색인 금색 꽃을 넣습니다. 그리고 오랜 시간 약한 불에서 뭉근히 끓이면서, 나무 주걱으로 계속해서 저어 주되 항상 같은 방향으로 저어야 해요. 계속 젓지 않으면 바타파는 엉겨 붙게 되죠. 저어요, 계속 저어야 해요. 쉬지 말고, 딱 알맞은 농도가 될 때까지.

뭉근한 불 위에서 내 꿈이 나를 태우고 있어. 그건 내 잘못이 아니야. 나는 둘로 분열된 과부에 지나지 않아. 반쪽은 고결하고 정숙한 과부, 다른 반쪽은 타락한 과부, 예민하고 졸도하는 히스테리 환자가 다 되어 가는. 정절의 이 옷이 내 숨통을 조여. 하지만 밤이면 남편을 찾아 거리를 달리지. 생강과 꿀 맛이 나는 내 구릿빛 몸뚱이 황금 바타파를 대접할 남편을 찾아서.

바타파가 거의 다 되었네요. 보기에도 정말 아름답죠! 이제 마지막 순간에 덴데 오일을 조금 뿌려 주면 끝이에요. 굵게 간 옥수수와 함께 내면 애인이나 남편이 입맛을 다실 거예요.

애인 얘기가 나왔으니, 여러분한테 말씀드리고 싶은 게 있어요. 조용한 매력과 아름다움을 지닌 젊은 과부가 하나 있답니다. 금과 구리 같은 차색 피부에 최고의 솜씨로 자기 밥벌이는 하는 요리사, 부지런하고 정숙하고 조용해서 도시 전체, 아니 세계에서도 그만한 과부를 찾을 수 없는, 그리고 철제 침대를 가진 일급 과부이지요. 처녀 같은 정숙함과 자궁을 태우는 불꽃을 가지고 있어요. 혹시 이런 과부에게 관심이 있는 남자 분을 아신다면 빨리 그를 여기로 보내 주세요. 낮이 든 밤이든 어느 때고, 비가 오든 해가 나든 당장 보내 주세요. 보낼 때 는 판사든 사제든 같이, 결혼 증명서 양식을 들려서 빨리 보내 주세 요. 되도록 빨리요.

이 애원을 사방으로 부는 바람에, 자비로운 바다 속 저류에, 변하는 달과 조수에, 어느 선박 또는 연안 고깃배의 항적을 따라 보내니, 나는 선창 접근이 금지된 항구이자 숨겨진 깊은 만, 난파선의 도피처이기 때문이에요. 혹시라도 결혼을 꿈꾸며 과부를 찾는 미혼의 남자 분 얘기를 듣게 된다면, 그분한테 여기 와서 스토브 옆의 도나 플로르, 생선 바타파 앞에 서서 저주받은 불꽃을 사르고 있는 도나 플로르를 찾으라고 부디 전해 주세요.

10

어느 날 그녀는 도저히 참을 수가 없어서 도나 노르마에게 털어놓았다. 「겉으로는 정숙함 그 자체, 안으로는 똥구덩이예요.」 욕정이 그녀 안, 가슴속에서 소리 없이, 외로움을 먹고, 공상을 먹고, 꿈속에서 자라났다고. 아무 이유도 없었고 어떠한 출발점도, 씨앗이나 뿌리도 없었는데. 그것은 〈나 자신의 악으로부터, 노르미냐〉, 열병 걸린 몸으로부터 나와서, 결핍과 부재와 사악함으로 통통해진 살을 먹는, 저주받을 음탕한 생각 속에 열망의 뿌리를 내린 갈망이라고.

「어떡해야 할지 모르겠어요, 노르미냐. 생각하고 싶지 않은데 생각나요. 보고 싶지 않은데 보게 돼요. 꿈꾸기 싫은데 밤새도록 꿈을 꿔요. 내 마음, 내 의지와는 정반대예요. 몸이 마음을 따르지 않아요, 노르미냐. 정말 괴로워 죽겠어요.」

그녀가 읽고 또 읽었던 요가 소책자에는 그것이 그녀 안에서 결합된 〈육체적 기와 정신적인 기 사이의 중요한 싸움〉이라고, 무시무시하게 설명되어 있었다. 그 육체의 못된 기는 정숙한 정신을 거세게, 그리고 은밀하게 공격하면서 그녀의 조용한 삶을, 평정을 파괴하고 있었다. 의지와 본능이 전혀 조화를 이루지 못하고 있었다. 모든 것이 뒤죽박죽이었다. 한편으로는 과부, 품위의 전형, 다른 한편으로는 욕정에 불타는 젊은 여자. 그 소책자에 따르면 그것은 〈강한 정신 집중과 매일의 수련〉이 필요한 심각한 상태였다.

그러나 그 알쏭달쏭한 글과 어려운 동작들 — 특히 포동포동 살집이 있는 도나 플로르에게는 더 어려운 — 은 아무 소용이 없었다. 그 소책자가 약속한 애수적인 평형 상태를 달성할 수 있는지 보기 위해서, 그녀는 2주 동안 가장 우스꽝스러운 몸 비틀기를 시도했다. 그녀의 부탁을 받은 도나 다그마르는 수업 내용을 여러 번 복습시켜 주었고, 도나 플로르는 인내와 희망으로 따라 했다. 도나 다그마르는 요가 원리가 훌륭하다고 칭송했다. 벌써 4킬로그램 정도 살이 빠졌다는 것이었다. 그러나 도나 플로르에게 그 동작들은 완전 실패였다. 그녀는 조금도 몸무게가 줄지 않았다. 그녀에게 돌아온 것은 평온과 차분함이 아니라 피로감과 쑤시는 몸이었고, 그렇다고 해서 절박한 욕구 속의 갈망과 무모함이 덜해진 것도 아니었다.

도나 지자의 화려한 과학적 분석, 마치 대학교수의 말 같은 듣도 보도 못한 이야기들 — 리비도, 무의식, 억눌린 욕망, 금기 — 역시 도움이 안 되기는 마찬가지였다. 「플로르, 너의 경우는 억눌린 욕망과 콤플렉스로 가득한 과부야. 섹스는 금기이니까.」

금기든 금기가 아니든, 의식적이든 의식적이 아니든, 즉 무의식적이든, 또는 억눌린 욕망과 콤플렉스의 결과인지, 또는 단순한 욕정 때문인지 몰라도, 소름 끼치는 밤의 경험은 진짜 같은 떠들썩한 주연이 치러지는 꿈과 함께 계속되었다. 그 그링가의 설명은 아무런 도움도 되지 않았다. 만약 도나 플로르가 그 복잡한 해설을 따른다면, 그녀는 거리로 뛰쳐나가 처음 만나는 아무 남자하고나 통정함으로써 억압감과 콤플렉스를 훌훌 떨쳐 버리고, 어느 매음굴 침대에서 그 비참한 금기를 깨뜨림으로써 그녀 자신과 남편의 이름에 영원히 먹칠을 하게 될 것이다.

도나 노르마는 상식의 전형이었고, 풍부한 경험과 이해심을 가진 사람이었다. 그녀는 곧바로 요지를 이해했다. 「이건 남자가 없기 때문이야. 넌 젊고 큰 병도 없고, 내가 알기론 난소를 제거하지도 않았어. 그러니 부족한 게 뭐겠어? 수녀님들도 정절의 맹세를 지키려고 결혼을 해. 수녀는 그리스도와 결혼하지만 그리스도를 배신하고 바람을 피우는 수녀들도 있어.」 그러고는 옛일을 떠올리며 웃음을 지었다. 「옛날에 수도원에서 살다가 빵 배달원의 아기를 임신해서 결국엔 배우가 된 수녀가 있었는데, 기억나? 오래전 일이라 넌 모를 수도 있겠다. 다들 그 얘기만 하곤 했었지.」

무대에 오른 수녀의 모습을 떠올려도 도나 플로르의 머릿속에선 그 집요하고 절박한 문제가 떠나지 않았다. 친구의 여담은 귀에 들어오지 않았다. 「하지만 노르마냐, 난 과부예요.」

「그래서? 혹시 과부는 여자가 아니라고 생각하는 거니? 내가 아는 한, 과부도 남자를 생각하고 남자 꿈을 꾸고 남자를 쳐다본다고. 바보 같은 소리 마!」

「내가 결혼할 상대를 못 찾아서 안달하는 여자가 아니라는 걸 잘 알잖아요. 저번엔 나더러 무례하다고 꾸짖기까지 했으면서.」

「진짜 무례했으니까. 물론 네가 바람둥이가 아니라는 건 잘 알지.

하지만 솔직히 말할게. 너는 무슨 일에든 상처 받는 과부야. 그리고 점점 참을성을 잃어 가고 있어. 1년 동안 과부로 지냈으니 좋아질 만도 한데, 넌 마치 어제 남편을 잃은 것처럼 더 심해졌단 말이야. 전에 사람들이 연애니 결혼이니 이야기할 때 넌 웃곤 했지. 그러더니 요번엔 사소한 걸 가지고 농담으로 넘기지 못하고 난리법석을 떨었잖아.」

「잘 알잖아요. 진짜 사기꾼이 나타나기까지 했다는 거.」

「그건 그 대공이 ― 대공인지 왕자인지, 뭐든 간에 ― 네가 이렇게 되는 도중에 나타난 거였지. 넌 수녀보다 더 심해! 그가 너를 점찍었다면 그건 너한테서 좋은 점을 보았기 때문이야. 그리고 알루이지우 씨가 수작을 좀 걸었다고 해서, 말할 가치도 없는 사소한 일 때문에 이렇게 집에 틀어박혀서 밖에 나가려고도 하지 않고, 남자가 무슨 짐승이라도 되는 양 남자를 아예 쳐다보려고도 하지 않잖아. 어쨌거나 알루이지우 씨가 원한 건…….」

「난 그 사람이 뭘 원했는지 잘 알아요.」

「그 사람은 너랑 같이 자고 싶어 했지. 당연한 거야. 그런 사람은 많을 거야. 기회만 엿보는 남자들 말이야. 너는 매력적인 과부고, 많은 남자로 하여금 눈에 불을 켜게 만들지.」

「그런 건달들의 눈에는 내가 만만한 여자로 보일 게 틀림없다고요…….」

「같이 잘 뻔뻔스러운 매춘부를 원한다고 너한테 그렇게 말하디? 네가 아무리 사형 집행인 같은 얼굴을 하고 있어도…….」

「그럼 노르미냐, 어떻게 해야 돼요?」

「그 불을 꺼야지, 이 여자야. 네가 잠을 잘 못 자고, 쉬지를 못하고, 마음이 편안하지 않다면 네 밑구멍이 불타고 있기 때문이야…….」

「세상에, 노르미냐, 무슨 말을 그렇게 해요!」

「하지만 그게 문제 아니었어? 그게 사실 아니냐고?」

「그래서 나더러 어쩌라는 말이에요? 내 정조를 버리고 매춘부가 되라고요? 난 수치를 모르는 여자가 아니에요. 애인을 찾자고 태어난 게 아니라고요. 나한테 그건 남편하고만 가능한 일이에요. 단지 그런 이상한 꿈을 꿨다는 이유만으로도 난 죽고 싶은 심정이라고요. 노르미냐가 나한테 그런 말을 하는 건 내가 매춘부처럼 보인다는 얘기 아니에요?」

「흥분하지 마. 내 말 때문에 기분 상했니?」

「아까 한 말은…….」

「다시 말하지만 네 밑구멍이 불타는 건 사실이야. 내 친구 딸이 친구한테 그랬대. 〈엄마, 내 팬티가 불타고 있어요.〉 어쨌든 그게 너를 괴롭히는 거잖아. 하지만 그렇다고 네가 정숙한 여자가 아니라는 뜻은 아니야. 그 반대지. 너는 누구보다 정숙해. 하지만 그 불 때문에 다리를 벌리게 되는 거야. 너는 정숙하기도 하지만 그만큼 공격적이기도 해. 남자들이 너를 바라볼 때 네 표정이 어떤지 너는 몰라.」

「그럼 내가 웃으면서 〈나랑 같이 자러 갈래요?〉라고 말해야 돼요? 차라리 죽어 버리는 게 낫지. 남편 외에는 누구하고도 잠자리를 같이 하지 않았다고요.」

「그래서도 안 되고.」

「하지만 남편은 죽었어요.」

「네 첫 번째 남편이 죽은 거지. 네가 재혼하는 데 방해가 되는 건 없어. 너는 아직 젊어, 플로르. 서른도 안 됐잖아.」

「다음 생일이면 서른이에요.」

「그래도 아직 여자야. 너를 괴롭히는 그 문제는 병도 아니고 바보 같은 행동도 아니야. 내가 보기에 해결책은 두 가지뿐이야. 결혼하든가 수치심을 팽개치든가. 물론 언제든 수녀원에 들어갈 수는 있겠지. 하지만 그런 사람들도 빵 굽는 남자나 우유 배달부, 정원사에게 눈독을 들이지. 심지어 사제들도 주님한테 정조를 지키지는 않아.」

「농담 그만 해요, 노르미냐!」

「농담 아니야, 플로르. 네가 헤픈 여자라면 그냥 과부로 살면 돼. 상복을 입고서 이 남자 저 남자와 부대끼고 스스로 즐기면서 문제를 해결하면 돼. 하지만 넌 그런 여자는 아니니까 ─ 너야말로 정숙함 자체 아니니 ─ 그렇다면 결혼하는 수밖에 없어. 다른 방법은 없어.」

「노르미냐, 과부의 욕정이란 망자와 함께 묻혔어야 하는 거예요. 과부는 침대나 욕정의 밤을 기억할 권리도 없고, 하다못해 연애나 결혼, 다른 남편을 꿈꿀 권리도 없어요. 이 모든 건 죽은 사람의 기억과 명예를 모욕하는 것과 다름없어요.」

「과부의 욕정은 처녀나 유부녀의 욕정만큼 절박한 거야. 더하면 더했지, 이 바보 같은 것아.」 도나 노르마는 단호했다. 「재혼한다고 죽은 남편의 명예를 먹칠하는 건 아니야. 어떤 여자든 죽은 남편한테 정조를 지키면서 동시에 두 번째 배우자와 행복하게 살아갈 수 있어. 특히 첫 번째 결혼 생활이 너무도 비정상적이었다면, 조심스레 말해서 늘 행복하지 않았다면 말이야.」

오직 두 친구만의 대화, 서로가 진심으로 존중하면서 속내를 털어놓은 길고 유익한 대화였다. 자매라도 그 둘보다 더 가까울 수는 없었다. 도나 플로르는 마침내 확신이 들었다. 어쩌면 이 잔인한 논쟁 내내 그녀는 내심 자신의 견해를 고수했을지 몰라도, 도나 노르마가 관습의 베일을, 욕정으로 썩어 가는 거짓 상복의 베일을 찢어 버리고 나자, 마지못해 사실을 받아들이고 있었다.

「하지만 노르미냐, 내가 평화롭게 살려면 어떡해야죠? 누가 나를 신부로 맞이하겠어요? 죽은 남자가 먹다 남긴 음식을 좋아할 남자는 없어요, 그리고 난 나를 갖다 바치지도 않을 거고요. 난 그냥 이렇게 타다가 죽을래요.」

「그 푯말만 내려놓으면 여섯 달 안에 해결될 거야.」

「푯말이라뇨?」

「네 얼굴에 쓰인 푯말 있잖아. 〈한 번 과부는 영원한 과부입니다. 인생과 결혼에 관한 한 나는 죽은 목숨입니다〉 하는 푯말. 그걸 찢어 버리고 다시 웃는 법을 배워. 다른 사람들처럼 살라고. 그러면 틀림없이 여섯 달이 지나기 전에 해결될 테니까…….」

이 대화는 카니발이 있고 며칠 후의 일이었다. 그해 카니발은 플로르가 남편을 여읜 지 1년하고도 한 달이 지난 3월에, 늦게 찾아왔다.

그 슬픈 기념일 아침에 도나 플로르는 눈물을 흘리며 꽃을 들고 묘지를 찾아갔다가, 묘비 옆에 서서, 그것이 위안과 평안을 준다는 듯 오랜 시간 머물렀다. 과부로 지냈던 그 격동의 시기 중 가장 고요했던 날이었다. 그녀가 느낀 것은 슬픔, 그냥 슬픔과 죽은 남편에 대한 그리움뿐이었다. 깊은, 위안의 외로움.

카니발 축하 행사가 열리던 날들은 더욱 괴로웠다. 음악과 노래, 많은 것이 지난해의 음악, 노래와 똑같았기 때문에 그 비극적인 일요일의 기억들이 되살아났다. 흥겨운 사람들의 무리와 클럽들, 북 치는 사람들의 행렬, 커다란 북이나 아포세[9]가 지나가는 것을 창가에서 바라보며, 그녀는 라르구 도이스 지 줄류에서 종이테이프와 색종이 가루 사이에 바이아 여인처럼 분장하고 누워 있던 죽은 남자를 떠올렸다.

화려한 무대 차를 타고 지나가던 바다의 아들 클럽이 카마페우의 호각 소리를 신호로 풍미와 예술 요리 학교 앞에서 멈추고, 물의 여왕 깃발을 들고 있던 흑인 여자, 오슌의 안드레자가 현란한 춤을 추며 경의를 표하기 위해 몇 걸음 나섰을 때 — 창문마다 빼곡한 사람들, 거리에 늘어선 사람들은 열렬히 갈채를 보냈다 — 도나 플로르는 흐느낌이 폭발하면서, 그동안의 모든 고통과 상실감이 자신을 덮치는 것 같았다. 1년 전, 죽은 남편의 주검을 철제 침대에 뉘었을 때에도, 비록 생사의 문제가 가슴을 꽉 채우고 있을지언정, 그녀에겐 도나 노르마와 도나 지자의 어깨 너머로 지나가는 무리를 바라볼 만큼의 호기심은 있었다. 바지뉴의 죽음이 너무 최근이고 너무나 갑작스러웠기 때문에, 그것은 아직 삶의 흔적을 지니고 있었다. 그러나 이번 해의 카니발에서 북장단에 맞추어 움직이는 바다의 아들들의 화려한 모습은 감정이 북받쳐서 도저히 볼 수가 없었다. 행진을 멈춘 클럽이 호각 소리를 통해서, 파도 위를 미끄러지듯 항해하는 배처럼 안드레자가 도발적인 몸짓을 통해서, 1년 전에 죽은 잊지 못할 동료이자 친구에게 찬사를 바치고 있었지만, 도나 플로르는 창가에 계속 있을 수가 없었다. 그녀의 눈에 비친 것은 생명이 없는 알몸의 주검, 영원히 죽어 버린 그의 모습뿐이었다.

올해 카니발은 그녀에겐 가혹했고, 생활은 어느 때보다 더 힘들었다. 죽은 남자는 소란스러운 축하 행사를 틈타, 그녀의 채워지지 않는 욕정의 고통을 자신에 대한 기억과 뒤섞고 있었다. 그 고통이 너무 커

---

9 *afoxé*. 아프리카의 영향을 받은 바이아 특유의 카니발 그룹.

져 버려서, 도나 플로르는 더 이상 그것을 말없이 혼자 참을 수가 없었다. 더 이상 그 비밀을 지킨다는 것, 갈라진 마음으로, 어지러운 머리로, 스스로의 나약함으로 그 비밀을 지킨다는 것은 불가능했다. 도나 플로르는 좌초한 난파선이었다. 그렇게 그녀는 도나 노르마에게 마음을 털어놓았다.

도나 노르마는 머지않은 시간 내에 애인이 생겨 결혼하게 될 거라고 장담했다. 그녀가 단호하게 가면을, 〈접근 금지〉 푯말을 벗기만 한다면 말이다. 그녀는 도나 지자에게 지원을 요청했지만 그 그링가는 연애나 결혼은 우스꽝스럽고 비인간적인 가혹한 제도라며 별로 중요성을 부여하지 않았다. 요즘 크로포트킨 대공을 읽고 있어서인지, 그녀의 생각은 무정부주의와 정신 분석학이 뒤섞여 있었다. 이 영어 교사의 견해에 따르면, 결혼을 하건 하지 않건, 도나 플로르는 스스로를 괴롭히는 〈죄의식 콤플렉스〉가 있으므로, 거기에서 자유로워지는 길은 오직 금기를 깨뜨리는 것, 〈어떤 방식으로든 자신을 만족시키는 것〉뿐이었다. 그 무슨 해괴한 충고인가. 자유연애의 결합, 동거, 희롱 — 한마디로 모험, 그것도 곧바로 모험에 뛰어들라는 것이었다. 결국 도나 플로르는 정신 이상이 되거나 세상에서 가장 냉소적이고 색정적인 여자가 되어야 한다는 말이었다.

도나 노르마는 도움이자 위안이었다. 이제 도나 플로르가 세상에 대한 미움이나 비뚤어진 정절을 정숙함과 혼동하지 않게 되자, 도나 노르마는 이 과부가 6개월 안에 손가락에 반지를, 적어도 약혼반지를 끼게 된다는 것에 돈이라도 걸 태세였다.

도나 지자는 내기를 하지 않았다. 왜 도나 플로르가 여섯 달 동안 고통에 빠져 있어야 하는가? 세상에 널린 남자가 얼마나 많은데 그 말도 안 되는 짓이 왜 필요한가? 게다가 내기를 건다면 그녀는 질 것이 뻔했다. 책의 지식과 삶의 지혜 사이에선 거의 항상 삶이 이기기 때문이다.

어쩌면 도나 플로르가 한층 너그러워지고, 사람들을 대할 때에도 깍듯한 예의를 넘어서 마음을 열고, 웃음을 되찾아 이 사람 저 사람과 수다를 떨며, 늘 신중하지만 정중하고 상냥하게 대했기 때문에, 도나 노르마와 그 대화를 나누고 그 문제를 도나 지자와 논의한 후의 어느 날, 단지 기회(가장 일어날 가능성이 많은)로 끝날 수 있었던 사건이, 모두에게 분명해지고 공공 토론의 주제로 떠올랐는지도 모른다. 그 사건이란 바로 카베사 모퉁이의 과학 약국 동업자, 닥터 테오도루 마두레이라의 솔직한 관심과 정직한 의도였다. 도나 지노라는 의기양양하게 떠들면서, 이 길조를 전한 사람으로 인정해 줄 것을 요구했다. 「내가 몇 달 전에 이걸 예언했잖아. 수정 구슬에서 그 사람을 보고 모두한테 이야기한 게 나라고. 중요한 남자, 착한 남자, 박사에 부자. 내 말이 다 맞잖아? 축하해, 도나 플로르!」

「천생연분이야, 정말 운도 좋지!」 친구들과 수다쟁이들의 합창이 한목소리로 우렁차게 울려 퍼졌다.

11

그 약사의 관심이 언제 시작되었는지는 아무도 말할 수 없었다. 사랑에 빠진 시간과 분을 짚어 내는 것은 쉽지 않은 일이다. 더군다나 그것이 한 남자의 결정적인 사랑, 일생일대의 사랑, 시계나 달력에 상관없이 모든 걸 흡수하는 치명적인 사랑일 경우에는. 어느 날 그가 도나 플로르에게 마음을 열었을 때, 나중에 닥터 테오도루가 수줍은 미소로 고백한 바에 따르면, 그는 오랫동안, 심지어 과부가 되기 전부터 그녀를 존경해 왔다는 것이었다. 약국 뒤쪽의 작은 실험실에서 그는 그녀가 라르구를 가로질러 가는 모습을 지켜보았으며, 카베사를 지나가는 그녀의 발길에 말없는 찬사를 보내곤 했다. 「내가 결혼을 해야 한다면 그녀 같은 여자, 예쁘고 정숙한 여자하고 할 것이다.」 그는 시험관을 가열하면서, 약병을 다루면서 혼잣말을 하곤 했다. 당연히 순수하고 플라토닉한 감정이었다. 그는 유부녀를 비열한 열정의 대상으로 삼아 음탕한 눈길로 ― 또는 이런 저속하고 상스러운 말을 약간 미화하는 그 약사 자신의 말투를 빌리자면, 〈욕정의 죄스러운 눈길로〉 — 바라보는 남자는 아니었다.

그 약사의 마음을 처음으로 눈치 챘던 사람은 도나 에미나, 더욱이 다른 사람의 생활에 별로 관심이 없는 그 여자였다. 그녀는 주변에서 벌어지는 일을 충분히 잘 알 때에만 이야기를 했다. 최고의 참견쟁이들과 비교한다면 도나 에미나는 신중하고 말수가 적은 여자였다.

그때가 4월 초, 대학교 신입생들을 골탕 먹이는 신고식이 있던 날, 대학생들이 주요 도로와 거리를 메우고 새 학기의 시작을 축하하는 날이었다. 재학생들의 지휘로 긴 행렬을 이룬 신입생들 — 머리를 짧게 밀고 몸에 시트를 두르고, 노예들처럼 서로 묶인 — 은 높은 물가와 정치가들의 무능력을 재치 있게 비꼬면서 정부와 내각을 규탄하는 플래카드를 뒤집어쓰고 있었다.

테헤이루 지 제주스의 의과 대학에서 나온 행렬은 바하 쪽으로 향하면서 카스트루아우베스 광장이나 상페드루, 피에다지, 캄푸그란지 같은 특정 장소에서 멈추곤 했다. 구경꾼들의 눈길이 집중된 이런 틈을 타서, 재학생들은 피해자들의 머리 위로 터무니없는 연설을 하며 진짜 쇼를 보여 주었다.

라르구 도이스 지 줄류와 카베사에 인접한 거리의 주민들은 상벤투 언덕에서 시작을 알리는 코넷과 나팔 소리를 듣자마자 상페드루로 향했다. 도나 노르마, 도나 아멜리아, 도나 마리아 두 카르무, 도나 지자, 도나 에미나, 도나 플로르도 열성적인 패거리였다.

도나 에미나의 정확하고 간결한 설명에 따르면, 약국 창문 옆에 편안하게 자리를 잡은 닥터 테오도루는 코넷 소리나 교수와 유명 인사들을 흉내 낸 가장행렬에는 관심을 두지 않고, 점원과 출납원들과 이야기를 나누면서 어떤 여자들을 힐끗힐끗 보았다. 그가 무척 초조해하기에 도나 에미나는 의아하게 여겨 그를 주시하다가, 그의 이상한 행동을 낱낱이 지켜보게 되었다. 원래 조용하고 품행이 점잖은 그 약사는 여자들에게 눈길이 머물자마자 곧바로 편안한 자세를 바꾸고는, 창가에서 떨어지면서 좀 딱딱하다 싶게 상냥하고 큰 소리로, 여자들에게 즐겁게 지내라고 인사했다. 여기서 중요한 정보는 그가 조끼 주머니에서 머리빗을 꺼내 들고 검은 머리를 빗었다는 것이다. 전혀 필요 없는 행동이었다. 그의 머리는 층층이 빛을 내면서 가지런히 빛나고 있었기 때문이다. 그의 침착함은 사라졌다. 마치 10대 소년 같았다. 「그가 코트를 입었는데 그건 그냥 우리한테 인사하려고 그랬던 거였어요.」 도나 에미나는 그 모든 관심과 열성의 이유를 스스로 물어보면서 말했다.

티 하나 없는 흰 셔츠와 회색 조끼, 부친의 유물로 조끼 한쪽 주머니에서 다른 쪽 주머니로 인상적인 곡선을 그리며 연결된 훌륭한 금줄의 금시계, 완벽하게 다림질한 바지, 거울처럼 빛나는 구두, 졸업 반지. 정말이지 그는 키가 크고 상냥한 멋진 남자였다. 그는 일행에게 고개 숙여 인사했다.

친구들은 기쁘게 화답했다. 약사는 그 부근에선 돋보이는 사람이었고 큰 존경과 칭찬을 받고 있었다. 도나 에미나의 또 다른 증언 — 분명한 만큼 세부 묘사에 충실한 — 에 따르면 닥터 테오도루의 눈길은 오직 도나 플로르에게만 꽂혀 있었다. 나머지 사람들은 존재하지 않는 것 같았다. 그것은 색정이 아니라면 분명 동경의 눈길이었다. 「그는 눈으로 널 잡아먹는 것 같았어. 너를 먹고 있었다니까.」 그 기민한 관찰자는 도나 플로르에게 향했던 시선을 그렇게 묘사했다.

창가에서 더 이상 여자들이 보이지 않게 되자 그는 앞문으로, 거기서 다시 건물 앞 보도로 나왔고, 마침내는 잠시 망설이는가 싶더니 점원에게 뭐라고 말하고는 여자들을 따라 거리를 내려가기 시작했다.

그는 어느덧 상페드루의 커다란 시계탑 근처에서, 그들과 멀지 않은 곳에서 상황을 파악하고 있었다. 그리고 금시계를 꺼내 보고는 스위스 시계의 정확함에 만족한 듯 미소를 지었다. 도나 노르마와 도나 아멜리아는 신입생 신고식의 한 장면도 놓치지 않으려고 작은 정원의 벤치 위로 올라가 있었다. 나머지 사람들은 뒤꿈치를 들고 가까이 서 있었다. 닥터 테오도루는 시계탑 아래 반쯤 숨어서 도나 플로르의 모든 행동을 좇을 수 있었다.

계속 그를 주시하던 도나 에미나는, 약사가 그 우스꽝스러운 신고식은 거의 보지 않는다는 것을 확인할 수 있는 위치에 서 있었다. 신입생들은 빨간 산화납으로 몸을 칠하고 소름 끼치는 춤 스텝으로 나아가고 있었고, 재학생들은 술집과 가게에 들어가 맥주와 소다수를 요구하고 있었다. 닥터 테오도루가 미소를 지었다면 그것은 도나 플로르의 웃음에 대한 반응이었고, 그의 박수는 그 과부의 박수를 그대로 따라 한 것이었다. 그는 황홀하게 그녀를 바라보고 있었다. 당나귀(이 동물은 마침 거리에서 발견한 쓰레기 조각들을 먹고 있었다)를 탄 한 학생의 짓거리에 도나 노르마가 벤치에서 환호하고 있을 때, 도나 에미나가 그녀의 치마를 잡아당겼다. 처음에 도나 노르마는 그녀가 눈과 손가락으로 나타내는 지극히 중요한 메시지를 이해하지 못했다. 몰래 황홀해하는 그 약사를 발견하고서야 그녀는 깜짝 놀라면서 덩달아 흥분했다. 「어쩜, 까맣게 몰랐어!」

　　도나 아멜리아와 도나 마리아 두 카르무도 곧바로, 시계탑 뒤에 반쯤 숨어서 도나 플로르만을 바라보고 있는 닥터 테오도루의 놀라운 행동을 전해 들었다. 다만 도나 지자만은 거기에 끼지 않고 학생들이 들고 있는 포스터를 읽었다. 그런 선언에는 집단의식 연구를 위한 귀중한 자료가 들어 있다는 것이었다. 도나 지자는 연구할 기회를 놓치는 법이 없었다. 그녀는 모든 것을 현대 과학의 빛으로 조명하고 설명하기 위해 태어난 사람이었다. 그러나 나머지 여자들한테 그보다 소중하고 알아 둘 만한 자료는 그 약사의 이상한 행농이었나.

　　「세상에, 직접 보지 않았다면 누가 믿겠어?」

　　행진은 피에다지까지 계속되었고 그들도 따라갔다. 그러나 도나 노르마는 전할 말이 있다는 핑계로 뒷길을 돌아 먼 길로 갔다. 「이건 확실히 해두어야 해, 지금 당장.」 닥터 테오도루는 시계탑 그늘에서 잠시 망설이더니, 결국 이제 막 나타난 사람처럼 전혀 서두를 게 없다는 듯 태연한 걸음걸이로 그들을 따르기 시작했다.

　　도나 노르마와 나머지 여자들은 웃음을 터뜨렸지만, 상황을 전혀 파악하지 못하고 있는 도나 플로르와 〈공공의 명분에 힘쓰는 청년들의 재능〉을 장황하게 늘어놓는 도나 지자만은 예외였다. 어느 집 앞에서 갑자기 이들이 멈춰 섰고 그사이 도나 노르마가 신호를 했다. 불과 몇 미터 뒤에 오던 닥터 테오도루는 깜짝 놀랐지만 계속 걷는 수밖에 없었다. 그는 여자들의 시선을 피하면서 못 본 체 그들을 지나쳤는데, 그런 일에 어찌나 서투른지 보는 사람이 미안할 정도였다. 조롱하는 미소와 눈길을 의식하는 듯 안절부절못하고, 두 손을 어쩔 줄 모르고, 그런 망신이 따로 없었다. 그는 당황해서 뛰다시피 모퉁이를 돌아 나갔다. 그가 지나가자 도나 마리아 두 카르무는 애써 참았던 웃음을 터뜨리며 까르르 웃어 댔다.

「쉬!」 도나 노르마가 그녀를 나무랐다.

「닥터 테오도루가 어디를 저렇게 황급히 가는 거죠?」 그가 골목으로 내려가는 걸 보고 도나 플로르가 물었다.

「이 내숭쟁이, 그러니까 넌 모른다는 거니? 대체 어떻게 된 거야? 계속 비밀로 할 거야, 친구들한테 털어놓을 거야? 우리를 못 믿는 거야?」

「무슨 말이에요? 계속 사건이나 만들어 대더니, 또 무슨 사건을 꾸미는 거예요?」

「정말 눈치 못 챘단 말이야?」

「눈치 채다니, 대체 무얼 말하는 거예요?」

「닥터 테오도루가 너한테 완전히 푹 빠졌어.」

「누구요? 그 약사? 병원에 가서 머리 검사 해봐야 하는 거 아니에요? 다들 바보로군요! 세상에, 무슨 말을 그렇게 하세요? 생각해 보세요, 닥터 테오도루라니. 가장 점잖은 그 남자가. 그건 그분을 조롱하는 말이에요.」

「조롱? 점잖음 따위는 집에 두고 오셨던데. 완전히 들떠 있었어.」

그들은 이런 장난과 농담, 웃음으로 의과 대학 학생들의 행렬을 따라갔지만, 불쌍한 도나 플로르는 자신에게 일어나고 있는 일을 제대로 모르고 있었다. 그러나 집에 도착해서 과부와 단둘이 남았을 때, 도나 노르마가 진지하게 설명해 주었다. 그녀는 그 약사의 태도를 이야기했다. 도나 플로르가 제대로 지적했다시피 그는 비록 약간 딱딱한 면이 있기는 해도 항상 정중한 사람이다. 그가 손님에게 추파를 던졌다는 얘기는 어느 누구도 들어 본 적이 없으며, 하물며 황급히 머리를 빗고, 길거리에서 몰래 누구를 따라가고, 소년처럼 수줍어하면서 시계탑 뒤에 숨었다는 얘기는 더더욱 들은 적이 없었다. 그리고 그의 시선은 풀로 붙인 듯 도나 플로르만을 응시하고 있었다. 이것은 수다쟁이들의 객소리나 그들이 지어낸 이야기가 아니다. 도나 노르마는 전혀 농담할 생각이 없는 것이, 닥터 테오도루는 반듯하고 존경스러운 사람이며, 그런 진지한 문제를 재미 삼아 장난으로 다루는 것은 정당하지 않기 때문이다. 「아주 좋은 배필이야, 플로르. 그런 사람은 찾기 힘들어. 분별력 있고 나이 적당하고 대학을 졸업했고, 약국을 가지고 있겠다, 건강하겠다. 설사 맞춤 배필이라고 해도 그보다 더 많은 걸 요구할 수는 없어.」

「노르미냐, 정말로 그분이 나한테 관심 있다고 생각하세요? 혹시 그냥 지나가는 변덕, 딱딱해진 빵이나 상한 고기, 죽은 남자가 남긴 음식에 대한 취향이 아닐까요? 과부를 원하는 남자는 없어요…….」

도나 노르마는 친구를 머리끝에서 발끝까지 훑어보았다. 「신의 가호가 있기를.」 그녀는 만족스럽다는 몸짓을 했다.

도나 플로르, 그 소식을 듣고 흥분해서 호기심과 당황스러움이 반반인 그녀는 딱딱해진 빵과는 전혀 닮은 구석이 없었고, 썩 신선하지 않은 고기와도 별로 닮은 구석이 없었다. 정반대였다. 인디언 혈통이 섞여 구릿빛이 나는 섬세한 피부가 상큼하고 매력적인 얼굴을 덮고 있었고, 그녀의 살은 젊고 향기로웠으며, 브라질 체리의 냄새가 나는, 진짜 매력적인 여자였다. 먹다 남은 음식, 그 말은 맞는다. 그녀에겐 남편이 있었다. 그 남자와 같이 자고, 많은 시간을 부대꼈다. 그러나 응석받이 처녀보다 훨씬 더 식욕을 돋우는 것이, 세상 사람들은 처녀성을 둘러싸고 지금껏 온갖 법석을 떨기는 했지만, 길게 보면 그것이 전부가 아니기 때문이다. 모든 것이 끝나고 보면 처녀성이란 결국 얇은 막, 한 방울의 피, 신음, 그리고 무엇보다 낡은 편견에 불과하며, 그것에 그렇게 높은 등급이 매겨지는 이유도 수백 년 동안 선전 담당자들이 그 등급을 주무르면서 군대와 성직자, 경찰과 매춘부 등, 이 얇은 막을 처음이자 마지막인 최고의 요소로 만들었던 자들의 지원을 받아 왔기 때문이다. 그러나 처녀는 자신의 욕구에 빠져서 얼마나 어리석고 서투른가? 그에 비하면 지식과 결핍, 억제와 불만, 허기와 금식이 혼합된 과부의 정욕은 얼마나 확실하고 명쾌한가? 「쓸데없는 소리 마, 플로르. 너처럼 먹다 남은 음식을 보며 한숨짓는 건 닥터 테오도루뿐만이 아니라 우리가 모르는 많은 남자도 다 그래.」 도나 노르마가 궁금해하는 건 뭔가 다른 것이었다. 「넌 어때? 그 사람에 대한 네 느낌은 어때? 사랑할 수 있을 것 같니?」

처음에 도나 플로르는 그 약사가 정말로 자기한테 마음이 있는지, 이 모든 것이 장난이나 오해가 아닌지 확실해지기 전에는 자기 느낌을 생각해 보고 싶은 마음조차 없었다. 왕자님이나 철면피한 알루이지우 씨의 일도 있었고 해서, 또다시 골탕 먹거나 모욕당할까 봐 두려웠다. 그러나 곧바로 답을 요구하는 도나 노르마의 우정 어린 뻔뻔함에 굴복해서, 도나 플로르는 그 약사에게 무관심한 건 아니라고 고백했다. 만나면 즐거운 신사, 지극히 품행이 바르고, 자랑으로 여겨도 좋을 만큼 잘생긴 외모의 남자라고. 그는 요즘 인기 많은 어느 영화배우를 연상시켰다. 딱히 닮은 데는 없었지만, 그녀의 찬탄을 자아내기에 충분했다. 한마디로, 그게 사실이라면 도나 플로르가 그에게 감정을 품는 것은 그냥 가능한 것이 아니라 확률이 매우 높은 일이었다……. 죽은 남자에 대한 감정은 무엇이었던가? 아니, 그건 아주 다른 것이었다. 우선 그녀 자신이 달라졌다. 8년 전 소녀나 다름없었던 그녀, 소령의 파티에서 그 껄렁이를 만나 한순간에, 결과를 재어 보거나 한숨 돌리며 생각할 겨를도 없이 그에게 마음을(그리고 얼마 후 기쁨에 겨워서, 라르구에서의 광란의 밤에, 해변의 어둠 속에서, 가슴과 허벅지까지) 내주었던 도나 플로르가 아니었다. 그에게 미쳐 몸을 내줄 정도로 이성을 잃고서, 아무것도 요구하지 않고 무조건, 그 만남을 방해하고 결혼을 금지했던 도나 호지우다에게까지 대들면서 보잘것없는 처녀성을 내팽개쳤던 그녀가 아니었다.

이제 그녀는 세상에서 자신의 위치가 따로 있는, 생각은 많으나 방탕한 생활은 불가능한, 성급한 충동은 있으되, 사랑에 빠질 나이의 소녀한테는 허용할 수 있어도 서른이 다 되어 가는 상복 입은 여인한테는 용서할 수 없는 행동이 따로 있는(비록 안으로 정욕을 불사른다고 해도) 과부였다. 만약 무슨 감정이 있다고 해도, 후미진 길모퉁이, 계단 발치에서 불사르던 젊은 날의 격정이 없이, 애정과 이해라는 조용한 평화 속에서 호감이 사랑으로 꽃을 피울지는 시간이 말해 줄 것이었다. 도나 플로르는 이것이 불가능하다고는 생각하지 않았는데, 그녀의 말처럼, 닥터 테오도루는 괜히 싫거나 못생기지도 않았으므로, 그에 대한 반감이 전혀 없었기 때문이다. 반대로 그녀는 그가 매력적이라는 것을 새삼 깨닫고 있었다. 그리고 도나 플로르가 충분히 자격이 있는 만큼 지금껏 누린 적 없는 행복을 누릴 것이라고 예언하면서 연애와 결혼을 성사시키려는 도나 노르마가 있었다.

「어쩜, 플로르, 얼마나 근사할까? 그러니 어리석게 굴지 마. 이제 집 안에 처박혀 있지 말고, 그 우거지상도 제발 지워 버려.」

도나 플로르는 비록 그 약사에 대한 관심을 인정하기는 했지만 밖에 나가서 그것을 보여 준다거나, 약국 앞을 배회하면서 모습을 보이고, 쓰디쓴 금욕과 강제된 금식의 사순절 때처럼 애처로운 눈빛으로 자신의 갈망을 드러내지는 않겠다는 결심을 굳히고 있었다. 「절대로 그러지 않을 거예요, 노르미냐.」

「이런 기회를 놓치게 내가 보고만 있지는 않을 거야.」

도나 노르마가 그 과부에게 어리석게 관심 없는 척하지 말라고 설득하기까지는 오랜 시간이 걸렸다. 그녀 같은 처지의 사람, 석탄처럼 뜨거운 사람은 결혼할 필요가 있으며, 그것도 빨리 결혼하지 않으면 히스테리가 되거나 완전히 미치거나, 아니면 매음굴에서 우연히 마주친 아무 남자한테나 몸을 주게 되기 마련이며, 그렇게 되면 헤픈 몸가짐으로 죽은 남편의 해골에 질투의 뿔을 가득 돋게 하는 과부, 명예로워야 할 남편의 무덤에 가지로 갈라진 뿔을 돋아나게 할 비옥한 냉상이 될 것이며, 그토록 남자의 따뜻함, 요동치는 침대에 대한 욕구를 공공연히 인정하는 여자가 죽은 남편을 영원히 그리며 정절을 지키는 과부인 척, 열쇠를 내던져 버려 열 수 없는 음문인 척, 망자의 관에 함께 묻어 버린 음부인 척, 남편의 발치에서 쓸모없이 시들어 버린 퇴색한 꽃인 척할 수는 없는 법이다. 「물을 건너는 수밖에 다른 도리가 없어.」

남편을 받아들이고, 그와 함께 정숙하고 바르게 살면서, 사랑과 명랑함으로 자신을 새롭게 하고, 첫 남편의 기억과 유물을 그 무덤 속에 넣어 명예롭고 깨끗하게 지키겠다고 단호하게 결정하는 편이 나았다. 첫 남편에 관해 너무 많이 이야기하지 않음으로써 두 번째 남편에게 상처를 주지 않으면 된다. 게다가 최근 몇 달 동안은 도나 플로르가 망자의 이름을 잊어버린 것처럼 지내지 않았는가. 옛날엔 수다쟁이들이 그를 저주하면서 그의 기억을 모욕할 때, 도나 플로르는 화가 나서 하루 종일 다른 말을 하지 않았었다. 나중에 이웃과 친구들이 그를 무덤 속에서 쉬게 놓아둔 후로 그녀는 그를 진기하고 값비싼 보석처럼 마음속에 가두어 두었다. 혹 누군가 그를 떠올리는 사람이 있어도 결코 입에 올리지는 않았다. 일이 자연히 그렇게 되도록, 빈정거리듯 장난기 어린 미소(아니, 인정하지 못할 건 없지 않은가? 저항할 수 없는 그의 매력인데)를 띤 그 건달의 초상화는 거실에서 치워져 트렁크 밑바닥과 그녀의 마음속으로 들어가도록 되어 있었다. 거실 벽 — 다른 장소가 아닌 바로 그곳에! — 에는 두 번째, 독자 여러분, 그것도 굉장한 두 번째 남편의, 한창 젊었을 때의 그 미남, 너무도 수려한 남자의 초상화가 걸리게 되어 있다.

결혼해라, 그것도 빨리. 두 번째 남편을 만들어 그와 함께 풍족하고 점잖게 살면서 너의 본성과 의무를 지켜라. 두려움과 편견에만 사로잡혀 침대에서 꿈에 시달리거나 입술을 깨물거나 이를 가는 일이 없도록 해라. 그녀, 도나 노르마는 도나 플로르가 이 특별한 기회를 잃게 보고만 있지는 않을 것이다. 이보다 좋은 건 없다. 거짓된 정숙, 어리석음, 바보 같은 짓을 그만둬라. 안 돼, 안 돼, 그런 건 이제 안 돼.

그리하여 어느 날 오후, 〈남성용 크림*Male Cream*〉이라는 이름 때문에 많은 재치꾼이 〈그보다 더 맛있는 크림은 없다〉라고 말하는 젤라틴과 코코넛 디저트 만드는 법을 가르친 수업이 끝난 후, 도나 노르마가 찾아와 꽃을 산다는 핑계로 도나 플로르를 카베사에 데려갔다. 월하향 열두 가지를 고른다니 얼마나 빤한 수작인가! 그러나 도나 노르마는 꽃집 주인인 늙은 흑인 코스미 지 오몰루가 놀랄 만큼 갈팡질팡 미적거렸는데, 닥터 테오도루가 약국 뒤쪽에서 일하느라 모습을 나타내지 않았기 때문이다. 꽃을 고른 후 이어서 비토리나의 콩 프리터가 나와도 약사는 여전히 창가에 나타나지 않았다. 그러나 도나 노르마는 쉽게 포기할 사람이 아니었다. 그녀는 앞뒤 가리지 않고 사전

경고도 없이, 신경 발작 직전 상태의 도나 플로르를 끌고 약국으로 쳐 들어가서는, 점원에게 솜 한 상자를 달라고 했다. 도나 노르마가 하도 시끄럽게 굴면서 주의를 끌었기 때문에 도나 플로르는 쥐구멍에라도 숨고 싶었다. 그런 정신 나간 행동이 다 뭐란 말인가?

약국 뒤쪽, 연금술 지침서의 판화에 나오는 것 같은 빨갛고 파란 커다란 유리병들 너머 약제실 안에서는 닥터 테오도루가 소금과 독약을 돌절구에 넣어 갈고 있었다. 그는 안경을 쓰고 신중하게 소금과 약을 갈고 장난감 같은 작은 저울로 가루의 양을 재었다. 그 처방의 신비에 얼마나 몰두하고 있었는지, 신문에 나온 소식을 떠드는 도나 노르마의 목소리를 듣지 못한 듯, 약국에 그 숙녀들이 온 것도 모르고 있었다.

그 약사는 저울에서 고개를 들고, 가루 낸 나머지 광물질들을 시험관 속에 소량 집어넣은 뒤 무색의 액체를 정확히 스무 방울 더했다. 그 액체는 붉은 연기를 내뿜으며 지혜로운 마법사 같은 그 약사의 검고 튼튼한 머리를 감쌌다.

도나 노르마는 기회를 놓칠세라 알랑거리며 울리는 목소리로 말했다. 「어머, 플로르, 저것 좀 봐. 닥터 테오도루가 꼭 유황 연기에 둘러싸인 마법사 같네, 어쩜!」

그 약사는 그 이름을 듣자 바르르 떨었다. 자신의 이름이 아니라 도나 플로르의 이름 말이다. 안경 위로(그는 아주 가까이 있는 것을 살펴볼 때에만 안경을 사용했다) 내다보다가 약병들 사이에서 시의 존재를 깨달은 그는 땅이 흔들리면서 아랫배에 오한이 드는 것 같았다. 그는 몸을 일으키려 했지만, 당황해서 엉거주춤 일어나다가 손에 든 시험관을 바닥에 떨어뜨려 산산조각 내버렸다. 거의 다 완성되었던 약(포르카 거리에 사는 허약한 노파, 도나 제제 페드레이라의 만성 기침을 가라앉혀 줄)은 마룻바닥 위의 검은 얼룩으로 퍼지고, 연기의 장막은 계속 그 약사의 금욕적인 얼굴을 가리면서 피어올랐다.

「어머, 어떡해.」 도나 플로르가 중얼거렸다.

그것이 그때 있었던 말이나 사건의 전부였다. 다만 솜뭉치 값을 치르던 도나 노르마만이 그 약사가 의자에서 반쯤 일어난 채, 아직도 시험관을 잡고 있는 것처럼 한 손을 허공에 들고, 안경은 코 위로 미끄러지고, 멍하니 말을 잃은 모습이 우스워서 웃음을 터뜨렸다.

완전히 당황한 도나 플로르가 어쩔 줄을 몰라 약국에서 나가는 사이, 도나 노르마는 낭만적인 약사를 향해, 물에 빠진 뱃사람에게 밧줄을 던지듯 공모의 눈길을 보냈다. 닥터 테오도루는 뭔가 말을 하려고 했지만 단 한 마디도 못 했다.

도나 노르마는 모퉁이에서 도나 플로르를 따라잡았다. 그녀가 아직도 그 약사의 감정을 의심하는 걸까? 아니면 정욕에 불타고 상복의 무게에 짓눌려 신음하는 그 과부는 어쩌면 더 나은 지위, 계층, 외모의 신랑감에 대한 어리석은 바람을 간직하고 있었던 걸까? 더 나은 배필은 불가능하다, 얘야. 자격증을 가진 닥터, 진짜 자수정이 박힌 졸업 반지, 잘나가는 약국의 주인, 잘생긴 외모에 조끼 위로 늘어뜨린 금시계 줄, 나무랄 데 없는 건강, 반듯한 습관, 지위도 있는 마흔 살의 더할 나위 없는 남자잖니.

12

친구들과 수다쟁이들은 닥터 테오도루의 모든 면모가, 도나 지노라가 예언했던 그날 오후 수정 구슬과 카드 점에 나타난 점괘와 빠짐없이 들어맞는다는 것을 알았다. 안정된 지위, 대학 졸업자에 허우대 좋고, 키, 체격, 품성, 탁월한 매너, 모든 것이 들어맞았다. 그런데 그 점쟁이의 말과 일치하는 남자를 찾아 사방팔방 구석구석을 헤매던 그 시간 동안, 아무도 그 약사를 떠올리지 못했다는 사실을 생각해 보자. 그가 보란 듯이 바로 그들의 코앞에 있었는데도 아무도 그를 보지 못했다는 사실을 어떻게 설명할 수 있을까? 친구들의 눈이 멀었던 걸까, 이 상세한 이야기에서 일부러 속임수를 쓴 걸까, 아니면 적대적인 비평가들이 좋아할 치명적인 실수였던 걸까? 그 어느 쪽도 아니었다. 친구들과 수다쟁이들이, 약국의 조용한 뒷방에서 코 위로 미끄러지는 안경을 걸치고, 금시계 줄을 차고 허리를 굽혀 독약들을 섞어 약을 만들면서, 저렴한 가격에 건강을 나누어 주고 배달하는 그 약사를 발견하지 못했던 것은 다만 일종의 집단적 둔감함 때문이었다.

도나 플로르의 결혼과 그녀의 희로애락을 기록하는 이 연대기 작자는 다만 진실에 충실하느라, 수다쟁이들이 제시한 신랑감 후보 목록에 닥터 테오도루를 따로 올리지 않았던 것인데, 모든 친구가 도나 플로르를 즐겁게 해주려 애쓰던 동안 과부 생활에 관련된 유쾌한 잡담에서 그의 이름이 거론되지 않았던 탓에, 그들 중 누구도 그 약사를 떠올리지 못했기 때문이다. 더욱이 이런 부주의로 인해 그 약사는 조금씩 눈에서 사라졌다. 도나 플로르의 꿈속에 등장해 그녀와의 결혼을 바라면서 원을 그렸던 남자들은 모두 얼뜨기에 지나지 않았다. 그에겐 일이 이렇게 된 것이 오히려 다행이었다. 덕분에 그는 꿈속에서라도, 우스꽝스러운 역으로 등장해 그 과부 앞에서 품위를 잃는 일이 없었으니까.

그러나 이런 시각적 장애의 원인은 무엇이었을까? 왜 그들은 그를 잊어버리고, 약국 창가의 빨갛고 파란 유리병 옆에서 약 냄새에 둘러싸여, 그의 고객인 늙은 여인들의 팔이나 엉덩이에 피하 주사 바늘을 찌르는 그를 왜 알아보지 못했을까? 그 약사를 자주 보고 그를 대했다면, 어떻게 그를 알아보지 못할 수 있단 말인가?

그것은 그들이 그를 확고한 총각으로 여겼기 때문이다. 그 때문에 신랑감 목록을 만들 때에도, 마치 아내와 아이들이 있는 유부남인 양 절대로 그 약사의 이름을 올리지 않았던 것이다. 심지어 도나 노르마, 결혼하고 싶어 애태우는 이웃이자 대녀인 마리아의 애인을 찾느라 열심이었던 그녀까지도 아예 그를 생각하지 못했다. 닥터 테오도루? 그는 결혼하지 않았지만 결코 할 사람도 아니었다. 그를 생각하는 것은 시간 낭비일 뿐이었다. 설사 그가 가정을 갖고 싶어 했어도, 그래서 더더욱 결혼할 수 없었을 것이다. 가엾은 사람!

자명한 진실 같은 그 사실 때문에, 도나 플로르의 과부 생활에 관한 이 모든 이야기에서 그는 사람들이 아는 나머지 독신 남성들과는 달리, 단 한 번도 농담이나 잡담의 대상이 된 적이 없었던 것이다.

도나 지노라, 참견쟁이, 점쟁이의 여왕인 이 여자는 날마다 그 과학 약국 앞을 지나갔었다. 일주일에 두 번씩, 그 약사의 아픈 항관절염 주사 앞에 축 늘어진 엉덩이를 드러냈었다(아, 이승의 허영과 화려함이란 얼마나 무상한 것인지. 거장 호바투의 악마적인 시에 영감을 주었던 그 말라비틀어진 궁둥이는 호바투가 극악무도한 학교의 소년 시인이었을 당시, 돈 많은 사업가가 한 번 보고 만지려면 수표를, 진짜 탈탈 털어서 지불해야 했던 궁둥이였다). 그런데도, 미래를 볼 줄 아는 점쟁이의 눈을 가진 그녀조차, 자신의 늘어진 피부 주름을 잡고 있는 그 검은 피부의 신사를, 자기 예언의 주인공인 그 마흔 살의 멋진 남자를 눈여겨보지 않았다. 그녀는 그가 아내를 맞을 수 없는 이유를 어느 누구보다 잘 알고 있었기 때문이다.

그가 동성애자나 발기 부전, 또는 여자한테 끌리지 않는 숫총각이라서는 아니었다. 아무쪼록 그 비슷한 생각도 아예 해선 안 될 것이, 닥터 테오도루가 아무리 차분하고 상냥하고 유쾌한 사람이라고 해도, 얼마든지 그 온화한 태도를 접어 두고, 자신의 남성성을 보여 줄 충분한 증거들을 갖추고서, 그의 남자다움을 의심하는 사람의 코에 한 방 세게 날려 주고도 남을 테니 말이다.

비록 결코 과시하지는 않았지만 그는 남자다운 면이 많은 사람이었다. 혹시라도 이 주제에 관해 군말이 필요 없는 확실한 증거를 원하는 사람이 있다면, 사포치 골목에 사는 능력 있고 단정한 물라타 오타비아나 다스 도리스, 혹은 타비냐 마네몰렌시아라고 불리는 여자한테 약간의 돈을 주고 그 엄선된 고객들의 비밀을 알아내면 된다. 그 고객들은 나이 지긋한 사제 한 명, 의과 대학 교수 한 명, 그리고 우리의 존경하는 약사였다.

그녀의 나무랄 데 없이 고결한 성정, 분별력, 교양 때문에 — 그녀는 오히려 쾌적한 자신의 집에서 손님을 맞이하는 귀부인 같았다 — 닥터 테오도루는 오타비아나를 선택해서 후원해 주었고, 그녀는 목요일 저녁 식사 후에는 항상 그에게 몸을 맡겼다. 타비냐의 고객들은 엄선되고 입이 무거운 엘리트들이었고, 각자 자기 습관이나 취향 — 경매인 라메이라처럼 분변 음욕증(糞便淫慾症) 직전의 이상한 고객도 가끔 있었다 — 에 따라 낮 또는 밤에 찾아오면, 그녀는 유능하고 편안하게 모두를 돌봐 주면서, 각자에게 완벽한 만족을 주었다. 닥터 테오도루처럼 문제가 없는 정상적인 남자건, 늙은 색마건, 배꼽을 핥건, 짜릿한 펠라티오를 좋아하건, 그들 모두를 만족시키고 행복하게 해주었다.

매주 목요일 여덟시 정각, 닥터 테오도루는 따뜻한 특별 환대를 받으며 문턱을 넘어왔다. 오타비아나가 라파 수녀원 수녀들의 특제품인 과일 리큐어를 홀짝거리면서 아기 양말을 뜨고 있는 맞은편, 흔들의자에 앉은 닥터 테오도루는 그 매춘부와 함께 계몽적인 대화를 나누면서 일주일 동안 있었던 모든 일과 신문의 소식들을 이야기했다. 타비냐는 교양 있는 신사들과 어울리면서 주워들은 것이 많았다. 그녀의 이야기는 유쾌했으며, 그녀가 지적이라는 이유로 사포치 거리에서는 어떤 주제에 관해서든 그 창녀의 견해를 구하곤 했다. 더욱이 그녀는 매우 도덕적이어서 당대의 관습들, 세계적으로 유행하는 부조리한 사상과 방종하고 믿음이 없는 젊은이들에 대해 매우 비판적이었다.

따라서 그 약사는 저녁 식사를 소화시키는 한 시간 동안 〈세계는 지옥을 향해 가고 있어요. 세계를 구할 수 있는 성인은 이제 없어요〉라고 말하는 그 물라타의 교훈적인 이야기에 귀를 기울이고 고개를 끄덕였다. 그런 다음에는 향기로운 나뭇잎을 태우는 그녀의 방으로 들어갔고, 닥터 테오도루는 눈처럼 하얀 시트가 깔린 침대 위에서 앙코르의 특혜를 누리곤 했다. 이렇게 거의 항상 놀라운 실력을 당당히 반복해서 보여 주는데, 그의 남성성을 의심한다는 게 가당키나 한 일인가?

앙코르엔 돈을 추가로 지불하는 것이 마땅하지만 가격 인상은 없었다. 타비냐 마네몰렌시아는 시간이 아닌 하룻밤 단위로 돈을 받았는데, 고객이 집안 사정상 어쩔 수 없어서, 거짓말로 덮어 둘 만큼의 짧은 시간밖에 이용하지 못하고 일찍 떠난다고 해도 마찬가지였다. 비싼 요금에 높은 봉사료였지만, 서비스는 최고였다. 그녀의 모든 대우와 능력은 값비싼 요금이 아깝지 않았다.

닥터 테오도루는 자정까지 머무르면서, 때로는 부드럽고 따뜻해서 기분 좋은 매트리스의 침대에서, 그를 지켜보는 오타비아나 옆에서 끄덕끄덕 졸곤 했다. 그녀는 그가 떠나기 전에 설탕을 넣어 간 옥수수나 라이스 푸딩, 또는 그 검은 피부의 너그럽고 훌륭한 매춘부의 표현을 빌리면, 〈원기 충전〉을 위한 리큐어 한 잔을 다시 내오기도 했다.

수다쟁이들이 신랑감 목록에서 그를 빠뜨리고, 또는 결혼 계획에서 그를 배제했던 것은 그가 노모를 극진히 모셨기 때문이었다. 거동이 불편한 그 노모에겐 아들이 전부였다. 그녀가 뇌졸중으로 쓰러졌을 때, 갓 대학을 졸업한 닥터 테오도루는 어머니가 살아 있는 한 결혼하지 않겠다고 약속했었다. 그것은 그가 보여 줄 수 있는 최소한의 효도였다.

아버지가 세상을 떴을 당시 그의 나이는 열여덟, 의과 대학 입학시험을 준비하던 때였다. 그는 학업을 포기하고, 그들이 살던 제키에 시에 영원히 눌러 살면서, 친절하다는 명성과 엄청난 빚과 함께 아버지가 남겨 준 전부였던 작은 포목점을 떠맡을 생각이었다. 그러나 외모는 가냘파도 유능했던 과부는 이런 아들의 희생을 받아들이려 하지 않았다. 죽은 남편이 소중히 여겼던 유일한 야심은 아들이 대학을 졸업하는 모습을 보는 것이었다. 더욱이 어린 테오도루는 뛰어난 학생임을 보여 주었고, 교사들은 그의 밝은 미래를 예견하고 있었다. 그는 어머니가 가게를 떠맡은 동안 시험에 합격해서 공부를 마쳤다. 딱 하나 변화가 있었다. 그는 의학을 포기한 대신, 3년은 더 짧은 약학을 공부했다.

과부는 홀몸으로, 숨 돌릴 겨를도 없이 밤낮으로 집안 살림과 가게를 꾸리면서, 빚을 갚고 다달이 아들에게 용돈을 보냈다. 그는 여러 번 직업을 구하려고 해보았지만 어머니가 단호하게 반대했다. 「공부란 때가 있는 신성한 것이다. 일은 졸업 후에 하면 된다.」

학위 수여식에서, 검은 졸업 가운을 입고 반지를 끼고 졸업 증서를 들고 학위 수여식에 참석한 엄숙한 대열 속의 아들을 보았을 때, 그동안의 희생은 그녀에게 너무 큰 것이었다. 그날 밤 호텔에 돌아간 그녀는 발작을 일으켰다. 그 후 기적적으로 의식을 회복했지만 몸은 마비되었다.

곧 다가올 것만 같은 어머니의 죽음을 마주하게 된 젊은 약사는, 멜로드라마의 주인공에게 어울릴 법한, 그러나 아주 진지한 태도로, 결코 어머니 곁을 떠나지 않겠다고, 어머니가 살아 있는 한 결혼하지 않겠다고 맹세했다. 다음 날 그는 시간이 나자마자 곧바로 약혼녀였던 비올레타 사와 파혼했고 다시는 사랑을 하지 않았다. 그의 유일한 오락이자 위안거리는 고등학교 때 시민 악단 단원으로 배웠던 바순 연주뿐이었다.

제키에의 가게를 처분한 뒤, 그는 이타파지피의 한 약국 동업자로 들어갔는데 당시 약국 사정은 좋지 않았고, 주인인 의사는 때 이른 치매에 걸려 완전히 바보처럼 행동하는 바람에 가족들이 그를 기관에 수용해 버린 상태였다. 닥터 테오도루는 근처에 셋집을 얻어 오직 일과 어머니만을 위해 살았다. 몸을 움직이지 못해 휠체어에서 사는 그 모친은 황망한 눈길에, 쉬어서 거의 알아들을 수 없는 목소리를 내면서 노심초사 아들을 걱정했다. 밤이면 그는 어머니 옆에 앉아서 몸이 불편한 노인의 끔찍한 외로움을 달래 줄 바순 솔로를 연습했다.

그렇게 세월이 흐르고 흐르는 동안 그는 그 동네를 떠나 본 적이 거의 없었지만, 동네에서는 인기와 존경을 받게 되었다. 음악가 아제노르 고베스와 사귀게 된 그는 아마추어 오케스트라에 들어갔다. 그 유능한 지휘자를 감독으로, 의사들, 공학자들, 변호사들, 판사 한 넝, 사무관 한 명, 그리고 가게 주인 두 명으로 이루어진 오케스트라였다. 일요일이면 그들은 이 사람 저 사람 집을 돌아가며 한데 모여 연주를 하고, 자신들의 악기와 악곡에 행복해했다.

젊은 약사가 경영하면서 약국은 예전의 번영을 되찾았고, 닥터 테오도루가 정직하고 점잖은 사람이라는 소문이 점점 퍼져 갔다.

젊은 바순 주자 약사와 결혼하려는 여자가 많이 찾아왔지만, 결혼이 목표인 처녀의 시간을 받아들일 수 없는 진중한 그는 어느 누구한테도 말미를 주거나 희망을 갖게 하지 않았다. 연인에게 쏟을 관심은 모두 그 어머니에게 남김없이 쏟아 부었다. 꽃, 초콜릿 상자, 작은 선물들, 아들의 효심에 감동해 그 지휘자가 작곡한 소나타 「어머니의 사랑과 함께하는 이타파지피의 오후들」까지.

노망한 의사는 정신을 되찾지 못한 채 죽었다. 닥터 테오도루는 재고 조사를 하고, 수많은 문제를 자기 가족의 일인 양 해결했다. 어쩌면 그래서인지 몰라도, 그 의사의 과부는 고급 창녀인 막내딸을 그와 결혼시키려는 꿈을 갖게 되었다. 다행히 닥터 테오도루의 맹세가 그를 구해 준 셈인데, 그렇지 않았다면 본의 아니게 그 창녀의 남편이 되었을지도 모를 만큼 그 과부는 몹시도 그를 귀찮게 했다. 그녀는 벌써 그를 사위처럼 대하면서 그의 생활에 간섭하려고 했다. 기겁한 닥터 테오도루에게 탈출구는 하나뿐이었다. 자신의 약국 지분을 처분하고 약국과 결혼의 위협에서 벗어나는 것이었다.

지분을 처분한 돈을 어떻게 할까 고민하던 중, 그의 한 지인(우리도 아는 사람이다. 왜냐하면 그는 전에 칠레 거리에서 차를 타고 가다가 도나 호지우다를 칠 뻔했으면서도, 예의상의 말 한마디 없이 욕설을 퍼부었던 제약 회사와 연구소의 멋쟁이 중개인 호자우부 메데이루스이기 때문이다)이 중요한 곳을 소개해 주었다. 과학 약국, 목이 아주 좋고 손님도 많은 이 가게를 놓고 상속자들이 더러운 싸움을 벌이면서 역겨운 가족 분쟁을 일으키고 있었다. 덕분에 그는 최고의 거래를 성사시킬 수 있었다.

그렇게 해서 닥터 테오도루는 다섯 명의 상속인 중 두 명의 지분을 사들여 한 번의 계약금을 치렀고, 나머지는 단기 어음으로 해결했다. 큰 기업이자 재산을 떠맡게 된 것이다. 처음에는 높은 이자로 어음을 상환하느라 고생도 많았다. 궁지에 몰린 그에게 큰 도움을 주었던 사람이 은행가 셀레스치누였는데, 같은 아마추어 오케스트라 단원이자 바이올린을 메스만큼 잘 다루는 닥터 벤세슬라우 피리스 다 베이가가 이 약사를 추천해 준 덕택이었다. 그 포르투갈인 은행가는 자기 눈앞에 있는 남자가 점잖은 사람임을 곧바로 알아보았다. 셀레스치누에겐 경찰견 같은 시각과 후각이 있었다. 한 번도 실수한 적이 없었다. 그는 닥터 테오도루의 어음 재협상을 거들어 주는 등 물심양면으로 도움을 주었다.

검소한 사람, 사치라고 해봐야 어머니를 위한 좋은 간병인과 바순, 주중 타비냐 마네몰렌시아를 방문하는 것이 전부인 이 약사는 그 은행가의 도움 덕에, 비록 여전히 빚은 있었지만 크게 힘든 고비 없이 약국의 첫 시기를 보낼 수 있었다. 도나 플로르에게 구애하기 1년 전에, 그는 안도의 한숨을 쉬며 마지막 어음을 다 갚았다.

이제 그는 더 이상 이타파지피의 작은 약국이 아닌, 도시 한복판에 있는 약국의 동업자였다. 자본금의 5분의 2밖에 내지 않았으므로 중요한 파트너는 아니었지만, 그는 자신이 그 기업의 최대 주주라고 생각하고 일했는데, 그 세 형제는 잘 어울리지도 않았고 과학 약국에 발을 들여놓는 일도 (매달 자본을 미리 요구할 때를 빼고) 거의 없었기 때문이다.

더욱이 대졸 약사였기 때문에 그는 매일의 판매 수익 중 더 많은 몫을 받았다. 그는 조만간 나머지 지분까지 손에 넣기를 바라면서, 남은 상속인들, 게으르고 쓸모없는 그 형제들이 사치하느라 나머지 유산을 탕진할 때를 조용히 기다리고 있었다. 한편으로는 수다쟁이들을 포함한 이웃들의 존경과 신임을 받았다.

그가 티 하나 없는 검은 정장을 입고 카베사에 처음 나타났을 때, 40대를 앞둔 이 진중하고 유능한 총각을 본 여자들은 발 빠르게 움직였다. 이어서 그들은 은밀히 그를 재어 보고, 그의 능력을 가늠했다. 〈주사를 놓는 그 섬세한 손〉…… 〈웬만한 의사보다 처방이 낫고〉 운운하면서, 제키에의 작은 가게를 꾸렸던 어머니가 그를 공부시킨 이야기, 그의 바순 솔로와 관련된 총각의 예술과 기쁨, 그리고 닥터 테오도루가 중풍에 걸린 어머니를 보살피기 위해 여자에 대한 사랑은 버리겠다고 맹세했던 극적인 뇌출혈 대목에서는 눈물을 곁들여 가며 떠들었다.

도나 지노라, 세부 사항을 조사하는 데에는 용의주도하고 정확하며 지칠 줄 모르는 그 여자는 이타파지피까지 조사 영역을 확대했고, 거기서 노부인의 휠체어를 밀었던 간병인을 면담하기까지 했다. 그러나 한 편의 소나타, 멜로디, 시를 끌어낸 아들의 효성은 수다쟁이들의 험담을 상대로 승리를 거두었고, 결국 그들은 병든 어머니를 지키며 엄격한 습관에 따라 평화롭게 살도록 약사를 내버려 두었다.

사람들이 그 엄숙한 효의 맹세에 얼마나 익숙해져 있었던지, 닥터 테오도루의 어머니가 20년 이상 타고 다니던 휠체어에서 숨을 거둠으로써 그 맹세의 굴레에서 아들을 풀어 주어 자유로이 결혼할 수 있게 해준 몇 달 전에도, 커다란 질적 변화는 일어나지 않았다. 수다쟁이들과 관련된 한, 그 약사는 잡담과 참견의 대상으로는 존재하지 않는 사람이었다. 그들은 모든 사람의 이야기를 지껄이면서도 그 약사, 〈그 올곧은 남자, 닥터 테오도루〉만큼은 예외로 했다.

그러니 그 약사가 요리 선생한테 관심이 있다는 소식이 터졌을 때 그들의 놀라움, 경악, 좌절감이 어땠겠는가! 아, 그 배신자! 이웃들은 전투 대형으로, 과학 약국과 풍미와 예술 요리 학교 사이의 모든 전략적 지점을 차지했다. 닥터 테오도루는 검소하게 회색 또는 파란색 더블브레스트 코트를 입고서 존경과 함께 열정이 어린 그의 짧고 엷은 미소에 답하는 도나 플로르의 창 앞을 지나가면서, 서두르지 않는 걸음걸이로 인해 태형을 받듯 사람들의 눈길과 웃음 속을 지나가야 했다. 아, 그 배신자, 은근슬쩍 교활한 남자. 수다쟁이들의 눈길과 몸짓은 하나같이 그를 비난하고 있었다.

멀리 떨어진 이타파지피의 집에 사는 그는 약국 문을 닫은 후엔 서둘러 시가 전차를 타지 않았다. 불편한 몸으로 초조하게 그를 기다리는 어머니는 이제 없었다. 그는 포르투갈인인 모레이라의 식당에서 점심과 저녁을 먹었고, 그 과부의 동네를 떠나기 싫다는 듯 카베사, 마시에우, 소드레를 어슬렁거렸다. 그는 그녀와 거리를 두고, 자신의 존재를 드러내는 법이 없이 신중하게 사랑을 키워 왔다. 그러나 이제 한 걸음 디딜 때마다, 촉각을 곤두세운 여자들, 도나 지노라의 암시를 듣는 이웃 여자들을 만나는데 어떻게 신중함과 자제력의 한계를 지킬 수 있을 것인가?

닥터 테오도루, 정직한 것을 빼면 시체인, 기만과 위선을 싫어하는 이 남자는 몹시도 불편했다. 상황이 견딜 수 없게 돌아가고 있었다. 도나 노르마는 이것을 이해했다. 「그 약사가 정말 딱해 보여.」

도나 플로르는 동정적인 미소를 지었다. 「불쌍한 사람……」

「이런 식으로는 안 돼. 아무래도 내가 나서야겠어.」

도나 노르마는 사랑에 빠진 그 약사와 터놓고 얘기하자고, 문제를 아예 매듭짓자고 벼렀다. 도나 플로르마저 관심이 있음을 인정하고 그에 대해 좋게 말하면서, 그 약사가 거리를 지날 때면 늘 창가에 나와 있었다.

「내가 말해 볼 거야.」

「지금 제정신이 아니세요. 제가 알아서 할게요.」

사실 도나 노르마가 주도권을 잡을 기회가 없었던 것이, 바로 그날 오후, 도나 플로르가 거의 숨이 넘어갈 듯 그녀의 집으로 뛰어들었기 때문이다. 편지와 편지 봉투를 들고서. 금박 테두리에 백단 향이 나는, 아름답고 파란 편지지였다. 모든 문법 규칙에 맞는 지극히 정확한 포르투갈어의 씩씩한 문장으로 된 구애, 그의 현세적인 재산과 자질을 열거하고 모든 것을 그 숙녀의 발밑에 바치면서, 올곧은 의도를, 고상하지만 그럼에도 진정한 열정의 숨결을 뿜어내는 말들, 그 모든 것이 점잖은 분별력의 한계 내에서, 떨리면서도 강렬한 사랑을 선언하면서 그의 감정을 기록하고 있었다.

「멋져.」 도나 노르마가 열심히 편지를 탐독하면서 말했다. 「정말 끝내 주는 남자야!」

13

도나 플로르의 첫 번째 결혼이 성급히, 최소한으로, 격식을 생략하고 치러졌다면, 두 번째 결혼은 있어야 할 모든 것을 갖추고, 질서와 분명한 과시 속에서 치러졌다. 첫 번째에는 청혼 같은 건 없었다. 때 아닌 잠자리를 하면서 사랑은 곧바로 결혼으로 이어졌다. 불편하고 다급한 상황에서 결혼이 치러졌던 것은 신부가 처녀성을 잃었기 때문이었고, 비록 처녀는 아니지만, 적어도 가문의 명예를 회복하기 위해 정부와 교회의 승인이 필요했던 결과였다.

두 번째에는 청첩장이 인쇄되고, 닥터 테오도루를 〈존경스럽고 훌륭한 애독자〉라고 일컫는 아부성 발언과 함께 「아 타르지」의 사회면에도 실렸으며, 음악, 꽃, 조명, 손님들을 갖춘 결혼식이 치러졌다. 실로 많은 손님이 참석했던 성 베네딕트 교회에서의 결혼식은 동 제로니무 신부의 아주 유창한 설교로 시작되었다. 반면에 민법 결혼식에서 판사인 닥터 피뉴 페드레이라는 특유의 기품 있는 말투를 담은 간결하고 편안한 연설로, 〈음악과 신의 목소리란 기호 아래〉 신혼부부가 서로 이해하며 평화롭게 살 것을 예견했다. 마른 체구의 중요한 인물인 이 판사는 거장 아제노르 고메스가 지휘하는 아마추어 오케스트라 단원으로, 클라리넷 주자였다.

이렇게 해서 도나 플로르의 두 번째 결혼은 첫 번째에 빠졌던 모든 것을 다 갖추었다. 모든 것은 도나 노르마 — 신혼부부의 요청을 받은 — 의 지휘 아래 효율적으로, 사소한 것 하나에도 신경을 써서 준비되었으며, 모든 것이 제시간에 제자리에, 모든 것이 탁월한 품질과 적절한 가격으로, 그리고 각계각층 전체 이웃의 열성적인 도움으로 치러졌다.

도나 노르마가 해내지 못한 것이 있었던가? 도나 호지우다까지 딸과 완전히 화해하고 참석했다. 도나 플로르의 오빠와 올케도 나자레트에서 왔다. 결혼식에 오지 못한 사람이라고는 호잘리아와 안토니우 모라이스뿐이었는데, 이 기계공은 자기 장모가 〈지옥으로 영원히 휴가를 떠날〉 때까지는 바이아로 돌아오지 않겠다는 결심을 굽히지 않았다.

이번에는 도나 호지우다가 트집 잡을 게 없었다. 이번 결혼은 식은 물론이고 사위까지 그녀의 기준을 충족했다. 드디어 라데이라 두 아우부 시절에 꿈꾸던 모델에 근접한 사위를 맞은 것이다. 물론 아주 흡족한 것은 아니었다. 간발의 차로 놓쳐 버린 학생 페드루 보르지스 같은 이상형, 완벽한 왕자는 아니었다. 그래도 어쨌거나, 박사에 능력 있는 남자, 목 좋고 구색 갖춘 약국의 동업자였다. 존경받는 사람, 예의 바르고 중요한 사람. 남의 자동차 밑을 기면서 기름때나 묻히는 호잘리아의 남편 같은 시시한 사람이 아니었다. 그리고 한심한 부랑자, 플로리페지스의 첫 남편 같은 날건달은 더더욱 아니었다. 닥터 테오도루 정도면 그녀의 탁월한 지인들에게 얼마든지 자랑할 수 있었다. 그는 그녀의 신용장이자 자산가, 부자였다.

이 두 번째 결혼에서는 연애 과정이 전혀 없었는데, 그것이 순리였다. 과부 처지에 길모퉁이나 문간에서 껴안고 키스하고 애무하고 여기 만지고 저기 만지고 가슴을 주물럭거리고 허벅지를 쓰다듬고 하는 짓은 꼴사나워 보이기 때문이었다. 남자의 의도가 진지해서 뭔가 앞서 나가도 괜찮을 때, 처녀의 연애라면 염치없고 뻔뻔스러운 짓들을 묵과할 수 있지만, 그것이 과부의 경우라면 용서할 수 없고 부도덕한 것이 된다.

그렇기 때문에 닥터 테오도루가 그 고상한 편지로 구애를 시작하고 친지와 친구들의 조언과 승인을 받아 양측이 동의한 후에도, 도나 플로르와 닥터 테오도루는 점잖고 제한된 연애를 하면서 서로를 더욱 알아 갔고, 이런 식으로 각자의 장단점을 파악하고 따라서 서로에게 결혼이 좋은지 어떤지를 결정할 수 있었다. 탁월한 대사 역할을 한 삼파이우 씨의 지론은, 도나 플로르는 이미 쓴 경험을 했으므로 성공에 대한 완전한 확신이 없이는 그처럼 진지한 일을 결정해선 안 된다는 것이었다.

실로 진지한 결정이었다. 환영의 마음과 능력을 갖춘 도나 노르마조차 그 금박의 파란색 편지지, 백단 향과 열정이 묻어나는 편지에 대해 선뜻 혼자서 결정하지 않았다. 사실 도나 플로르의 친자매처럼 가깝고 비밀을 나누는 친구로서, 과부의 족쇄를 찬 젊은 여인의 불행한 상태를 잘 아는 그녀의 견해로는 의심할 것도 없었다. 그 결혼은 친구의 모든 문제를 해소해 줄 완벽한 해결책이었다. 그러나 그 열렬하고 정중한 구애에 대한 답은 〈좋아요〉라는 한마디로 요약될 수 없는 것이었다. 그다음은 어떡한단 말인가?

그 상황에서 필요한 것은 모든 것을 확실히 해두는 것, 의도와 시간 제한, 날짜까지 확실히 해서 도나 플로르가 사람들 입에 오르내리지 않도록, 또는 그 경험 없는 약사가 오래 기다리는 우스꽝스러운 상황이 되지 않도록 하는 것이었다. 사회적 지위가 있고 신망받는 약사가 갑자기 어릿광대가 되고, 그 뒤를 졸졸 따라다니면서 그의 눈길이나 한숨의 횟수를 세어 가며 즐거워할 수다쟁이들의 놀림감이 될 게 뻔했기 때문이다.

그런 이유에서 도나 노르마는 배운 게 많고 학자연하는 헌신적인 친구 도나 지자를 불렀을 뿐 아니라, 제 삼파이우 씨의 조언을 구하면서 그들의 말을 따랐다. 그녀는 처음에 리타 이모와 포르투 이모부를 떠올렸다. 도나 플로르의 어머니는 나자레트에 있었고 다른 친척들은 리우에 있었다. 그러나 그녀와 그 과부는 이 친절한 노인들과 사전에 그 문제를 논의하는 것은 쓸데없는 일이라고 생각했다. 만약 약혼을 발표하는 엄숙한 순간이 온다면, 그때 가서 리타 이모를 정원에서, 포르투 이모부를 밝은 풍경에서 불러와 약혼자의 의도와 요구를 듣게 하면 되었다.

그날 밤은 번잡스러웠다. 자신의 일을 확실하게 하고 싶어서, 도나 노르마는 도나 아멜리아를 찾아가 막 아기를 낳은 그들의 여섯째 혹은 일곱째 사촌에게 자기 대신 가달라고 부탁해야 했다. 「노르미냐가 꼭 거기 붙어서 뭐든 거들어 줄 필요는 전혀 없잖아. 그 애는 친척도 많아. 노르미냐는 그냥 모든 일에 참견하고 싶어서 나까지 불러들이는 거야. 혹시 무슨 일이라도 놓칠까 봐 두려워서 말이야.」 도나 아멜리아는 자기 의지와 상관없이 병원으로 향하며 그렇게 투덜거렸다.

도나 지자도 약속을 깨야 했다. 독일인 친구들의 집에서 조명을 낮추고 음료를 마시며, 진지한 침묵 속에서 베토벤이나 바그너의 레코드를 듣는 음악 행사를 취소했다. 삼파이우 씨의 경우는 완전히 자기 의지에 반해서, 억지로 끌려서 왔다. 그는 다른 사람들의 인생에, 적어도 결혼 같은 지극히 사적인 일에 말려드는 것을 무척 싫어하는 사람이었다. 그러나 이것이 도나 플로르, 그가 진정 좋아하는 사람, 과부이며 모범적인 여자 — 그리고 정말 군침 도는 매력 덩어리(삼파이우 씨는 자신의 천박한 생각을 어쩔 수 없었다) — 와 관련된 일이었으므로 그는 여가 시간과 원칙을 희생하고 그녀를 돕기로 했다.

편지를 소리 내어서, 삼파이우 씨의 말을 곁들여 가며 다시 읽으면서, 이 역사적인 정상 회담(언론에서 쓰는 말투를 빌리면)이 시작되었다. 「고상한 감성을 가진 사람이군. 맘에 들어.」 구두 가게 주인이 말했다.

이어서 도나 플로르의 수줍은 동의가 따랐다. 「네, 저도 그래요. 왜 아니겠어요? 자상한 것 같고…….」

「자상한 정도야? 아주 멋져, 정말 죽인다.」 도나 지자가 외국 억양으로 바이아 속어를 흉내 내면서 대꾸했다.

그들은 마침내 도나 노르마의 제안대로, 제 삼파이우 씨가 과부를 대변해 그 약사와 모든 문제를 논의하도록 전권을 주면서, 특정 조건으로 수락한다는 의견을 전달하게 했다. 앞으로 공개적으로 구애하거나 이상한 행동은 하지 말 것, 양쪽 모두 자제하며 신중한 교제로 대신하되, 도나 플로르의 이모와 이모부를 만나서 공식적으로 약혼을 선언한 뒤에 교제한다는 조건이었다.

일단 이것이 성사되자, 닥터 테오도루는 일주일에 세 번 약혼자의 집을 방문할 수 있었다. 수요일, 토요일, 일요일. 수요일과 토요일에는 저녁 먹은 후 와서 열시까지 머물 수 있었으며, 이 만남에는 당연히 제삼자가 동석해서 과부의 위신을 둘러싼 어떤 추문도 일어나지 않도록 했다. 일요일에는 이 체제가 약간 느슨해서, 히우베르멜류에 있는 리타 이모와 포르투 이모부의 집에서 점심 식사로 시작되어 삼파이우 씨네 가족이나 후아스 씨네 가족과 어울려 영화관에 가는 것으로 끝났다.

이 중요한 만남의 순간에는 항상 그런 제한 조건에 대한 도나 지사의 불만이나 반대가 제기되었다. 그녀는 가장 어리석고 바보 같은 구속, 그녀가 보기에 중세 시대의 통탄스러운 봉건적 유물에 강하게 반대했다. 그러나 세상을 잘 아는 제 삼파이우는 그 과부의 명성을 지킬 필요가 있다고 느꼈다.

모든 것이 닥터 테오도루가 훌륭한 남자임을 말해 주었다. 예전의 품행들, 그 편지에 담긴 고상한 말들, 뭐 하나 나무랄 게 없었지만 그럼에도 그 어떤 가능성에 대해서도 과부를 보호해야 했다. 그 약사가 무방비의 도나 플로르 집에서 낮과 밤을 보냈다가, 또는 두 사람만 여기저기에, 모든 곳에, 보는 눈이 있는 곳에 나들이를 가거나 돌아다니다가, 그런 경우가 너무도 많듯, 갑자기 그 남자가 사라져 버린다고 상상해 보라. 그럴 경우 그 과부가 지켜 왔던 명예와 위신은 어떻게 될 것인가? 도나 플로르는 모범적으로 신중한 과부에서 죽은 남편의 요강으로 전락할 것이고, 그런 요강에는 어중이떠중이가 다가와서 욕구를 배설하고 제 갈 길을 갈 것이다. 배운 게 많은 도나 지자는 그런 관습에 웃을지 몰라도 그 사람, 도나 플로르의 도덕적 평판을 생각하는 제 삼파이우는 그런 태도를 고수했다……

중세 시대, 봉건주의, 종교 재판. 서른 살의 여자, 과부, 자유로운 몸, 스스로의 능력으로 먹고사는 여자의 집에 마흔이 넘은 약혼자가 방문한다는데 참관자가 있어야 한다니, 그게 말이나 되는 소리인가? 그런 후진성은 브라질에서나 가능한 일이었다. 미국에서는 다들 웃을 일이다.

삼파이우 씨는 가만히 그녀를 바라보며 말없이 그 그링가의 얘기를 들으면서, 속으로는 동의했다. 사실이지, 그렇게 몸을 사리고 참관자까지 두어야 한다니, 그거야말로 정말 바보 같은 일이다. 어쨌거나 모든 것이 결정된 상태에서, 자기가 가진 것을 주고 싶은 사람에게 준다는 것은 그 사람의 일이었다. 그 그링가가, 그렇게 멋진 생각들을 재잘거리고 있는 그녀가 자신의 이론을, 그런 인습과 어리석은 인식에 대한 경멸을 실천만 한다면 얼마나 멋진 일이겠는가. 하지만 꿈 깨시라! 그 많은 말과 분노, 많은 독서와 박식함. 그렇지만 그녀는 목석이었다! 적어도 그때까지는 반증이 있었다. 만약 그녀가 누군가에게 뭔가 주었다고 해도 그것은 아주 은밀했고 교묘했으리라! 아무도, 심지어 도나 지노라까지도 어떤 근거, 어떤 사실, 어떤 남자에 근거해 의심을 예증할 수는 없었다. 수많은 소문, 그러나 실체는 없었다. 모든 것이 결국 없던 일로 수그러들었다. 그 그링가는 삶에 만족하는 듯, 물리적으로도 도덕적으로도 완전히 만족하는 듯, 부족한 것 없는 미소를 짓는데, 수다쟁이들은 눈에 불을 켜고 엿보아도 흠 하나 발견하지 못해 속을 태웠다.

〈신만이 아실 거야. 어쩌면 그녀는 주지 않았을 거야. 정말로 진지한 사람, 어쨌거나 위안이 되는 사람이야.〉 삼파이우 씨는 우울하게 결론을 내리며, 이윽고 그 모임을 해산했다.

다음 날, 삼파이우 씨는 평소의 습관을 또 한 번 어기고 구두 가게에 늦게 출근했다. 자신의 의무를 다하기 위해 약국에서 닥터 테오도루를 기다렸던 것이다.

속을 터놓는 대화이기는 했지만 처음에는 약간 어렵고 어색하고 딱딱했던 것이, 삼파이우 씨가 어떻게 화제를 꺼낼지 몰랐고 닥터 테오도루는 그런 일엔 풋내기이기 때문이었다. 그러나 그들은 서로 간의 호의로 합의에 도달했다. 그 구두 가게 주인은 그 명분에 완전 동조하고 있었고, 약사는 성숙한 남자로서 뚜렷한 열정을 느끼는 그 과부와의 결혼에 관한 한 어떤 일에도 긍정적이었다.

이 비밀 회담은 약국 뒤쪽의 실험실에서 이루어졌으므로 경솔한 눈들이나 귀들로부터 안전할 것 같았다. 그러나 어디까지나 그럴 것 같았다는 말일 뿐이다. 그날 아침 바로 그 시각, 늘 경계 태세인 도나 지노라는 삼파이우 씨가 조심스레 약국에 들어가고, 골방 실험실에 오래 머무는 것(매독 치료도 그만큼 오랜 시간이 걸리진 않는다)을 목격하고는 류머티즘 주사를 핑계로(사실을 말하자면 주사는 다음 날 오후 늦게 맞도록 되어 있었다) 진을 치고 있었다.

뻔뻔스러운 그녀의 얼굴을 보았을 때 두 음모가가 나타낸 경악은 충분한 고백이나 다름없었다. 게다가 그녀는 대화의 한 토막, 구두 가게 주인이 했던 말까지 들었던 것이다.「약사 선생님, 두 분 모두에게 축하할 일이군요. 선생님과 그 숙녀 분에게요. 잘됐어요…….」

사건의 전말을 이야기하기도 전에 소문은 온 동네를 몇 바퀴 돌았고, 도나 플로르는 제 삼파이우 씨가 임무를 성공적으로 완수했다는 사실을 알기도 전에 축하 인사를 받고 있었다(더욱이 삼파이우 씨는 감사의 뜻으로 벌써 종교 결혼식의 신랑 들러리로 지목되었다).

토요일 밤, 그 신랑감과 과부의 만남을 축하하기 위해 소규모의 들뜬 집단이 도나 플로르의 집 앞에 모여들었고, 풍미와 예술 요리 학교의 거실이 바로 들여다보이는 유리한 지점인 아르헨티나인의 집 앞 보도에는 뻔뻔한 이웃들이 진을 치고 있었다.

도나 플로르는 이 중요한 방문을 조용한 미소로 기다렸고, 그녀 주변에는 알맞은 사람들, 가까운 친척, 이 경우에는 이모와 이모부, 가까운 친구들(여기에는 도나 지노라도 끼어 있었는데, 자신을 초대하지 않으면 무자비한 전쟁을 벌이겠다고 협박했기 때문이다), 결혼한 부부 서너 쌍, 도나 마리아 두 카르무와 그녀의 딸 마리우다(자기가 약혼하는 것처럼 긴장한), 그리고 최고의 귀빈으로 공공 행정가이자 전국적인 학자, 가문의 친구이자 실제로도 부자 친척인 닥터 루이스 엔히키 등이 와 있었다.

닥터 테오도루는 그의 스위스 시계처럼 제시간에, 직접 보지 않고서는 믿지 못할 만큼 멋진 걸음걸이로, 단춧구멍에 꽃 한 송이를 꽂고 정말이지 최신 유행 차림으로 나타나 수다쟁이들에게 흥분의 전율을 일으켰다. 리타 이모가 예를 갖추어 그를 맞았다. 이어서 그는 손님 모두에게 인사하고 엄격한 의례에 따라 도나 플로르의 옆 소파에 자리를 잡았다.

새 드레스를 입은 도나 플로르는 반짝반짝 빛났고 겸손함이 밴 아름다움을 풍기며 구릿빛 얼굴을 붉혔다. 그렇게 평온하고 침착한 그녀의 모습을 보고, 그동안 그녀가 안으로 얼마나 괴로워하고 고통으로 쇠진했는지, 희망과 의심의 나날 동안 그녀의 욕정이 얼마나 자랐는지 짐작할 사람은 없었다. 마침내 그 고된 경험이, 깜깜했던 밤이, 상중의 외로운 사막이 종말을 향해 가고 있었다. 그녀는 다시 한 번 남자와 몸을 섞게 될 것이다.

닥터 테오도루가 소파 끝에 앉자, 침묵, 휴지기, 잊지 못할 만큼 아주 어색하고 엄숙한 순간이 이어졌다. 그 약사는 사람이 가득한 방 안을 둘러보았다. 도나 노르마가 격려의 미소를 보냈다. 그러자 그는 일어서서 도나 플로르와 그녀의 이모, 이모부를 향해서 〈그녀가 황송하게도 저를 약혼자로, 잠깐의 시간을 두고 신랑으로 받아 준다면, 비록 저의 앞길이 장애물과 뜻밖의 난관이 가득한 돌투성이 길일지라도 그녀가 기꺼이 인생의 반려자가 되어 준다면, 그녀의 도덕적 지지와 향유에 의지해 결국 그 길은 낙원이 될 것이니……〉 정말 행복할 거라고 이야기했다.

그것은 웅변과 같은 말, 대학 졸업생 대표나 정치가가 할 것 같은 담화, 닥터 테오도루의 의심할 수 없는 면모를 보여 주는 말이었다. 〈장점만 모아 놓았어.〉 참석자들 중에서 그 신랑감을 가장 잘 모르던 도나 마리아 두 카르무는 그렇게 생각했다. 한편 그는 계속해서 자신

은 그녀 인생의 존재 이유인 그녀의 친척과 친구들과 함께 있을 뿐인
데도 낙원의 문턱에 와 있는 느낌이라고 이야기했다. 그녀의 언니와
오빠, 그녀의 올케와 형부를 모시지 못한 것, 그리고 무엇보다 사랑하
고 존경받는 여인, 성스러운 어머니를 모시지 못한 것이 유감이라고
했다.

뜻하지 않은 도나 호지우다에 대한 언급 때문에 도나 아멜리아는
소리 내어 웃을 뻔했다. 〈두고 보라지. 시간이 가면 그도 그 할망구가
얼마나 성스러운지 알게 될 테니까.〉 그녀는 손으로 입을 가리고 있
는 자신을 깨닫고, 도나 노르마와 도나 에미나의 눈을 애써 피했다.

한마디로 닥터 테오도루는 중요한 사람들이 모인 그 자리에서 도나
플로르에게 구혼을, 그의 아내가 되어 달라고 청혼을 하고 있었다. 얼
마나 아름다운 청혼이었는지 도나 노르마는 감정을 억누를 수가 없었
다. 그녀는 짝짝 박수를 쳐서 삼파이우 씨를 화나게 했다. 가장 진지해
야 할 그런 순간에 박수를 치는 사람이 어디 있단 말인가? 그러나 도
나 플로르는 순리대로 조화롭게, 역시 일어서서 청혼자에게 손과 뺨을
내밀면서 청혼을 받아들였다. 「당신과 결혼하면 저도 행복할 거예요.」

그가 그녀의 뺨을 살짝 스치는 순간 거리에서 초조하게 지켜보던
군중이 집 안으로 들이닥쳤고 포옹의 물결과 축하의 말, 덕담, 여자들
의 키스가 쏟아졌다. 닥터 테오도루는 비난의 소리를 들어야 했다.
「이 사기꾼 양반! 능구렁이!」

이웃들은 체면을 팽개친 채, 과자와 오르되브르가 가득한 식탁으
로 달려갔다. 마리우다와 하녀는 집에서 만든 바이올렛 리큐어와 건
포도, 호그 플럼, 구아바를 준비했는데, 그 약사는 그것들을 맛본 후
에 짓궂게 평가했다. 「아, 이 리큐어가 맛있네요. 라파 수녀원의 수녀
들이 만든 거죠, 안 그래요?」

그는 맛으로 그렇게 생각했는데, 똑같이 인간적인 정이 넘치는 다
른 가정에서 맛보았던 음료들과 맛이 똑같았기 때문이다. 그러나 사
람들은 그의 자신 있는 말에 웃었고, 그의 가설을 부정하기까지 하면
서, 그것을 거의 모욕으로 받아들였다. 「도나 플로르의 특별한 재능
을 모른단 말이에요? 그녀는 사탕 과자를 만드는 데에는 맞수가 없는

최고의 요리사일 뿐 아니라 리큐어를 빚는 데에도 따를 사람이 없어요. 라파, 데스테후, 페르동이스 수녀원의 수녀들이 만든 것은 당신 약혼녀의 작품과는 도저히 비교할 수도 없는 설탕물, 약물 시럽에 지나지 않아요, 약사님.」

그는 사실을 고백했다.「솔직히 리큐어에 관해서는 아는 게 거의 없어요. 그런 비난을 기꺼이 받아들이겠습니다. 요리 분야에서 그녀의 명성에 관해서는 전혀 몰랐어요. 도나 플로르가 교사이고, 그것도 아주 능력 있는 교사이며, 양념에 관한 한 실제로 예술가라는 것은 더더욱 몰랐지요. 지금까지는 불행히도 이렇게 맛있는 것들을 맛볼 기회가 없었지만, 이제 그걸 제대로 배울 때가 왔군요. 문제는 아마 많이 살찔지도 모른다는 거지요.」

그렇게 약혼식은 즐겁게 이어졌다. 손님들이 드나드는 외중에, 닥터 테오도루는 우연히 그의 꿈의 대기실 앞, 도나 플로르의 침실 문턱에서 멈추게 되었다. 그는 구애나 정복의 경험이 전혀 없었고, 친하게 지낸 여자라고 해봐야 매주 방문하는 오타비아나가 전부였기 때문에 무척 어색해했다. 설사 한때는 솜씨 좋은 타비냐 마네몰렌시아를 만나면서, 현금에 덧붙여 아부성의 달콤한 말들까지 주었다고 해도, 시간이 지나면서 그 만남은 정중하고 진심 어린 습관으로 굳어졌고, 상냥한 관심, 과자와 리큐어, 침대에서의 대화, 정사 또는 심취와 같은 애정, 의례적인 인사를 나누는 작별이 곁들여졌을 뿐이었다.

그가 떠날 시간이 되었을 때, 도나 플로르는 약혼자의 품위 있는 (달리 말하면 겁에 질리거나 수줍은, 무엇보다도 소심한) 키스를 위해 뺨을 내밀었다. 그러나 그의 축축한 손가락을 잡는 순간 그의 손이 떨리고 있음을 느꼈다. 그녀는 닥터 테오도루가 자기처럼 내면에 불꽃을 가지고 있는지 궁금했다.

그날 밤 도나 플로르는 그의 꿈을, 오직 그만 나오는 꿈을 꾸었다. 꿈속의 그는 검은 거인, 강하고 대적할 수 없으며, 넓은 가슴을 가진, 도나 지자가 입맛을 다시며 말했듯이 정말 죽이는 남자였다. 그가 와서 그녀를 차지했다.

도나 플로르의 약혼은 그렇게 성사되었다. 이웃한 거리마다 화제는 오직 그것뿐이었다. 더욱이 아무런 반론도 없이, 만장일치로 승인하는 분위기였다. 반대의 목소리는 아예 없었다. 모두가 그 약사와 과부의 약혼을 지지했고, 두 사람이 천생연분이라는 것이 일반적인 여론이었다.

도나 플로르가 처음 한 일은 반년 안으로 결혼 날짜를 잡은 것이었다. 이것은 그 약혼자가 반대했던 몇 안 되는 것 중의 하나였다. 닥터 테오도루는 궁금해했다. 「왜 그렇게 오래 걸립니까? 준비해야 할 혼수도 없고 해결해야 할 문제도 없는데.」 친구들과 이웃들도 그와 같은 견해였으므로, 결국 도나 플로르는 그의 견해를 존중해, 수줍음의 기간, 억제된 욕정의 기간을 석 달로 단축했다.

평화롭고 조화로운 석 달의 시간 동안 그들은 서로에게 익숙해졌다(그것은 쉬웠고, 하루가 갈수록 더 나아졌다). 그동안 이들은 도나 노르마나 여러 친구와 함께하는 저녁 대화 시간을 늘려 갔고, 그러면서 앞으로의 생활에 관한 모든 사소한 것을 함께 결정했다.

그들은 도나 플로르의 집에 같이 살자는 데 동의했다. 그곳이 약국과 가까워 닥터 테오도루에게 아주 편리하다는 이유도 있었지만, 학교를 그만두라는 그의 제안을 도나 플로르가 단호히 거부했기 때문이기도 했다. 약국으로 두 사람이 충분히 그럭저럭 편안하게 살 수 있는데 — 닥터 테오도루는 그렇게 주장했다 — 그녀가 그 고역을 계속해야 할 필요가 뭐 있는가? 그러나 도나 플로르는 거기에 익숙해져 있었고 수강생들 없이는, 그 떠들썩한 집단과 웃음, 졸업장, 졸업식 때의 연설과 눈물 없이는, 그리고 자기가 버는 돈이 없이는 어떻게 될지 알 수 없었다. 아니, 그녀는 그 일에 관한 한 다른 얘기는 들으려고도 하지 않았다.

그것만 빼면 두 사람은 완전히 의견이 맞았다. 심지어 그녀의 철제 침대에 관해서도, 그녀가 은밀한 애정을 갖고 자기 취향에 맞는 구식이라 여기며, 그 운명에 관해 약간 걱정하던 — 어쩌면 그 약사는 그녀의 첫 남편이 수없이 그녀를 소유했던 그 침대에서 잠자기가 꺼림칙했는지 모르지만 — 그 침대조차 논의거리가 되지 않았다. 그들이 집을 새롭게 단장하기 위해 사야 할 물건(예를 들면 약사가 악보를 쓰고 서류를 보관할 수 있는 책상 같은 것)의 목록을 만들 때에는, 집을 점검하며 일일이 둘러본 후 따져 보고 결정했다. 침실에 이르렀을 때 그는 매트리스가 낡고 울퉁불퉁한 것을 보고 새 매트리스를 사자고 제안했다. 시장에는 최근 아주 훌륭한 스프링 매트리스들이 나와 있었다. 그에게도 스프링 매트리스가 있었지만 그것은 싱글베드용이었다. 침대에 관해서는 〈어차피 집이며 몇몇 가구를 새로 칠하는데 침대도 다시 칠하면 어떨까요?〉라고 말한 게 전부였다.

그들은 서로에게 익숙해져 갔고, 도나 플로르는 벌써 그 조용하고 친절한 남자, 모든 것이 정해진 시간에 제자리에 있기를 기대하는, 약간 엄숙하고 체계적인 면이 있지만 무례함을 모르고, 세심하고 잔정 깊고, 의심할 것 없이 죽도록 그녀를 사랑하는 이 남자에게 애정을 느끼고 있었다. 이미 그는 찾아올 때와 떠날 때(도나 지자가 말도 안 된다며 엄격하게 나무랐듯, 그는 일주일에 세 번 방문하던 것을 오래전에 무시하고 매일 찾아왔다) 가볍게 그녀의 입술에 키스했다. 그 강인한 입으로 그녀의 입을 살짝 스치는 정도였다. 그녀는 그의 입술을 깨물고, 그에게 진짜 키스를 하고 싶었다.

어느 날 밤 그들은 영화관에, 늘 그랬듯이 후아스 씨네와 같이, 늦게 도착했다. 영화는 시작했고, 영화관은 만원이어서 네 명이 같이 앉을 자리가 없었다. 도나 플로르와 닥터 테오도루는 앞쪽 줄에, 스크린이 너무 가까워 보기 힘든 자리였지만 둘이서 손을 잡고 앉았다. 거기서 그가 부드럽게 그녀의 입술을 스치는 순간, 그녀는 입을 벌리고 그를 탐닉했다. 그것이 둘이 나눈 첫 번째의 진짜 키스, 남자와 여자의 애무였지, 그동안의 나머지 것들은 키스가 아닌 그저 밀착에 지나지 않았다. 그러고도 판사와 사제 앞에서의 결혼식이 있기까지 다시 일주일을 지내야 했다. 그러나 그 명실상부한 키스는 둘 사이의 친밀감을 알리면서 가장 공손했던 구애의 겸손과 수줍음을 날려 버렸다.

도나 플로르가 매일 밤 꿈꾸었던, 도나 지자의 말대로라면 불면증 속에서 꿈꾸었던 것이 그 키스였다. 그들이 며칠 만에 결혼했다면 그동안 괴로웠던 그 갈증과 허기를 왜 진작 만족시키지 못했겠는가? 그들은 그러지 않았다. 당연히 그 주제를 거론한 적도 없었으며 넌지시

언급한 적조차 없었다. 그러나 그 키스는 상대방을 흥분시켰고 영화 관에서 그들은 서로의 손을 꼭 붙들고 서로의 머리에 기댔다. 그날 밤 도나 플로르는 편안하게, 정말 여러 달 만에 기분 좋게 잠을 잤다.

그렇게 해서 도나 플로르, 정숙하고 상냥한 그녀는 두 번째 결혼 생활에 접어들었다. 새롭게 칠 단장을 한 집은 새 집처럼 아름다웠고, 요리 학교 간판에도 반짝이는 전구들이 둘러졌다. 낡은 가구들이 새롭게 배치되었으며 그들이 산 책상과 회전의자가 새로운 품목으로 더해졌다. 스프링 매트리스가 깔린 철제 침대(이제는 파란색이 된)는 더없는 경이, 꿈이었다.

거실 벽에 있던, 도나 플로르와 첫 남편이 같이 찍은 컬러 사진들은 치워졌다. 결혼식 전날 밤, 그 자리엔 졸업 동기들에게 둘러싸여 지적인 가운을 입고 웃고 있는 약사의 사진이 걸렸다.

「죽은 사람이 집 안을 굽어보는 건 순리가 아닌 것 같아.」 도나 노르마는 단호하게 말했다. 그녀의 말이 옳았다. 그러나 도나 플로르는 벽에 자기 사진, 아무것도 모르는 어리석고 근심 많은 소녀, 도박꾼의 아내로 속 끓이던 때의 자기 사진은 걸어 놓고 싶지 않았다. 그것은 지금의 도나 플로르, 약간 더 통통해지고 더 침착해지고, 행복을 정복할 만큼 성숙한 모습이 된 약사의 아내가 아니었기 때문이다.

성 베네딕트 교회에서의 마지막 순간에 모두 — 하객들은 교회가 넘치도록 가득했는데, 너무 바빠서 그녀의 첫 결혼식 때처럼 늦게 도착한 은행가 셀레스치누도 있었다 — 가 예외 없이 똑같은 말을 했다. 그날 달빛 환한 밤이 시작될 때, 신혼부부를 도시 외곽으로, 청록색의 모든 성인의 만에 자리 잡은 상토메 지 파리피의 조용한 신혼여행지로, 수많은 별이 뜨고 귀뚜라미가 귀뚤귀뚤 울고 청개구리들이 합창하는 그곳으로 데려다 줄 택시에 두 사람이 올라탈 때, 도나 호지우다까지 똑같은 덕담을 했다. 「내 딸이 이번에는 대박 수를 골랐어. 행복할 거야.」

이번에는 한 사람도 빠짐없이 그 말에 고개를 끄덕였다.

제4장

안정되고 평화롭고, 두려움이나 슬픔이 없는 도나 플로르의 생활

약학의 세계, 거실에서 빛나는 아마추어 음악가들의 세계와
그녀의 행복을 상기시키는 이웃들의 합창 속에서.

(닥터 테오도루 마두레이라의 바순 솔로를 곁들여.)

아마추어 오케스트라

오르페우스의 아들들

창립 6주년을 맞이하여 저의 콘서트에 귀빈 가족 분들을 모시게 됨을 무한한 영광으로 생각하며, 오는 일요일 오후 여덟시 라르구 다 그라사 5번지 타베이라 피리스 부부의 저택 정원으로 초대합니다.

프로그램

제1부

1. 베르제, 「연인Amoureuse」. 왈츠.
2. 프란츠 슈베르트, 「군대 행진곡Marche Militaire」.
3. E. 질레, 「루앵 뒤 발Loin du Bal」. 왈츠.
4. 프란츠 드르들라, 「추억Souvenir」. 바이올린 솔로, 피아노 반주.
   솔로이스트 — 닥터 벤세슬라우 베이가,
   피아노 반주 — 엘리우 바스투.
5. 오스카 슈트라우스, 「왈츠의 꿈Waltz Dream」. 메들리.

제2부

1. 프랑시스 토메, 「소박한 고백Simple Aveu」.
2. 오텔루 아라우주, 「비가Elegy」. 비올론첼로 솔로, 오케스트라 반주.
   솔로이스트 — 아드리아누 피리스 대령.
3. 그라치아노 발테르, 「신음하는 연인Gemito Appassionato」.
4. 아제노르 고메스, 「플로리페지스를 위한 자장가」. 바순 솔로와

오케스트라 반주가 함께하는 로만스.
솔로이스트 — 닥터 테오도루 마두레이라.
5. 프란츠 레하르, 「유쾌한 과부The Merry Widow」. 메들리.
피아니스트 겸 지휘자 — 거장 아제노르 고메스.

1

도나 필로는 방 안 정리가 완벽한지, 흠 하나 없이 깨끗한지 다시 한 번 살펴본 후 뒤뚱거리는 걸음걸이로 천천히 나갔다.「이제 편안하게 쉬어요, 나의 천사들. 잘 자라는 인사는 필요 없겠지.」짐짓 심술궂게 굴 때에도 다정하고 모성이 넘치는 여자였다. 그녀는 닥터 테오도루가 학생일 때부터, 아들 닥터 주앙 바티스타의 반 친구였던 그를 잘 알고 있었다.「자네까지 포함해서 하는 말인데, 우리가 상토메로 이사 온 후 이 방에서 얼마나 많은 신혼부부가 밀월을 보냈는지 알지? 열일곱…… 아니 열여덟 쌍인가? 세는 것도 까먹었어.」

도나 플로르의 뺨을 이루만지고 약사에게 윙크.「잘 자요, 한 번도 깨지 말고.」이어서 그녀가 볼이 떨리도록 속 시원하게 웃자, 집 안 가득 울리는 그 소리에 건넌방에 있던 닥터 피멘타가 투덜거린다.「필로가 또 손님들을 괴롭히고 있군.」

「당신은 들어가서 자요. 손님들만 계시게 놔두라고.」

「필요한 게 다 있는지 확인하는 거라고요.」그리고 문간에서 마지막으로 한 번 더 엿보기.「우리 산비둘기들…….」

도나 플로르와 닥터 테오도루는 그 커다란 방에서 서로 어색하고 계면쩍었다. 친구들의 농담과 수강생들의 놀림 때문에 하루 종일 커져 왔던 어색함이었다. 바보 같은 농담들, 이중의 의미를 가진 이웃들의 말들이라니. 민법 결혼식과 종교 결혼식의 하객들은 유독 그날따라 음탕한 농담을 하곤 했다. 입담 걸쭉한 포르투갈인, 은행가 셀레스치누의 농담은 머리카락이 쭈뼛 설 정도였다. 택시가 출발할 때에도 그는 음탕한 농담을 하며 놀려 대고 있었다. 과부의 재혼은 으레 그렇게 무례한 환담의 양념을 넣고 거친 재담으로 맛을 내기 마련이었다. 오죽했으면 세상에서 가장 친절하고 손님맞이에 극진한 도나 필로조차 평소의 진지함을 팽개치고 농담을 하면서, 그 약사에게 너무 많이 하지 말라고까지 충고했을까. 그렇게 방 안에서는 어색함이 자라났다. 거북해서 어쩔 줄을 모르는 두 사람은 말없이 선 채, 시골뜨기처럼 서로를 바라보지도 못하고 있었다.

닥터 테오도루는 정원 쪽으로 열린 커다란 프랑스식 창문을 닫으려고 창문으로 다가갔다. 창문을 통해 밤이 방 안으로 쏟아지고 있었다. 달빛, 별들의 반짝임, 개구리 울음소리, 게가 스쳐 지나가는 소리, 어두운 바다를 가르는 강철 칼날 같은 물고기들의 인광, 고집스럽게 전구 주변을 도는 짙은 남색 바탕의 노란 점박이 나방. 코코넛과 망고 숲에서는 산들바람이 숨죽여 조용히 불어왔고, 박쥐들은 귀뚜라미와 개구리가 우는 습지 위로 그림자처럼 유령처럼 낮게 날면서 사포딜라 열매를 쪼고 있었다.

도나 플로르는 충동적으로 — 그들을 갈라놓고 있는 장벽은 우선 넘어야 할 바보 같은 난국이었다 — 남편 옆에 서서 창문턱에 기댔다. 닥터 테오도루는 소심함을 극복하고 그녀를 가슴에 끌어안았다. 그는 한 손으로 멀리 달밤을 가리켰다. 「저기 보여요, 여보?」 그 〈여보〉라는 말은 힘들게, 겨우 나왔다. 「저 위 말이에요. 저게 남십자성이오.」

생각해 보니 그것은 그녀가 어릴 때부터 항상 보고 싶어 하던 별이 아니던가!

「어디요? 가리켜 줘요, 여보.」

그녀는 〈여보〉에서 목소리를 높이고 혼잣말을 하듯 되풀이했다. 「여보……」 닥터 테오도루가 가리켜 주었다. 「저기…… 저거예요…… 여보.」

〈왜인가요? 이 두려움, 이 수줍음은 왜인가요? 왜 나를 끌어안고, 내 입에 키스하고 침대로 데려가지 않으시나요? 내가 얼마나 초조하게 기다리는지 안 보이시나요? 내 주린 표정을, 마구 뛰는 내 심장 소리를 모르시나요? 나의 간절함을 모르시겠어요?〉 도나 플로르 역시 그녀의 밤하늘 속 비밀스러운 천문학에서 별들을 발견하고 있었다.

창가의 그녀 옆에서, 그녀를 가슴에 끌어안고, 닥터 테오도루는 다음엔 어떻게 해야 그녀한테 상처를 주지 않을지, 그리고 추하거나 거친 행동을 하면 그녀를 기분 상하게 하지는 않을까 고민하고 있었다. 〈조심해, 테오도루. 서두르지 말고 침착해야 해. 야수처럼 행동했다가 모든 걸 잃을 수도 있어. 이 모범적인 여인에게 회복하지 못할 충격을 안겨 줄 수도 있단 말이야. 네 아내를 몰염치한 창녀와 헷갈리지 마. 네 욕망을, 네 사악함을 만족시킨 대가로 돈을 받는 매춘부와, 네가 이익을 취하고 예의나 정조의 구속 없이 행동할 수 있는 그런 여자들과 혼동하지 말란 말이야. 매춘부와 그 비참한 직업은 남자의 방탕함을 만족시키기 위해서 존재하는 거야. 아내는 사랑을 위한 거야. 그리고 사랑은, 너도 잘 알겠지만 테오도루, 사랑은 전혀 다르고 중요한 여러 가지 것들의 혼합물이야. 욕망이 포함되어 있지만, 그래도 육욕과 함께 정신의 욕망도 포함되는 거라고. 그걸 더럽고 외설스러운 것으로 만들지 않도록 조심해. 아내한테는 배려, 특히 그런 미묘한 사안에는 배려가 필요하고, 신혼 첫날밤은 행복한 삶이냐 불행한 삶이냐를 결정하는 중요한 출발점이지. 특히 아내가 먼젓번의 끔찍한 결혼에서 쓰라린 경험을 했다년 말이야.〉

그가 들은 바에 따르면 그녀의 첫 결혼은 쓰라렸을 뿐 아니라, 온갖 고생에 굴욕까지 겪은 비참하고 잔인한 것이었다. 〈바로 그런 이유로 네가 섬세하고 다정한 남편이 되어야만 아내의 가슴에서 그 흉악하고 불경스러운 기억을 모두 지워 버릴 수 있어.〉 그랬다. 그는 그녀가 갖지 못한 모든 것을 주고 싶었고, 절대로 고생과 굴욕을 주지는 않을 생각이었다.

욕망을 억제하는 그 시간 동안, 거짓되게 이해와 다정함을 추구하면서, 오해의 그물 속에서 맹목적으로 자신의 길을 더듬으면서, 그 용감한 우주 비행사는 하늘을 향해 출발했고, 그리하여 항성들의 궤도 속에서 그들에게 필요한 차분함과 어떤 친밀감을 찾을 수 있었다.

닥터 테오도루는 하늘의 지도에, 세상의 지도에 정통한 사람이었다. 그는 별자리 이름, 위성, 혜성, 은하계 별들의 개수와 크기를 알았다. 그는 손가락으로 아득히 먼 순수한 별들의 무한함을 가리키고는,

자신의 지식과 큼직한 손으로 그것들을 그러모았다. 그러고는 창가에서 아내의 작은 손에 그것을 놓았다.

그 결혼 첫날밤에 그는 일찍이 어느 연인도 상대방에게 준 적이 없는 것을 그녀에게 주었다. 거룩한 빛과 크기, 무게, 부피, 우주에서의 위치, 생략과 정확한 거리의 별들로 이루어진 목걸이였다. 그가 졸업 반지를 긴 손가락으로 하늘에서 골라내어 크기별로 배열한 그 별들은 도나 플로르의 목에서 반짝이는 투명한 별들이 되었다.

「당신 머리카락 속의 그 큰 별, 거의 푸른색으로 빛나는 그 별은 지평선 끝에서 떠올라 하늘에서 가장 밝게, 가장 크게 빛나는 별이라오. 오, 여보, 그것이 비너스, 금성이라오. 해가 진 후 밤에 빛날 때에는 저녁 별로, 바다 위로 여명과 함께 떠오를 때에는 샛별로 잘못 알려져 있는 별. 내 사랑, 라틴어로 그것은 스텔라 마리스Stella Maris, 뱃사람들을 안내하는 별이라고 하지요.」

이것은 현학적이고 순진한 우주 지리학 강의가 아니었다, 천만에. 그것은 한껏 고양된 기백, 그가 수줍음을 극복하고 그녀에게 밤과 사랑의 마술을 전하는 방법이었다. 별들과 지식에 둘러싸여 약사의 가슴에 머리를 기대고 있던 도나 플로르는 이제 마음이 편해지고 그런 지식에서 즐거움을 느끼며 이렇게 물었다. 「비너스는 또 사랑의 여신이라지요? 두 팔이 없는 여자, 맞죠?」

그녀가 하고 싶었던 말은 전혀 그런 게 아니었다. 〈그 여신이 우리 침대를 비추다니, 비너스는 우리에겐 행운의 별이에요. 두려워하지 마요, 여보. 당신이 야성적인 정열로 나를 차지한다고 해도, 격정에 휩싸여 아무 생각 없이, 호잘리아 언니가 리우에서 보내 준 이 드레스를 찢는다고 해도, 나를 알몸으로 눕혀 별빛만 덮게 한다고 해도 나는 기분 상하지 않아요. 나에게 올라타요. 우리 암말과 종마가 되어서 이 망고와 캐슈의 숲을 지나 카누와 고깃배의 바다로 떠나요.〉

그러나 그렇게 말할 용기를 어디서 낸단 말인가?

약사는 미소를 지으며 그녀의 손을 세게 쥐었다. 그 손이 떨리고 있었다. 「그래요, 그녀는 그리스 로마 신화 속 사랑의 여신이에요. 그리고 그 유명한 조각상, 고전 시대 천재의 작품 맞아요……」

도나 플로르는 또 한 번, 둘 사이를 갈라놓는 벽을 깨뜨리는 데 필요한 과감성과 야성이 그에게도 부족하다는 것을 느꼈다. 그렇게 아는 게 많은 덩치 큰 남자가 그녀를 차지하고 자기 것으로 만들 방법을 알지 못하다니. 〈아아, 테오도루, 아무리 갈망이 크다고 해도 나로선 주도권을 잡을 처지가 못 돼요.〉 그녀는 거의 인습의 한계를 넘어서고 있었다. 부끄러움도 없이 바람둥이 여자, 매춘부의 경쟁자가 될 위험을 무릅쓰고서 남편을 재촉하고 자극하는 일은 아내의 역할이 아니기 때문이었다. 〈그건 남편의 역할이랍니다, 테오도루, 내 사랑.〉

그는 끊었다 이었다 하면서 계속 노력했다. 이미 그녀 자신을 치장할 별 목걸이를 주고 난 그는 이제 이 세계의 독점적인 부와 함께, 기대에 찬 사람들의 싸움을 그녀에게 주었다.

「사람들 말로는 이 근처에 거대한 지하 원유 매장지가 있대요. 아주 엄청나서 우리 나라를 막강하게 만들어 줄 수 있을 만한 원유층이……」

석유의 강, 유정 탑, 천공, 유정, 모든 것이 도나 플로르의 발아래 있었다. 첫날밤에 그녀가 그에게 주지 못할 것이 무엇이랴!

「그 얘기는 포르투 이모부한테서 들은 적 있어요. 이모부가 이 근처에서 교사로 일하셨거든요.」

도나 플로르는 남편의 가슴에 기댔다. 바깥은 밤, 상토메 지 파리피 외곽에는 닥터 피멘타의 저택에서 도나 필로의 집까지 가는 내내 그들을 따라다녔던 재스민 향기가 가득했다. 달빛 환한 밤하늘은 거의 손에 잡힐 듯했고, 어느 다른 별에서 튀어나온 듯한 별들로 생기를 띠었다. 이름이 없는 별들도 있었고 그 약사의 다방면의 박식함으로 분류되는 별들도 있었다(〈그의 박식함에 맞설 사람은 도나 지자뿐이야.〉).

「……바로 저기, 제니팝 나무 위쪽이 오리온이오……」

보름달이 마치 원유처럼 짙고 어두운 바닷물, 조용하고 잔잔한 만의 바닷물에 주름을 잡고 있었다. 떠가는 고깃배들의 불빛, 파라구아수 강 유역을 따라 사탕수수와 담배 플랜테이션으로 가는 길 위에서 흔들리는 붉은 혜성들, 강 유역에서는 낡은 도시들과 마을들이 몇 년째 쇠락해 가고 있었다.

내륙의 바다는 조용하고 잔잔하며 나른하고 정적인 가운데, 잭프루트 나무와 빵나무 사이로 산들바람이 불어왔다. 도나 플로르는 바다와 모래사장, 카누, 고깃배를 비추는 달빛의 아름다움을 두 눈으로 실컷 즐겼다. 휴식과 평화의 바다.

목책 너머로 펼쳐진 거칠고 위험한 대양, 파도와 수면 아래의 해류, 믿지 못할 조류, 거센 폭풍이 거침없이 불어오는 넓은 바다가 아니었다. 이타포앙의 밀회 장소, 사랑이 할렐루야로 터져 나왔던 그 작은 집에 갈 때 펼쳐졌던 바다가 그랬다. 무한한 격정의 바다, 이렇게 달콤한 재스민 향기가 나는 게 아니라 높은 파도에, 모자반 냄새, 해조류와 굴 냄새, 소금 냄새가 강하게 나던 바다. 왜 그 바다가 생각날까?

왜 그 바다가 생각날까, 별과 보름달, 어둡고 잔잔한 바다, 수줍은 한 쌍 위로 펼쳐진 세계의 평화가 있는 파리피의 이 밤은 이토록 평온하기만 한데? 〈테오도루, 어서 빨리 더 많은 별을 보여 줘요. 당신의 목소리로, 당신의 학식으로 어두운 과거의 기억을, 죽어서 묻힌 그 기억을 짓눌러 버려요. 당신의 빛나는 별자리에서 우리의 길고 즐거운 오솔길을, 이 고요한 강을, 이 아늑한 곳을, 포근한 이 만의 생활을, 우리가 오늘 천천히 시작해 나갈 이 행복한 삶을 짚어 나가요.〉 도나 플로르는 전율했고, 눈가가 촉촉해졌다.

「추운가 보군요, 몸을 떨고 있으니. 이렇게 밤공기를 쐬게 하다니 내가 어리석었어요. 정말 위험한 일이오. 감기나 독감에 걸릴 수도 있는걸. 창문을 닫고 안으로 들어갑시다.」 닥터 테오도루는 그 따스한 미소를 짓고는 약간 부끄러운 듯 물었다. 「시간이 된 것 같지 않소, 여보?」

그녀 역시 웃으면서, 반은 수줍어서, 반은 도발적으로 장난치듯 그 뒤로 몸을 숨겼다. 「당신이 알아서 하세요.」 그는 매우 상냥하고 정중하며 다정한 거인이었다. 그녀는 그의 든든함, 보호를 느꼈다. 그녀는 그에게 팔을 둘렀다. 그는 그녀의 남편, 좋은 남자, 그녀에게 필요한 강하고 침착한 사람이었다. 진짜 남편, 올곧은 사람. 폭풍도 없고 날

뛰지도 않는 저 바다의 만처럼. 그러나 — 누가 알랴? — 어쩌면 감춰진 별들, 의심하거나 예상하지 못했던 풍부함이 있을지도 모르는.

그는 창문에 나무 빗장을 걸었고, 그녀가 그를 거들었다. 그 방, 두 사람의 소심함에 어울리는 방 안에서 밤은 작아지고 친밀해졌다. 〈오, 하느님, 이제 무슨 일이 일어날까요?〉 도나 플로르는 문을 닫으면서 속으로 물었다.

뭔가 할 일을 만들기 위해서 도나 플로르는 자기 옷과 그의 옷을 옷장 속에 넣기 시작했다. 침대 발치에는 침실용 슬리퍼 두 켤레와 약사의 결 고운 노란색 파자마, 도나 에나이지가 신부에게 선물한 레이스와 주름 장식이 달린 아마포의 걸작 잠옷이 놓여 있었다. 예술가 도나 에나이지는 시골 변호사이자 호색가, 가짜 박사인 닥터 알루이지우의 일을 망각 속에 묻어 버리고 기성복에 섬세한 수를 놓음으로써, 친구와 화해했던 것이다.

닥터 테오도루 — 아, 그는 졸업장과 반지가 있는 진짜 박사였다 — 는 그녀가 옷장 앞에서 오락가락하는 모습을 지켜보았다. 그녀는 그 잠옷을 어깨에 대고 그에게 보여 준 적이 있었다. 「예쁘죠?」 잠옷과 그녀를 바라보는 그는 뒷덜미가 찌릿했다. 〈조심해, 자네. 거친 행동, 강한 말로 모든 걸 망쳐서는 안 돼……〉 새신랑은 스스로를 타이르고 또 타일렀다. 신중함과 요령, 머나먼 파리피, 상토메에 펼쳐진 낙원, 피멘타 가문의 집에서 7일간의 밀월을 보내는 동안에는 그 두 가지가 나날의 지령이 되어야 했다. 그곳, 바다와 정원, 한가로움과 관능이 있는 곳에서의 7일, 그러나 밀월은 평생 지속되어야 하는 것이었다.

그는 도나 플로르에게 말하고 싶었다. 〈우리의 밀월은 평생 지속되어야 하오.〉 그런데 왜 이렇게 소심하고 수줍은가? 약혼 기간에 어렵게 쌓아 온 그 모든 친밀감이 갑자기 사라져 버린 것 같았다. 그렇지만 그들은 성 베네딕트 교회 수사의 축복과 깡마른 판사, 음악가들의 축하 속에서 결혼한 사이였고, 결혼 전에는 영화관에서, 집에서 갈망과 열정을 느끼며 욕정으로 불타올라 키스와 탐닉, 전율을 나누지 않았던가? 그런데 지금, 남편과 아내가 되어서 마침내 단둘이 그 결합을 완성할 순간이 온 지금, 이렇게 당황스럽고 말이나 행동을 할 수 없는 건 왜일까? 그가 그녀, 그의 사랑에게 하고 싶은 말은 이것이었다. 〈우리의 밀월은 평생 지속될 거요.〉 그러나 그 숨 막히는 침묵의 고리를 풀기 위해 그가 끌어낼 수 있는 말은 고작 이거였다. 「당신이 옷을 갈아입는 동안 난 저쪽에 가 있겠소…….」

그는 파자마와 침실용 슬리퍼를 들고 뛰다시피 욕실로 들어갔다.

도나 플로르는 남편이 욕조 물을 트는 소리를 들으며 거울 앞에서 재빨리 옷을 갈아입었다. 그녀는 헬리오트로프 화장수와 향수를 뿌렸다(도나 다그마르가 그녀의 분위기에 가장 잘 어울린다고 말했던 향수였다). 그녀의 알몸 위, 매끈한 배 위에는 오직 그 향수와 투명하게 비치는 아마포 잠옷의 검은 레이스만이 덮여 있었다. 평소에 정숙했던 눈에서 음탕하기까지 한 욕정이 빛을 발하자 그녀는 두려워져 몸을 떨었다. 그녀는 제집처럼 정갈하게 라벤더 향기가 나는 깨끗한 시트 밑으로 자신의 욕정과 아름다움, 투명한 레이스와 주름 장식을 숨겼다.

닥터 테오도루가 돌아왔다. 노란 옷을 입은 그는 매혹적이었다. 파자마를 입은 그는 더 커 보였으므로 도나 플로르는 이런 생각이 절로 들었다. 〈정말 거대하네!〉 팔에 결혼식 정장 — 줄무늬 바지, 혼색 모직 코트 — 을 걸치고 온 그가 크리스털 샹들리에의 불을 끄자, 낡은 예배당 성상 앞 기름등잔의 가녀린 빛만이 들어왔다.

〈잠옷을 벗은 내 모습을 보지 않으려나 봐.〉 그는 그녀의 젊은 육체를, 손대지 않은 처녀 같은 육체를, 아기를 키운 적이 없어 단단한 젖가슴을, 임신으로 늘어진 부위도 전혀 없고 아기 때문에 대개 변색되곤 하는 얼룩이 없는 배를, 구릿빛의 벨벳 같은 장미를 보지 못할 것이었다.

그러나 그게 무슨 상관인가? 밤일이 끝나고, 새벽이 희미한 아침 빛으로 몰래 들어올 때 그가 그녀의 몸을 볼 텐데. 지금 중요한 것은 그가 그녀의 젊음과 열정을 느끼는 것, 영원히 자신의 것임을 느끼는 것뿐이었다. 그를 가까이 느끼면서 도나 플로르는 눈을 감았다. 심장이 거세게 뛰었다.

그러나 그녀는 그것이 어떨지 상상하고 있었다. 그녀는 결혼했었고, 전에도 폭풍이 날뛰는 바다의 냄새가 풍기는 침대에서 남자를 알았었기 때문이다. 그녀는 그것이 어떤 건지 정확히 알고 있었다. 머릿속에, 몸의 모든 섬유 속에, 충실하고 세세한 기억이 남아 있었기 때문이다. 불과 한순간에 그 남자, 그녀의 새 남편은 점잖음과 정숙함의 경계를 넘어 애무와 단어의 소용돌이 속에서 시트와 잠옷을 거칠게 벗겨 버리고, 굶주린 입과 능숙한 손으로 그녀를 정숙함과 부끄러움에서 질풍처럼 끌어내려 축축한 진실의 하층토에 닿게 만들 것이다. 그녀는 남편이 나란히 침대에 눕는 것을 느꼈다.

과거에 그녀는 매번 늘 새롭게 정복해야 하는 상대였다. 그녀는 욕정의 나뭇고갱이를 감싼 옹이 진 껍질처럼 자기 안의 부끄러움으로 자신을 감쌌다. 그것은 여자로서의 욕정, 숨겨진 열망을 드러내기 위해 극복해야 할 장벽이었다. 그러나 지금, 그렇게 오랜 시간을 정숙한 과부(아, 젊지만 불행한)로 지낸 후, 불면증으로 끝없이 허비하며 여러 달을 보낸 후, 매춘부 가득한 거리의 괴로운 꿈으로, 끊임없이 경계하던 괴로운 밤으로 고통받는 일이 없게 된 지금, 이 단단한 겉껍질은 손만 대도 찢겨 나갈 얇고 약한 베일로 변할 것이었다.

그녀는 가슴 속에서 뛰는 심장을 느끼며 눈을 감은 채로, 시트와 삼옷을 벗기고 모든 것을 드러낼 남편의 벼락같은 행동을 기다렸다. 왜냐하면 그녀가 순결을 잃으면서 배운 바로는 잠옷을 입고서 밤일을, 옷이나 아주 투명한 아마포 조각이라도 덮고서 그걸 하는 사람은 없다고 했기 때문이다. 누가 그런 바보 같은 소리를 해?

그런데 그녀는 다른 것을 배웠다. 바보 같은 것은 아니었지만 뭔가 완전히 달랐다. 그는 그녀의 옷을 벗기지도 않았고 자신도 옷을 입은 채로, 시트 밑에서 그녀를 껴안았다. 그는 그녀의 머리를 끌어당겨(머리카락이 너무 검어서 거의 파란색이었다) 항구의 선창처럼 넓은 자기 가슴에 기대게 하고는 뺨에 부드럽게 키스하고 이어서 도나 플로르가 예견하고 기다렸던 키스를 입에 했다.

깜짝 놀란 그녀는 자제력을 잃었고, 그 키스와 함께 얇고 약한 부끄러움의 베일이 사라졌다. 남편의 손은 잠옷 위에서 그녀의 허리로부터 다리로 넘어가더니 거기에 닿았다. 이어서 그는 도나 플로르가 정숙함을 팽개치고 잊어버릴 겨를도 주지 않고서 레이스와 장식 주름을 들어 올렸다. 그리고 옷을 벗기고 자신의 옷을 벗고, 매춘부의 침대에나 어울리는 음탕한 애무 따위로 시간을 허비하지 않고서, 시트를 뒤집어쓴 채 그녀 위에 올라가 즐거움과 힘, 기쁨으로 그녀를 소유했다. 너무 순식간이었고, 달리 말하면 점잖았다. 이건 그녀가 알던 것과는 완전히 다른 것이었고, 그렇기 때문에 그녀는 이 조용한, 거의 금욕적인 성교 속에서 어쩔 줄 모르고 보조를 맞추지 못했다. 그녀가 욕망의 초원에서 혼자 겨우 밧줄을 풀어냈을 때 초원 저 끝에서 남편이 지르는 승리의 비명이 들려왔다. 도나 플로르는 패배감으로 혼자 남겨졌고 낙담해서 눈물이 날 뻔했다.

이 경우엔 동시성이 너무나 결여되어 있었기 때문에 도나 플로르는 괴로움과 욕구의 자를 가지고 닥터 테오도루의 섬세한 감정의 폭을 측정할 수 있었다.

앞에서도 말했지만 그는 아내와 잠자리를 한 경험이 전혀 없었고(미혼이었으므로), 정부나 연인과도 경험이 거의 없었으며, 관계라고 해봐야 매춘부들과 한 것이었는데 그 경우에도 자신과의 약속을 깰 만큼 몰두한 적이 없었다. 검은 피부의 청결한 오타비아나, 오랜 시간 그의 희열을 받아 주었던 유일한 문이자, 매주 그가 약간의 남성성을 남기고 오던 그 배는 결코 다정한 애정이나 뜨거운 열정을 표시한 적이 없었으며, 그 관계도 그저 정련된 욕정, 약사의 일부일처 성정과 일치하는 습관일 뿐이었다.

더욱이 알려진 바로는, 지금은 바뀌었지만(신이여, 감사합니다!) 그 약사가 굳게 서명하고 따른 교리 문답에는 원래, 아내는 순결함과 고귀함이 복합된 섬세한 꽃, 최고의 존경을 바쳐야 할 대상으로 묘사되어 있었다고 한다. 노골적이고 억제되지 않은 육체의 쾌락이란 매춘부의 것이며 돈으로 사는 것이었다. 그들에겐 대가를 지불하기 때문에, 모든 굴레를 풀어 버려도 모욕이나 고통을 안겨 주지 않을 수 있었다. 그들은 불모의 땅, 건조한 들판이었다. 그러나 아내한테는 결코 안 될 말이었다. 순수한 사랑, 아름답고 올곧은 (그리고 약간 통통한) 아내가 관련되어 있는 한 신중함이 필요했다. 아내는 우리 아이들의 어머니이기 때문이다.

그러나 그렇다고 해도, 그 진부한 교리에 얽매이고, 아무리 경험이 없고 무지하다고 해도, 그는 자신이 도나 플로르를 만족시키지 못하고 굳은 채로 남겨 두었음을 깨달았다.

전에도 말했다시피, 매주 오타비아나를 방문하면서 테오도루가 기꺼이 답례를 치러 주었던 적이 가끔 있었다. 그는 신혼 첫날밤, 피멘타 씨 댁의 라벤더 향이 나는 무거운 자단나무 침대, 그 기념비적인 침대에서 도나 플로르에게 답례를 해주었다. 여기서 덧붙여야 할 말이 있다면, 의무감에서가 아니라 진정 즐거운 마음으로 그걸 반복했으며 앙코르의 기회를 누리게 된 걸 오히려 기뻐했다는 것이다. 그는 신중하고 사려 깊게, 이번에는 그녀를 만족감의 언저리에 남겨 두지 않고 만족감이 넘쳐흐르도록 해주었다.

최소한의 경험에도 불구하고 고도의 미묘한 계산과 척도로 이 일을 해낼 수 있었던 것은, 지금까지 그가 오타비아나든 다른 누구든 상대방의 만족감에 무심했던 적이 전혀 없는 까닭이었다. 이럴 때 그의 행동은 완벽한 전문 기술로 스스로를 만족시키기 위한 것이었다. 그는 그 만족감을 바라고 가서 돈을 지불한 것이지 매춘부의 쾌락을 위해서 그랬던 게 아니었기 때문이다.

그럼에도 그는 도나 플로르의 열정이 부품에 따라 한 단계씩, 어떻게 나아가야 할지를 알고 있었으며, 이 모든 유희에서 커다란 기쁨, 한 번도 경험하지 못했던 기쁨을 느꼈다. 주도권을 쥐었다기보다는 환락에 몸을 맡긴 채, 타비냐를 즐겁게 해주기 위해서, 화류계 여자나 매춘부하고만 가능한, 아내와는 절대 불가능할 그런 종류의 음탕함을 탐닉했던 많은 밤도 이렇게 즐겁지는 않았다. 아내와의 그것은 달랐다. 깨끗하고 평화로운 소유, 거의 비밀스럽고 순수하고 정숙한 것들로 이루어진 사랑은 그녀를 위한 몫이었다. 그러나 도나 플로르가 기분 좋은 한숨과 함께 그의 이름을 중얼거리는 소리를 들었을 때, 그것은 정숙함 때문이나 덜 만족해서가 아님을 알 수 있었다. 「테오도루, 내 사랑.」

그는 그녀를 압도하려고 서둘렀고, 압도했으며, 마침내 두 사람은 억센 포옹과 깊은 키스 속에서 합일했다. 신음과 한숨, 나른함, 그리고 그 합궁의 불꽃에 밀려 침대 밖으로 떨어진 시트에 당혹해하면서, 그로 인한 추위를 느끼면서, 꿀에 파묻혀 싹트고 있는 도나 플로르의 은밀한 부위가 눈에 들어왔다(《정말로 아름답구나.》 닥터 테오도루는 수줍게 곁눈질만으로 겨우 보면서 생각했다).

그렇게 많이 이해해 주고 기쁨을 준 것이 고마워서, 그는 그녀의 달뜬 얼굴에 키스하고 소박한 시트와 따뜻한 침대보로 그녀를 덮어 추위를 막아 주었다. 그런 후에야 마침내 그는 자기 감정을 말할 자신이 생겨, 행복한 남편으로서 영혼의 말을 쏟아 부을 수 있었다. 「우리의 밀월은 영원히 계속될 거요. 나는 평생 당신한테 충실할 거요. 다른 여자는 절대 쳐다보지 않겠소. 내 목숨이 다하는 그날까지 당신을 사랑하겠소.」

「아멘.」 파리피의 신혼 첫날 달밤 속에서 두꺼비들과 황소개구리들이 합창했다. 「아멘, 아멘.」 바순 솔로 같은 소리였다.

「저도 평생 그럴 거예요.」 그녀는 자신의 말을 확신하면서 대답했다. 만족스러웠고 고통에서 벗어난 것이 다행스러웠다. 그렇지만 몸은 지치지 않았다. 반대로, 그가 자극만 해준다면 새로 분출할 수 있었다.

그러나 닥터 테오도루는 시트와 침대보 속에 누웠다. 「정말 우습네요! 아까 도나 필로가 먹을 걸 주겠다고 고집할 때는 배고프지 않더니, 이제는 뭔가 달콤한 게 먹고 싶어졌어요. 이렇게 바보 같은 이야기가 있을까요?」

「원한다면 내가 먹을 것 좀 가져올게요. 갖가지 디저트랑 과일이 있던데. 내가 가서……」

「가긴 어딜 가요! 갈 생각도 하지 마요.」

그 순간 그는 그게 뭔지 깨달았다. 배고픔이 아니라 밤에 타비냐의 집을 나서기 전 간식을 먹던 습관이었다. 이런, 돼먹지 못한. 매춘부의 집에서 들인 버릇을 버리지 못해 아내와의 관계를 더럽히다니! 그건 신이 용납하지 않고 지켜보신다! 그는 마지막으로 (가벼운) 키스를 하면서 밤 인사를 했다.「잘 자요, 여보. 피곤할 거요. 힘든 하루였으니까.」

하마터면 이렇게까지 말할 뻔했다. 〈힘든 밤이었소.〉 그러나 그녀가 맘 상할까 봐 차마 그 말은 못 하고 다리를 뻗고는 곧장 잠에 빠져들었다.

도나 플로르는 바로 잠들지 못했다. 사실 그녀는 아침이 될 때까지 불꽃에 이어 불꽃으로, 그녀의 몸을 타고 달리고 또 달리는 남편을 상상하며 하얗게 밤을 지새웠다. 그녀 옆에서는 닥터 테오도루가 깊은 숨을 쉬면서 강한 진동음을 내며 코를 골았다. 그 코 골이는 그의 남성적인 인상을 완성해 주었다. 강인하고 귀족적이며 잘생긴 남자, 그녀의 남편.

그녀는 그가 깨지 않도록 가볍게, 넓은 가슴과 평온한 얼굴을 어루만졌다. 그녀가 원했던 것은 자기 몸을 감싼 그의 몸 안에서, 그의 품 안에서, 그의 두 다리 사이에 끼여서 자는 것이었다. 그러나 감히 그럴 용기는 없었다. 남자마다 다른 법이다. 세상에 똑같은 남자는 없다고, 방대한 경험을 자랑하는 수강생들이 이야기했고, 불량스러운 마리아 안토니아 같은 경우는 이렇게 단언했다.「잠자리에서 서로 비슷한 남자는 없어. 저마다 벼룩 죽이는 방법이나 기호, 특기가 다르지. 능숙한 남자가 있는가 하면 그렇지 않은 남자도 있어. 하지만 그들을 최대한으로 활용하는 법만 안다면, 아, 그들 모두가 다 좋지. 상대가 바보 같건 현명하건, 거칠건 섬세하건 간에 누구와도 만족을 얻고 꽃에 물을 줄 수 있어.」

새로운 유형, 또 다른, 정반대의 남자. 기민하고 이해심 많고, 너무도 다정하고 부드러운 남자! 남편의 태도나 기호에 맞추는 것, 남편에게 완벽하게, 정확히 들어맞도록 하는 것이 아내가 해야 할 일이다. 저번에는 그것이 어려웠지만 그녀는 그럭저럭 적응했다. 그런데 그것이 훨씬 쉬워진 지금, 못 할 이유가 없지 않은가?

그 두 사람, 닥테 테오도루와 도나 플로르는 안락하고 행복한 삶에 필요한 것은 모두 갖추었다. 사람들의 견해만 그런 게 아니었다. 도나 플로르도 잘 알고 있었다.

정원의 향기가 창문 틈을 타고 흘러들었다. 바깥 만 위에선 고요한 밤이, 사나운 바람이나 갑작스러운 폭풍, 동요, 예측하지 못할 요소 없이 펼쳐지고 있었다. 너무도 고요했다. 행복한 삶, 안정되고 확실하고, 궁핍과 낭비가 없고, 두려움이나 쓰라림, 굴욕이나 고통이 없는 삶. 마침내, 그렇게 많은 부침을 겪은 지금, 도나 플로르는 행복의 맛을 알게 될 것이다.

「테오도루.」 그녀는 따뜻하고 확신에 찬 마음으로 중얼거렸다. 「모두 잘될 거예요. 모든 게 제대로 될 거예요.」

개구리들의 합창은 매혹적인 바순 소리로 대답했다. 「아멘! 아멘!」

별과 고깃배들의 정박등이 반짝이는 파리피의 밤이었다.

2

도나 플로르는 늘 스스로를 괜찮은 주부, 정돈 잘하고 꼼꼼하고, 모든 일을 요령 있게 처리하는 주부로 여겨 왔고 그렇게 평가를 받았었다. 좋은 주부이자 요리 학교의 훌륭한 교장이었고, 경솔하고 게으른 하녀와 열심히 레시피 및 양념을 배우는 어린 마리우다의 살뜰한 도움을 받으며 모든 책임을 도맡아 학교를 운영했다. 조용한 교실을 어지럽히곤 하는 학생에 관해서도 불평 한 번 한 적이 없었다. 물론 첫 남편이 살아 있을 때, 우리가 이미 잘 알다시피, 그 남자가 시간표나 다른 사람의 처지 같은 걸 전혀 고려하지 않아서 생긴 사건들은 예외였지만 말이다. 섬세함은 그 남자의 강점이 아니었다. 그는 학생들과 바람을 피워서 도나 플로르를 곤경에 처하게 하고, 실제 간통까지는 가지 않았을지라도 골칫거리를 안겨 준 적이 한두 번이 아니었다.

그러나 사실 그녀, 도나 플로르는 질서와 방법론에 관한 최소한의 개념조차 없는 사람, 집과 학교, 존재 자체에 필요한 지침, 일정과도 전혀 거리가 먼 사람이었다. 그녀는 닥터 테오도루와 살면서 자신이 질서라고 여겼던 것이 무정부 상태였고, 자신의 관심이란 사소하고 불충분한 것이었으며, 모든 것이 규칙이나 규율 없이 낡은 방식을 따르고 있었다는 것을 깨달았다.

닥터 테오도루는 곧바로 엄격한 법을 정하거나 통제하지는 않았다. 아니, 그런 언급조차 하지 않았다. 훌륭한 가정교육을 받은 조용하고 세심한 사람으로서 그는 권위를 내세우는 버릇이 없었다. 결코 그러지 않았다. 그렇지만 전혀 짜증 내는 법 없이, 다른 사람의 기분을 상하게 하지 않고도 자신이 원하는 모든 것을 얻었다. 우리의 약사는 점잖은 경영자였다.

독자 여러분은 신혼 한 달 반이 지난 후의 그 집을 보았어야 한다. 완전히 다른 집이었다! 도나 플로르 역시 달라져서, 남편에게, 자신의 군주이자 주인에게 적응하고, 그의 기준에 맞추려고 애쓰고 있었다. 그녀의 변화가 내면적이고 좀 더 미묘한 것이었다면 집 안의 변화는 확연했다. 정말 한 번만 봐도 안다.

변화는 하녀부터 시작되었다. 도나 플로르는 과부가 된 얼마 후 이웃들의 충고를 따라 하녀를 들였었다. 「젊고 얌전한 과부가 돌봐 줄 사람 없이, 도둑이나 건달로부터 지켜 줄 사람 하나 없이 혼자 사는 게 아니야.」 그녀는 그런 선택이 달갑지는 않았으나 도나 자시가 우기는 대로 소피아를 들였다. 소피아는 우둔해 보였지만 실은 교활해서 되도록 일을 적게 하려고 꾀를 부렸고, 자기 일에 자신 있는 사람처럼 돼먹지 않게 행동했는데, 그것은 도나 플로르가 아무나, 특히 이웃이나 친구가 추천한 사람이라면 해고하지 않았기 때문이다. 도나 플로르는 소피아가 게으르고 무능하다는 걸 어렴풋이 알고 있었지만 그녀와 잘 지내면서 미안한 마음까지 갖고 있었다. 돈을 적게 준 건 사실이었지만 아주 인색한 것도 아니었다.

파리피에서 일주일간의 달콤한 밀월을 보내고 돌아와 닷새째 되는 날, 도나 리타가 심한 천식 발작을 일으켜서 도나 플로르가 서둘러 히우베르멜류로 가야 할 일이 생겼다. 그날 밤 닥터 테오도루는 병문안 겸 아내를 데려가려고 그 집에 들렀다. 그러나 이모는 계속 아팠고 마침 그날이 금요일(토요일엔 수업이 없었다)이었으므로 도나 플로르는 계속 그 집에서 그 노인을 돌보기로 했다. 그녀는 일요일 오후, 리타 이모의 발작이 완화되고 다시 정원에 나갈 만큼 회복된 후에야 돌아왔다.

도나 플로르가 집을 비운 게 사흘도 채 안 되었는데, 그 짧은 기간에 집은 전혀 다른 집처럼 완전히 달라져 있었다. 우선 하녀부터. 하녀는 진짜 다른 사람이었다. 안타까운 저능아 같은 분위기의 더러운 물라타 소피아 대신 중년의 말끔하고 튼튼한 마달레나가 와 있었다. 그녀의 검은 피부와 짧은 곱슬머리가 아니었다면 약사의 친척인 줄로 착각할 만큼, 그만큼 키 크고 활동적이었고 태도는 정중했으며 일에는 부지런했다.

닥터 테오도루는 단호하지만 차분한 목소리로 소피아를 해고할 수밖에 없었다고 설명했다. 아주 비능률적인 데다 고분고분하지도 않고, 한 번도 제대로 정돈된 적이 없는 집을 대청소하라는 그의 엄한 명령에 고개를 홱 돌리고 무례하게 투덜거렸다는 것이었다. 도나 플로르와 상의하지 않았던 것은 그녀가 앓고 계신 이모 때문에 걱정이 많은데 그런 사소한 일로 귀찮게 하고 싶지 않았기 때문이며, 더욱이 그런 배은망덕한 하녀는 단번에 내쫓을 필요가 있는 것이, 하인한테서 모욕적이고 무례한 말을 듣고 싶지는 않았기 때문이다. 대청소를 하라고 시켰을 때 그 밉살스러운 하녀는 투덜대며 현관으로 나가면서 그를 닥터 설사약이라고 불렀다.

도나 플로르는 약간 당황스러웠다. 소피아가 아무리 무능하고 무례하다고 해도 그녀를 해고한다는 건 생각도 못한 일이었다.

「불쌍해라.」 그녀는 소피아에게 미안했다. 게다가 소피아를 소개한 도나 자시와 먼저 상의도 하지 않고 해고해 버렸으니! 그렇지만 닥터 테오도루가 그렇게 올곧은 사람이란 사실을 어떻게 잊고 있었을까? 하녀의 언짢은 성깔쯤은 여자이고 참을성이 많은 그녀로선 묵인할 수 있었지만, 사회적 명성과 지위를 가진 남편 같은 사람이 참을 수 있는 게 아니었다.

「불쌍해요?」 닥터 테오도루가 의아한 듯 되물었다. 「건방진 여자예요. 당신의 친절을 받을 자격도 없는 사람이오. 플로르, 때로는 친절한 의도가 바보짓이 될 수도 있어요.」

그리고 도나 자시? 여기서 사과를 해야 한다면, 예의 없게도 그런 불성실한 사람을 그녀에게 보낸 도나 자시가 도나 플로르에게 해야 마땅한 것이었다. 그 하녀는 자기 주인의 친절을 이용하는 데 만족하지 않고 고용주를 놀림감으로 삼아 웃음거리로 만들려고까지 했다.

도나 플로르는 약사가 언쟁할 목적으로 그 화제를 꺼낸 게 아니라는 걸 깨달았다. 그는 그저 자신이 일을 어떻게 처리했는지 보고할 뿐이었다. 〈이제 이 집에 남자가, 군주이자 주인이 생겼구나〉 하는 생각이 들었다. 그녀가 미소 지었다. 「내 남편, 나의 주인님.」 그의 행동이 옳았다. 그녀는 남편한테 불경스럽게 대하는 어떤 행동도 참을 수 없었다. 〈닥터 설사약!〉 그런 망발이 어디 있을까!

더욱이 한 가지는 말이 필요 없이 이해가 갔다. 새로 온 하녀는 대단했다. 닥터 테오도루는 이웃의 소개로 하녀를 들인 게 아니었다. 그는 보증인을 요구했고 전화로 확인까지 했다. 실로 이것이 질서요 효율이었다.

그것은 그저 맛보기용 청결함이 아니었다. 한 번 비질을 할 때마다 깨끗해졌다. 모든 것은 제자리에, 정말 알맞은 자리에 있었고, 오늘은 여기, 내일은 저기 두면서 매일 쓰는 물건을 어디서 찾아야 할지 모르는 그런 방식이 아니었다. 사실 도나 플로르는 교실에서 자주 우왕좌왕했다. 「마리우다, 내 레시피 책 봤어? 소피아가 그걸 어디 두었는지 모른대. 안 보여.」

그녀는 소스에 손을 담근 채 소리치곤 했다. 「소피아, 거품기 어디에 뒀어요? 세상에! 집 안 물건이 다 사라져 버렸네.」

약사는 모든 것을 제자리에 놓는 비상한 능력과 취향이 있었고 하녀에게 엄격한 지시를 내렸다. 수업이 끝나면 부엌을 치워야 한다. 그는 모든 도구가 제자리에 있기를 원했고 꼼꼼히 딱지를 써 붙이게 했다. 〈빵 칼〉, 〈달걀 슬라이서〉, 〈분쇄기〉, 〈절구〉, 기타 등등. 학교에서 쓰는 물건만이 아니라 집 안의 물건도 마찬가지였다. 〈라디오〉, 〈꽃병〉, 〈유리병〉, 〈닥터 테오도루 셔츠 서랍〉, 〈사모님 속옷 서랍〉.

「어쩜.」 도나 플로르는 그런 효율성에 압도되고 말았다. 「나는 내가 살림을 잘한다고 생각했어요. 그런데 엉망이었네요, 온통 뒤범벅. 테오도루, 당신이 기적을 만들었어요.」

「기적이 아니오, 여보. 그냥 약간의 질서가 필요했던 거지. 사실 어머니가 중풍에 걸리시면서 내가 집안을 책임져야 했기 때문에 질서에 익숙해진 거요. 우리 집에서는 이보다 더 정연해야 했는데, 집에서건 학교에서건 마찬가지요. 당신은 학교 운영을 계속하기로 했으니까. 전에도 내 생각을 말했지만, 나라면 그 일을 그만두었을 거요. 그럴 필요가 없잖소. 돈은 내가 충분히 벌고……」

「그 얘기는 이미 끝난 거예요, 테오도루. 더 이상 말하지 않기로 했잖아요. 그런데 왜 그 얘길 다시 꺼내세요?」

「당신 말이 맞소, 플로르. 용서해요. 당신이 먼저 말할 때까지는 그 얘기를 다시 꺼내지 않으리다. 걱정 마요, 여보. 부디 용서해 줘요. 귀찮게 하려던 건 아니었소……」

여기에 〈여보〉, 저기에 〈여보〉, 그 애정과 존중의 표현은 항상 따라붙었는데, 닥터 테오도루는 상냥한 행동과 존중이 사랑과 나란히 가야 한다고 생각하는 사람이었으므로, 그것은 불가결한 일이었다. 그는 아내를 부를 때마다 늘 애정 어린 관심으로 불렀고, 똑같이 상냥한 호응을 기대했다. 그는 아내에게 다가와 뺨에 키스하고 그 불편한 문제를 언급한 것에 대해 사과했다.

약혼 기간에, 우리가 아는 바와 같이 그는 도나 플로르에게 학교 문을 닫고 교실과 학생, 졸업장과 레시피, 아침 수업과 오후 수업을 그만두자고 제안한 적이 있었다. 닥터 테오도루는 자신의 약국 및 제약 회사 지분 명세서를 제시하면서, 도나 플로르가 그녀만의 지출, 심지어 사치를 위해서도 딴 주머니를 찰 이유가 전혀 없으므로 학교 운영을 계속하는 것이 얼마나 불필요한지를 확실하게 보여 주었다. 다행히 그는 필요한 것과 굳이 필요하지 않은 것, 낭비와 어느 정도의 소박한 사치까지 모두 감당할 위치에 있었으며, 확실히 인색하지도 않았다. 그녀는 계속 일할 필요가 없었다. 그 약사가 청혼할 때에는 그녀를 부양하고 모든 지출을 감당할 준비가 되어 있었다. 그녀가 재산을 탕진하거나 낭비하지 않는 이상 그것은 어려운 일이 아니었다.

도나 플로르는 거절했다. 그녀는 자기 의견을 고집했고 학교를 지켰으며 상토메에서의 밀월 기간 중에만 잠시 학교를 쉬었을 뿐이었다. 막간을 활용해 이야기하자면, 신혼부부가 돌아왔을 때 수다쟁이 학생들은 교사를 농담의 표적으로 삼아 웃음과 짓궂은 말들, 때로는 음란한 말들로 한바탕 법석을 떨었고, 마리아 안토니아 같은 경우는 솔직히 불쾌하게 굴었는데, 그 바람둥이 여자는 〈둘 중 어느 쪽이 더 정력이 좋고 어느 쪽 물건이 더 세고 끝내 주는지〉 알고 싶어 했다.

어쨌든 약혼 기간에 했던 약사의 말로 돌아가자면, 도나 플로르는 그 문제를 매듭지었다. 학교 문을 닫느니 차라리 과부로 남는 편을 택할 것이었다. 그녀는 어릴 때부터 일하는 게 몸에 배어서 자기만의 돈을 가져야 마음이 편했다. 학교가 없었다면 어떻게 그 첫 번째 결혼과 과부 시절을 견뎌 냈겠는가?

바지뉴를 따라 가출할 때에도 그녀 수중에는 저축해 둔 돈이 조금 있었고, 그 돈으로 가구와 학교 인가, 서류, 아파트 보증금, 첫출발을 위한 생활비를 댔다. 그리고 학교가 아니었다면 그렇게 갑자기 과부가 되었을 때 어떻게 살았겠는가? 죽은 남편이 남긴 거라곤 빚뿐이었다. 사우바도르의 어느 은행에든 그가 꼬불꼬불 서명한 어음이 있었다. 친구와 아는 사람을 막론하고 그 사기꾼이 벗겨 먹지 않은 사람이 없었다. 더구나 그가 카니발 기간 동안 사용한 수표들은 하나같이 상환 기간이 길고 부담이 되는 액수였다.

학교가 없었다면, 도나 플로르는 장례식이나 기타 필요한 데 쓸 돈 한 푼 없이 곤경에 빠졌을 것이다. 그런 모든 이유 때문에 그녀는 일을 무척 중요하게 여겼고 은밀한 장소에 몰래 돈을 쌓아 두고 있었다.

「그러니 여보, 더 이상 학교 문을 닫으란 소리는 하지 마세요. 풍미와 예술 요리 학교와 함께 나를 원한다면, 난 당신 거예요. 인내심을 가져요. 당신의 이 소원만큼은 들어주지 못하니까, 그 대신 다른 걸 요구하세요. 당신을 키스로 덮어 주고, 당신 품에 안기는 건 얼마든지 하겠지만, 지참금으로 이 학교를 내주지는 않을 거예요. 이건 나의 보루예요. 이해하겠어요, 테오도루?」

게다가 그것은 누구를 죽일 만큼의 엄청난 고역도 아니었다. 반대로 그것은 즐거움이자 기분 전환이었다. 그것은 과부 시절의 공허한 나날을 견디게 도와주었고, 그 전에, 그래, 그 전의 첫 번째 결혼 때 절망에 빠지지 않게 그녀를 지켜 주었다. 수업을 하면서 학생들과 있으면 그 암울한 격정의 날들을 견디는 데 필요한 위안을 얻을 수 있었다. 스토브와 레시피 책 주변에서, 돈보다 더 중요한 좋은 친구를 얼마나 많이 만들었는가? 그랬다, 그녀는 학교를, 자신의 호구지책을, 당당한 여가 생활을 포기할 생각이 없었다.

약사가 약국에 간 동안(그는 아침 여덟시 전에 출근했다가 집에 와서 점심을 먹고 낮잠을 잔 후 다시 나가 저녁 여섯시가 넘어서야 퇴근했다) 학교는 돈벌이가 되고 즐거운 직장이었다. 수업이 없다면, 약사 선생님, 내가 무얼 해야 하는지 말해 주실래요? 이웃들과 어울려 수다나 떨고, 다른 사람의 생활을 염탐하며 이래라저래라 참견하는 저속한 직업을 가진 도나 지노라가 시키는 대로 남의 험담이나 할까요? 아니면 쇼윈도의 마네킹처럼 창가에 기대서 행인들을 구경하며 남 비꼬는 말에 귀를 기울이고 이 사람 저 사람과 재잘거리다가, 그런 뒤에는 내가 그 대상이 되어서 욕이나 먹을까요?

이런 유별난 한가로움, 이런 관심 끌기를 즐기는 사람들도 있었다. 바로 그 거리 모퉁이 집에 사는 도나 마그놀리아가 문간에서 시간을 보냈다. 카밀레로 물들인 밝은 노랑머리를 금발인 양 과시하면서, 셀룰로이드 인형 같은 미소, 짙은 루주에 죽은 염소 같은 눈을 하고서. 그녀는 하루 종일 미끼처럼 거기에 서서 행인들의 모든 행동을 지켜보았다. 그녀는 얼마 전 남편과 함께 이사 온 새 이웃이었는데, 비밀 경찰 요원이라는 그 남편은 호쾌한 사람이었지만 마누라는 바람기가 있었다. 도나 지노라를 비롯해 날카로운 탐조등과 정확한 정보를 가진 여러 이웃의 말로는, 형사는 그 여자의 애인이지 남편이 아니라고 했다. 그는 다양한 지위와 입지의, 그러나 하나같이 찬사를 받을 만한 지조와 절개로 하나같이 오쟁이를 졌던 선배들로부터 황갈색 피부의 마그놀리아를 유산으로 받았다.

도나 플로르는 그런 창가 파수꾼이었던 적이 없었는데, 무엇으로 시간을 때운단 말인가, 우리 약사 선생? 그는 아내가 학교에서 학생들과 있는 걸 더 좋아할까, 아니면 아주다 옆 거리, 근처의 매음굴로 통하는 변함없는 지름길인 칠레 거리를 나돌아 다니는 걸 더 좋아할까? 그러나든 그러므로든 그 뒤의 논리는 그 혼자 생각하게 하고 더 이상 이 주제를 꺼내지 말자. 도나 플로르는 자기 학교와 그 명성, 학교에 대한 평가를 자랑스러워했다. 그 위치는 그녀의 노력과 끈기의 결실이었고 자본 투자의 결과였다.

약사는 결국 체념했지만 생활비 전체와 도나 플로르의 개인적인 지출을 자기 혼자서 책임지겠다는 뜻을 분명히 했다. 학교에서 나오는 수입은 전적으로 그녀의 것이며, 그 돈의 일부라도 공동 지출에 써서는 안 된다고 못 박았다.

더욱이 이 돈에 관해서 약사는 또 하나의 조치를 취했다. 돈을 집안에, 라디오 진공관 뒤에, 낡은 신발 상자에, 화장대 거울 뒤에, 또는 매트리스 밑에 둔다는 건 도둑을 초대하는 것과 같은 어리석은 짓이다. 그것은 부랑자들, 무책임한 사람들의 방법이다. 특히 지금, 고스란히 남은 그녀의 돈은 정말 큰 중요성을 갖는다. 닥터 테오도루는 도나 플로르와 함께 저축 은행에 가서 아내 이름으로 계좌를 만들고 그녀가 모은 돈을 예치하게 했다. 「이렇게 하면 이자가 붙을 거요, 여보. 3퍼센트. 그건 결코 얕볼 수준이 아니오. 그리고 은행에 돈을 두면 도둑맞을 위험도 없어요.」

은행에 보관한 돈으로 대체 뭘 한단 말인가? 도나 플로르는 갑자기 그 돈이 무의미하게 느껴졌다. 그 돈이 수중에 있지 않기 때문에, 무슨 값을 치르거나 뭔가를 살 때, 기부금으로 내려고 할 때 라디오 뒤쪽으로 손을 뻗어 꺼내 쓸 수 없기 때문이었다. 그러나 그런 일에 노련한 도나 노르마는 은행에 대한 이웃의 편견에 웃음을 터뜨렸다. 돈을 예금 통장에 넣고 남편으로 하여금 지출을 관리하게 해라. 그녀가 통장과 수표책을 갖고 있는 한 핀 하나, 여분의 드레스나 모자를 살 때에도 약사한테 손을 벌릴 일이 없다. 그렇게 소소한 지출을 할 때마다 값을 깎아 가며 남편한테 변명할 필요가 없다. 애걸해야 얻을 수 있는 돈은 손톱만큼의 가치밖에 없는 굴욕적인 것이다.

도나 노르마는 그런 쓰라린 불쾌함을 잘 알고 있었다. 제 삼파이우 씨가 심술궂은 데다 인색한 면이 있기 때문이었다. 그렇기 때문에 탁월한 재정가로서 수지 균형을 맞춘 덕택에 ─ 저축과 옥신각신 값 깎기, 할인 품목 싹쓸이, 서로 다른 도량형 사용, 계산서상의 실수, 이에 덧붙여 총액 삭감, 여기서 20미우헤이스, 저기서 50미우헤이스, 1백 미우헤이스 꼬불치기, 필요하면 밤에 남편 주머니 뒤지기까지 동원해 ─ 그녀 역시 자기만의 쌈짓돈을 갖고 있었고, 그 돈으로 어느 정도 체면을 유지하면서 수많은 콤파드레 손님과 대자, 노인, 환자, 무직자, 술주정뱅이, 건달, 거리의 숱한 부랑아 같은 딱한 사람들을 돌보고 있었다.

「이를테면 오늘이 약사의 생일인데 너한테 한 푼도 없다고 해봐. 남편한테 생일 선물 사게 돈 달라고 할 거니? 그게 얼마나 비굴할지 생각이나 해봤어? 〈여보, 테오도루, 당신 생일 선물로 바지 한 벌 사고 싶은데 돈 좀 줄래요?〉 난 제 삼파이우한테라도 그렇게 못 해.」

물론 도나 플로르도 전적으로 같은 생각이었다. 그녀의 망설임은 당장 가까이서 꺼낼 수 있는 진짜 돈이 아니라 은행에 맡긴 돈, 통장에 적히는 액수와 관련이 있었다. 갑자기 눈앞에서 쌈짓돈이 사라져 버린 것이다. 비인간적인 통장 속의 돈, 이자를 낳는 계좌에 있는 돈을 어떻게 마음대로 한단 말인가? 그것은 그녀의 습관이었지만, 이제 그것을 바꿔야 했다. 도나 노르마의 말에 따르면 지금까지 그녀의 방식은 가난한 사람들의 방식, 가난한 주 공무원 아내의 방식, 남편이라기보다는 기둥서방으로 사실상 아내한테 빌붙어 살면서 그녀의 학교 수입을 갈취하고 탕진하는 건달 남편을 둔 여자의 방식이었다. 그것은 의지할 사람 하나 없이 일을 해서 스스로를 부양하고, 월세를 내고, 식비와 의복비 등 기타 지출을 감당해야 하는 과부의 습관이었다. 약사가 말했듯이 부랑자들, 무책임한 사람들의 방식이었다. 은행에 맡겨서 이자를 낳고 수표책을 대신할 돈이 없는 가난한 사람들의 방식이라는 것이 도나 노르마의 말이었다.

그러나 지금은 도나 플로르의 사회적 지위나 재산이 바뀌었다. 비록 돈방석에 앉은 것은 아니지만 더 이상 이전처럼 찢어지게 가난하지는 않았다. 소박하게 이야기하자면 꽤 안정되었다. 가난한 사람들이 있는 밑바닥에서 가장 중요한 이웃들이 있는 가로대까지 사다리를 여러 단 올라간 것이다. 이를테면 도자기 공장을 하는 아르헨티나 인들이나 사무실과 정부 직책을 갖고 있는 닥터 이베스, 잘나가는 구두 가게를 하는 삼파이우 씨네, 부러운 대리점을 갖고 있는 후아스 씨네 정도로, 귀족적인 이웃들과 똑같은 수준으로, 기대를 충족하는 사위 덕에 마침내 도나 호지우다가 기뻐할 만큼 말이다. 믿을 만한 소식통이자 친구들의 재정 상태에 늘 관심이 많은 장의사의 비바우두 씨에 따르면, 닥터 테오도루는 안정적이고 진지하며 성실히 일하므로 훨씬 더 잘나갈 것이라고 했다.

「약국 전체가 그의 것이 될 날도 머지않았어요.」

그렇게 해서 도나 플로르는 저축 은행에 계좌를 만들었고, 저축액이 다달이 늘어나 결국에는 그녀의 생활이 진정 체계적으로 변했다. 그 무질서, 어수선함, 정돈되지 않은 습관이 남편과 아내 사이에 말다툼을 일으키고 오해를 빚어서 부부간의 마찰, 의견 충돌, 불화의 첫 단계가 된다는 약사의 말이 옳았던 것이다.

도나 노르마는 약사가 모든 물건에 장소를 정해서 모든 걸 제자리에 놓도록 요구하고, 순간의 충동이나 기분대로 하는 일 처리 방식을 혐오하면서 체계와 방법론의 원칙을 지나치게 고수하는 것은, 그렇게 장점 많고 올곧고 친절하며 교양 있고 아내한테 부드립게 대하는 남자의 유일한 흠(도나 노르마에 따르면 흠이었다)이라고 생각했다. 그러나 시간관념이 없어 항상 늦고 무질서의 어머니인 도나 노르마 같은 산만함보다야 엄격하게 체계적인 것이 훨씬 낫기는 했다.

도나 플로르는 친구의 말을 들으면서 웃었다. 자제와 정확성이란 단어의 의미를 모르는 그 친구가 약사의 질서와 조직적 방식을 칭찬하고 있었던 것이다. 「넌 행운아야. 그런 남편은 백에 하나 있을까 말까 해. 쉽게 만날 수 있는 게 아니라고.」 심지어 도나 지자, 사실 그대로 말해서 동네 전체에서 가장 박식한 그녀도 비록 약사의 봉건적인 면이 불만이긴 했지만 장점은 인정했다. 「플로르지냐, 무엇보다 안정을 추구하는 너한테는 그보다 나은 신랑이 없어.」

실제로, 마법 같은 질서 정연함 속에서 훌륭한 남편의 보호와 지휘아래 모든 것이 착착 맞아떨어지고 모든 것을 위해 하루가 맞추어지면서, 도나 플로르는 스스로를 동네에서 가장 행복한 아내의 본보기로 여기게 되었다.

그녀의 삶은 차분하게, 예상치 못한 일이 벌어지는 일 없이 조용하고 유쾌하게 나아갔고, 그녀의 시간은 신중하게 짜인 일정과 완벽한 체계에 맞추어졌다. 영화는 일주일에 한 번, 화요일 저녁 여덟시 프로그램이었다. 만약 상영 중인 영화가 대흥행작이고 「아 타르지」에서 열광적으로 추천하는 것이면 두 번 보러 갔다. 그러나 그런 경우는 드물었고, 오후에 가는 일은 절대로 없었다. 약사는 젊은 사람들, 무례한 군중의 소란스러운 무질서를 견디지 못했기 때문이다.

적어도 일주일에 두 번, 저녁 식사 후에 그는 바순을 연습하며 토요일 오후를 준비했다. 오케스트라 단원들의 집을 돌아가면서 모이는 토요일 오후는 신성한 일과였다. 그 유쾌하고 진심 어린 모임에서는 간단한 다과상 — 그 집의 안주인이 손님들을 위해 한껏 솜씨를 부린 — 이 차려졌는데, 차가운 음료와 숙녀들을 위한 과일 주스, 신사들을 위한 넉넉한 양의 맥주, 그리고 때로 날씨가 춥거나 우중충하면 한 잔의 럼주가 준비되었다. 손님들은 각자의 자리에 앉았다. 대개 지휘자나 해설자의 팬, 친구들로 이뤄진 〈최상의 청중〉은 소나타와 가보트, 왈츠, 로만스에 귀를 기울이며 푸가와 피치카토, 샤프와 플랫, 신중하게 연주되는 솔로에 감동받았다. 최고의 예술 감상 시간이었다.

약속이 없는 날 밤이면 그들은 지인을 방문하거나 손님을 맞았다. 도나 플로르가 첫 번째 결혼에서 자신의 교제를 등한시했다면, 이번에는 정기적으로 관리했다.

예를 들어 한 달에 두 번, 특정한 날에는 반드시 닥터 루이스 엔히키의 집에 갔는데, 도나 플로르는 스펀지케이크, 옥수수 케이크, 코코넛 키스 캔디나 사탕 등 그 집 아이들이 좋아할 만한 것을 들고 갔다.

닥터 테오도루는 자부심에 넘쳐서 저명한 친구들의 거실을 방문했는데, 그들은 하나같이 최고의 지명도를 가진 사람들, 전 주 장관이었던 닥터 조르지 카우몽, 상공 회의소 변호사인 닥터 자이미 발레에이루, 아카데미 협회 회원인 역사학자 조제 칼라장스, 닥터 제제 카타리누(그 이름만 대면 다 아는), 정치가이며 교수이자 작가인 닥터 후이 산투스, 그 밖에 정부나 역사 협회, 문인 협회의 요직에 있는 사람들이었다.

이런 밤들은 닥터 테오도루에게 중요한 시간이었고, 〈대표적인 인물들〉과 이야기를 나누며 존경스럽게 경청하고, 논의되는 중대한 사안에 대해 신중한 의견을 피력하는 특권은 그에게 정신적 쾌락을 안겨 주었다. 그의 표현대로 〈이 열띤 토론, 이 특권적 정신들의 대화에서는 번뜩이는 화려한 문장 속에서 아이디어가 반짝〉였다. 토론이 벌어지는 동안 도나 플로르는 그들의 아내들과 어울려 옷과 요리 얘기를 하거나 신문에 난 최근 범죄 소식에 관해 평을 했다.

닥터 테오도루에게는 닥터 루이스 엔히키 댁 방문이 최고의 밤이었지만, 도나 플로르는 그녀의 수강생이자 상류 사회 인물 중 한 사람인 도나 마가 파테르노스트루의 방갈로나 그라사 저택을 방문하는 밤이 더 좋았다. 거기서 도나 플로르는 이 예절 바르고 세련된 도시의 엘리트 숙녀들이 유행, 의례, 사회적 행사에 관해 토론하다가도, 유쾌하게 다른 사람들의 생활, 그녀가 매일 만나는 이웃들뿐 아니라 부자들, 쟁쟁한 가문들, 격조 높은 사람들의 비리와 악덕을 얘기한다는 걸 알았다. 게다가 그 얘기들, 사건들이 얼마나 굉장한지! 모두 하나같이 타락의 첨단이었다.

첫 번째 결혼 때부터 이어진 오랜 습관 중에 계속 지킨 것은 일요일 점심 식사를 히우베르멜류에서 이모와 이모부와 함께하는 것뿐이었고 나머지는 없었다(사실 첫 번째 결혼 때에는 혼란과 무질서뿐이었지 습관이라 할 만한 게 거의 없었다).

습관을 조정하면서 그들의 생활에는 활력뿐 아니라 안정성, 평온하고 즐거운 리듬까지 생겼다. 이웃들의 전반적 견해, 그리고 도나 플로르의 동의하는 미소로 보건대 행복한 생활이었다.

수요일과 토요일 밤 열시, 1분 정도의 오차는 있었지만, 그때가 되면 닥터 테오도루는 아내를 올곧은 열정과 실패 없는 쾌락으로 이끌었고, 토요일에는 어김없는 앙코르를, 수요일에는 임의의 앙코르를 선사했다.

먼젓번의 습관으로 무질서에 익숙했던 도나 플로르는 새로 산 (그리고 훌륭한) 스프링 매트리스가 깔린 철제 침대에서 사랑의 표시를 수행하는 그 신중함에 처음에는 적잖이 놀랐다. 그러나 나중에는 그녀의 본성 가운데 일부인 타고난 정숙함과 수줍음으로 자신의 여성적 욕구와 요구를, 누구라도 존경스러워할 그 약사의 적절하고 정확한 매너에, 시트로 그녀를 보호하고 있긴 하지만 의심할 수 없는 욕정과 날 선 창이 동반된 성 관계에 적응시켰다.

부부의 침대에서는 (닥터 테오도루의 견해로는) 정숙함이 욕정을 방해하거나 사랑이 내숭과 충돌하는 일이 없어야 했다. 욕정과 사랑은 결혼이 가진 비밀스러운 친밀함 속에서조차 각각의 근본적인 기원은 순수한 것이다.

수요일과 토요일, 변함없이 똑같은 시간에 도나 플로르는 침대의 그림자 속에서 남편의 신중함과 반복 동작을 알아볼 수 있었다. 따라서 그녀 위에서 반쯤 몸을 들고, 벌린 팔과 어깨 위로 시트를 덮은 약사는 그녀의 은밀한 부분들을 지켜 주는, 그녀 자신을 내주는 절정의 순간에 그것들을 보호하는 거대한 흰 우산처럼 보였다. 우산이라니, 그보다 품위 없고, 그보다 삭막한 것이 어디 있을까. 바보 같기는!

도나 플로르는 보지 않으려고 눈을 감고서, 그를 커다란 날개와 강한 발톱을 가진 새라고, 날면서 달려들어 낚아챈 그녀를 공중에서 취하는 독수리나 콘도르라고 상상했다. 도나 플로르는 그 육식조에게 자신을 내주었다. 그에게 소유되었다고 느낄 때, 그 커다란 발톱은 불끈대는 창자까지 후벼 파서 꼼짝 못하게 한 뒤, 그녀를 데리고 자유로이, 그들이 공유하는 기쁨 속에서 구릿빛 하늘로 날아올랐다.

그러나 전적으로 즐겁기만 한 건 아니었다. 도나 플로르가 자신의 생각에서 벗어나면 그것들 역시 사라졌기 때문이다.

이 모범적인 부부에게 토요일엔 어김없는 앙코르를, 수요일엔 임의의 앙코르를 선사하는 사랑의 밤들은 그런 것이었다.

3

도나 호지우다는 바이아에 한동안 머물다 나자레트 다스 파리냐스로 돌아갈 때, 새로운 결혼 생활을 시작한 도나 플로르의 첫 시기를 주의 깊게 지켜본 끝에 도나 노르마에게 걱정과 의심을 털어놓았다.

어느 모로 보나 닥터 테오도루는 훌륭한 사위였다. 거기에는 일말의 의심도 없었다. 하지만 도나 플로르가 남다른 자질을 갖춘 그런 남자의 아내가 될 자격이 있을까? 「왜 안 돼요?」 의리 있는 도나 노르마는 친구에 관한 어떤 비판도 인정하지 않으면서 약간 사납게 되물었다. 그녀가 보기에 도나 플로르는 가장 완벽한 남편, 가장 미남이며 부자인 남편을 얻을 자격이 있었다.

그러나 도나 호지우다 쪽에서는 열광의 불꽃이 그다지 센 편이 아니었다. 비록 도나 플로르의 어머니이고, 따라서 딸을 두둔하고 옹호하려는 마음이 없진 않았지만, 그녀는 이제야 가능해진 사회적 신분 상승에 필요한 패기가 딸에게는 없다고 보았다. 딸에겐 남편의 위치와 재정 상태, 연줄들, 그가 누리는 평판을 이용하려는 열성이 없었다. 만약 그녀가 도나 호지우다를 닮았다면, 이제 그 약사의 품에서 쉽게 장애물을 뛰어넘고, 그 노파가 항상 꿈꿔 온 비이아 상류층, 엘리트들이 사는 그라사와 바하의 저택 응접실들과 정원들을 제집처럼 쉽게 드나들었을 것이다. 도나 플로르는 왕년에 이미 타베이라 피리스 가문에 소개를 받았고, 이른바 팜파 무스탕으로 알려진 백만장자의 청혼을 받지 않았던가? 사교계의 퍼스트레이디, 유행의 결정자 도나 이마쿨라다가 그녀에게 자만에 찬 역겨운 미소를 짓지 않았던가?

그런데 도나 플로르가 남편의 학위, 잘나가는 약국, 듣기 좋은 바순 덕택에 얻은 그 기회에 보답하기 위해 한 일이 무엇인가?

아무것도, 정말 아무것도 없었다. 반대로 그녀는 남편의 사회적 명망에 불리하게 작용한다는 사실(도나 호지우다의 처세훈에 따르면 일하는 아내를 둔 남편은 가난하거나 아니면 구두쇠였다)에도 불구하고, 가난하고 하찮은 사람처럼 요리 학교를 계속 운영하고 있었다. 그녀는 훨씬 좋은 주소로 여겨지는 다른 거리에 살 수 있는데도 그 코

401

딱지만 한 집에 머물고 있었다.

도나 노르마는 그 말을 한 귀로 흘리려고 했다. 도나 호지우다가 누구를 얕봐서 그 말을 한 게 아니라 그 거리, 과거에는 우아한 상류층 동네였던 그곳이 지금은 몇몇 예외를 제외하고는 별 볼일 없는 사람들이 사는 거리가 된 게 사실이었기 때문이다. 그 골목에서 사회적 지위를 누리면서 독살스러운 소문에 오르내리는 여자들은 다섯 손가락 안에 꼽을 수 있었다. 아르헨티나인의 아내 도나 낭시는 정말 좋은 집안의 숙녀이지만, 또 누가 있지? 그녀는 도나 플로르의 친구를 약 올리듯 바라보았다. 「나머지는 다 쓰레기들이야.」

그보다 더 살기 나쁜 곳은 히우베르멜류, 부랑자가 득시글거리는 너무도 외진 곳, 그녀의 언니와 형부가 고집하는 그 세상 끝은 사실상의 교외이고, 일요일이면 파자마 차림에 침실용 슬리퍼를 신고 나다니는 남자들이 널린 곳이었다. 그렇게 경우 없는 사람들이 어디 있는가? 한번은 닥터 루이스 엔히키의 아내인 도나 라우리타가 도나 리타를 부르러 갔다가 불경스러운 오전의 행렬, 외설스러운 악취미의 파자마 행렬에 분개한 적이 있었다. 도나 라우리타는 혐오의 말로 그 분노를 쏟아 냈다. 「사람이 어떻게 그런 곳에서 살 수 있는지 모르겠어요. 거기선 부자도 가난뱅이로, 그냥 쓰레기로밖에 안 보여요.」

그렇지만 처음 이야기로 돌아가서, 그 신혼부부의 상황은 어떤가? 닥터 테오도루는 이사 가고 싶어 안달이지만 그년, 도나 플로르, 그 바보 같은 것이 그 지저분한 곳에 살기를 고집하고 있었다. 도나 호지우다는 고개를 저었다. 「그 남자도 자기가 타고난 복보다 큰 복은 절대 못 누릴 팔자야.」

더욱이 도나 호지우다가 갑자기 나자레트로 돌아가게 된 연유도 다른 집으로 이사 간다는 그 계획 때문이었다. 어느 날 아침에 도나 플로르가 따졌다. 「엄마, 무슨 속셈으로 테오도루한테 내가 이사하고 싶어 한다고 말씀하셨어요? 확실히 말해 두지만, 우리는, 그이와 나는 이 집에 아주 만족하고 있어서 이사 갈 생각이 없어요.」

도나 호지우다는 점잔 빼며 귀부인인 양 행세하던 걸 잊어버리고 상스러운 말을 내뱉고 말았다. 「내가 무슨 상관이야? 돼지도 다 자기 우리가 있는 법인데.」

도나 플로르는 화를 억누르려고 애썼다.「좋아요, 엄마. 난 엄마가 그렇게 큰 집, 큰 집 하는 이유를 잘 알아요. 엄마가 원하는 건 여기 와서 영원히 우리랑 사는 거니까요. 하지만 그건 잊어 주세요. 엄마가 오고 싶을 때 언제든 와서 며칠씩 지내시는 건 좋아요. 하지만 우리랑 사는 건 안 돼요. 이건 솔직히 말씀드리는 거예요, 엄마. 엄마는 원래 혼자 사셔야 할 분이에요. 그리고 이건…….」

도나 호지우다는 나머지 말을 들으려고도 하지 않고 벌떡 일어났기 때문에 도나 플로르의 말에서 좋은 부분을 놓치고 말았는데, 도나 플로르는 거의 버릇없기까지 한 자신의 솔직한 발언을 보상하려고 어머니에게 적으나마 용돈을 드릴 생각이었기 때문이다.「용돈이에요. 수고스럽게 와주신 데 대한 보답으로요.」결국 그 얘기를 할 수 있게 된 것은 며칠 후 바이아 정기선 선창으로 그녀를 배웅하러 갔을 때였다.

그녀는 이사 와서 같이 살려는 도나 호지우다의 계획에 관해 다시 한 번 잘라 말했다. 과부였을 때 그 제안을 받아들이지 않았으니, 새로 결혼한 지금도 받아들이지 않을 거라고. 첫 번째 시도가 좌절되었을 때, 도나 호지우다는 굉장히 괘씸하게 생각해서 사실상 도나 플로르와 인연을 끊었었다. 이제 그녀는 그 모욕을 용서했다. 딸과 사는 생활, 유명한 사람들과의 멋진 관계와 모임과 함께하는 이 새로운 생활에 대한 유혹이 너무도 강렬했던 것이다. 그녀는 정말로, 나자레트로 돌아갔다. 그러나 그녀의 주도 방문은 더욱 잦아졌다. 그〈세상 끝〉히우베르멜류의 집에 손님으로 머문다 해도, 그녀는 일찍 일어나 점심 전에 딸의 집으로 가서 그 동네를 얼쩡거리며 수다쟁이 연대를 지휘할 수 있었다. 그녀는 여드레나 열흘 정도, 더 이상 참을 수가 없어 자기 언니와 말다툼할 정도로 오래 머물다가, 훌쩍 헤콩카부의 아들과 며느리 집으로, 다시 지옥 같은 생활로 돌아갔다. 나자레트에서는 도나 플로르의 사회적 허세를 설명하고(「오찬회와 환영회를 쫓아다니는 내 딸이 도나 이마쿨라다 타베이라 피리스의 절친한 친구야.」), 사위와 그의 많은 재능, 학식, 부러움을 살 만한 경제적 지위, 특별한 바순의 감동적인 연주를 자랑하면서 자신의 다양한 활동을 치장할 수 있었다. 매주 아마추어 오케스트라 모임을 시시콜콜 회상하면서 그녀는 희색이 만면해서 군침 흘리며 이렇게 말했다.「바로 그런 게 음악이라니까.」

그녀는 아리아, 로만스, 그 정교한 레퍼토리의 협주곡을 칭찬하면서, 헨델, 레하르, 슈트라우스와 함께, 외국에는 덜 알려졌지만 음악적 영감이 결코 뒤지지 않는 오텔루 아라우주, 거장 아제노르 고메스를 이야기했다. 그녀는 또 삼바나 민요, 모지냐 같은 다른 음악은 하층민 — 경멸을 쏟아 부으며 — 의 음악이며 기타, 우쿨렐레, 백파이프, 탬버린 주자들은 떠돌이 악사 무리라고 경멸했다. 이와 함께 그녀는 그 아마추어 오케스트라 단원들, 닥터 벤세슬라우 피리스 다 베이가는 빼어난 외과 의사요, 닥터 피뉴 페드레이라는 주도의 판사인 데다, 아드리아누 피리스 — 이른바 팜파 무스탕 — 는 백만장자이자 가톨릭 귀족에 도매 회사 회장이고 그라사에 으리으리한 저택이 있고 차와 운전기사가 있으며, 그 아내가 바로 귀족 이마쿨라다, 〈최고 중의 최고, 사교계의 여왕〉(막강한 시인 오도리쿠 타바리스의 신문사에서 사회부 기자로 활약하면서 라디오 아나운서로 일하는 시우비뉴 라메냐의 말을 인용하자면)이자 늙은 말 같은 얼굴에 손잡이 안경을 쓰고, 스위스인 가정부를 둔 도나 이마쿨라다 타베이라 피리스라고 소개하고, 그 단원들의 면면이 난잡한 세레나데나 부르는 게으름뱅이, 술꾼, 하층민들과 다르다는 점을 부각하면서 차별화했다.

딸이 첫 번째 결혼 생활(그것을 결혼이라고 할 수 있다면)을 할 당시, 그녀는 그 불량스럽고 뻔뻔한 건달들, 부랑자들, 제네르 아우구스투, 카를리뉴스 마스카레냐스, 도리바우 카이미의 럼주와 외설을 참아야만 했다. 때때로 교양 있고 배경 있는 사람이 그 무리와 어울리기는 했지만 그래 봤자 닥터 바우테르 다 시우베이라 같은, 도나 호지우다로선 그 반지르르한 얼굴만 생각해도 역겨운, 그들 무리 중 최악의 건달이었다. 그녀는 나자레트의 학식 있는 사람들이 아까 말한 시우베이라를 칭찬하는 소리를 들은 적이 있었다. 그러나 사람마다 믿고 싶은 게 다른 법인지, 백파이프로 시리 보세타 춤곡을 연주하는 그를 보았던 도나 호지우다의 눈에는 천만에, 건달이었다!

그 어중이떠중이 덕분에 그녀는 음악을 몹시 싫어하게 되어서 처음 사위의 재능을 전해 들었을 때는 사나운 반응까지 보였다. 「사기꾼, 구금(口琴) 연주자잖아.」 이번에도 틀림없이, 분별력도 자존심도 없는 그 멍청한 딸이 자기가 부양해야 할 어느 게으름뱅이한테 걸려들어서, 학교에서 애써 번 돈을 남편의 비행이나 불륜에 쏟아 붓게 되었구나 했던 것이다. 그녀는 세레나데와 노래를 얼마나 싫어했는지, 그녀의 약점과 기호를 잘 알고 있었던 도나 노르마가 딸의 청혼자 얘기를 하면서 미끼처럼 던져 준 박사 학위나 졸업 반지 얘기에도 감동하지 않았다. 그녀가 편지에 〈박사인 데다 모두가 인정하는 학식 있는 사람이에요〉라고 썼지만 도나 호지우다는 꿈쩍하지 않았다. 「또그 술주정뱅이 일당이겠지! 밤새도록 남세스럽게 거리에서 술주정이나 하고 틀림없이 도박도 할 거야. 그놈이 원하는 건 플로르가 애써 일하는 동안 자기는 호의호식하면서 즐거운 지옥을 만드는 거라고.」

그녀는 그의 학위에 관해서도 못마땅하게 여겼다. 「약사라⋯⋯. 반쪽짜리 의사로군!」

그녀는 같은 졸업장에도 차등을 두었다. 그녀가 보기에 모두가 똑같은 신분과 지위를 누리는 것은 아니었다. 「진짜 박사, 1등급 박사는 의사, 변호사, 공학자야. 치과 의사, 약사, 농학자, 수의사, 이런 건 모두 2등급 박사, 시시한 거지. 공부를 마칠 정신력과 능력이 부족한 사람들인 거야.」

아직 만나 보지도 않은 사윗감에 대한 이런 반감, 벌써부터 심한 비난을 하는 건 모두 그가 아마추어 음악가라는 말을 들은 때부터였다. 나중에야 바이아에 와서, 그의 재정 상태가 건실하며 그가 카를루스 고메스 거리와 카베사 모퉁이(그 위치만으로도 재산 가치가 있는)에 있는 과학 약국이라는 곳의 동업자라는 사실을 알고, 그가 얼마나 점잖고 예의 바르고 덕성이 있고, 각계각층의 멋진 친구들을 둔 사람인지 보고 나서야, 바순과 구금을, 아마추어 오케스트라와 달빛 아래의 세레나데를 혼동해서 빚어진 잘못된 첫인상이 사라졌다.

사위에 대한 점수는 곧바로 높은 등급으로 격상되었다. 그는 예전에 그녀가 페드루 보르지스, 강과 섬, 고무나무 플랜테이션을 가진

『천일 야화』의 부자였던 파라 출신의 그 대학생을 보며 꿈꾸었던 매혹적인 왕자님은 아니었다. 그러나 서른 살의 가난한 과부가 무얼 더 요구할 수 있단 말인가? 도나 호지우다는 기대 이상으로 만족해서 도나 노르마에게 이렇게 고백했다. 「나 같아도 그 남자와 결혼할 거야. 우수한 시민이지, 그 예절 바른 것하며. 이번엔 플로르가 제대로 잭팟을 터뜨렸어. 그건 시간문제였어……. 그렇게 훌륭한 남자라니.」

나무랄 데 없이 훌륭했다. 상냥하고 점잖은 닥터 테오도루는 그녀를 꼭 〈사랑하는 장모님〉이라고 불렀고, 필요한 건 없는지 계속 물어보았다. 기침하는 장모를 위해 약용 박하 드롭스나 만성 코감기에 좋은 시럽을 가져다주었고, 배에서 내리기 전 북새통 속에서 낡은 양산 ─ 지우 씨의 시절부터 쓰던 ─ 을 잃어버렸다고 투덜거리는 소리를 듣고는 새 양산을 사다 주었다.

원래 도나 호지우다는 결혼식에 참석하고 며칠만 머물 계획이었다. 그러나 사위의 성품을 알아본 그녀는 두 사람과 같이 살 가능성을 타진하면서, 아예 나자레트 다스 파리냐스의 생활과 바우프리두 모라이스 신부를 거드는 좋은 일, 클럽, 교회, 유쾌하고 잔인한 지역 수다 센터의 의장 직을 포기하고 영원히 이사 올 생각을 하고 있었다.

앞에서도 말했지만 그녀는 그 조그만 도시의 생활이 좋았다. 거기서 그녀는 중요하고 영향력 있는 사람, 잔소리와 심술을 부리며 며느리의 인내심을 한계로 몰아대는 참견쟁이였다. 그 며느리는 이미 기적에 대한 모든 믿음을 잃었다. 슬픔의 성모는 그녀의 호소와 맹세에 눈멀고 귀먹은 상태였다. 오직 죽음만이 구원이었다. 물론 시어머니의 죽음. 그토록 마음 착한 셀레스치는 이따금 그 기쁜 사건을 생각하며 상상에 빠졌다. 아, 얼마나 간절히 기다리는 경야인가! 그야말로 나자레트 최고의 경사요, 밤새 앉아 그 늙은 여인의 주검을 찬양하는 일은 헤콩카부의 모든 이에게 화제가 될 것이며, 그 메아리는 주도까지 닿을 것이다. 셀레스치는 그 일이라면 얼마가 들든 돈을 쓸 각오가 되어 있었다.

도나 호지우다는 나자레트의 생활이 좋았지만 이 새로운 사위와 함께라면 사우바도르가 더 나았으므로, 그곳에 머물기 위한 작전을 구상했다. 그녀는 약사에게 아부하고 알랑거리고, 친절하고 협조적이고, 헌신적으로 나갔다. 처음에 닥터 테오도루는 감동했다. 그는 제약 회사 대표인 자기 친구 호자우부 메데이루스와 이야기하다가 자기는 결혼해서 가장 완벽한 아내는 물론이고, 두 번째 어머니, 장모, 성녀 같은 노인까지 얻었노라고 자랑했다.

「누구?」 성공한 호자우부는 자기 귀를 의심했다. 「누가 성녀 같은 노인이라고? 도나 호지우다가?」 이어서 그는 약혼을 선언하던 날의 도나 아멜리아와 똑같은 웃음을 터뜨렸다. 솔직히 그런 말을 듣게 될 줄이야! 도나 호지우다, 성녀. 테오도루처럼 순진해야 그런 말을 하지…….

그러나 닥터 테오도루도 오래 걸리지는 않았다. 도나 호지우다의 조급함, 속 검은 애정, 심술은 곧 그 거짓 미소와 알랑거리는 말을 압도했고, 사위는 도나 아멜리아와 호자우부가 터뜨린 실소의 이유를 이해하기 시작했다. 바로 그 무렵 도나 호지우다가 그에게 다가와 아주 빙빙 에둘러 가면서, 편의 시설이 거의 없는 작은 집에 사는 것이 불리하다고 말했던 것이다. 「자네의 재력과 사회적 관계에 걸맞은 집을 빌리는 것이 어떤가? 방이 더 많은 큰 집을.」

그녀는 아주 교활하게도, 도나 플로르가 불편한 기억이 가득한 그 집에 만족하지 않는다는 인상을 심어 주었다. 다만 남편한테 잔소리하기 싫어서 자신의 불만을 토로하지 않고 있다는 식으로.

닥터 테오도루는 장모의 낭비벽 심한 제안에 놀랐고 아내가 불편해한다는 소리에 더욱 놀랐다. 처음에 그 집에 계속 사는 것이 편하고 좋다며 장점을 이야기한 것은 도나 플로르가 아니었던가? 8년째 오르지 않은 싼 집세에, 잘 알려진 풍미와 예술 요리 학교의 주소는 말할 것도 없고, 약국이 엎어지면 코 닿을 거리에 있는 위치, 수업에 맞춰 개조한 부엌에 가스와 나무 스토브까지. 식구가 둘뿐인데 더 큰 집이 왜 필요한가? 그녀와 남편, 그녀의 행복한 꿈까지 모두 이 집과 완벽하게 어울리는데 발품을 팔아 가며 돈을 쓸 이유가 어디 있는가? 이것은 결혼하기 전부터, 겸손하고 조리 있는 도나 플로르가 내세운 주장이었다.

그런데 이제 와서 갑작스러운 변화는 뭔가? 왜 쓸데없이 큰 집을 내세우며 품과 돈을 들인단 말인가? 그들의 형편을 뛰어넘는 이런 사치의 이유가 뭔가? 그냥 허영심일 뿐이다.

도나 호지우다는 혼란스러운 장광설 속에서 위신, 〈좋은 인상〉을 언급했다. 닥터 테오도루는 위신과 명성에 신경 쓰고 다른 사람들의 비난을 걱정하는 사람이라 그런 얘기에 민감했다. 그러나 도나 플로르는 그런 것에 전혀 개의치 않았으며, 학교에 관해 의논할 때에도 사람의 가치란 겉으로 드러난 외모에 있는 것이 아니라 진실한 장점, 그의 진면목에 있다고 말했었다.

모든 게 그럴진대, 어떻게 그녀가 불편해하고 불만과 요구를 제기할 수 있단 말인가? 닥터 테오도루는 장모의 웅변에 주의 깊게 귀를 기울였지만 그 문제는 논하고 싶지 않았다. 「사랑하는 장모님, 집사람이 그렇게 생각하는 줄은 미처 몰랐습니다. 그리고 그 문제는 논하고 싶지 않군요. 다만 모든 게 플로르가 원하는 대로 될 거라는 건 말씀드릴 수 있습니다.」

도나 호지우다를 낙관적인 구름 위에 앉혀 두고, 그는 약간 화가 나서 약국으로 돌아갔다. 처음과 다른 도나 플로르의 생각이 놀라운 것이라면 그녀의 접근법은 불쾌한 것이었다. 왜 자신이 직접, 정직하고 솔직하게 그에게 말하지 않았을까? 왜 도나 호지우다를 대리인으로 이용했을까? 약사는 자기와 아내 사이에는 아무리 사소한 것이라도 어떤 의심도, 어떤 오해도 없기를 바랐다. 그는 아내가 원하는 것이라면 비록 결점으로 보인다 해도, 모두 만족시켜 주기 위해 자신의 재력 내에서, 아니 희생을 치러서라도 할 수 있는 모든 걸 해줄 의향이 있었다. 그들은 남편과 아내인데 왜 제삼자, 중개인한테 의지한단 말인가? 닥터 테오도루는 약국 뒤쪽에서 약숟가락으로 재료를 으깨고 저울 같은 정확함으로 세심하게 양을 재면서, 불쾌하고 슬픈 생각이 들었다. 이런 불신은 왜일까? 남편과 아내는 서로에게 비밀이 없어야 했다. 아니, 중개인이 없어야 했다. 차질산비스무트, 아스피린, 메틸렌 블루, 육두구, 정확한 양, 더도 말고 덜도 말고. 결혼도 마찬가지였다. 그는 되도록 빨리 그 문제를 분명히 해야겠다고 생각했다.

그날 밤, 방에 아내와 단둘이 있을 때, 그는 철제 침대 머리 판 뒤에서 옷을 벗으며 말했다.「여보, 당신한테 물어보고 싶은 게 하나 있어요……」

도나 플로르는 벌써 시트 밑에 들어가서는, 눈을 감고 남편이 키스해 주기만을 기다리고 있었다.

「뭔데요, 테오도루?」

「뭔가를 나와 의논하고 싶을 때는 당신이 직접 말해 줬으면 좋겠소. 다른 사람을 대신 보내지 말고.」분노는 전혀 없이, 오히려 우울하기까지 한 목소리였다.

도나 플로르는 놀라서 일어나 앉았다. 그녀는 팔꿈치를 괴고, 파자마 바지를 입고 있는 남편을 돌아보았다.「그게 무슨 말씀이세요? 내가 언제 누굴 보냈다고……」

「남편과 아내는 서로한테 솔직해야 한다고 생각해요. 제삼자는 필요하지 않아요.」

「테오도루, 알아듣게 설명해 줘요, 어서요. 전혀 못 알아듣겠어요.」

그는 줄무늬 파자마를 입고서 다가와 침대 옆쪽에 걸터앉았다.「이사 가고 싶다면 왜 직접 얘기하지 않았소?」

「이사요? 내가? 누가 그래요?」

「당신 어머니, 도나 호지우다. 장모님이 그렇게 말씀하셨소. 당신이 불평한다고, 이 집에 불만이 있고 싫어한다고……」

도나 플로르는 아주 진지하게 남편을 바라보았다. 침대 가장자리에 앉은 남편은 거의 슬픈 눈빛이었다. 그녀는 웃음이 터질 것 같았다.〈다 큰 남자가 그렇게 쉽게 속아 넘어가다니.〉

「엄마가요? 당신은 내가 엄마를 보냈다고 생각해요? 테오도루, 당신은 아직 엄마를 몰라요. 난 엄마의 속셈이 뭔지 정확히 알겠어요. 내가 큰 집에서 뭘 바라겠어요? 큰 집을 바라는 사람은 엄마예요. 영원히 눌러 살 엄마 방이 있는 큰 집. 어쩜 좋아.」

「하지만 상황이 그렇다면, 여보, 당신 어머니한테 방을 드리려면 우리가 이사하는 게……」

도나 플로르는 웃음을 억누르고 남편의 눈을 바라보았다.「우린 서로한테 솔직해야 한다고 당신이 그랬죠, 테오도루. 말해 봐요, 솔직하게. 당신은 저 노인이 영원히 우리랑 같이 살았으면 좋겠어요?」

닥터 테오도루는 거짓말하는 사람이 아니었지만 그렇다고 남을, 적어도 도나 플로르의 어머니를 비방하고 싶지는 않았다. 「그분은 당신 어머니이고 내 장모님이에요. 그분이 그렇게 원하시는데 당신이 동의한다면……」

「좋아요, 확실하게 말씀드리죠. 난 엄마랑 같이 살고 싶지 않고 그 생각에 동의하지도 않아요. 그분은 내 엄마고 난 엄마를 사랑해요. 하지만 여기서 우리랑 같이 사는 건 세상 돈을 다 준다고 해도 싫어요. 테오도루, 엄마를 견뎌 낼 사람은 아무도 없어요. 당신이 아직 잘 몰라서 그래요.」 그녀는 남편 손을 잡았다. 「이 집에는 오직 당신과 나만. 다른 사람은 안 돼요. 다른 사람들은 각자 자기 집에 가야죠. 게다가 내가 생각하기에 가장 좋은 건, 가능해지면 우리가 이 집을 사는 거예요.」

약사는 안도의 한숨을 쉬었다. 그는 도나 플로르를 위해서라면 희생할 각오가, 심지어 도나 호지우다와 그 못된 성품까지 감내할 각오가 되어 있었다. 그러나 다행히 모든 것이 확실히 밝혀졌다. 도나 플로르는 변한 게 아니었다. 그녀의 야망은 여전히 소박했고, 검소하고 분별력이 있었다. 성녀 같던 노인은 독사 같은 사람임이 판명되었다. 리우에 사는 손위 동서 모라이스가 괜히 장모가 귀신이 된 후에나 바이아로 돌아오겠다고 한 게 아니었다. 죽음만이 유일한 희망이라고 여기는 또 한 사람, 모라이스에게 도나 호지우다의 경우는 도대체 다른 대안이 없었다.

그러나 닥터 테오도루는 장모를 덜 겪은 데다 훨씬 정중하고 가정교육도 더 잘 받은 사람이라 정상 참작 요소를 덧붙였다. 「나이 때문에 그런 거요, 딱하게도. 원래 사람이 그만큼 늙으면……」

도나 플로르는 남편의 손을 어루만졌다. 얼마나 착한 사람인가! 「그건 나이 문제가 아니에요. 엄마는 옛날부터 그러셨어요. 그분은 내 엄마고 나로서는 비난할 처지가 못 되지만 — 딸이 그래선 안 되는 거잖아요. 하지만 엄마는 항상, 어릴 때부터 그런 기질이셨대요.

오죽하면 성인 같았던 아빠도 그걸 못 참으셨을까요. 테오도루, 엄마가 여기로 이사 오시면 우리는 싸우게 될 거예요.」

「우리 둘이? 아니, 절대로 그런 일은 없어요.」 그는 그윽한 애정으로 그녀를 보았다. 「우리는 절대로 싸우지 않아요. 무슨 일이든 서로에게 숨기는 일도 절대로 없을 거고. 우린 서로에게 모든 걸, 모든 걸 말할 거요.」

그는 그녀의 입술에 부드럽게 키스했다.

「모든 걸.」 도나 플로르가 속삭였다.

닥터 테오도루는 지극히 만족스러워서 미소를 짓고 일어나 불을 끄러 갔다. 〈모든 거라고요? 당신은 그게 가능하다고 생각해요? 가장 깊이 숨겨진, 사람이 스스로한테까지 숨기는 그런 것들까지도요, 테오도루?〉 도나 플로르는 파자마 속의 건장한 몸통을 쳐다보았다. 넓은 어깨뼈, 탄탄한 목과 팔 근육. 그녀는 생각하지 않으려 애쓰며 입술을 깨물었다. 화요일이었기 때문에, 그걸 하는 날이 아니었기 때문이다. 체계적으로, 약사는 다른 모든 일에서처럼 그 일에도 가장 완벽한 질서를 적용했다. 그렇지만 아주 친절하고 관대했으며, 매우 섬세하고 사려 깊었고, 도나 호지우다까지 기꺼이 감내하려고 했을 만큼 그녀를 깊이 사랑하고 있었다. 그런 헌신은 그의 질서 정연함, 정확함, 규칙, 딱지 등의 결점을 보상하고도 남았다.

〈모든 건 아니에요, 테오도루. 당신은 마음의 어두운 웅덩이가 어떤 건지 몰라요.〉

4

도나 플로르는 전혀 뜻밖의 새로운 세계를 발견했고, 남편 품에 안겨 들어간 그 세계에서, 그 이름이 내내 등장하는 우리의 정확한 시우비뉴가 타베이라 피리스 가문에서 주최한 파티를 보도하면서 묘사했듯이, 그녀는 〈매혹적인 장식〉이 되었다.

그녀는 약사들만의 세계, 비밀스럽고 매혹적인 세계, 배타적인 관심사와 특수한 인생관을 가지고, 그들만의 언어와 질산염과 감홍 *calomel*의 분위기를 풍기는 약사들만의 우주가 존재한다는 것은 생각도 못했었다. 그 우주의 기둥머리와 천장을 이루는 바이아 약국 협회는 나름의 주교 관구를 두고 한 층 전체를 쓰고 있었고, 다른 사람들의 일을 통해 이익을 얻는 의사 협회처럼 더 또는 덜 중요한 또 다른 세계들이 있음을 암시했다. 약학 관계자들이 묻다시피, 만약 약사들이 없었다면 의사들이 무슨 의미가 있을까? 그런데 왜 의사들은 그렇게 고개를 빳빳이 들고 거들먹거리는 걸까? 그렇게 건방지기는 제약 회사 사람들도 마찬가지였다. 중요한 사람 앞에서는, 특히 물건을 팔 때면 정중하다 못해 비굴하기까지 했다. 그들은 그 위계의 아랫사람들한테는 무관심하며, 때로 약속한 서류가 마감 날짜까지 도착하지 않으면 상당히 무례하게 굴었다. 차라리 약 가방과 최신 소식들을 갖고 다니는 방문 판매원들이 훨씬 상냥했다. 대학을 나와 기업체에 취직해서 학력과 돈, 풍채를 지닌 이 모든 이를 뒷받침해 주는 방대한 토대는 바로 약국 주인과 보잘것없는 봉급을 받는 약국 점원들이었다.

지금까지 과학 약국 앞을 지날 때나, 치약이나 비누를 사러 거리를 건너갈 때, 도나 플로르는 그 약학 세계의 막강한 기세를 전혀 눈치채지 못했었다.

바로 그 세계에서 그녀의 남편은 묵묵히, 박사 자격증(그리고 연구실과 카운터 뒤에서 보낸 오랜 시간으로 얻은 더 많은 지식)을 가지고, 정직한 의무에 헌신하면서, 견실한 재정 상태와 확실한 과학적 입지를 다지기 위해 고군분투해 왔던 것이다. 소박한 재산, 소박한 명성, 그렇지만 그것은 도나 플로르에게 요오드와 황산염 세계의 문을 열어 주고 그녀를 바이아 약국 협회의 문화 여가 프로그램의 수혜자로 만들어 주기에 충분했다. 협회 강당에서는 과학적이고 전문적인 주제에 관한 논문을 읽고 토론하는 모임이 열렸고, 때로 행사 — 새 이사회 취임식, 약사의 날 — 가 있는 날의 오찬회에서는 간부들과 회원들(가족을 동반한)이 한자리에 모여, 닥터 페헤이라가 한결같은 연설에서 한결같이 말하듯, 떠들썩하게 〈계급의 형제애〉를 나누는 큰 잔치가 벌어졌다. 12월 크리스마스 전에 열리는 연말 무도회는 말할 것도 없었다.

도나 플로르는 논문을 읽고 식사를 하는 그런 모임에 참가했지만 심취하지는 않았다. 그녀는 남편 동료들의 아내들과 사귀었다. 그들 중 몇몇의 집을 방문하고 그들의 방문을 받았으며, 이렇게 정중한 인사를 나누면서 서너 명의 친구와 수강생 하나를 얻었다.

도나 세바스치아나는 약사 협회 사무국장 겸 주요 조직책인 닥터 시우비우 페헤이라의 아내이자 오른팔로, 천둥처럼 울리는 목소리와 전염성이 강한 웃음을 가진 쾌활한 사람이었다. 산타리타 약국의 닥터 탕크레두 비냐스의 아내인 도나 리타는 그 남편과 마찬가지로 아주 좋은 친구였는데, 남편은 줄담배를 피우는 골초였고, 아내는 폐결핵성 만성 기침을 해댔다. 금발의 네우조카로 불리는 쾌활한 눈빛의 도나 네우자는 회사를 가진 R. 마세두의 아내였다. 그 회사는 영업 사원들로 구성되어 있었는데, 도나 네우자는 젊은 영업 사원들을 관심 있게 지켜보곤 했다. 그녀는 그들 모두에게 최신 유행의 약 이름들로 별명을 붙여 주었다. 그중에 얌 내복약은 뚱뚱한 물라토였다. 브롬 진정제는 너무 젊고 여려서 어린아이 같았는데, 아직 수염도 없고 순진한 것이, 그 진기한 컬렉션의 귀중한 보석이었다. 스콧 유제는 얼마 전 스페인 갈리시아에서 건너온 예쁘장한 시골 소년으로, 두 뺨이 사과처럼 붉었다. 가족 강장제는 키 작은 프레아자였는데, 도나 네우자가 간염 치료를 받는 동안 회사를 지켜 준 사람이었다. 그 밖에도 완하제 제스테리아, 카보클루 비누 ─ 푸르스름한 흑인이다, 성모여! ─ 그리고 백발백중, 기적의 치료약 등이 있었다. 마지막에 말한 기적의 치료약은 현역 영업 사원 중에서 도나 네우자에게 밀고자 역할을 했는데, 그때까지 그녀는 그를 무척 신임하고 있었다. 그는 휴일에 동네에 나오는 성직자들을 용감하게 연구하면서, 인간과 신의 율법에 대한 이중 죄악에 탐욕스러운 관심을 가진 네우조카에게 양념을 제공해 주었다.

도나 파울라는 고이아스 약국의 닥터 안젤루 코스타의 아내였는데, 풍미와 예술 요리 학교에 등록해 상당한 재능을 보여 주었다. 그녀는 약국 세계에서 유일한 수강생이었다. 또 한 사람, 도나 베레니시도 수강 신청을 하기는 했지만 쇠고기 허리 살과 허벅다리 살을 구분하지 못하고 곧 포기했다.

도나 플로르는 닥터 프레데리쿠 베커의 아내인 도나 제르트루지스 베커와는 내왕하지 않았다. 그 남편은 함부르크 약국 체인 — 도시 윗동네에 네 곳, 아랫동네에 한 곳, 이타파지피에 또 한 곳 — 의 주인으로 중요한 외국 제약 회사 대표이자, 협회에서 일종의 종신 회장을 맡고 있었으며, 마그네시아와 우로트로핀의 제왕이었다. 도나 제르트루지스는 1년에 딱 한 번, 12월 무도회 때 그 왕비 자리에서 내려와 남편과 사업상 거래하는 근심 많고 참을성 많은 그 소시민들에게 손끝을 만지도록 허락했다. 닥터 프레데리쿠는 소다수와 히우그란지산 포도주가 나오는 오찬회에는 참석하지 않았지만 협회 모임에는 반드시 참석해 모임을 주재하면서, 어떤 주제가 나오든 결정적인 발언을 했다.

그 작달막한 독일인은 부드러운 파란 눈에 어색한 악센트로 말을 했다. 그의 재산과 학위에 관해서는, 그가 머나먼 독일의 어느 학교에서 학위를 받을 당시 이미 약국을 셋이나 가지고 있었다는 말이 떠돌았다. 그는 아이들을 좋아해서 늘 주머니 가득 사탕을 넣어 가지고 다니면서, 가던 길을 멈추고 아이들에게 사탕을 주곤 했다.

도나 플로르는 결혼하고 두 달 만에 처음으로, 테헤이루 지 제주스에 있는 식민지 양식의 건물 2층 바이아 약국 협회 홀로 향하는 계단을 올라갔다. 아래층에는 신앙, 희망, 자선 심령술 센터가 들어서 있었는데, 이 단체는 약사 협회와 심한 경쟁 관계에 있었다. 영매와 점성술사들은 내복약, 외용약, 주사를 배제한 형이상학적 처방을 통해 모든 병의 치유를 추구하기 때문이었다.

도나 플로르는 그날 밤 바이아 약국 협회에서 그 단체 회계원인 닥터 자우마 노로냐의 논문을 둘러싼 선정적인 논쟁을 목격할 색다른 기회가 있었다. 논문 제목은 「의사들의 제조 약 사용의 증가와 그로 인한 수제 처방의 감소, 그리고 그것의 예측 불가능한 결과」였다.

약사들은 의사 대부분의 경향과 관련해 두 파로 나뉘어 있었는데,

일부 의사는 브라질 남부의 제약 회사에서 만들고 포장한 제조 약을 열광적으로 선호하는 반면, 나머지는 처방전에 따라 약사가 약국 뒷방에서 정성 들여 혼합하고 측정해서 병과 상자에 넣고, 서명으로 보증하는 전통 약을 굳건히 지지했다.

전통 약제파 옹호자인 닥터 테오도루는 그 주 내내 그 이야기만 했다. 「제조 약품들만 사용한다면 약사가 무슨 의미가 있습니까? 약사는 한낱 약국의 점원, 판매원밖에 더 되겠습니까?」 그는 회원들에게 애절하게 말했다.

반대 측, 현대의 첨단 기술에 걸맞게 제약의 공업화(심지어 국영화까지)를 옹호하는 측의 의견으로 도나 플로르가 들은 것은 가지속 식물의 약효 성분을 발견해 큰 명성을 얻은 닥터 신바우 코스타 리마와, 유창하고 장쾌한 연설로 유명한 이밀리우 지니스의 견해였다. 그 논쟁에서 올곧은 닥터 테오도루가 지니스 교수의 걸출한 재능을 부정했던 건 의견이 달랐기 때문이 아니었다. 「그는 데모스테네스입니다! 또 하나의 프라두 발라다리스[1]입니다!」

똑같이 고차원적 사고를 가진 사람들은 우리의 약사 마두레이라의 영향력이 미치는 이편에도 있었다. 닥터 안치오제니스 지아스, 약사회의 전 회장이자 많은 책의 저자인 그는 이름만 언급해도 충분할 것이다. 그의 나이 88세이지만 아직도 이렇게 선언할 기력은 있었다. 「기계가 만든 약은 내 약국에 들어오지 못한다.」

그러나 그는 20년 이상 자기 약국에서 중요한 역할을 하지 못하고 있고, 그의 아들들은 제조 약을 사고팔 뿐 아니라 상파울루에 있는 중요한 제약 회사의 바이아 지점 대표까지 맡고 있었다. 「그 노친네가 노망났어요.」 아들들은 그렇게 말했다.

어쩌면 그 불효자식들의 말이 옳은지도 몰랐다. 그 노인은 정신이 혼미해져서 별것 아닌 일에도 웃곤 했다. 그러나 닥터 아를린두 페소아와 닥터 멜루 노브리 — 둘 다 특권적인 인물 — 그리고 닥터 테오

---

1 Prado Valadares(1918~1983). 의학자이자 병리학자로 대학 강단에 섰으나 나중에 미술사를 강의하면서 브라질 미술사와 미술 비평의 대표적 인물이 되었다 — 옮긴이주.

도루의 명료함과 권위에 관해선 전혀 의심의 여지가 없었다. 사실 그를 부당하게 무시해선 안 될 것이, 마침 그가 이 보잘것없는 연대기의 주인공이기 때문이다. 특히 아내한테 자신은 그 토론 주제에 대해 완벽하게 준비했다고 고백하면서 그 모임의 중요성을 다시 한 번 지적했다는 점에서 더욱 그렇다. 도나 플로르는 이 역사적인 논쟁의 현장에 함께할 기회를 누린 것을 행운으로 여겨야 했다.

「역사적이고 학술적인 논쟁이에요.」 닥터 테오도루는 도나 플로르에게 그렇게 말했다. 의사의 지시에 따른 처방 약을 열렬히 옹호하던 그도 나머지 두 사람도, 자기 약국에서 제조 약을 안 팔지는 않았기 때문이다. 그렇게 크게 유행하는 그 빌어먹을 약들을 비치하지 않는다면 어떻게 경쟁이 가능하단 말인가? 그들의 의견은 순전히 원칙적, 호의적, 이론적인 것이었지, 사업에 필요한 실용적 요구와는 아무 관계가 없었다. 「왜냐하면, 아, 사랑하는 플로르, 이론과 실천이 항상 일치할 수 있는 건 아니라오. 삶은 수치스러운 갈등들로 가득 차 있기 때문이오.」

도나 플로르는 이론과 실천 사이의 이런 모순을 너무 깊이 생각하고 싶지 않아서 약사의 주장을 받아들였다. 「다만 전통적인 조제법을 옹호하는 사람들의 의견이 더욱 찬양받을 가치가 있기 때문이오.」 그녀가 아는 한, 자신이 아팠을 때를 돌이켜 보면 별 치료 효과가 없었고 큰 도움이 되지도 않았다(과부였을 때의 불면증은 제쳐 두고서라도).

실로 그날 밤은 닥터 테오도루의 말처럼, 그리고 신문에 보도된 것처럼 기억할 만했다. 「짧고 간략한 설명이군.」 우리의 약사는 자신의 결정적인 발언과 다른 사람들의 발언이 무미건조한 한 줄로 압축된 것을 보고 그렇게 불평했다. 〈이 토론에는 닥터 카르발류, 코스타 리마, E. 지니스, 마두레이라, 페소아, 노브리, 트리게이루스 등이 참여했다.〉 기사에서는 심지어 사람들의 정식 이름을 쓰지 않았다. 닥터 프레데리쿠 베커의 연설만 약간 부각하면서 그의 〈명확한 설명, 귀중한 지식, 논리적 논증〉을 칭찬하고 있었다. 언론은 왜 이렇게 문화를 무시하는가? 그런 공간 제한은 뭔가? 「가장 역겨운 범죄, 영화배우들의 나체 스캔들, 그들의 어리석은 이혼에는 몇 장씩 할애해 가며 우리 젊은이들에게 한탄스러운 본을 보여 주면서 말이지.」닥터 테오도루는 그렇게 개탄했다.

그 논쟁에 대한 철저한 분석을 실은 포괄적인 보고서는 상파울루에서 나온 『브라질 약학 리뷰』(제12집 제4권 179~181페이지)에서 볼 수 있었다. 굴지의 제약 회사들이 협찬하는 이 잡지는 제조 약품과 관련해 그 견해를 숨기지 않았다. 그러나 〈결연하고 학구적인 반론자였던 닥터 마두레이라에게 존경을 표한다〉라고 찬사를 바치는 걸 잊지 않았다. 〈결연하고 학구적인〉, 이 말은 권위 있는 『브라질 약학 리뷰』에 실린 말이지, 우리가 한 말이 아니다. 우리야 무조건 그 약사 편이니까.

도나 플로르는 그 열띤 논쟁을 따라가고 이해하려고 최선을 다했지만, 진실을 존중해서, 그것은 불가능했다고 말해야겠다. 그녀는 남편에 대한 사랑과 자신의 자존심으로 발언자들의 말에 주의를 집중하고 싶었겠지만, 이런 주제와 공식에 대해 아는 바가 없었으므로, 죽은 언어로 된 그 구절들과 말들에 호감을 느끼지 못했고 연설에 집중할 수 없었다.

그녀의 생각은 덜 철학적인 문제들, 학교 문제니 미리아 안토니아 (심지어 그녀는 닥터 신바우 코스타 리마가 가지속 식물과 관련해 흥미로운 주장을 하는 중에도 미소를 지었다)의 재미난 재담, 마리우다 걱정 따위를 맴돌았다. 라디오에 나가겠다는 마리우다의 결의와 열성은 전보다 더욱 뜨거웠는데, 닥터 테오도루에 따르면 그녀는 영화 배우들이 젊은이들에게 미친 한탄스러운 영향의 본보기였다. 마리우다는 버릇없고 반항적이 되어서, 라디오 쪽에서 일하는 오스바우지 뉴 멘돈사인가 하는 사람과 어울렸는데, 그 건달은 말이 프로그램 출연이지 실상은 침대를 감추고 있는 약속으로 그녀를 유혹했다. 당연히 도나 마리아 두 카르무는 매 같은 눈초리로 그 소녀의 일거수일투족을 감시했고, 집 밖에 한 발짝도 못 나가게 벌을 주었다.

도나 플로르가 부질없는 공상에서 빠져나왔을 때, 마이크 앞에 선 사람은 마리우다가 아니라 닥터 테오도루였다. 그녀는 남편이 상대방에게 반박 주장을 하는 거라고 추측하면서 그 추론을 따라가려 애썼다. 엄숙한 표정, 용의주도한 냉정함, 열을 올릴 때조차 정중한 몸짓, 그는 명예로운 남자, 자신의 의무를 다하는 바른 생활 시민의 모습이었다. 비록 그 순간 그 약사의 행동들은 사업상 이익과는 반대될지라도 그의 졸업장을 빛내고 있었다.

항상 자기 의무를 다하고, 항상 올곧은 시민. 전날 밤, 똑같은 능력과 진지함으로 그는 침대에서 아내에 대한 의무를 다했다. 그녀는 긴장하고 불안해서(마리우다가 울음보를 터뜨리고 훌쩍이면서 자살하겠다고 했었다. 〈라디오냐 죽음이냐〉는 그녀의 광적인 최후통첩이었다), 애무와 애교를 섞어 남편에게, 비록 수요일이라 임의이긴 했지만 앙코르를 즐기겠다고 말했던 것이다.

약사는 조금 망설였지만 아내가 이미 수줍음과 정숙함을 팽개치고 욕정을 보여 주었기 때문에, 더 이상 주저하지 않고 고분고분하게, 두 번째로 즐거운 의무를 다해 주었다.

이제 그 회의장에서 도나 플로르는 어젯밤 남편이 망설였던 이유를 이해했다. 그는 피곤하지 않게, 다음 날 밤을 위해 몸과 마음을 쉬고 싶었던 것이다. 그런데도 그는 여러 의무를 위해 시간과 노력을 쪼갰다.

그러나 어젯밤의 앙코르는 그를 피곤하게 하지 않았다. 단호하게 라틴어(아니, 프랑스어였을까?)로 이렇게 말했기 때문이다. 「라나타 글루코시드 C는 아세트산 플러스 글루코오스 플러스 3 디기톡신 플러스 디곡시게놀리드입니다.」 야만인의 노래 같은 그 공식이 귀에 들어왔다.

그리스어와 라틴어를 써가며 손가락을 들어 올린 엄숙하고 장엄한 그의 모습과, 주의 깊게 경청하고 있는 동료들을 보면서 도나 플로르는 남편이 얼마나 중요한 사람인지 깨달았다. 도나 호지우다의 말대로, 그는 아무나가 아니었다. 이웃들의 말이 옳았다. 그녀는 그를 자랑으로 여겨야 했고, 그렇게 훌륭한 남편, 하늘의 선물을 그녀에게 보내 주신 신의 섭리에 감사해야 했다. 더욱이 그는 그녀가 과부 생활을 더 이상 견디지 못하고 아무 사기꾼이나 부추기는 위험을 무릅쓸 뻔했던 순간에, 과부들의 기둥서방 에두아르두 왕자님처럼 처음 만나는 창백한 얼굴의 간청하는 떠돌이한테 집 문을 열어 주고 두 다리를 벌릴 뻔했던 바로 그 순간에 나타나지 않았던가. 신이여, 그런 끔찍한 일에서 그녀를 구해 주시다니!

신입생 신고식 날에 그 약사가 과학 약국 창에 나타나지 않았다면 그녀, 도나 플로르는 배려가 가득한 그곳, 저명한 약사들이 박식한 주제를 토론하고 있는 그 홀이 아니라, 매음굴에서 이 침대 저 침대를 전전하며 자신의 이름을 더럽히고 방탕하게 지내다가, 친구들과 수강생들은 다 떠나고 결국 어디까지 굴러 떨어졌을지는 신만이 아실 일이었다. 그녀는 생각만 해도 몸서리가 쳐졌다. 닥터 테오도루의 결론에 보낸 그녀의 박수는 환호만이 아닌 감사의 박수이기도 했다. 그녀에게 그는 은인이었고, 모든 존경을 받아 마땅했다. 그녀는 남편을 자랑으로 여겨야 했다.

이사들이 앉아 있는 테이블에서 자리로 돌아오면서 눈으로 아내를 찾던 닥터 테오도루는 감사의 미소를 보았다. 그의 노력과 탁월함에 대한 최대의 보상이었다. 토론은 계속되었다. 닥터 노브리가 발언권을 가졌다. 분명 대단한 재능의 소유자, 그러나 혀짤배기에 희미한 목소리는 여지없이 잠을 불렀다.

도나 플로르는 버티려고 최선을 다했지만 눈꺼풀은 점점 무거워지기만 했다. 그녀의 마지막 희망은 닥터 지니스, 뛰어난 웅변가이자 「갈레니카 디기탈리스 — 콤무니아와 스타빌리사타」, 그 주제의 중요한 논문을 쓴 저자였다. 그러나 그도, 뒤를 이어 연설한 다른 사람도 도나 플로르의 졸음을 막지는 못했다. 사실 도나 플로르만이 아니었다. 도나 세바스치아나는 곤히 잠들어서, 산 같은 가슴이 오르락내리락하고 입에서는 공기가 휘파람이 되어 나왔다. 도나 리타의 눈은 감겨 있었다. 이따금 그녀는 눈을 뜨며 화들짝 깨곤 했다. 도나 파울라는 한동안 버티다가 결국 포기하고는 남편의 어깨에 머리를 얹고 있었다. 다만 눈 밑에 짙은 그늘을 드리운 도나 네우자만이 편안하고 침착했다. 그 모든 지식이 앞에 펼쳐진 책이라도 되는 듯, 그녀만이 공식과 개념이 실어 오는 졸음에 맞서 버티고 있었다. 그녀의 눈은 연단의 물 잔에 언제나 물을 채워 두도록 협회에서 고용한 한 청년의 동작을 좇고 있었다. 그녀는 벌써 그의 별명을 생각해 두었다. 914, 매독에 아주 확실하게 듣는 유명한 주사약이었다.

도나 플로르는 끄덕거렸다. 졸음이 뒷덜미를 타고 올라왔다. 남편의 목소리가 멀리서 들리는 듯했다. 그녀는 초인적인 노력으로 정신을 다잡았다. 닥터 테오도루가 두 번째 발표를 하고 있었다. 나는 한마디도 알아듣지 못하겠어요, 여보. 화학 공식, 식물학 공식, 나한테는 너무 버거워요. 이 졸음을 물리치지 못해도 용서해 주세요. 나는 주부일 뿐이에요. 열등생, 무지렁이. 난 이런 고상한 자리에는 어울리지 않아요.〉

박수갈채에 정신이 들었다. 그녀는 박수를 치면서 남편에게 미소를 짓고 손끝으로 키스를 날려 보냈다.

모임이 거의 끝나 가자, 해방된 아내들이 웃음을 띠고 작별 인사를 하려고 모였다.

「닥터 테오도루는 정말 대단했어요.」 도나 세바스치아나가 말했다 (내내 잠들어 있었으면서 어떻게 알았을까?).

「닥터 이밀리우도 얼마나 훌륭했는지!」 도나 파울라는 저번 회의를 떠올리며 똑같은 말을 되풀이했다. 「닥터 테오도루는 정말 지혜로우신 분이에요.」

남편의 팔짱을 끼고 계단을 내려오면서, 도나 플로르가 말했다. 「테오도루, 다들 당신을 칭찬했어요. 모두 연설이 좋았다고, 당신이 아주 잘했다고 하던걸요.」

그는 겸손하게 웃었다. 「다 인사치레일 뿐이오. 혹시 내가 뭔가 유익한 것을 말했을지도 모르지만. 당신은 어땠소?」

도나 플로르는 그의 크고 정직한 손, 그녀의 훌륭한 남편 손을 꼭 쥐었다. 「정말 훌륭했어요. 알아듣지 못한 부분도 많았지만, 정말 좋았어요. 사람들이 당신을 칭찬할 때는 아주 뿌듯했고요……」 하마터면 이 말까지 할 뻔했다. 〈테오도루, 난 당신한테 어울리지 않아요.〉 그러나 라틴어와 그리스어까지 구사하는 그도 아마 그 말만큼은 이해하지 못할 터였다.

5

도나 플로르에게 약사들의 세계가 미지의 땅이었다면, 바순이란 좁은 문을 통해 들어간 아마추어 음악가들의 비밀스럽고 신비롭기까지 한 세계는 어땠을지 상상해 보라.

그 점잖고 덕망 높은 신사들, 누구 할 것 없이 대졸 학력에 가게나 회사, 사무실을 두고 있고 안정된 사람들 — 다만 한심한 양반 우르바누는 예외였는데, 아름다운 소리를 내는 이 바이올린 주자는 베이루트 가게의 점원에 지나지 않았다 — 은 종교 분파적 성격을 지닌 일종의 폐쇄 사회를 이루고 있었다. 〈음악이라는 숭고한 종교, 반향의 신비주의. 신과 사원과 숭배자, 예언자까지 갖춘 이 종교에는 영감이 넘치는 작곡가인 거장 아제노르 고메스가 있다.〉 플라비우 코스타가 쓴 기사에서는 그렇게 묘사하고 있었다. 그는 인심 좋은 나시피(그는 수습기자에게 훈련 외에는 아무것도 요구하지 않았다) 소유인 「현대 자영업자」에서 수습기자로 일하고 있었다. 이 아마추어 오케스트라에 관한 기사는 「현대 자영업자」의 마지막 한 면 전체를 차지하고 있었는데, 중앙에는 사령관 아드리아누 피리스의 저택 정원에서 오케스트라 단원 전원이 정장을 입고 찍은 사진이 있었다. 더욱이 다음 날, 그 사령관은 발행인의 방문을 받고, 그런 신문이 헤쳐 나가야 할 난관이 수없이 많다는 설명을 들었다. 그런 신문이 계속 발간되려면 가톨릭 직함을 가지고, 저널리즘이 걸어야 할 험난한 길을 아는, 가슴과 지갑이 있는 사람의 아량에 의지하지 않고는 불가능했다.

그 모임에 관한 기사가 실린 면을 사령관에게 보여 주었더니(그 기자, 지성적인 친구는 정말 재능이 있는데, 오늘은 사령관이 그들에게 큰돈을 지불해야 했다), 그 백만장자는 비올론첼로 옆에서, 같은 종교 신자들에게 둘러싸인 자기 모습에 감동해서 지갑을 열었다. 나름의 의무와 관습, 엄격한 제의를 가지고, 매주 토요일 오후의 리허설로 새들처럼 환희를 맛보는 종교 분파.

약사발, 막자사발, 캡슐 압착기, 수은과 요오드에서 빠져나온 도나 플로르의 다음 단계는 트릴, 피치카토, 파반, 가보트, 솔로 또는 비올론첼로 반주, 오보에, 바이올린, 클라리넷, 플루트, 프렌치 호른, 퍼커션, 남편의 바순이었으며, 이 모든 것을 지휘하는 것은 매력적인 인물인 아제노르 고메스의 피아노였다. 그녀는 도나 세바스치아나, 도나 파울라, 도나 리타, 직원들을 탐식하는 탐욕적인 네우자를 떠나 고위층 숙녀들, 그 탁월한 신사들의 아내로 구성된 훨씬 격조 높은 모임에 들어갔다. 은행가 셀레스치누는 그들의 콘서트에 빠지지 못할 상황일 때면(아, 은행가의 생활이란……. 사실 그것이 호화롭다고 생각하는 사람이 많은데, 귀찮은 일에 시달리고 따분하기만 한 속사정은 상상도 못한다), 늘 이렇게 투덜대곤 했다.「저 괴짜들이 틀리는 음정마다 모두 몇백만 미우헤이스의 가치가 있지.」

토요일이면 그 중요한 인물들은 약속과 의무, 고객과 사업, 급히 막아야 할 돈에서 해방되어 유쾌하고 태평스러운 아이들이 되었다. 그들은 모든 사회적 차이를 제쳐 두고 도매업자가 쥐꼬리만 한 봉급을 받는 시청 기술자와, 유명한 의사가 겸손한 약사와, 훌륭한 판사 또는 북부 백화점 — 그 도시에 매장이 여덟 곳 있는 — 주인이 작은 가게 점원과 허물없이 지냈다.

매우 중요한 위치에 있는 세련된 여자들 역시 그들의 재력이나 사회적 배경은 잊어버리고, 집에 찾아온 다른 음악가들의 아내들을 환영했고 똑같은 애정으로 시아[2] 마리코타를 비롯한 모두를 반겨 주었다(왜 도나가 아니라 시아일까? 자부심에 넘치는 그녀의 대답은 이러했다.「난 도나가 아니라 한낱 시아일 뿐이에요. 그리고 시아가 폭넓은 뜻을 갖죠.」).

더욱이 시아 마리코타는 거의 모임에 나오지 않았는데, 그녀는 그 〈재수 없는 상류층 사모님들〉과 어울릴 만한 옷도 애깃거리도 없기 때문이라고, 라피냐와 리베르달리가 교차하는 거리 모퉁이 이웃들에게 이유를 설명했다.「내가 왜 거기 가야 해? 그 여자들이 하는 말이라곤 전부 파티, 환영회, 오찬, 만찬, 음식 얘기뿐이야. 정말 지긋지긋

2 *siá*. 기혼 부인을 뜻하는 세뇨라의 약칭. 도나는 귀부인을 뜻한다.

해. 거기서 난 배불리 먹을 음식도 없이 굶고 있는 우리 집 아이들을 생각하는 거지. 먹을 거나 마실 거 얘기가 아니면 거의 추잡스러운 얘기만 한다니까. 누구 마누라가 누구랑 바람을 피운다는 둥, 또 누구는 지나가는 아무나 붙잡고 그런다는 둥, 내가 들어 보지도 못했고 듣고 싶지도 않은 어떤 사람이 매음굴에서 붙잡혔다는 둥 하는 소리들이지. 분명 그 여자들이 할 줄 아는 거라곤 침대에서 음식이나 받아먹는 것뿐일 거야. 살다가 그런 이야기들은 정말 처음이야.」

도나 마리코타(「난 무슨 마나님이 아니에요. 대부분은 나를 여느 하인과 똑같이 시아 마리코타라고 부르죠. 난 그것으로 족해요.」)란 호칭을 고깝게 생각하는 시아 마리코타가 자기 말의 무게를 따져 보진 않았을 테지만 그녀의 판단은 날카롭고 사실적이었다. 「그 여자들은 사치품, 좋은 옷, 최신 유행에 관심이 많아. 그런 사람들은 그런 따분함 속에서 소문이나 떠들면서 살라지. 난 그런 것 없이도 얼마든지 잘 살 수 있어. 우르바누는 그놈의 리허설이 좋다고 나가지만, 생각 같아서는 그 부자들 집에 다니지 말라고 했으면 좋겠어. 여기 비에 씨의 선술집에서, 마네 사푸랑 베베에코스피 씨랑 연주하면 되잖아.」 이 대목에서 그녀는 두 팔을 벌렸다가 힘없이 떨어뜨렸다. 「하지만 내가 뭘 어쩌겠어? 그 양반이 그렇게 한심한데!」

그녀가 붙인 그 경멸하는 투의 별명이 따라붙으면서, 우르바누 씨는 한심한 양반이라는 굴욕적인 별명으로 불렸다. 마네 사푸로 말할 것 같으면 훌륭한 백파이프 주자였고, 베베에코스피 씨는 낡은 아코디언을 가지고 있었다. 이 두 사람은 일요일이면 비에 씨의 술집에서 그들의 인기곡을 연주하고 럼주를 마셨는데, 그 술집은 그 뒷골목 상류 사회의 회합 장소였다. 우르바누 씨는 이따금 이곳에 나타나 바이올린 연주로 박수갈채를 받았지만 청중은 확실히 마네 사푸의 백파이프와 베베에코스피의 아코디언을 더 좋아했다. 음악을 전혀 모르는 시아 마리코타는 남편이 리허설에 입고 갈 파란색 단벌 셔츠와, 엉덩이가 반들반들해지기 시작한 바지를 투덜거리며 다렸다. 「그 양반 없이 리허설을 못 한다면 최소한 다림질 값은 줘야 할 거 아냐. 그놈의 귀찮은 오케스트라. 한심한 그 양반은 대체 거기서 뭐가 나온다고 꼬박꼬박 나가느냐고.」

그는 입이 험한 마리코타에게서, 그녀의 마늘 냄새, 사마귀, 불평불만에서 벗어나 음악의 날개를 달고 멀리 날아가면 마음의 평화를 얻었다. 한심한 양반 우르바누는 토요일 리허설에서 똑같은 음악을 연습하거나 엄선된 레퍼토리의 새 멜로디를 익히면서 자신의 비참한 처지를 잊어버렸지만, 그건 오케스트라의 나머지 단원들, 권력자들이나 부자들도 마찬가지였다. 평소의 엄숙한 예절을 유지하는 사람도 있었고, 리허설에 와서 외투를 벗고 악기를 집어 듦과 동시에 예절을 벗어던지는 사람도 있었지만, 너 나 할 것 없이 똑같이 내면의 행복, 비루하고 너저분한 일상의 생각들을 쓸어버리는 순수한 영감을 맛보았다.

뛰어난 외과 의사인 닥터 벤세슬라우 베이가는 첫 음을 내고 맥주 첫 잔을 마신 뒤, 삶과 인류에 만족한 웃음을 지었다. 바이올린 현 위로 활을 당기면, 수술실에서 흉곽과 배를 절개하고 환자를 보고 주검 속을 들여다보며 잔인하게 되풀이되는 덧없는 싸움을 벌이던 일주일 간의 모든 피로가, 그동안 쌓였던 모든 지루함이, 그 첫 번째 음과 함께 날아가 버렸다. 닥터 피뉴 페드레이라는 총각이자 염세주의자의 외로운 사슬을 끊어 버리고, 플루트를 통해 기만적인 연갈색 눈을 가지고 있던 옛사랑의 추억을 재발견했다. 아드리아누 피리스, 일명 팜파 무스탕 — 백반으로 인한 흰 반점으로 양손과 얼굴이 얼룩진 — 인 백만장자, 거대 도매상, 은행 동업자, 여러 기업과 회사의 회장, 가톨릭 사령관은 그의 듬직한 비올론첼로 앞에서 겸허해졌으며, 더 큰 부자가 되려는 욕망은 많되 돈과 권력에 대한 야망을 채우기엔 시간이 턱없이 모자라고, 게다가 재앙과도 같은 도나 이마쿨라다 타베이라 피리스와 함께 살아야 하는 괴로움 속에서, 고객, 경쟁자, 직원들, 다들 도둑놈에 지나지 않는 그 군상과 옥신각신하면서 보낸 맹렬한 야망과 지독한 실망의 일주일을 보상받았다. 그는 겸허해질 뿐 아니라 마음까지 넓어지고 인간적이 되어서 자기 옆의 가난뱅이 점원에게도 웃음을 지었다. 한 사람은 고귀한 도나 이마쿨라다에게서, 또 한 사람은 시아 마리코타에게서 해방된 동병상련을 맛보면서.

시아 마리코타처럼, 그 가톨릭 사령관의 아내도 리허설에 나오는 적이 거의 없었다. 물론 옷이나 얘깃거리가 없어서가 아니라 시간이 없어서였다. 그녀는 사교계의 퍼스트레이디였으므로 101가지 의무로 시간이 꽉 찼다는 이유도 있었지만, 그녀 역시 그 리허설이 재미없고 말할 수 없이 따분했던 것이다. 똑같이 되풀이되는 음들, 저번 달에도 이번 달에도 똑같은 음악, 참을 수가 없었다.

차라리 그게 나았다. 그녀가 없으면, 크림을 처바른 그 앙상한 얼굴, 보석으로 뒤덮인 가슴, 늘어진 턱살, 기분 나쁜 손잡이 안경이 보이지 않으면 아드리아누 씨는 기억에서 그녀를 지우기가 훨씬 더 쉬웠다. 그녀와 딸들, 사위들 생각까지도. 완전히 실패작인 그의 딸들은 옷과 춤이 삶의 전부인 한심한 여자들이었다. 사위들은 기둥서방이었는데, 한 명은 다른 한 명보다 더 쓸모없고 파렴치했다. 그중 하나는 리우에서, 나머지 하나는 바이아에서, 아드리아누 씨의 피땀과 삶이 밴 돈을 탕진하고 있었다. 그 거대 도매상은 이 모든 것으로부터 도피처를 찾았다. 그가 번 엄청난 돈과 경쟁자들로부터, 번영과 실패로부터, 그 가족의 공허함, 이기심, 불행으로부터. 그는 비올론첼로 속에서 휴식을 찾았다. 우르바누 씨 옆에 서면, 사실 고매한 도나 이마쿨라다나 누더기를 입은 시아 마리코타나 까놓고 보면 똑같이 심술쟁이 할망구인 것처럼, 두 남자는 아주 똑같았다.

그 저명한 신사들은 토요일이면 어김없이 모여서, 음악과 맥주, 천진함과 웃음에 몸을 맡겼다. 토요일마다 돌아가면서 다른 집에서 모이게 되므로, 집의 여주인들은 오후 중반에 푸짐한 다과와 맛있는 음식이 차려진 식탁을 준비했다. 두세 명의 아내는 항상 참석했고, 몇몇 친구, 그리고 다양한 팬이 왔다. 〈취향에는 이유가 없다.〉 (이것은 제삼파이우 씨가 약사의 요청으로 어느 토요일의 모임에 갔다 와서 중얼거린 말이다.) 도나 플로르는 초기에는 한 번도 빠지지 않으면서 진심 어린 따뜻한 인사를 받았고, 그녀 자신도 상냥하고 사랑스러운 여주인 역할을 했다.

엄선된 세계의 박식한 ― 비록 도나 지자가 인정하지는 않았지만, 이 형용사는 앞으로 계속 보게 되다시피 가치 있는 어떤 것을 일컬을 때 사용된다 ― 음악 속에서, 고상한 감정으로 충만한 이 분위기에서, 이 극도로 폐쇄적인 사회의 성원들은 서로의 계급과 재산에 따른 아무런 구분이 없이, 오르페우스의 아들들이자 예술 안의 형제가 되었다. 그들은 가장 우애 깊은 사이였고 서로를 이름과 별명으로 불렀다 ― 심지어 한심한 양반도 여기서는 재능 있는 바이올린 주자였으며, 저마다 랄라우, 피뇨지뉴, 아지냐브리, 라울 다스 메니나스, 팜파 무스탕 등의 별명으로 불렀다. 그리고 여자들 사이에서도 똑같은, 아니 거의 똑같은 일이 벌어졌다. 그들은 서로를 엘레니냐, 지우도카, 수수카, 토키냐로 불렀다. 도나 플로르는 〈나의 성녀〉, 〈검은 미녀〉로 불리면서 요리에 조언을 부탁받았다. 때로 도나 플로르가 그들의 대화에 끼지 못하고 그런 환경에서 빠지지 않는 특정 주제를 알지 못했던 것은 그들의 잘못이 아니었다. 어쨌거나 그녀는 브리지 놀이를 하지 않았으므로, 그 클럽에 속하지 않았고 그 사교 모임에 없어선 안 될 인물이 아니었던 것이다. 그처럼 조용한 공백기에 도나 플로르는 차분하고 행복한 표정으로 바순을 부는 남편을 지켜보았다. 그럴 때면 여자들의 수다는 아무런 의미가 없는 것이었고 그녀는 고립감도 느끼지 못하고 미소를 지었다.

닥터 테오도루가 다음 리허설 장소는 그들의 집이라고 말했을 때, 도나 플로르는 정말 힘이 솟았다. 그녀는 다른 사람보다 뒤지고 싶지 않았다. 그녀는 남편이 알기 전에 그 도시 주민의 절반을 초대했고, 필요하다면 저축한 돈까지 써가며 큰 연회를 열 각오가 되어 있었다. 그녀를 말리는 건 힘들었다. 그녀는 가난한 사람의 집에서도 손님들을 제대로 대접할 수 있다는 걸 그 잘난 사회에 보여 주고 싶었다.

닥터 테오도루는 간식 정도로만 준비하도록 한계를 정하려 했다. 많아 봐야 약간의 오르되브르와 맥주에 곁들일 과자만 있으면 되었다. 특별히 오케스트라 단장을 기쁘게 해주고 싶다면 코코넛 밀크에 넣어 익힌 호미니*hominy* 정도는 준비할 수 있었다. 그것은 아제노르 씨가 특히 좋아하는 음식이었으니까.

「그분은 그럴 자격이 있소. 그분은 당신을 위한 깜짝 선물을 준비했으니까. 정말 놀랄 거요!」

그렇지만 도나 플로르는 남편의 훈계를 무시하면서 호화로운 식사를 준비하고 집이 넘치도록 상을 차렸다. 식탁은 볼만했다. 콩 프리터, 비네그레트소스를 얹은 생선 튀김, 코코넛 캔디, 옥수수 껍질 속에서 익힌 호미니, 땅콩 캔디, 대구 프리터, 치즈 타르트, 모두가 부담 없고 맛있는 진미였다. 코코넛 밀크에 넣어 익힌 호미니를 담은 주전자는 말할 것도 없었다. 보기만 해도 군침이 돌았다! 맥주와 레몬 스트로베리 소다, 구아라나[3]는 멘데스의 술집에서 상자째 들여왔다.

리허설은 성공적이었다. 음악가의 아내 중에서는 두 사람, 도나 엘레나와 도나 지우다만 왔을 뿐이지만 집은 사람들로 만원이었고, 이웃들은 흥분하고 수강생들은 긴장했으며 친구들은 이성을 잃었다(도나 지노라는 소화 불량으로 죽기 직전까지 갔다).

오케스트라는 교실에서 모였고, 음악가들 외에 몇몇 주요 인물이 자리를 잡았다. 동 클레멘치, 도나 지자, 도나 노르마, 아르헨티나인 부부(도나 낭시는 그 행사를 위해 말할 수 없이 우아하게 차려입고 왔다), 그리고 닥터 이베스. 늘 그렇듯이 매사에 뭔가 말하지 않으면 못 배기는 닥터 이베스는 음악에 관해서도, 오페라와 카루소를 들먹이며 건혜를 피력했다. 「지금까지 중에서 한 사람을 꼽으라면 그 목소리뿐이죠.」

잠시 쉬는 틈을 타서 거장 아제노르 고메스가 지휘봉을 들고서, 하고 싶은 말이 있다며 주의를 모으고는 그 집의 안주인을 위한 깜짝 선물, 감사의 선물을 드리겠다고 했다. 그날 오후 처음으로, 그의 미발표곡, 〈오르페우스의 아들인 우리 형제, 닥터 테오도루 마두레이라의 존경스러운 아내, 도나 플로리페지스 파이바를 위해〉 특별히 작곡한 곡을 연습한다는 것이었다. 참석한 모두는 전율을 느꼈고, 그때까지 무성의하게 간간이 웃음과 대화를 나누던 청중은 완전히 침묵했다.

그 친절한 지휘자는 웃음을 지었다. 그에게 이 아마추어 음악가들

---

3 *guaraná*. 브라질의 관목으로 그 씨를 빻아 반죽을 만들어 약용으로 쓰며, 자극적인 청량음료의 맛을 내는 데 쓰기도 한다.

은 가족과 같았고, 그는 파반과 가보트, 왈츠와 로만스로 그들의 삶 가운데 있는 행복한 순간들, 기쁨과 슬픔을 함께 나누었다. 단원들의 아버지나 어머니가 죽었을 때, 아이가 태어났을 때, 누가 결혼하게 될 때면 이 거장은 이번 약사의 경우와 마찬가지로, 슬픈 일이건 기쁜 일이건 음악을 통해 연대감을 과시했다.

「플로리페지스를 위한 자장가, 닥터 테오도루 마두레이라의 바순 솔로입니다.」 단장이 이렇게 선언했다. 정말 아름다운 순간이었다.

그러나 리허설은 어디까지나 리허설, 콘서트가 아니었고 전시회는 더더욱 아니었다. 오케스트라가 스스로 완성되었다고 생각하는 경우에도 지휘자는 이따금 이 대목 저 대목에서 끼어들었는데, 이 미발표곡의 경우는 바순 솔로인 닥터 테오도루를 포함해 한 소절씩, 아니 한 음씩 나갔다. 멜로디를 따라잡고, 상냥하고 온순하고 부드러운 그 감사의 대상만큼 우아하고 아름다운 음악을 감상하기란 쉽지 않았다.

그렇지만 도나 플로르는 지휘자의 성의와, 아내를 위해 완벽한 음을 내기 위해 거의 떨고 있는 약사의 정성에 깊이 감동했다. 악보 앞의 그는 잔뜩 긴장한 나머지 거의 굳어서 이마엔 땀방울이 맺히고 손은 차가웠지만, 승리를 거둔 남자의 행복을 바순의 깊은 음색으로 표현할 준비가 되어 있었다. 돈과 약국, 지식, 웅변술, 마음의 평화와 질서, 음악, 품위, 어여쁜 아내, 그리고 그에게 쏟아지는 많은 이의 존경심으로 충만한 그의 생활에는 더 바랄 게 없었다. 그가 추구한 것이 그런 조화로움이었으며 그는 그것을 얻었다. 도나 플로르는 그 많은 영예에 압도되어 고개를 숙였다.

다행히 휴식 시간이 찾아왔고, 거장이 식탁에서 실컷 먹고서 다시 두 번째의 호미니를 먹는 동안, 나머지 사람들은 맛있는 음식들로 배를 채우고 맥주와 소다수, 구아라나 속에서 헤엄쳤다. 모든 것이 완벽했다.

6
멜로디의 론도

도나 플로르, 겸손하고 예의 바른 그녀는 약사들의 세계와 아마추어 음악가들의 세계를 활강하면서, 그녀의 새로운 지위가 속한 집단에 어울리는 옷차림에 신경 썼다. 결혼하기 전 처녀였을 때, 그녀는 대부호들의 저택, 부잣집의 가난한 손님일 때에도 가장 옷을 잘 입는 축이었다. 패션에서 그녀보다 뛰어난 사람은 최고의 취향을 가진 언니 호잘리아뿐이었다. 다른 여자들은 아무리 부유하거나 돈을 헤프게 쓴다고 해도 따라오지 못했다.

전과는 다른 집단, 다른 관심사, 다른 대화, 새로운 사람들. 사회적 요구와 의무, 가끔 있는 다과회, 방문, 리허설. 약사 협회 회장 댁이나 아마추어 오케스트라의 중요한 단원 집. 이웃들의 찬사를 받으며 나갈 때의 도나 플로르는 우아하고 완벽한 차림새와 몸가짐으로 눈길을 끌었다. 약간 살이 올라 매끈하고 맵시 있는 몸매는 남자들로 하여금 군침을 흘리게 만들었다.

「대단한 여자야.」 장의사의 비바우두 씨는 낮게 중얼거렸다. 「살이 오르니 더 좋아 보여, 뒤태도 둥글고. 정말 맛있겠나! 딕티 기침약께서 왕의 성찬을 드시는구먼.」

「아내를 아주 여왕 모시듯 한다니까. 원하는 건 뭐든지 해주고, 귀족이 따로 없지.」 수정 구슬에서 닥터 테오도루를 보고 그의 변함없는 사랑을 예견했던 도나 지노라는 그렇게 말했다. 「남자는 모름지기 저래야 돼!」

새로운 이웃인 도나 마그놀리아, 늘 창문으로 세상을 구경하면서 행인들의 능력을 판단하는 데 일가견이 있는 그녀는 이렇게 말했다. 「내가 듣기론 그 약사의 모든 것이 다 크다는데, 물건도 식탁 다리 같을 거야. 그런데 누가 그걸 확인해 줄까?」 아무도 없었다. 그녀는 꾸준하고 유용한 연습 덕에 척 보면 그 크기를 알 수 있었다.

도나 아멜리아가 떠들었다. 「두 사람은 생김새든 마음씨든 아주 잘 어울려. 그만큼 완벽한 결혼이 어디 있어? 천생연분이야. 둘이 만나기까지 오랜 시간이 걸렸지만…….」

「처음엔 첫 남편의 손아귀에서 끔찍한 생활을 해야 했지. 그 무정하고 벌레 같은 인간한테서…….」

「덕분에 지금 남편한테 더 잘하는 거야. 비교할 수가 있잖아.」

도나 플로르는 아무것도 서로 재거나 비교하고 싶지 않았다. 그녀가 원하는 건 자기 삶을 사는 것뿐이었다. 오래오래 품위 있고 즐거운 삶, 좋은 대우를 받아서 그 자체가 기쁨인 삶. 사람들은 왜 그녀를 내버려 두지 않는 걸까? 전에는 사람들이 찾아와서 그녀의 운명을 개탄하며 연민의 말들로 동정해 주곤 했다. 지금은 그녀의 성공을, 닥터 테오도루와 결혼하기로 했던 용단을, 그 모범적인 부부의 행복을 칭찬하는 말 일색이었다.

거리 주민들은 도나 플로르의 일거수일투족을 예의 주시했다. 그녀의 옷과 사회적 관계, 생활의 새로운 질서, 방문, 기분 전환, 영화, 다가오는 약사 협회 회장 선거와 관련된 일 등등을. 그러나 무엇보다도 지금, 이웃들은 음악에 몰두해 있었다. 그것은 호화로웠던 아마추어 오케스트라의 리허설과, 사범학교 학생인 마리우다의 사건과 거의 동시에 등장한 화제였다.

처음에 그 토론은 학술적이고 학자연하는 개념에 국한되어, 오페라 예찬자인 닥터 이베스와 고지식한 기준을 가진 도나 지자, 두 이웃의 두뇌 사이에 벌어진 열띠고 냉정한 언쟁일 뿐이었다. 여기에 방문 차 와 있던 요령 없고 심술궂은 도나 호지우다가 자기 의견을 보태곤 했다. 그러나 이것을 극적이고 감동적인 토론으로 만들면서, 순수하게 지적이던 국면을 세대 차이, 부모와 자식의 차이, 낡은 것과 새로운 것(젊은 세대의 철학 용어로 하자면)의 차이로 그 성격을 바꾸어 버린 것은 어린 마리우다였다.

아마추어 오케스트라의 리허설이 끝난 후 닥터 이베스가 왈츠와 군대 행진곡, 로만스를 일컬어 〈박식한 음악〉(도나 호지우다의 구시대적 편견을 매우 만족시키면서)이라고 분류한 데 대해 도나 지자가 반대 의견을 제시하는 동안, 어린 마리우다는 가정의 평화와 그 거리의 고요를 깨뜨리면서, 한 번은 오스바우지뉴와, 또 한 번은 새로 설립된 라디오 아마랄리나의 국장이 되어 값싸고 재능 있는 신인을 찾고 있던 마리우 아우구스투와 비밀리에 만났던 것이다.

도나 지자에게 〈박식한 음악〉은 베토벤과 바흐, 브람스, 쇼팽 같은 몇몇 최고 음악가의 불멸의 음악을 뜻했다. 세계적 명성의 해설자와 함께, 유명한 지휘자가 이끄는 대형 오케스트라의 연주로 침묵 속에서 듣는 교향곡과 소나타. 귀를 기울여 듣고 이해할 수 있는 청중을 위한 음악이 진짜였다. 그런 음악을 들으며 자란 그녀는 완고한 분파주의, 극단적 형식주의에 싸여 나머지 모든 것은 〈음악적 소양이 부족한 사람들을 위한〉 쓰레기로 분류했다.

(그러나 도나 지자는 그 과격한 정의 — 〈나머지 모든 것은 쓰레기〉 — 에 대중의 열렬하고 순수한 표현인 민속 음악은 포함하지 않았다는 것을 지적해 두어야겠다. 삼바와 모지냐, 〈영가〉, 코코,[4] 룸바는 그녀가 존중하고 높이 사는 것이었다. 사실 그녀가 그 어색한 발음으로 최신 유행의 삼바 가사를 망치는 것을 듣는 건 우스웠다.) 힘과 특색이 없으며, 아름다움을 감상할 줄도 모르면서 거장의 이름에 혹하는 중산층의 저속한 취향에 맞춘 듯한 나머지 음악의 아둔함을 그녀는 견디지 못했다. 도나 지자는 독일인 친구들의 집에서 흐릿한 조명 아래 박식한 음악 레코드를 들을 때 감동했고, 그런 밤에는 정신적으로 큰 기쁨을 맛보았다(그리고 간식과 훌륭한 음료, 약간의 일화에도).

닥터 이베스는 반박했다. 살쩌 가는 그 그링가의 잘난 체하는 태도라니! 「오페라는 어떤가요? 〈리골레토〉, 〈세비야의 이발사〉, 〈팔리아치〉, 그리고 우리의 불멸의 카를루스 고메스[5]가 작곡한 〈우 구아라니 O Guarani〉 같은 작품. 이봐요, 도나 지자, 캄피나스에서 태어난 우리 브라질 사람들은 박수갈채 가득한 외국 극장의 무대 위에 사랑하는 우리 조국의 이름을 올리고 있습니다. 그리고 그 아리아와 듀엣, 바리톤과 베이스, 프리마 돈나의 재능은 또 어떻소? 그게 박식한 음

---

4 *coco*. 브라질 북부 지방에서 유래된 음악으로 아프리카의 영향을 받았으며 카니발 때 많이 연주된다 — 옮긴이주.

5 Carlos Gomes(1836~1896). 브라질 최초로 국제적인 명성을 얻은 오페라 작곡가 — 옮긴이주.

악이 아니라면 뭐가 박식한 음악이란 말이오? 혹시라도 삼바와 룸바, 모지냐, 탱고가 그렇소?

그걸 가볍게 여기지 마세요, 도나 지자. 이 주제만큼은(사실을 말하자면, 이것을 제외한 다른 주제만큼은) 닥터 이베스가 권위자이니까.」 그는 목소리를 높이고 의기양양하게 물었다. 「〈유쾌한 과부〉, 〈달러 공주〉, 〈룩셈부르크 백작〉 같은 훌륭한 오페레타보다 더 세련된 음악을 어디서 찾는단 말입니까?」

닥터 이베스의 음악적 소양은 단단한 토대에 기초한 것이자 직접 경험한 결과였다. 학생 때 그는 무리와 어울려 리우에 가서 무료 입장권으로 2등석에 앉아, 〈그란데 콤파니아 무시칼레 디 나폴리〉단이 상연하는 여러 오페라를 감상했었다. 그는 그 공연과 멜로디, 바리톤과 소프라노, 테너, 콘트랄토의 목소리에 매료되었다. 그리고 잘 들어요, 도나 지자. 그는 그걸 레코드로 들은 것이 아니라 무대에서, 「라 트라비아타」, 「토스카」, 「나비 부인」, 「일 스키아보」(역시 우리의 카를루스 고메스가 작곡한 것이라오)에 출연한 그 당당한 천재들, 티토 스키파, 갈리 쿠르치, 헤수스 가비리아, 벤찬초니의 육성으로 들었다. 나중에는 얀 키에푸라와 마르타 에게르트가, 넬슨 에디와 지넷 맥도널드가 해석한 최고의 오페레타들이 들어간 그 멋진 영화들을 모두 — 한 편도 빠뜨리지 않고 — 보았다. 도나 지자가 혹시라도 그것들을 보았을까? 한 편도 빠뜨리지 않고 그 모두를?

닥터 이베스는 그런 애정으로 유명한 아리아의 일부를 흥얼거렸고 심지어 발레 스텝을 밟기도 했다. 그를 치켜세우거나 깎아내리는 사람은 없었다. 사람들이 그런 레코드와 그런 허튼소리들을 잊어버릴 수 있는 것이, 음악적 소양이라면 그는 누구에게든 뒤지지 않았기 때문이다.

「그게 소양이라고요!」 도나 지자는 자존심이 아니라 기본 개념을 모욕당한 것이 분해서 삿대질을 했다. 「박사님, 소양이란 다른 거예요. 더 진지한 거라고요. 그리고 이건 음악의 진실을, 진실, 위대함을 논하는 자리예요. 그건 아주 달라요.」

심판으로 불려 나온 도나 노르마는 중립을 지키기로 하고 이렇게 고백했다. 「난 사실 아무것도 몰라요. 삼바, 행진곡, 카니발 음악 —
그게 내가 아는 전부지만 — 을 빼면 나한테는 둘러치나 메어치나 매
한가지라니까요. 오페라를 한 번, 빌로루 카발라루 악단(거기 예술가
들은 거의 다 죽었지만)이 푼돈이나 긁어모으려고 여기 왔을 때 본
적은 있어요. 형편없었죠. 오페라 전체를 하는 것도 아니고 몇몇 아리
아만 했으니까.」

「나도 갔었어요.」박사가 이것을 자기 점수에 더하며 말했다.

「난 음악은 하나도 모르지만 전부 다 귀 기울여 들어요. 재밌는 것
도 있거든요. 심지어 죽은 사람을 위한 종소리까지 나오더라니까요.
난 음악을 가리지는 않아요. 콘서트, 오페라, 오페레타, 다 좋아요. 그
리고 라디오 음악 프로그램은 정말 좋아하죠. 한 가지는 분명해요. 카
이미의 모지냐에 견줄 만한 것은 세상에 없다는 거. 하지만 내가 아는
한 모든 게 다 좋아요, 다 즐겁고. 그리고 지난번 닥터 테오도루의 리
허설도 좋았어요. 물론 두 사람은 별로 신경 쓸 필요도 없겠지만.」

도나 호지우다로선 아마추어 오케스트라의 음악, 세련된 귀에 어
울리는 특별한 기쁨을 거리 부랑아들의 기타에 맞춰 떠드는 소음과
비교하는 것은 모독이었다. 사람 좋고 남편 잘 만나서 돈은 많지만 저
속한 취향을 가진 도나 노르바라니. 힌편 그 교사는 자기가 미국인이
란 이유만으로 늘 뭔가를 가르치려 들었다. 확실히 도나 지자는 그 나
라에서는 뭔가 더 잘 알고, 더 박식하고, 오르페우스의 아들들보다 더
잘났을지도 모른다. 그러나 도나 호지우다는 확신하지 못하고 미심
쩍었다. 그녀의 생각에는 누군가 반증을 내놓기 전에는 그들이 최고
였다. 격조 높은 신사들, 그 명성들……

조용히 웃으면서 그 논쟁을 듣고 있던 도나 플로르는 도나 지자가
〈지극히 따분〉하다고 여기는 아마추어 오케스트라의 리허설을 변명
하려고 입을 열었다.

「과장하지 마세요.」

「하지만 그건 사실 아니야? 달리 뭐라고 하겠어, 그건 리허설인데?
음악회 리허설에 사람들을 초대하는 경우가 어딨어?」

「그건 그 사람들 잘못이 아니에요. 초대한 건 저예요. 그 리허설에

가고 싶어 하는 사람은 가족들뿐이에요. 음악회를 열게 되면 초대할 테니까 그때 보면 알겠죠…….」

도나 지자의 비관주의는 흔들림이 없었다.「음악회라면 다를 수도 있겠지. 하지만 그렇더라도 ― 용서해 줘, 플로르 ― 그 음악 애호가들은 부족한 점이 많다는 생각엔 변함이 없어.」

그들에게 부족한 점은 거의 없었다. 신문에 난 기사나 음악 평론을 믿는다면 말이다. 그 사람들이야 그런 문제를 이해해 주는 것이 의무인 것이다. 그들은 그 오케스트라가 공연 ― 라디오 방송국에서, 음악 학교 대강당에서 ― 을 할 때마다 찬사를 아끼지 않았다. 피네르카이스라는, 독일계라는 이유로 이른바 음악의 품 안에서 태어났다고 일컬어지는 한 평론가는 오르페우스의 아들들을 〈유럽 최고의 아마추어 오케스트라〉와 비교하면서 〈그들에게 빚진 것이 없으며 오히려 정반대이다〉라고 열광했다. 이 피네르카이스란 자는 뮌헨에서 돌아온 뒤에는 평가를 매우 자제했다. 그러나 열대의 더위는 그를 완전히 압도했다. 그는 절제를 잃어버렸고 다시는 겨울의 냉정을 회복하지 못했다.

닥터 테오도루에게는 음악회 프로그램, 그 오케스트라에 관한 평론과 기사, 다량의 인쇄물을 모아 놓은 앨범이 있었다. 결혼 후 이 성공의 보물 창고, 남편이 누리는 작은 영예의 증거물을 관리하는 것은 도나 플로르의 책임이었다. 거기 붙은 기사 중 마지막 것은 거장 아제노르가 닥터 테오도루 마두레이라 부부를 위한 로만스, 그의 걸작을 작곡했고, 지금 그 곡을 연습 중이라는 취지의 것이었다. 오르페우스의 아들들은 그것을 연주할 계획이었다. 〈그리고 오르페우스의 아들들, 이 탁월한 오케스트라는 바이아의 음악 애호가들이 그렇게 고집스레 요청하는 콘서트 감상의 기회를 언제 줄 것인가?〉 하고 그 저널리스트는 묻고 있었다. 정말이지, 그 아마추어 음악가들은 충직한 친구들, 다수가 맹목적인 친구들을 두고 있었다.

도나 플로르는 그 오케스트라에 관한 토론을 들으면서 한편으로는, 역시 음악 및 금지된 노래와 관계있는 마리우다의 문제를 생각하고 있었다. 그 소녀와 어머니의 갈등에 관한 마지막 정보는 소녀 자신에게서 들은 것인데, 마리우다가 오스바우지뉴를 통해서 메니나 방송국 라디오 아마랄리나의 마리우 아우구스투를 만났으며 아무개 아무개가 오디션을 약속했다는 것, 그리고 그녀의 목소리가 괜찮으면 주간 프로그램에 출연 계약을 하겠다는 심각한 사실과 관계가 있었다. 불행히도 오스바우지뉴는 라디오 협회에서 일을 진척시키지 못하고 있었다.

도나 플로르는 뒷일에 관해서는 알지 못했다. 그동안 바빠서 마리우다에게 신경을 쓸 겨를이 없었던 것이다. 그래서 그 소녀가 마이크 테스트를 통과했다는 걸 알게 된 것도 그 사건이 끝난 후의 일이었다. 마리우 아우구스투는 그녀의 목소리와 (그보다 더) 미모에 매혹되었고, 중요한 프로그램의 좋은 시간인 토요일 밤 출연 계약을 제시했다. 급료는 적었지만 초심자가 뭘 더 바라겠는가? 계약서를 가방에 넣고서, 마리우다는 감격해서 집으로 달려갔다.

도나 마리아 두 카르무는 계약서를 찢어 버렸다. 「난 너를 정숙한 여자로 만들어서 결혼시키려고 이때껏 널 키웠다. 내 눈에 흙이 들어가기 전에는…….」

「하지만 엄마, 약속했잖아요…….」 마리우다는 그녀가 한 아마추어 프로그램에서 노래하는 것을 들은 뒤 그 과부가 했던 약속을 상기시켰다. 「내가 열여덟 살이 되면…….」

「아직 열여덟 살 안 됐어…….」

「겨우 석 달 남았어요.」

「네가 내 집 지붕 아래서 사는 한 절대 허락 못 해. 절대로.」

「엄마 집? 좋아요, 두고 보세요.」

「뭘 두고 본다는 거야? 그래, 말해 봐.」

「아니에요.」

그녀는 따뜻하고 이해심 많고, 좋은 충고와 위안을 줄 수 있는 도나 플로르와도 상의하지 않았다. 도나 플로르는 그날 오후 수업이 끝난 후 나갔고, 마리우다는 서둘렀다. 저녁이 다가오고 있었지만 더 이상 그런 폭정을 견딜 수 없었기 때문이다. 그녀는 가출했다.

옷가지 몇 벌, 신발 몇 켤레, 그동안 모은 『오늘의 패션』 몇 권, 프란시스쿠 아우베스와 시우비우 카우다스의 사진을 가방 하나에 넣고는 전차를 탔다. 이 모든 것이 그녀의 어머니가 목욕을 하는 사이에 벌어진 일이었다.

그녀는 곧장 라디오 아마랄리나로 갔다. 마리우 아우구스투는 그녀가 미성년이며 가출했다는 사실을 알자 매우 화를 내면서 그녀를 건물 안에 들이는 것조차 마다했다. 그녀는 당장 떠나야 했다. 그가 찾는 건 골칫덩이가 아니었다. 거리로 나온 마리우다는 무작정 오스바우지뉴를 찾아 이 주소 저 주소 물어 가며, 라디오 협회에서 다시 그가 다닌다는 사무실로 향했다. 거기서 그녀는 도시의 아래쪽, 그가 방송국의 후원자, 중요한 인물인 마갈량이스와 약속했다는 곳으로 향했다. 「오스바우지뉴? 라디오에서 일하는 사람 말이냐? 벌써 나갔는데. 아마 스튜디오로 갔을 거다. 주소는 있니?」 그녀는 다시 카를루스고메스 거리에 있는 라디오 협회로 향했다. 그녀는 라세르다 엘리베이터를 탔고, 칠레 거리를 걸어갔으며, 카스트루아우베스 광장을 가로질러 마침내 땀을 흘리며 당황해서 방송국 문에서 멈추었다. 오스바우지뉴는 거기 없었다. 그러나 도어맨은 그녀에게 기다리게 해주었고 의자까지 가져다주었다.

피곤하고 조금은 겁도 났지만 아직도 분이 안 풀려 무엇이든 할 기세였던 마리우다는 그 자리에서 한 시간, 또 한 시간을 기다리며 지나가는 예술가들, 유명한 가수들을 구경했는데, 그중 시우비뉴 라메냐는 단춧구멍에 꽃을 꽂고 새끼손가락에 커다란 반지를 끼고 있었다. 그들 중 몇몇은 그녀를 보기도 했다 — 저 예쁘장한 어린것은 누구지? 도어맨은 이따금 웃음을 띠고 말을 걸어왔다(그녀의 처지와 젊음을 가엾게 여겨 위로해 주려고 했을 것이다). 「오스바우지뉴는 아직 안 왔어. 하지만 곧 올 거야. 금방이라도 나타날걸.」

여덟시 무렵, 날이 완전히 어두워지자 그녀는 눈이 쓰리고 겁도 나서 가슴을 졸이며, 도어맨에게 샌드위치와 커피 한 잔을 사 먹을 만한 곳이 있느냐고 물었다. 라디오의 매점, 그의 말을 듣고 그녀는 거기로 들어갔다. 그곳에서 자신의 우상인 가수들과 여배우들의 모습을 보고 목소리를 들은 마리우다는 다시 힘이 솟아서, 스타가 되겠다는 꿈을 이루기 위해 필요하다면 평생이라도 기다리기로 했다.

그녀는 입구로 돌아가면서 생각했다. 〈불쌍한 엄마, 놀라서 죽어 가고 계실 거야.〉 슬픔과 후회가 분노와 대담함을 뚫고 들어왔다. 이윽고 아까의 도어맨도 떠나고 그 자리에 대신 들어온 남자가 오스바우지뉴를 기다리지 말라고 말했다. 「이렇게 늦은 시간에는 오지 않아.」

이제 거의 아홉시 반, 그녀가 가까스로 눈물을 참고 있을 때, 이가 없는 사람이 다가오더니 문에 기대섰다. 그는 마리우다를 꼼꼼히 살펴본 후 남자와 대화를 나누기 시작했고, 웃으면서 근처 타바리스에서 도박했던 이야기를 늘어놓았다. 마리우다는 우연히 그의 이야기 중에서 오스바우지뉴의 이름을 듣고, 그 사람이 그날 오후 늦게부터 룰렛을 하고 있었다는 걸 알게 되었다. 그 이가 없는 사람 말에 따르면 아주 기분 좋게.

「타바리스? 그게 뭐예요? 어디 있어요?」

그 남자는 웃으면서 추잡스러운 욕정으로 그녀를 보았다. 「멀지 않아. 원한다면 내가 데려다 주지.」 그는 그 장면을 보고 싶어서, 그녀의 눈물과 원망을 즐기고 싶어서 근질거렸다. 그 오스바우지뉴는 도박장에 여자가 오는 걸 질색했다.

그들은 광장을 건넜고, 이가 없는 건딜은 말을 시키면서 마리우다가 아내인지 애인인지, 아니면 그냥 여자 친구인지 알아내려고 했다. 아내라 하기엔 너무 어렸다. 여자 친구라기에는 현실을 너무 힘들게 받아들이고 있었다. 카바레 입구에서 그들은 막 펠리스로 떠나려던 미란당을 만났다. 그는 지나가면서 힐끗 마리우다를 보았다가 그녀를 알아보고는 급하게 되돌아왔다. 「마리우다, 네가 여긴 대체 웬일이냐?」

「어머, 미란당 아저씨, 안녕하세요?」

미란당은 그 이 없는 작자를 너무도 잘 알고 있었다. 「쿠거의 숨소리, 자네는 여기서 이 아이랑 뭐 하려는 건가?」

「나? 아무것도. 그냥 저 애가 나한테 부탁하기에⋯⋯.」

「여기 오자고 했다고? 거짓말하지 마.」 미란당이 소리쳤다.

마리우다는 그 남자를 두둔했다. 「내가 데려다 달라고 했어요.」

「여기, 타바리스에 오자고 했다고? 뭣 땜에? 내가 좀 알아야겠다.」

마리우다는 결국 모든 것을 털어놓았고, 미란당은 그녀를 거기서 멀지 않은 그녀의 집으로 데려갔다. 집에서는 도나 마리아 두 카르무가 거의 실성을 해서 침대에 뻗은 채 울고불고하며 딸을 부르고 있었다. 그녀 옆에는 도나 플로르와 닥터 테오도루, 도나 아멜리아가 있었다. 도나 노르마는 도나 지자의 지원으로 수색대를 지휘하고 있었다. 그들은 제 삼파이우 씨를 침대에서 (거칠게) 끌어내 긴급 구조대와 경찰서, 시체 안치소를 찾아보게 했었다.

도나 마리아 두 카르무는 딸을 보자 두 팔을 벌리고 와락 달려들어 껴안고 눈물로 몸부림쳤다. 두 사람은 울면서 서로 키스하고, 서로 용서를 구했다. 화가 난 닥터 테오도루는 거의 퉁명스럽게 자리를 떴다. 그는 도나 플로르의 의견을 거스르면서까지, 도나 마리아 두 카르무의 애초의 결심, 집 나간 딸에게 잊지 못할 만큼 채찍질을 해주겠다는 무자비한 결심을 지지했었기 때문이다.

도나 플로르는 소녀의 어머니를 설득해서 마리우다의 편으로 끌어들이려고 했다. 그녀 역시 소녀였을 때 똑같은 벌을 받았었지만 아무런 효과가 없었다. 딸이 선택한 직업에 도나 마리아 두 카르무가 왜 그렇게 완강히 반대하는가?

직업이라고, 나 참! 닥터 테오도루는 그 과부 편이었다. 그 소녀한테는 정신이 번쩍 들게 순종을 가르쳐 줄 교훈이 필요하다. 그와 도나 플로르는 거의 싸울 뻔했고 남편과 아내 어느 쪽도 양보하려 들지 않았다. 도나 플로르는 마리우다, 그 불쌍한 어린것의 편이었고, 닥터 테오도루는 원칙, 부모에 대한 자식의 효도와 신성한 명분을 옹호했다. 그러나 말다툼이 크게 번지진 않았는데, 약사가 자숙하고 이렇게 말했기 때문이다. 「여보, 당신한테는 당신 견해가 있소. 비록 생각은 다르지만 당신 견해를 존중하오. 나한테는 내가 자라면서 습득한 나한테 맞는 나의 견해가 있어요. 그러니 서로 자기 견해대로 합시다. 게다가 우리는 이 문제로 싸울 일도 없잖소. 어차피 아이도 없으니.」 〈그리고 생기지도 않을 거고.〉 그는 그 말을 덧붙일 뻔했다. 아직 결혼하기 전일 때 도나 플로르가 자신은 불임이라고 그에게 얘기했던 것이다.

그러나 몹시 슬퍼하는 과부가 딸이 당장 돌아오지 않으면 죽어 버리겠다고 하는 바람에 둘 사이에 감정의 골이 파이지는 않았다.

마리우다가 도착한 후의 일은 앞에서 본 바와 같다. 닥터 테오도루는 패배를 인정하고 물러났다. 도나 아멜리아와 도나 에미나도 떠나 도나 플로르만 그 모녀와 함께 남았고, 문제는 완전히 해결되었다. 마리우다는 마이크에 대한 권리를 얻었다. 도나 플로르는 합의가 확실히 이루어질 때까지, 어머니가 미래의 스타를 축복해 줄 때까지 자리를 지켰다. 집에 돌아가 보니 그녀의 콤파드레 미란당이 기다리고 있었다.

「콤파드레, 그동안 어디로 사라져서 우리 집에 오지도 않았어요? 당신도, 코마드레도, 그리고 아기도 안 오다니. 혹시 나한테 뭐 기분 상한 게 있었나요? 마리아 두 카르무와 마리우다의 일은 고맙지만, 그 전에 이유를 알고 싶어요. 왜 나를 피했어요?」

「피한 게 아닙니다, 코마드레. 내가 왜 피하겠어요? 그동안 오지 않았던 건 워낙 일이 많아서……」

「그것뿐인가요, 바빴기 때문에? 콤파드레, 용서하세요. 하지만 못 믿겠어요.」

미란당은 투명한 밤, 먼 하늘을 내다보았다. 「남편과 아내 사이에는 아무도 끼어들어선 안 된다는 걸 코마드레도 잘 알 겁니다. 그림자 하나, 기억 하나도 해로울 수 있어요. 당신은 행복하고, 모든 일이 잘 풀리고 있잖아요. 그게 내가 바라는 겁니다. 당신은 이 모든 걸 누릴 자격이 있어요. 우리가 만나지 않는다고 우정까지 흔들리는 건 아닙니다.」

그것은 사실이었다. 도나 플로르는 웃음을 짓고 콤파드레 옆으로 다가갔다. 「한 가지 부탁하고 싶은 게 있어요……」

「부탁하지 말고 명령하세요, 코마드레……」

「성 코스마스와 성 다미아누스 축일이 얼마 남지 않았는데, 그 약속은……」

「나도 생각했었어요. 요전에 마누라한테도 얘기했지요. 올해는 코마드레의 집에서 축하하기로 하지 않았냐고요.」

「어떻게 생각해요, 콤파드레? 괜찮을 것 같아요?」

「코마드레, 동시에 앞으로, 뒤로, 두 방향으로 걸어갈 수 있는 사람은 없지요. 그건 당신의 의무가 아니라 콤파드레의 의무이고, 그 친구와 함께 묻힌 겁니다. 영혼들도 만족하고 있어요.」 잠시 쉬었다가 말을 이었다. 「혹시 그래도 약속을 지키고 싶다면 편하게 생각하세요. 성인들께 잘못하는 것도 아니고 규범을 어기는 것도 아니니까요.」

도나 플로르는 삶의 방식을 재어 보듯 집중해서 주의 깊게 들었다. 「당신 말이 맞아요, 콤파드레. 하지만 계산을 치러야 하는 건 영혼들만이 아니죠. 난 당신의 콤파드레가 아주 진지하게 여겼던 의무를 지키고 싶었어요. 세상엔 주워 담을 수 없는 일들이 있어요.」

「그래서요?」

「당신 집에서 축일을 지내면 어떨까 생각했어요. 그날 당신 집에 가서 아기를 보고, 모든 걸 준비해 갈게요. 카루루를 가져갈 테니 같이 먹어요. 노르미냐한테만 부탁하고 다른 사람은 부르지 않을게요.」

「원하는 대로 하세요, 코마드레. 내 집이 당신 집이고, 명령할 사람은 당신입니다. 나한테 돈만 생기면 아무것도 가져오지 말라고 하겠지만, 도박에 이길지 질지는 아무도 모르는 법 아니겠습니까? 그걸 안다면 부자가 되겠지요. 만일을 위해 오크라만 가져오세요.」

기분이 가라앉은 닥터 테오도루가 돌아왔다. 그는 이미 미란당의 이름과 그의 명성, 위업을 알고 있었고, 두 사람은 짤막한 인사를 나누었다.

「테오도루, 이분은 나의 콤파드레예요. 좋은 친구이기도 하고.」

「가끔 들르세요.」 약사가 말했으나 그것은 초대가 아니라 정중한 인사에 지나지 않았다. 미란당이 오면 싫어도 참아야 할 것이다.

미란당은 무모한 생활로 돌아갔고, 마리우다는 어머니와 함께 다음 날 마리우 아우구스투 씨를 만나 계약 건과 데뷔 날짜를 상의하기로 약속했다.

「여보, 이리 와요.」 약사가 말했다.

늦은 시각이었지만, 떠들썩한 사건과 허탈 상태를 겪은 뒤 마음을 진정시키기 위해, 닥터 테오도루는 바순과 악보를 꺼냈다. 자리에 앉은 도나 플로르는 약사가 매일 갈아입는 셔츠의 커프스와 목깃을 꿰매기 시작했다.

닥터 테오도루는 고요하고 따뜻한 거실에서 도나 플로르를 위해 작곡된 로만스 솔로를 연습했다. 그녀는 바느질을 하면서 약간은 멍하게 그 소리를 들으며 혼란스러운 생각을 정리하려고 애썼다. 그녀의 마음은 멀리, 다른 음악에 가 있었다.

제대로 나지 않는 음을 내려고 애쓰면서, 가장 순수하고 감동적인 선율을 끌어내고 어려운 음계의 멜로디를 정복하는 동안, 닥터 테오도루는 침착함을 되찾고 미소를 지었다. 결국 도나 마리아 두 카르무가 그 고집 센 딸을 어떻게 대하든 그게 그와 무슨 상관인가? 그가 세상의 검열관도 아닌데, 자신들과 무관한 하찮은 일로 그렇게 예쁘고 착한 아내와 언쟁을 벌이는 건 바보 같은 일이었다. 그는 금세 제대로 된 화음, 알맞은 선율, 조화롭고 순수한 선율을 내기 시작했다.

도나 플로르는 다른 음악에 빠졌다가 돌아오고 있었지만 그 음악은 알려진 클래식, 도나 지자가 그렇게 찬양하는 바흐, 베토벤, 교향곡, 소나타 같은 건 아니었다. 그녀는 대중가요, 세레나데의 기타, 거리 악사들의 우쿨렐레, 백파이프의 투명한 웃음소리에서 돌아오고 있었다. 이제 그녀는 아마추어 오케스트라에, 오보에, 트럼펫, 비올론 첼로, 바순이 울리는 화음에 스스로를 맞춰야 했다. 그녀의 정신을 혼란시키며 어두운 통로, 교차로의 수수께끼로 이끄는 다른 음악은 치워 버려야 했다. 이제는 바순의 연습 소리에, 오케스트라의 음계에 파묻혀야 했다. 지나간 멜로디의 기억, 과거가 되어 버린 나날은 모두 다시 오지 않을 것이므로.

바순의 소리가 약사의 셔츠 위로 퍼졌다.

7

여자와 관련된 사건으로는 두 건이 전부였다. 적어도 도나 플로르가 들은 바로는 그랬다. 그렇지만 그녀는 약사에게 다른 여자가 있었다고 믿으면서 남편의 과거를 들출 생각은 없었다.

그러나 이 두 일화 중 하나, 미르치스 로샤 지 아라우조, 자유분방한 카리오카와 관련된 사건은 아무것도 아니었다. 대용품과 깨어진 환상일 뿐이었다. 확실히 덧없는 환상이었다. 그 뻔뻔스러운 여자는 가망 없는 일에 탄식하며 시간을 낭비할 생각은 없었다. 그녀는 어깨를 으쓱하고 넘겨 버렸다. 다음에는 운이 좋기를 기대하며.

미르치스는 더 나은 일자리와 봉급을 보장받고 바이아로 전근된 은행원의 아내였다. 미르치스는 매력적인 남자 찾기도 힘들고, 리우 데자네이루에서와 같은 자유를 누릴 수 없는 도시로 추방당했다며 친구들에게 탄식했다. 사실 리우에서 그녀는 불륜으로 상당한 평판을 얻고 있었다. 아이도 없고 딱히 해야 할 일도 없었으므로 한가할 때면 타고난 재능과 시간을 자비로운 기분 전환에 썼다. 그런 즐거운 오후에는 능력 있고 육체적으로 매력 있으며 친절한 젊은 남자들과 어울려 지냈고, 그 일은 어떤 위험도 없이 모든 것이 순조롭고 신중했다. 그런데 바이아에서 그런 남자답고 용감한 사람, 예를 들면 세르지뉴 같은 〈진짜 종마〉를, 그리고 도나 파우스타의 집과 같은 안전하고 편안한 〈랑데부〉 장소를 어디서 찾을 것인가?

이네스 바스케스 두스 산투스는 자기 주의 발전을 자랑으로 여기는 바이아 여자로, 이런 경멸을 모욕으로 받아들였고, 자기가 사는 도시가 부정한 유부녀도 없고 안전하게 불륜을 저지를 장소도 없는 촌구석으로 강등되었다고 여겼다. 미르치스는 왜 잘 알지도 못하면서 바이아를 모욕할까? 어쨌거나 사우바도르는 촌구석도 아니고 저개발지도 아니었다.

이네스는 이곳에 불륜의 씨를 옮기기 시작했고, 자신의 말뜻을 정확히 아는 그녀로선, 풍부한 수확이 보장되는 이 들판을 갈 기회는 꽤 많다고 단언할 수 있었다. 매우 은밀한 매음굴들은 말할 것도 없었고, 외딴 해안의 코코넛 숲 사이에 숨은 방갈로, 산들바람과 바다, 꿈이 있었다. 젊은 남자들로 말하자면, 아, 두말하면 잔소리다!

꿈꾸는 듯한 눈에, 작은 이로 입술을 깨물면서, 이네스 바스케스 두스 산투스는 즐거운 기억의 고삐를 풀었다. 특히 한 막돼먹은 건달, 게으름뱅이, 도박꾼, 그러나 마상 창 시합 때가 되면 멋진 기사로 변했던 그 남자! 이네스, 변덕스럽지만 민첩한 이 여자는 수많은 청년과 친밀한 관계에 있었다. 「내가 장담하지. 그런 남자는 어디에도 없어. 지금도 그 피부의 맛이 느껴지고 내 귀에 닿았던 그의 혀끝이 느껴진다니까. 내 돈을 받을 때의 그 웃음이라니.」

「돈을 받아?」 미르치스는 늘 기둥서방을 사귀고 싶었다.

이네스는 인심 좋게 그녀에게 정보와 주소를 일러 주었다. 풍미와 예술 요리 학교, 카베사와 라르구 도이스 지 줄류 사이. 그 학교 교사가 그의 아내인데, 그럭저럭 생긴 얼굴에 생머리이고 구릿빛 피부이다. 미르치스는 수강생으로 등록하면 될 것이다. 수업을 들으면 시간 때우기도 좋을뿐더러 그 사냥꾼이 그녀를 보면 사이렌의 노래를 부르며 손을 건넬 것이다.

그녀는 잊지 않고 나중에 이네스에게 편지를 써서, 전말을 이야기하고 감사의 말을 전했다. 이네스는 그 관계가 즐겁게 끝날 것이며, 모두에게, 심지어 그녀의 남편에게도 도움이 될 것임을 결코 의심하지 않았다. 요리 자격증을 따면 미르치스는 남편에게 가장 맛있는 바이아의 진미를 만들어 줄 수 있을 테니까. 그 요리 선생은 최고, 마술의 손을 가진 진정한 예술의 거장이므로.

도나 플로르는 예나 지금이나, 죽은 남편과 이네스가 관계를 가졌으리라곤 의심조차 하지 않았다. 옛날의 이네스는 마르고 행동거지가 단정했고, 양념의 예술을 배우기에 열심인 여자였다. 여기서 폭풍의 미르치스가 몰랐던 게 있다면, 그녀는 결코 바지뉴의 희롱을 느낄 기회가 없다는 사실이었다. 누구는 많이, 누구는 적게, 그런 희롱은 수없이 많았었지만, 이제 도나 플로르는 천성이 전혀 다른, 다른 기준을 가진 순수한 남자와 결혼했기 때문이다.

미르치스는 바이아 생활이 안정되자마자 곧바로 그 학교를 찾아가 등록했다. 도나 플로르가 새 학기 때까지 기다리라고 설득해 보았지만 미르치스는 조급해서 기다릴 수가 없었다. 그녀는 얼마 후면 남편이 짧은 사우바도르 근무를 마치고 리우로 돌아갈 가능성이 있으므로, 적어도 이곳의 몇몇 음식을 맛볼 기회를 잃고 싶지 않다고 둘러댔다. 남편은 덴데 오일이 들어간 요리라면 환장을 한다고 했다. 도나 플로르, 그 어리석은 여자는 시간이 나면 적어도 바타파, 신싱, 아페테[6] 만드는 법을 가르쳐 주마고 약속까지 했다.

그러나 도나 플로르는 그 요리들도, 다른 요리들도 가르쳐 주지 못했다. 미르치스가 수업에 나온 날이 며칠 되지 않았기 때문이다. 처음 이틀 동안 그 남편의 모습이 보이지 않아 사흘째 되던 날 한 수강생에게 물었더니, 수업 시간에는 약사가 약국에 나가 있기 때문에 그를 보기 힘들 거라는 대답이 돌아왔다. 「약사? 약국?」 그가 약사인 줄은 몰랐다. 그 정신없는 이네스가 그의 사냥 기술만 말해 주었지, 침대 밖의 직업에 관해서는 한마디도 하지 않았던 것이다. 미르치스는 희망에 부풀었다. 〈적어도 진짜 남자를 만날 수 있겠구나.〉

사건은 바로 그날 벌어졌다. 그 대화가 오간 얼마 후, 닥터 테오도루가 무슨 서류가 필요해서 그걸 찾으러 들어왔다. 그는 여러 번, 아주 엄숙하고 수줍게 실례한다고 말하면서 학생들 사이로 지나갔다.

「저 사람은 누구예요?」 미르치스가 물었다.

「닥터 테오도루, 그 남편요. 방금 그를 보기 힘들 거라고 말했는데 이렇게 나타나다니 웬일이야!」

「저 사람이 선생의 남편이라고요? 저 남자가?」

「그럼 누구인 줄 아셨어요?」

그는 찾던 서류를 손에 들고 여전히 용서를 구하며, 서둘러 과학 약국으로 돌아갔다. 미르치스는 짧은 백금 색 머리(최신 유행)를 가로저었다. 이네스가 정신 나간 빈대이거나 아니면 무슨 일이 일어난 게 분명했다. 어쩌면 교사가 남편의 장난에 지겨워져서 그를 차버렸거나, 아니면 그가 다른 여자와 달아났을 수도 있었다. 그랬다면 도나 플로르는 확실히 정반대인 진지하고 신의 있는 남자, 미르치스의 관점에서는 쓸모없고 하릴없는 남자, 구역질 나는 남자를 선택한 것이다. 그 얼간이는 그녀의 빛나는 머리에는 눈길조차 주지 않았으며, 그

---

6 *apeté*. 얌에 올리브 오일과 새우, 양파, 후추를 넣어 삶은 것.

녀를 보지도 않고 그녀 앞을 지나갔다. 차라리 잘됐다. 그 얼간이는 아마 도나 플로르한테 남편으로서도 전혀 쓸모가 없을 것이고, 마누라가 바람을 피워도 상투적인 멜로드라마에서처럼 총이나 칼로 복수하는 페어플레이 정신도 없을 것이다.

그녀는 두 번 다시 학교에 나가지 않았고 선생에게 사과할 생각도 없었다. 게다가 그녀는 〈요부〉 유형의 날씬한 몸매를 유지하기 위해서 신중하게 다이어트를 하고 있었다.

수다쟁이였던 미르치스는 나중에야, 이네스가 그렇게 칭찬했던 그 성급한 종마가 죽었고 과부는 그 눈먼 얼간이와 재혼했다는 얘기를 듣게 되었다. 눈먼 얼간이, 그랬다. 생활만 바라보지 햇빛과 은색 머리칼을 참지 못하는 그런 사람은 사실 최악의 시력을 가진 거나 마찬가지였다.

플로르는 그 틀어진 희극에 관한 자세한 내막을 친구 에나이지한테서 들었다. 에나이지는 요리 학교 시절 이후 이네스 바스케스 두스 산투스와 친하게 지냈고, 그래서 이네스는 절친한 친구에게 미르치스 로샤 지 아라우조의 얘기를 해주었던 것이다. 미르치스는 바이아에서 저지른 자신의 실수에 대한 환멸을 거의 문학적으로까지 요약했다.「그것은 죽은 남자와 벌인 나의 모험이었어. 모두 관계 서류가 없었던 탓이야.」

따끔한 교훈과 불평도 곁들여졌다. 그녀는 닥터 테오도루, 〈그 졸장부, 그 저능아〉를 만나기 위해 도나 플로르의 수업에서 게를 튀기다가 스토브에 손가락까지 데었다. 그 전체가 우스꽝스러운 희극이었다!

한편 도나 마그놀리아, 그 뻔뻔한 창문 파수꾼은 그 약사가 진지하고 신의 있는 사람이라는 사실에 흥미를 잃은 것이 아니라, 오히려 어떤 자극적인 것, 뭔가 다른 점을 발견하고 있었다. 잘난 체하는 그 카리오카만큼이나 유부남 꼬이기라는 과제에 능통한 이 비밀경찰 요원의 정부는 피부색, 외모, 연령의 다양성은 곧 인생의 양념임을 익히 알고 있었다. 그녀는 단조로운 건 질색이었다. 편협한 미르치스가 젊은 애송이들만 물색했던 데 반해, 편견이 없는 마그놀리아는 하나의 공식, 틀에 얽매이기를 거부했다. 오늘은 검은 머리, 내일은 금발, 모레는 반반, 쉰 살의 노인에 이어서 들뜬 청년으로. 왜 항상 똑같은 요리, 똑같은 양념이어야 하는가? 도나 마그놀리아는 한쪽으로 치우치지 않았다.

적어도 하루에 네 번, 집에서 약국으로, 약국에서 집으로 그 〈찬란한 40세〉(도나 지노라의 수정 구슬에 따르면)는 짧은 실내복 차림의 도나 마그놀리아가 크고 둥글고 유혹적인 젖가슴을 뻔뻔스럽게 기대고 있는 창문 아래로 지나갔다. 옆 거리에 있는 이피랑가 예비 학교 학생들은 일부러 길을 돌아, 그들 모두가 빨아도 남을 그 젖가슴이 기대어져 있는 창문 아래를 일사불란하게 군사 대형으로 행군했다. 도나 마그놀리아는 감동했다. 교복을 입은 그 귀여운 것들, 풋풋한 애송이들은 시각의 기쁨과 촉각의 꿈을 위해 발돋움을 하곤 했다. 「다 가슴앓이도 해야 배우는 거야.」 도나 마그놀리아는 교육적으로 합리화하면서 젖가슴과 상반신이 더 잘 보이도록 자세를 고치곤 했다(불행히도 나머지 부분까지 전시하기에는 창틀이 조금 작았다).

소년들은 가슴앓이를 했고, 주변의 일꾼들은 신음했으며, 호키 같은 젊은 배달꾼은 사진을 찍었고, 아우프레두 같은 노인은 자신의 성자를 축복했다. 그 유명한 경이를 보기 위해 멀리 세에서, 지키타이아에서, 이타파지피에서, 토로로에서, 마타투에서 남자들이 찾아왔다. 한 맹인 거지는 오후에 정확히 세 번, 뜨거운 태양 아래 거리를 건너와서 구걸했다. 「두 눈이 먼 가난뱅이를 위해 적선합쇼.」

최고의 적선은 창문의 그 성스러운 광경이었다. 정체가 탄로 날 위험을 무릅쓰고, 그는 검은 안경을 휙 벗어 든 채로 두 눈을 크게 뜨고 신의 선물, 경찰의 재산인 그것들을 응시하며 두 눈의 호사를 실컷 누렸다. 그 비밀경찰 요원이 그를 쫓아와 사기죄와 구걸죄로 감옥에 처넣는다고 해도, 그는 충분히 그럴 가치가 있다고 느꼈을 것이다.

그 창가에 보란 듯이 전시한 천국의 풍경을 보려고 눈을 들지 않았던 사람은 닥터 테오도루, 빳빳하게 풀 먹인 흰색 정장을 입고 넥타이를 맨 그밖에 없었다. 훌륭한 성품에 걸맞게 고개를 숙이고, 모자를 살짝 들어 올려서 〈안녕하세요?〉 또는 〈별일 없으시죠?〉라고 인사할 뿐, 그는 도나 마그놀리아가 레이스까지 둘러 효과를 배가한 나머지 터질 것 같은 젖가슴에는 관심이 없었다. 그 정도의 젖가슴이면 아무리 목석같은 남자라도 뒤흔들려서 그 잘난 부부간의 정절을 저버려야 마땅했다. 오직 그만이, 그 크고 검은 야수, 잘생긴 개, 틀림없이 식탁 다리만 한 물건을 가진 그 약사만이 어떤 감동이나 기쁨, 환희를 드러내지 않고, 눈길도 주지 않고, 그 젖가슴의 바다를 보지도 않고 지나갔다. 아, 그건 너무 심했다. 모욕적인 공격, 참을 수 없는 도전이었다.

「일부일처주의자야.」 약사의 생활을 속속들이 알고 있는 도나 지노라가 단언했다. 「그는 아내한테 불성실한 남자가 아니야. 심지어 매춘부인 타비냐 마네몰렌시아한테도 정조를 지켰어. 비록 그녀의 고객이 한정되어 있기는 하지만 말이야.」 도나 마그놀리아는 자신의 매력에 자신 있었다. 「점쟁이 아주머니, 내가 하는 말을 메모하세요. 받아쓰시란 말이에요. 세상에 일부일처주의 남자 같은 건 없어요. 그건 나나 아주머니나 잘 아는 사실이죠. 수정 구슬을 들여다보세요. 만약 수정 구슬이 믿을 만하다면 그 약사가 매음굴, 정확히 소브리냐의 매음굴 침대에, 최고의 모습을 한 당신의 이 보잘것없는 종 마그놀리아 파티마 디스 네베스 옆에 누워 있을 거예요.」

그래, 밤낮없이 젊은 청년들의 욕망은 커져 가고 늙은이늘은 침을 흘리는데, 그 약사는 이웃 여자의 매력적인 눈에, 그의 인사에 답하는 유혹적인 목소리에 꿈쩍하지 않는단 말이지? 도나 마그놀리아에겐 다른 무기가 있었으므로, 그녀는 당장 공격을 개시하기로 했다.

그리하여 어느 무더운 오후, 욕망으로 묵직한 공기가 침대의 환희와 자장가로 초대하던 때, 도나 마그놀리아는 성 안토니우스를 유혹할 새로운 도구인 주사약 한 상자를 들고 약국에 들어섰다. 얇은 여름 드레스를 입은 그녀는 자신의 풍만함을 유감없이 발산하고 있었다.

「선생님, 주사 좀 놓아 주실래요?」

닥터 테오도루는 실험실에서 질산염을 측정하고 있었다. 풀 먹인 흰색 가운 때문에 그는 키가 더욱 커 보였고 과학적인 엄숙함마저 풍기고 있었다. 그녀는 미소를 지으며 주사약이 든 상자를 내밀었다. 그는 그것을 받아 들고 탁자에 놓으며 말했다. 「잠깐만 기다리세요.」

그 자리에 서서 그를 재어 보던 도나 마그놀리아는 점점 더 만족스러웠다. 〈괜찮은 남자야. 나이도 적당하고, 강하고 용감해 보여.〉 그녀의 한숨 소리에 그가 가루와 처방 약을 내려놓고 눈을 들어 그녀를 보았다. 「많이 편찮으세요?」

「아, 약사 선생님.」 그녀는 통증 때문에 죽겠으며 약사가 그 원인이라는 듯 웃음을 지었다.

「주사를 놓아 달라고요?」 그는 병을 살펴보았다. 「비타민 복합제라……. 균형을 유지해 주는…… 새로운 약이라니. 무슨 균형일까요, 마담?」 그는 그런 조치들이 시간과 돈 낭비라는 것처럼 정중하게 미소 지었다.

「제 신경의 균형이에요. 전 너무 예민하거든요. 선생님은 모르실 거예요.」

그는 핀셋으로 주삿바늘 하나를 집어 소독기에서 꺼냈고, 차분하고 침착하게 주사액을 주사기에 넣었다. 한 번에 한 가지씩, 모든 것이 정연했다. 작업대 위에 걸린 표어에는 그의 원칙이 잘 요약되어 있었다. 〈모든 것을 위한 자리, 제자리에 있는 모든 것.〉 도나 마그놀리아는 그 표어를 읽었다. 한 가지와 그것을 위한 장소만큼은 그녀도 알고 있었으므로, 음흉하게 약사를 보았다. 스스로를 굳게 믿는 저 모습, 얼마나 멋진가!

그는 솜뭉치 하나를 알코올에 담그고 주사기를 들었다. 「소매를 올리세요.」

수줍고도 심술궂게, 도나 마그놀리아가 대답했다. 「팔에 말고요, 팔이 아니에요.」

그는 커튼을 쳤다. 그녀는 치마를 들어 올리고 날마다 창가에서 보여 주었던 것보다 더 크고 유혹적이며 풍만한 것을 약사의 눈앞에 드러냈다. 여왕개미처럼, 얼마나 탐스러운 궁둥이인가!

그녀는 주삿바늘의 따가움도 느끼지 못했다. 닥터 테오도루의 손은 그처럼 가볍고 든든했다. 약사는 알코올에 담갔던 솜으로 피부를 문질러 주며 기분 좋은 느낌을 선사했다. 알코올 한 방울이 허벅지를 타고 내려가자 그녀는 다시 한숨을 쉬었다.

이번에도 닥터 테오도루는 그 부드러운 신음의 의미를 잘못 파악했다. 「어디가 편찮으세요?」

여전히 치마를 들어 올린 채 지금껏 누구도 저항하지 못했던 엉덩이를 내보이면서, 도나 마그놀리아는 그 존경스러운 사람의 눈을 똑바로 쳐다보았다. 「선생님도 이해 못하시는 게 있다니, 모르시는 게 있다니, 그게 있을 수 있는 얘기예요?」

그는 정말 몰랐다. 「뭘 말씀이십니까?」

이제 화가 치민 그녀는 치마를 내려 모욕당한 궁둥이를 가리고 이를 갈며 물었다. 「눈이 안 보이세요? 선생님한테는 눈도 없으세요?」

약사는 입을 반쯤 벌리고 멍한 얼굴에 놀란 눈으로, 그녀가 미친 게 아닐까 생각하고 있었다. 도나 마그놀리아는 도저히 믿어지지 않는 그런 얼간이를 보면서 질문을 마무리했다. 「그게 아니면 완전히 바보 아니세요?」

「마담…….」

그녀는 손을 올려 약학 세계 스타의 뺨을 어루만졌고 또 한 번 황홀하고 수줍은 목소리로 모든 것을 고백했다. 「어리석은 사람, 정말 모르겠어요? 내가 당신을 좋아하고 홀딱 반했다는 걸? 정말 몰라요?」

그녀가 다가왔다. 그녀의 목표는 그로 하여금 그 자리에서 일을 벌이게 하는 것, 적어도 예비 절차라도 밟게 하는 것이었으며, 그녀가 오므린 입술로, 애타는 눈으로 무얼 하려는지는 젖먹이 아기라도 모를 리 없었다.

「나가 주시죠!」 약사는 낮지만 단호한 목소리로 말했다.

「내 아름다운 물라토.」 그녀가 그의 허리에 팔을 둘러 끌어당겼다.

「나가요!」 약사는 그 탐욕스러운 팔과 게걸스러운 입을 물리치고, 자신의 원칙과 굳건한 믿음을 다시금 보여 주었다. 「어서 나가세요!」

확고한 덕성과 흰 가운, 손에 든 주사기로 인해 웅장함마저 풍기면서 분한 표정을 짓는 그의 모습은 밑에 받침대만 있었다면 완벽한 기념비, 악에 대해 승리를 거두는 도덕성의 찬란한 조각상이었을 것이다. 그러나 당황해서 굴욕감을 느끼는 도나 마그놀리아로 대변된 악은 그 흠 없는 영웅을 후회와 회개의 눈이 아닌, 분노와 울분, 광포함의 눈으로 쳐다보았다.「동성애자! 변태! 오늘 일은 꼭 갚아 주겠어, 이 늙은 호모야!」그리고 그녀는 소동을 일으키기 위해 뛰쳐나갔다.

불쌍한 도나 마그놀리아, 모멸감과 불운의 피해자. 그녀는 자기 계략의 결과가, 복수의 계획이 땅에 팽개쳐질 줄은 미처 몰랐다. (올곤은 정부로서의 정숙함과 명예를) 확실하게 모욕당한 그녀는 비밀경찰 요원에게 〈그 늙은 색골 같은 약사가 나를 쫓아다닌다〉라고 투덜거렸고 가장 뻔뻔스러운 거짓말을 꾸미며, 그가 아바에테 해안으로 달구경을 가자고 했다는 더러운 이야기를 지어냈다. 그 비열한 남자는 혼이 나야 한다, 채찍 맛을 단단히 봐야 한다, 아마 약간의 매타작을 하고 교도소에 집어넣으면 다른 사람의 아내를 존중하는 법을 배우게 될 것이다.

그녀가 진작 사정 얘기를 하지 않았던 것은 괜한 소동을 피하기 위해서, 그리고 정말 친절한 여자인 그의 아내를 생각해서였다. 그러나 그날 그 약사는 도가 지나쳤다. 그녀는 주사를 맞으러 약국에 갔는데, 그 건달이 자기 가슴을 만지는 바람에 뛰어서 달아나야 했다.

그 비밀경찰 요원은 말없이 그녀의 이야기를 끝까지 듣고 있었다. 그를 잘 아는 도나 마그놀리아는 그의 얼굴에 분노가 번지는 것을 알아보았다. 이제 약사는 그 무모함의 대가를 치를 것이며, 적어도 하룻밤 영창 신세를 질 것이다.

사실 그 비밀경찰 요원은 그날 오후 여러 마권업자한테서 갈취한 뇌물 몇 미우헤이스를 두고 착오가 생겨 한 동료와 말다툼을 벌였었다. 주먹과 따귀에 앞서 벌어진 심한 말다툼 중에 도나 마그놀리아의 비밀경찰 요원은 그 동료한테 소매치기라고 욕했다가, 상대방한테서 대경실색할 이야기를 듣게 되었다.「여기 있는 이 친구처럼 두 번이나 오쟁이를 지고도 까맣게 모르는 남편이 되느니 차라리 도둑이 나아.」그는 더 나아가 도나 마그놀리아의 연애 생활에서 최근의 몇몇 사건을 상세히 설명하기까지 했다. 한마디로 경찰 동료들 중에서만도 다섯 명이 돌아가며 그녀와 놀아났다고 일러 준 것이다. 경찰청장은 말할 것도 없었다. 만약 그녀가 바람피운 남자들에게 전구를 달아 준다면, 라르구 다 세에서 캄푸그란지까지 그 도시의 절반은 환하게 밝힐 것이다. 그는 도둑은 아닐지 몰라도 경찰의 망신이었다. 이어서 다시 주먹이 날아갔다.

싸움을 통해 명예를 회복하고 동료와 화해한 그는, 이어서 그 동료를 비롯한 여러 동료에게서 더욱 당황스러운 소식을 들었다. 메살리나라는 여자에 관해 정말 들은 적이 없는가? 아니, 그녀는 그 구역에서 활동하는 여자가 아니라 역사적인 인물인데, 그 명성이 자자하다. 그러나 도나 마그놀리아에 비하면 그 여자는 더럽혀지지 않은 처녀와 같다…….

자존심이 뭉개진 그 경찰관은 우연히도, 도나 마그놀리아가 그 약사한테 했던 협박과 똑같은 말로 복수를 맹세했다. 「못된 년! 오늘 일은 꼭 갚아 주겠어!」

그래서 그는 믿기지도 않는 그 장황한 이야기를 끝까지 들어 주었고, 도나 마그놀리아가 그 약사의 은근한 접근에서 어떻게 자기 가슴을 방어했는지 말하자마자, 그녀의 코를 틀어쥐고 이실직고하라고 다그쳤다.

그것은 전문가의 구타, 그 일을 좋아하는 노련한 사람의 구타였다. 도나 마그놀리아는 자신이 했던 모든 일과 하지 않은 일, 심지어 그 경찰관을 알기 전의 옛날 일까지 고백했으며, 덤으로 닥터 테오도루와의 관계에 관한 모든 사실까지 털어놓았다. 모든 사실이라고 함은 그의 고결함은 물론, 그에 대한 그녀의 생각까지 말했다는 뜻이다. 발기 부전이다, 모든 것이 보는 그대로이고 감춘 것은 없다, 전투태세를 갖춘 그녀의 엉덩이를 보고도 튕길 만큼 그녀를 모욕한 사람은 한 명도 없었다고 말이다.

그 거리에 한바탕 소동, 떠들썩한 법석이 벌어졌다! 따귀와 비명, 맹세 소리에 경찰관의 집 앞에 모인 이웃들, 수다쟁이들, 예비 학교 학생들은 호기심으로 떠들었다. 수다쟁이들과 이웃들은 대부분 그 구타에 찬성했으며, 실제로 잘된 처사였고 마땅한 일이었지만 한 가지 결점이 있었다. 너무 오래 지속되었다는 것이었다. 학교 소년들은 따귀 한 번, 밀치기 한 번 할 때마다 마치 자기가 구타를 당하는 것처럼 느꼈는데, 모두가 각자의 외로운 청춘의 침대에서 그 다정하고 유혹적인 육체를 소유했던 경험이 있었다. 수많은 밤에 그녀, 청년들의 만유하신 그 양치기 여자, 사랑의 여신은 한 번에 마흔 명 이상의 침대에 나타나 잠을 같이 잤던 것이다.

그러나 그 경찰관의 집에 뛰어 들어간 사람은 바로 도나 플로르와 도나 노르마였다. 나머지 사람들은 몸을 사려서 왈가왈부하지 않았다. 아무도 경찰관과 문제를 일으키고 싶지 않았던 것이다.

「치아구 씨, 뭐 하시는 거예요? 이 불쌍한 여자를 죽이실 건가요? 그만 놓아주시죠.」 도나 노르마가 소리쳤다.

「이 못된 년은 죽어도 쌉니다.」 그 비밀경찰 요원이 대꾸하면서 마지막으로 몇 대 더 때렸다.

「불쌍해라. 당신은 괴물이에요.」 도나 플로르가 운명의 피해자 위로 몸을 굽혔다.

「불쌍하기도 하겠소.」 경찰관은 억울해서 목이 막혔다. 「저 〈불쌍한〉 년이 당신 남편에 관해 뭐라고 씨부렁거렸는지 압니까?」

「제 남편에 관해서요?」

「나한테 와서는 그 약사가 자기를 쫓아다닌다고 하더니 오늘은 약국에서 자기를 범하려고 했답니다. 내가 사실을 말하라고 하니까 모두 거짓말이라고 이실직고하더군요. 있지도 않은 말썽거리를 만들어서 내가 그걸 해결해 주기를 바랐던 건데, 사실 그를 유혹한 건 저년이지 그 사람은 미끼를 물 생각도 하지 않았습니다. 다른 것들은 말할 것도 없고요.」 그는 냉소적으로 물었다. 「사람들이 나를 뭐라고 하는지 아십니까? 〈경찰의 망신〉이래요.」

그날 밤 도나 플로르는 영화관에 갈 준비를 하면서, 거울 앞에서 분을 바르다가 닥터 테오도루에게 웃음을 지었다. 「그래서 당신은 주사 맞으러 약국에 찾아온 환자한테 수작을 걸었나요? 도나 마그놀리아랑 놀고 싶었군요…….」

그는 그녀를 쳐다보더니 농담임을 이해했다. 도나 플로르는 진지한 표정을 지을 수가 없었고 모든 게 너무 우습기만 했다. 남편의 지조에 감동하려고 애쓸수록, 머릿속에서는 주사기를 든 테오도루와 풍만한 가슴의 마그놀리아가 부끄러움을 팽개치고 키스하려고 달려

드는 모습을 지울 수가 없었다. 세상에 정숙한 남편이 있다면 바로 그였다. 그러나 그 사건이 영웅적이라기보다 재미있고 우스꽝스럽게만 다가오는 걸 어떡한단 말인가?

「정신 나간 여자요! 내가 고객을 이용하면서 실험실을 더럽힐 거라는 생각은 어디서 나왔을까?」

「이 경우는 고객을 이용한 게 아니죠. 그걸 요구한 건 그 여자였잖아요.」

그는 목소리를 낮추었다. 이런 일에 아내 앞에서 완전히 수줍음을 잃은 적이 없었다. 「당신이 있는데 내가 어떻게 다른 여자를 쳐다보겠소?」

그보다 충직하고 올곧은 남자는 세상에 없었다. 도나 플로르가 그에게 입술을 내밀자 그가 가볍게 키스했다.

「고마워요, 테오도루. 당신에 대한 제 마음도 똑같아요.」

거리에서, 길모퉁이에서, 멘데스의 술집 술잔 위에서, 남자들은 오늘의 구타 사건과 그 이유, 그 효과에 관해 토론했다. 도나 마그놀리아는 친척 집으로 몸을 피해 소금을 섞은 물로 목욕을 하고 있었고, 그 비밀경찰 요원은 럼주로 현실을 잊으려 하고 있었다.

장의사의 비바우두 씨가 의문을 제기했다. 닥터 테오도루가 정말로 발기 부전인 것은 아닐까? 그 못된 여자가 목청 높여 사실을 확인시켰을 뿐 아니라, 솔직히 말해 마그놀리아, 그 풍만한 매력의 유혹에 저항할 수 있는 사람은 내시밖에 없을 것이다. 그의 남성성을 의심할 이유는 있었다, 확실히 있었다. 그러나 카카오 농장주 모이제스 아우베스는 바짝 열을 올리며 약사를 변호했다. 「동성애자? 그 막돼먹은 여자가 꾸며 낸 거짓말이야. 약사는 책임감 있고 진중한 사람일 뿐이야. 자네는 그가 카운터에서 그 계집이랑 놀아날 거라고 생각했나?」

비바우두 씨는 전적으로 확신하지는 않았다. 「그런 음식을 앞에 두고 코웃음을 치다니……. 약국이든 어디서든 말이야. 만약 그녀가 여기 〈꽃 피는 낙원〉에 나타난다면 난 대환영이야. 설사 관 속에서 그 짓을 해야 한다고 해도.」

그들이 동의한 것은 사소한 한 가지였다. 발기 부전이든 엄격한 성격 탓이든 간에 닥터 테오도루가 약속도 잡지 않고 그녀를 내쫓은 것은 심했다는 것이었다.「신은 씹을 이도 없는 사람한테 땅콩을 주시는군.」

이런 토론의 메아리는 거리 모퉁이와 술집으로 건너가 맥주와 럼주 잔 위에서 더욱 가열되었고, 친구들과 이웃들의 일반적인 찬사가 그랬듯이, 도나 플로르의 귀에 들어왔다.

「모든 남편이 그와 비슷했다면 얘기는 완전히 달라졌을 거야.」

그녀는 남편을 중상하는 소리에 화가 나서 마리아 안토니아, 그녀의 상태를 염탐하러 찾아온 화려하고 매혹적인 전 수강생에게 이렇게 말했다.「만약 그이가 진짜 남자인지 의심하는 사람이 있다면 데려와 봐. 내가 그이더러 증명하게 할 테니까…….」

「잘도 그러겠다!」마리아 안토니아는 웃음을 터뜨렸고 대단한 얘깃거리를 찾았다 싶었다.

도나 플로르도 웃었다. 비록 소문에 짜증이 나긴 했지만 상황이 기가 막혀 웃지 않을 수 없었던 것이다.

얼마간 시간이 흐른 어느 날 오전, 지오니지아 지 오쇼시가 오동통한 어린 아들에게 대모의 축복을 받게 해주려고 아들을 안고 나타났다. 최근에 그녀는 거의 오지 않았었다. 그녀는 남편이 다른 여자와 사귀는 것을 알고 마음고생을 했다고 고백했다. 트럭을 몰고 떠도는 남편이, 여기 들렀다 저기 멈추고 하다가 조아제이루에서 어느 여자와 엮이게 되었다고 했다. 그의 편지를 통해 그 사실을 알게 된 지오니지아는 큰 소동을 피웠고 바람난 남편을 버리겠다고 위협했다.「위협뿐이었어요, 코마드레. 한눈팔지 않는 남자가 어디 있으며, 바람피우지 않을 남자가 어디 있을까요?」그러나 그녀는 견디기 힘들었고 살까지 빠졌었는데, 남편이 그 여자와의 관계를 청산하고 더 이상 조아제이루에서 밤을 보내는 일도 없어서 이제야 겨우 기분이 나아지기 시작했다고 했다.

도나 플로르는 그녀를 위로했다.「그런 실망을 겪어 보지 않은 사람이 어디 있겠어요?」불과 얼마 전 그녀, 도나 플로르도 가슴 아프고 속상한 일을 겪었었다.

「그럼 약사 선생님도 좋은 분이 아니었던 거예요? 그분마저? 그럼 코마드레는 내가 여자 문제를 피할 수는 없다고 한 이유를 이해하겠네요⋯⋯.」

「누구? 테오도루요? 아니, 나의 실망은 전혀 다른 문제예요. 테오도루는 그 법칙에서 예외랍니다. 정말 올곧은 사람이죠. 그를 위해서라면 손에 장이라도 지지겠어요.」

도나 플로르는 문득 깨달았다. 그리고 거의 고백하다시피 지오니지아에게 이야기했다. 닥터 테오도루와 관련된 두 건의 사건 중 처음과 끝이 있는 구체적인 사건, 그리고 그녀가 상처를 입고 몹시 가슴 아팠던 사건 하나는 사실 둘째 남편이 아닌, 첫째 남편과 관련된 일이었다고. 이네스 바스케스 두스 산투스와 죽은 바지뉴의 해묵은 이야기가 이제야 밝혀졌다고 말이다. 도나 플로르가 마그놀리아나 미르치스를 떠올릴 때, 그녀 앞에 떠오르는 것은 깡마르고 바보 같은 이네스, 그 위선적인 계집, 화냥년이었다!

8

그 정확한 지휘자는 거의 6주 동안 로만스의 리허설을 하고 나서야 작품을 선보일 준비가 되었다고 여겼다. 이번에 그는 특별히 정확을 기했는데, 그것이 매력적이고 친절한 도나 플로르에게 바치는 「플로리페지스를 위한 자장가」, 자신의 작품이자 좋아하는 작품이기 때문이었다.

매주 토요일 오후면 비가 오든 해가 나든, 단원들은 이 집 또는 저 집에 모여서 날짜와 장소가 확정된 음악회를 위해 반복해서 화음을 맞추었다. 음악회는 일주일 후 타베이라 피리스의 저택에서 하기로 예정되었다.

지난 몇 달은 특별히 말할 사건이 없이 평화롭게 지나갔다. 다만 마리우다가 〈가장 많은 청취자가 선택하는 최신의 메니나 방송국 라디오 아마랄리나 대중의 마이크〉에 데뷔한 것이 이웃들의 화젯거리였다. 전파를 탄 그 소녀의 목소리에 모든 거리와 골목 사람들이 마치 전문가라도 된 듯 흥분하고 긴장했다.

단장 역을 맡은 도나 노르마는 시끌벅적한 팬 대표단을 지휘해 행사 당일 방송국에 나타났다. 이웃들은 데뷔 축하에 어울릴 선물을 사기 위해 돈을 모았다. 그들은 보석상 사무에우 씨 — 그는 보석류와 사람이 생각할 수 있는 모든 것, 소모사 모직, 열대 양복지, 리넨, 가구, 향수 등 전부 밀수품이자 사실상 쓸데없는 것들을 팔았다 — 에게서 6개월간 보장되는 첨단 유행의 특이한 손목시계를 샀다.「스위스제입니다. 보석 열일곱 개가 박힌 건데 반값이죠.」 사무에우 씨는 도나 노르마가 좋은 고객이라서 그 시계를 판다는 식으로 말했다.

그날 밤 그 엄청난 특가품을 삼파이우 씨에게 보여 주자, 그는 아내가 또 그 밀매상한테 사기를 당했음을 깨달았다. 그런 일은 20년 동안 있어 왔고 둘 중 한 사람이 죽을 때까지 계속될 것이었다.「만약에 집사람이 먼저 죽게 된다면, 그 사무에우란 놈은 숨이 넘어가는 그 시각에 밀수해 온 최신 장례식을 그녀한테 팔려고 들 거야.」

시계는 스위스제도 아니었고 보석이 많지도 않았다. 상파울루산이었으나 그렇다고 해서 나쁜 시계는 아니었다.「우리는 브라질 산업을 격하하는 이 고질병을 고쳐야 해. 브라질산도 여느 제품 못지않아.」 국수주의자 제 삼파이우는 그렇게 위안했다.

데뷔하는 날은 자연스럽고 이해할 만한 일들이 일어났다. 도나 마리아 두 카르무는 마이크 앞에 선 딸의 모습을 보면서, 사회자가 〈열대 새의 아름다운 목소리〉라고 칭찬하자 잠깐 졸도했다. 도나 플로르 역시 눈물을 훔쳤다. 그녀는 마리우다에 대해 모성적 애정을 느끼고 있었다. 그 소녀가 꿈을 이루도록 힘닿는 데까지 도와주었고, 그녀 때문에 한번은 닥터 테오도루와 견해차를 보이기도 했다. 마리우다의 승리가 전체 이웃의 것이라면 그중 큰 부분이 도나 플로르의 몫이었다. 그녀는 그날 밤 그 소녀의 집에서 샴페인 병(오스바우지뉴가 준비한 것)까지 딴 축하연 뷔페의 디저트를 준비했다.

어린 가수가 데뷔해 라디오 비평가와 대중의 찬사를 받은 사건 외에, 도나 지자가 갑작스레 미국을 여행한 일이 있었는데, 그 때문에 소문이 들끓었다. 초감각적 직관을 가진 도나 지노라조차 사전에 이 사건을 전혀 알지 못했다. 무슨 셸비 씨인가 하는 남자가 뉴욕에서 죽었는데 전 재산을 도나 지자에게 남겼다. 셸비 씨는 누구이며, 그는 왜 오랜 세월 브라질에 살고 있던 영어 교사를 상속인으로 정했을까? 도나 지자에게 물어볼 수 없었던 것이, 그녀는 통보도 없이, 그리고 작별 인사도 하지 않고 하룻밤 사이에 떠나 버렸기 때문이다.

죽은 그 남자와 재산과 관련해서는 정말 터무니없는 소문들이 나돌았다. 그 남자가 그녀의 남편이었으며 이혼을 했든 안 했든, 오랜 열정, 죽지 않는 사랑이라는 것이었다. 무수한 판본이 만들어졌으며 일부는 점잖은 것, 나머지는 추잡한 것이었다. 모두가 한 가지에는 동의했다. 도나 지자가 엄청난 부자, 미국에서 손꼽히는 백만장자, 미우 헤이스가 아닌 달러 백만장자의 상속인이 되었다는 것이었다.

그 모든 소문이 깨어진 것은 도나 노르마가 항공 우편으로 보내온 편지를 받아 본 때였다. 그녀는 봉투를 열기 전에 꼼꼼히 살펴보았는데, 항공 우편 스탬프가 찍혀 있었고 도나 지자의 유명한 필체, 박사의 것처럼 읽기 힘들고 묵직한 필체의 글씨가 씌어 있었다.

도나 지자는 뉴욕에서 곧 돌아올 거라고 썼다. 그녀는 사촌의 무덤에 꽃을 가져다 놓고 있으며(「사촌? 그 말을 누가 믿겠어! 그 남자는 남편이나 뭔가 다른 거였을 거야.」 수다쟁이들과 건달들은 거리 모퉁이에서, 술집에서 그렇게 이야기했다), 일을 정리하는 중이라고 했다. 분명 그녀가 뭔가 상속받은 것은 맞지만 ─ 그녀가 유일한 친척이었다 ─ 유산은 낡은 자동차 한 대와 개인적인 물건들, 중동의 석유 회사 주식 약간(그곳의 상황을 고려할 때 대단한 가치가 있는 건 아니었다)이었다. 모든 것을 팔아도 그 돈은 여행 경비를 겨우 감당할 정도였다. 수상한 사촌이 남긴 진짜 유산이라 할 만한 것은 순종 바셋 하운드인 므시외인데, 도나 지자가 벌써 서류를 준비했으므로 곧 바이아 거리에서 그 개를 보게 될 터였다.

이상이 그 몇 달 동안 벌어진 일 중 도나 플로르와 그녀의 두 남편에 관한 이 연대기에서 언급할 만한 가치가 있는 전부이다. 그 외에는 리허설과 약사 협회 모임, 요리 수업, 친척과 친구들 방문, 영화관, 수요일과 토요일의 정사들이었다.

도나 플로르는 처음과 똑같은 열성으로 리허설에 열심히 참석하지는 않았다. 그러나 리허설에 전혀 개의치 않는 몇몇 오케스트라 단원의 아내처럼, 따분하고 짜증스럽게 여겼다는 건 아니다. 남편을 사랑하고, 그의 의무와 취향에 연대감을 느끼긴 했어도, 가끔은 나가기 싫어서 핑계를 대고 빠지기도 했다. 사실상 단조롭게 반복되는 멜로디에서 내면의 평화와 무한한 기쁨을 얻을 수 있는 것은 그들, 음악에 미친 단원들뿐이었기 때문이다.

그렇다고 논문과 논쟁이 오가는 약사 협회의 박식한 모임에 마음을 붙일 수도 없었다. 그녀가 가야 할 이유가 있을까? 저녁 내내 슬며시 찾아오는 졸음과 씨름하면서 정신 차리려고 안간힘을 써봐도 수치스러운 끄덕거림에 굴복하게 될 뿐이었다. 그녀는 그 모임 전체를, 심지어 닥터 테오도루가 바르비투르산염에 관한 논쟁적 논문(「불면증 치료에서 유기물 제품으로 술을 대체하는 것에 관하여」)을 발표할 때에도, 그것이 약사의 과학적 명성이 걸린 격렬한 논쟁이 오갔던 중요한 시간이었음에도, 도저히 견딜 수가 없었다. 그 토론은 거의 새벽이 되어서야 끝이 났고, 남편이 떨면서 행복하게 팔을 내밀었을 때, 박수갈채 소리에 잠을 깨었던 그녀는 하마터면 말 한 마리라도 잠재울 만한 차와 바르비투르산염을 복용한 것처럼 깊이 잠들어 있었다고 남편에게 용서를 구할 뻔했다. 그녀는 급기야 입을 열었다.「여보……」

그러나 환희에 넘친 그는 아내의 충혈된 눈과 잠이 덜 깬 얼굴을 알아보지 못했다.

「여보, 고마워요. 멋진 승리였소!」

그는 바르비투르산염을 완전히 무너뜨리고 시민과 약사로서 의무를 다했던 것이다. 물론 그는 약국에서 그 위험한 독약을 팔았고, 그 약이 크게 유행했으므로 상당한 이윤을 남기고 있었다. 그는 공부하는 박식한 약사이자 물건 많고 잘나가는 약국의 주인으로서, 그런 자기 위치의 모순에 대해서 아무런 양심의 가책이나 이중성을 느끼지 않았는데, 과학자의 고결한 도덕적 양심이 견고한 만큼 기민한 사업가로서의 당당한 위엄도 그에 못지않았기 때문이다.

진짜 큰 사건은 가톨릭 사령관이자 비올론첼로의 대가인 아드리아누 피리스의 저택에서 있었던 아마추어 오케스트라, 오르페우스의 아들들 연주회였다. 이 행사는 신문의 사회면에 소개되었고 상류 사회, 드레스 숍, 양복점의 화제가 되었는데, 여기서는 그 이야기를 꼭 언급해야 한다(우리가 아드리아누 피리스 사령관, 그 돈의 제왕한테 의지해야 하다니 인생의 길흉화복이란 대체 무엇일까?).

온갖 화려함을 뽐낸 그 음악의 향연을 묘사하는 것은 우리의 능력과 한정된 양식을 넘어선, 불가능한 과제인 듯하다. 혹시라도, 이를테면 귀부인들이 입었던 드레스나 그들의 아름다움, 비할 수 없는 세련됨에 관해 알고 싶은 사람은, 시인 오도리쿠의 신문 컬렉션을 찾아보도록. 거기에서는 그런 미묘한 사안들의 권위자이자 언제나 탁월한 시우비뉴 라메냐가 쓴 보도 기사를 읽을 수 있다. 음악회 자체에 관심이 있는 사람은 피네르카이스와 조제 페드레이라 같은 음악 평론가의 견해나, 피아니스트이자 교양 있는 문인, 미술가로서 다재다능한 활동을 하는 엘리우 바스투의 기사를 찾아보면 된다. 도나 호지우다는 멀리 나자레트에서 신문 기사들을 빠짐없이 모았는데, 거의 모두가 닥터 테오도루와 그의 연주에 관해 칭찬 일색이었다. 〈아제노르 고메스의 로만스에서 최고의 기량을 보여 준 바순 솔로는 그 음악회의 백미 가운데 하나였다〉(코케이주, 〈음악회의 피치카토〉, 「바이아 신문」 참조).

그날 밤 도나 플로르는 정상에, 사교계의 사다리 꼭대기까지 올라갔다. 그녀는 정상에 올랐을 뿐 아니라 그녀에 관한 특별 언급이 신문에 실리기까지 했다. 〈자리를 빛낸 아름다운 사람, 어깨가 드러나는 물결무늬의 주름 잡힌 드레스는 파리의 어느 디자이너 작품이기에 우리의 위대하신 많은 귀부인보다 훨씬 더 돋보인 것일까?〉 사교계의 총아인 시우비뉴를 인용하자면 그랬다. 사교계의 꽃들, 바이아에서 가장 중요한 사람들, 정치 거물들, 금융가들, 지식인들, 대주교에서 경찰 본부장까지, 그리고 그 사령관의 사위를 시작으로 천박한 속물들, 따분한 사람들, 사기꾼들, 건달들까지 모두 참석한 자리였다.

라르구 도이스 지 줄류에서는 닥터 테오도루를 빼고는 소매상 협회에서 팜파 무스탕의 동료이자 그의 동창인 제 삼파이우 씨 혼자만 초대를 받았다. 제 삼파이우는 참석을 거절했다.

「정말 싫단 말이오. 날 가만 내버려 둬요. 비장에 문제가 있어서 좀 쉬어야겠어요. 노르마, 정 가고 싶다면 당신 혼자 가구려.」

도나 노르마는 당연히 갔지만 혼자가 아니라 도나 플로르와 닥터 테오도루와 함께였다. (특권이나 다름없는 이런 초대를 어떻게 거절할 수 있단 말인가? 까다롭고 다른 사람과 잘 어울리지 못하는 짐승 같은 그녀의 남편이나 거절할 수 있는 일이었다.)

사령관은 도나 이마쿨라다에게 특별 지시를 내렸다. 「모든 것을 최고로, 최고급으로 하시오.」

그렇게 되었다. 도나 이마쿨라다한테는 끔찍한 짐이었는지 몰라도, 공정하게 말하자면 완벽한 안주인 노릇을 했다. 그들은 건축가 지우베르베트 샤베스의 손을 빌려서(엄청난 가격에!) 오케스트라가 연주할 정원을 꾸몄다.

「돈은 신경 쓰지 마시오. 나는 최고를 원하오. 연단을 비롯한 모든 걸 최고로. 필요한 건 무엇이든 쓰시오.」 자기 직원을 위해서나 소소한 지출에 그렇게 인색하던 사령관은 지갑을 활짝 열고 수표책을 꺼냈다.

거장 샤베스의 귀에는 그 말이 꿀과 같았다. 그는 돈을 신경 쓰지 않아도 되는 걸 무척 좋아했다. 그는 마음껏 써댔지만 정말이지 모든 게 아름다웠다. 그곳은 동화책에 나오는 정원 같았고 과감한 건축 형식의 작은 원형 무대는 바이아에서는 일찍이 없었던 작품이었다. 〈지우베르베트 — 그 이름을 정확히 알아 두자. 어느 졸부가 발음하듯 지우베르투나 지우베르트가 아니라 지우베르베트이다 — 는 그의 초현대적인 천재성을 증명해 보였다.〉 (이것 역시 시우비뷰의 말이며, 다음에도 그의 말 인용은 또 나온다.)

도나 플로르는 그 정원에 들어가면서 놀랍고 감탄스러워서 입을 다물지 못했다. 도나 노르마는 단 한 마디만 했다. 「꿈속 같아.」

도나 이마쿨라다와 사령관은 손님을 맞았다. 그녀는 유럽에서 수

입한 넝마 같은 옷을 걸치고 손잡이 안경을 들고 있었으며, 사령관은 턱시도와 빳빳한 가슴 판을 댄 윙 칼라 셔츠 차림을 하고 있었지만 꼴 사나웠다. 바순을 든 닥터 테오도루를 보자 그의 얼룩덜룩한 얼굴이 웃음으로 활짝 피었다. 「내 친구 테오도루! 우리 오늘 멋진 음색을 내 보자고!」 그는 그 음악회와 말의 향연에 흡족해했다.

꼿꼿이 몸을 세운 도나 이마쿨라다는 모든 손님이 자신의 축복을 받기 위해 왔다는 것처럼, 남자들의 키스를 위해 손가락 끝을 내밀었 으며 여자들이 절할 때까지 기다렸다.

「정말 못생겼다!」 도나 노르마는 손잡이 안경이 보이지 않게 되자 마자 혀를 내둘렀다.

「하지만 아주 자비로우세요. 아프리카와 아시아 이교도 개종 협회 회장이신걸요. 그 협회에 관해 저한테 편지도 써주셨어요.」 얼마 전 닥터 테오도루는 사령관 부인의 서명을 곁들여, 그 두 대륙에서 가톨 릭 전도 활동에 협조를 요청하는 회람을 받았었다.

이어서 한심한 양반 우르바누가 턱시도를 빌려 입고(그 바이올린 주자가 마땅한 옷이 없어 연주회에 참석하지 못한다는 사정을 알게 된 사령관이 대여비를 주었다) 바이올린 케이스를 들고 나타났다. 마 누라의 빈정거림을 들으며 집에서 나온 그는 아무도 그를 눈여겨보 지 않도록 나무 밑 같은 숨을 곳을 찾고 있었다. 닥터 테오도루는 단 원들이 악기를 놓아둔 원형 극장으로 그를 안내했다.

음악회는 여덟시 반에 시작하기로 되어 있었으나 거장 아제노르 고메스가 가까스로 단원들을 불러 모아 음악회를 시작한 것은 아홉 시가 지나서였다.

손님들은 응접실과 거실을 오가며 술을 마시느라 전혀 조급해하지 않았으므로, 사령관이 직접 마이크를 잡고 성난 소리로 으르렁거려 야 했다. 「음악회가 곧 시작됩니다. 제발 자리에 앉아 주십시오! 어 서, 어서요!」

초대가 아닌 명령을 듣지 않을 만큼 대담한 사람이 어디 있을까? 소음은 잠잠해졌고 신사 숙녀 여러분은 자리를 잡았으나, 남자들은 몰래 빠져나갈 속셈으로 뒷줄에 선 사람이 많았다. 실로 패션의 퍼레이드였다. 여자들은 값비싼 보석과 깊이 파인 네크라인을 과시했고, 남자들은 모두 이브닝 정장을, 지휘자는 연미복을 입고 있었다. 첫째 줄, 도나 이마쿨라다 가까운 곳에 도나 플로르와 도나 노르마가 앉았다. 그리고 대주교는 오늘만큼은 추기경으로 불렸다.

거장 아제노르 고메스는 깊이 감동해서(「이제는 무감각해질 때도 되었지만, 저는 음악회를 할 때마다 매번 처음인 것처럼 긴장합니다.」) 지휘봉을 들어 올렸다.

제1부는 주의 깊은 경청과 박수갈채였다. 슈베르트의 「군대 행진곡」이 활기차고 정확하게 연주되었고, 이어서 닥터 벤세슬라우 베이가가 연주한 감탄스러운 바이올린곡 드르들라의 「추억」은 박수갈채를 받았으며, 심지어 〈약학과 예술을 겸업〉(시우비뉴 인용)하는 닥터 이타지우 베니시우 같은 사람은 〈브라보〉를 외치기도 했다. 거장 고메스는 행복한 땀을 흘렸다.

휴식 시간에 손님들은 몇 달간 먹지 못한 굶주린 야만족처럼 호화스러운 간식 테이블로 달려들었는데, 거기서 도나 플로르와 도나 노르마는 난생처음으로 캐비아를 구경하고 먹어 보았다.

요리 교사로서 노련한 미각을 지닌 도나 플로르는 명성이 자자한 캐비아 — 그램당 가격이 엄청나다 — 가 마음에 들었다. 「이상하지만 맛은 좋아요.」 도나 노르마는 견해가 달랐지만 웃으면서 대꾸했다 (그녀가 좋아하는 것은 샴페인이었으며 벌써 두 잔을 마신 상태였다). 「이건 고약한 맛이 나. 뭐라고 표현하면 좋을까…….」

도나 플로르도 덩달아 웃더니, 닥터 테오도루가 한심한 양반 우르바누한테 뭣 좀 먹이려고 그를 찾아 나선 사이, 죽은 첫 남편이 리우에서 돌아오면서 했던 말을 전해 주었다. 그 여행에서 그는 도나 플로르가 알지 못하는 곳에서 캐비아를 실컷 먹었는데, 그게 어떤 맛이냐고 물었더니 이렇게 대답했었다. 「여자 거기 맛이지……. 아주 맛이 좋아.」

샴페인 때문에 약간 들떠 있던 도나 노르마는 웃음을 터뜨렸다. 그 망자는 말이 거칠고 가망 없는 건달이었지만 정말 쾌활하고 잊지 못할 사람이었다. 「귀여워. 바지뉴는 재치가 있었어. 그런 맛을 다 알고…….」

 닥터 테오도루가 한심한 양반의 팔을 잡고 돌아오자 도나 플로르는 황급히 접시를 챙겨 주었고, 캐비아 한 숟가락도 빠뜨리지 않았다.

 음악회 제2부를 위해 손님들을 원형 극장에 모으기는 약간 힘들었다. 음악을 좋아하는 사람들은 자리를 잡았지만, 그들은 소수였으며 대다수의 관심은 음악보다 먹을 것과 마실 것에 가 있었다. 그러나 사령관은 하인들에게 엄한 명령을 내렸고 결국 거장과 오케스트라는 「소박한 고백」을 시작했다.

 프랑시스 토메의 음악이 끝나자 음악회는 절정에 이르렀다. 사령관 아드리아누 피리스, 팜파 무스탕의 비올론첼로로 독주가 시작되었다. 그러자 정말이지 완전히 조용해졌다. 식품 저장실이나 부엌에서까지 하인들은 일을 멈추었고, 웨이터들은 그 곡이 끝날 때까지 음료도 가져오지 않았다. 도나 이마쿨라다가 끽소리도 내지 말아야 한다고 개인적으로 명령했던 것이다.

 세상과 세상 사람들, 모든 것을 잊어버린 그 가톨릭 사령관, 까다로운 백만장자는 비올론첼로를 켜는 그 시간만큼은 행복과 친절의 의미를 알았고 갑자기 인간이 되었다.

 곡이 끝나자 끝없는 갈채가 터져 나왔다. 아드리이누 씨는 일어서서 절하고는 지휘자와 동료 단원들을 가리켰다. 〈브라보, 앙코르〉 하는 외침이 나왔고, 학식 있는 사람들은 물론이고 음악가들도 소리쳤다. 모두가 환호했는데, 가장 크게 환호하는 사람 중에는 고리대금업자 알리리우 지 아우메이다도 있었다. 그는 음악의 음 자도 몰랐지만 그의 사업은 팜파 무스탕의 말 한마디에 좌지우지되고 있었다.

 한심한 양반이 나중에 말한 것처럼, 사령관의 곡은 프로그램의 맨 마지막에 넣었어야 했다. 그 곡이 끝나자마자 많은 손님이 오케스트라가 있는 정원을 빠져나와 먹고 마시고 떠들기 위해 집 안으로 들어갔던 것이다. 끝까지 남은 사람들, 자리를 뜰 배짱이 없는 사람들은 나머지 곡들을 대충 들었고 더러 조바심을 내는 사람도 있었다. 때때로 용기를 내고 실례한다고 말하고, 옆 사람들을 지나 여흥을 위해 저택에 들어가는 사람도 있었다.

그러나 오르페우스의 아들들은 이런 변절을 눈치 채지 못한 채, 한결같은 열성과 음질로 프로그램을 끝까지 해냈다. 반면에 음악 애호가들은 점점 커져 가는 웅성거림과 소란이 짜증스러웠다. 닥터 테오도루가 (도나 플로르를 보면서) 바순 솔로를 시작하자 도나 노르마는 주변에 〈쉬─〉 하고 신호를 보냈다. 사려 깊은 안주인 도나 이마쿨라다 역시 주변에 손잡이 안경을 들어 올려 보였다. 필요한 것은 그뿐이었다. 완전한 정적이 이어졌고 자리에서 일어나는 만용을 부리는 사람은 없었다.

바순 소리가 공기를 채우더니 정원 위를 흘러, 도나 플로르의 머리 ─ 너무 검어 거의 파랗게 보이는 ─ 주변에 사랑의 후광을 그렸다.

도나 플로르는 반쯤 눈을 감고 로만스 솔로를 들으면서 그가 그녀에게 주었던 모든 것, 그 착한 남편이 주었던 것들을 인정했다. 그녀가 앉아 있는 그곳은 꿈에도 있는지 몰랐던, 바이아에서 가장 귀족적인 저택 정원이었으며, 그녀 옆에서는 자주색 옷과 흰 담비 털가죽 옷을 걸친 추기경 전하, 대주교가 만족스럽게 음악을 듣고 있었다.

그는 그녀에게 정말 많은 것을 주었다. 평화와 안정, 평온함, 질서와 위안, 그녀가 원했던 모든 것, 그가 생각할 수 있는 모든 것을 주었으며, 나빴던 순간이나 근심은 하나도 주지 않았다. 이제 그는 바순의 홀쭉한 배 속에서 자신의 사랑, 일편단심의 깊은 음색을 찾고 있었다. 그보다 좋은 남편을 요구할 사람은 없었다.

박수 칠 시간이 되자 도나 노르마가 친구를 바라보았다. 도나 플로르의 뺨에 눈물이 흘렀다. 「행복의 눈물이네.」 친절한 이웃은 미소를 지었다. 그녀 또한 약사의 성공을 기뻐했다.

「닥터 테오도루의 연주는 성스러웠어……」

근처에 앉아 있던 도나 이마쿨라다까지 황송하게 한 말씀 해주었다. 「댁의 남편이 아주 잘하셨어요.」

오케스트라의 소리가 마지막 곡인 「유쾌한 과부」 메들리 속에서 잦아들자마자 커다란 응접실 홀에서는 댄스가 시작되었다. 정원의 청중은 대주교를 앞세우고, 사령관 주변에 모인 단장과 음악가들과 합류했다. 도나 플로르는 미처 뺨의 눈물을 닦지 못했고, 그녀가 얼마나 감동했는지 본 약사는 여섯 달 동안의 리허설을 보상받고도 남는 기분이었다.

그들은 엘리우 바스투를 응접실에서 데리고 나와 그의 피아노 반주에 맞추어 삼바와 폭스트롯, 탱고, 볼레로를 추며 즉흥 무도회를 열었다. 바순을 손에 든 닥터 테오도루는 그만 가자고 했다. 자정이 넘은 시각이었다. 도나 노르마는 5분만 더, 샴페인 한 잔을 더 마실 시간만 달라고 부탁했다. 「정말 훌륭한 샴페인이거든요.」

그녀는 두 잔을 깨끗이 비웠고, 택시 안에서는 삶에 만족해서 아무 이유 없이 웃어 댔다. 도나 플로르는 남편, 착한 남편의 손을 꼭 쥐었다. 그들은 음악회와 파티, 어느 하나 할 것 없이 성대했던 행사 애기를 나누었다. 먹을 것, 마실 것이 정말 많았고 모두가 최고의 품질이었다. 사령관이 엄청난 돈을 들인 게 분명했다.

「조금 지나쳤던 것 같아요.」 약사가 말했다. 「캐비아까지 나오다니. 그것도 진짜 러시아산으로.」

도나 노르마는 샴페인이 준 행복감에 도나 플로르에게 윙크하더니, 닥터 테오도루에게 엉큼한 목소리로, 두 여자만 이해하는 것을 물었다. 「그런데 캐비아 맛은 좋았어요?」

「캐비아는 신의 별미라고 하던데, 오늘 처음 맛보았습니다. 그렇게 값비싼 음식을 맛볼 기회를 놓쳐선 안 되니까요. 그런데 도나 노르마, 솔직히 말해서 난 그게 좋은지 전혀 모르겠더라고요.」

「뭐가 마음에 들지 않으시던가요?」

도나 노르마는 걷잡을 수 없는 행복에 겨워 장난스럽게 미소 지었다. 도나 플로르는 고개를 숙였다. 놀리는 듯한 미소를 감추기 위해서였을 것이다. 닥터 테오도루는 그 맛을 비교할 만한 것을 찾으려 애썼지만 생각이 나지 않았다. 「사실 그 비슷한 맛은 아무것도 생각나지 않네요. 우리끼리 애긴데, 듣는 사람이 없으니 말이지 난 그 맛이 고약하다고 생각했어요.」

「고약하다고요!」 도나 노르마는 두 배로 크게 웃었다. 「나도 그랬어요. 하지만 그 맛을 좋아하는 사람들도 있지요. 안 그래, 플로르?」

그러나 도나 플로르는 웃지 않았다. 어둠 속 그녀의 얼굴은 진지했다. 어쩌면 슬펐거나 아니면 그냥 동요했는지 모른다. 그녀는 친구의 웃음소리가 들리지 않는 듯 어둠을 바라보았다. 남편의 손을 꼭 잡으며 그녀는 낮은 소리로 말했다. 「음악은 아름다웠어요, 테오도루. 당신 연주도요.」

「난 최선을 다했소. 내가 아마추어란 사실을 잊지 말아 줘요.」

〈왜 더 나은 걸 원하겠어요? 내가 뭔데 당신이 그보다 더 잘하길 원하겠어요, 여보? 내가 당신한테 가져다준 것, 결혼할 때 내가 지참금으로 가져온 것은 당신의 것과는, 가득 차서 넘치는 것들과는, 돈에서 바순 로맨스까지, 지식에서 훌륭한 예절까지, 그리고 그 올곧음, 그 점잖음과는 아예 비교할 수도 없는 것들이 아닌가요? 난 당신한테 아무것도 가져다주지 못했어요. 당신한테 아무것도 보태 주지 못했고, 난 그렇게 깨끗하거나 지조가 굳지도 않아요. 나에겐 당신 같은 한낮의 햇빛이 없어요. 나는 그림자, 그리고 어둠, 변하는 것들로 이루어졌어요. 당신의 높이에 비하면 나는 너무 작아요, 테오도루.〉

전차 정거장에서 차를 기다리던 한심한 양반 우르바누가 그들이 지나가는 걸 보았다. 그의 손에는 바이올린 케이스와 시아 마리코타에게 가져다줄 음식 꾸러미가 들려 있었다.

9

이파미논다스 소자 핀투 교수, 용의주도하고 자신만만한 이 남자는 속담과 정형화된 문구를 좋아했고, 세월의 지혜를 담은 그런 표현들 속에서 만고의 진리가 담긴 고갱이를 발견하곤 했다.

「행복은 역사를 남기지 않습니다. 행복한 삶은 소설의 주제가 아니지요.」 죽은 바지뉴의 중요한 친척인 심부가 희비극적인 카니발과 그 난봉꾼 건달의 장례식 이후(「그게 몇 년 전이지요? 2년, 3년?」) 몇 년째 보지 못한 도나 플로르의 안부를 물어 왔을 때 그는 그렇게 대답했다.

「뭐, 재혼해서 행복하게 살고 있지요. 1년 전인가 닥터 테오도루 마두레이라와 인생을 합쳤습니다.」

「그 밖에 다른 일은 없었나요?」

「내가 아는 한은 없습니다.」 그리고 그런 기회를 놓치지 않고 속담을 덧붙였다.「이런 말이 있지요. 행복은 역사를 남기지 않는다.」

삶에 경험이 많은 심부는 고개를 끄덕였다.「그거야말로 진리군요. 무슨 일이 일어났다 하면 거의 항상 불쾌한 일이지요. 제가 한 말씀 드린다면……. 한번 들어 보세요.」

그는 고민을 털어놓았다. 그 나이에, 이제 늙어 가는 처지에 열아홉의 소녀를 거두어야 했다. 사실 처녀는 아니지만 처녀나 다름없었다. 어느 건달이 열정적으로 구애하는 척하면서 그녀의 순결을 훔쳤는데, 허둥지둥 너무 빨리 하는 바람에 심부가 따먹을 것이 남아 있었고, 그녀를 위로해 주고 보호해 주다가 결국 일이 터졌던 것이다.「그런데 그 결과가 뭔지 아십니까, 교수님? 그 소녀가 임신을 하고 제가 책임지게 된 겁니다.」

흠잡을 것 없는 삶을 살아온 이파미논다스 소자 핀투 교수는 절망에 빠진 이 유명한 공인에게 충고나 위로를 할 수 없었고, 적당한 말을 찾지도 못해서 이 〈상서로운 임신〉을 죽하해 주었다.

우리 역시 심부 씨에게 위로나 신중한 충고를 해줄 시간도 지면도 없지만, 그 속담의 진리를 강조하는 일화를 소개하기로 하자. 도나 플로르와 닥터 테오도루의 행복한 삶에서, 이 이야기를 이어 나가기에 필요한 일은 더 이상 일어나지 않았으며, 우리 또한 조용한 행복의 일상사, 단조롭고 활기 없으며 반문학적인 소재를 질질 끌(이미 상당히 끌었다) 생각이 전혀 없다.

심지어 도나 플로르, 어쩌다 한 번 가족에게 시시콜콜한 사건을 전하는 내레이터인 그녀조차, 약사와의 첫 번째 결혼기념일 전날 밤 언니 호잘리아에게 쓴 편지에서 특별히 말할 만큼 중요한 일은 아무것도 없었다고 했다.

그녀는 친척과 이웃들 소식으로 편지지를 채웠다(그동안 호잘리아는 동생을 통해 그들 모두의 이름을 알게 되었다). 리타 이모의 발작과, 나이를 잊은 것 같은 포르투 이모부 이야기. 도나 호지우다가 나자레트에 머문다는 이야기 ─ 불쌍한 셀레스치! 마리우다가 차근차근 성공을 거두어 이제는 소사이어티 라디오에 나가고, 음반을 내기로 계약도 했다는 이야기. 그녀는 너무도 재미있는 도나 노르마의 이야기를 썼다(〈언니도 꼭 노르미냐를 만나 봐야 해. 만나 보면 안다니까.〉). 도나 노르마는 수요일에 그 주 토요일에 있을 세례식에 참석해 달라는 초대를 받았지만 사양했다. 「토요일에는 장례식에 가야 해서요.」「오늘이 수요일인데 토요일에 장례식이 있을 거라는 건 어떻게 아세요?」 어떻게 아느냐고? 그녀가 아는 한 사람이 금방이라도 세상을 떠날 것 같은데, 틀림없이 금요일 저녁에서 토요일 사이에, 주말을 이용해 숨을 거두어 멋진 장례식을 치를 거란 얘기였다. 그리고 도나 지자는 뉴욕에서 소시지를 꼭 닮은 개 한 마리와 도나 플로르에게 선물할 예쁜 핀을 가지고 돌아왔다. 그런데, 〈상상이 돼, 언니? 그 정신 나간 그링가가 테오도루 선물로 뭘 가져왔는지 알아? 발가벗은 여자 그림으로 도배된 셔츠였어. 그런 옷을 입을 약사가 어디 있겠어? 그이는 점잖은 사람이어서 그런지, 한마디 불평도 없이 아무런 내색도 하지 않았고 심지어 고맙다는 인사까지 하지 뭐야. 하지만 나는 그 셔츠를 내 서랍 바닥에 처박아 두었지. 그이가 그걸 보지 않도록, 그걸 볼 때마다 정말 사람 좋은 도나 지자한테 화내지 않도록 말이야.〉 그동안 앓았던 사람, 너무 아파서 죽을 뻔했던 사람이 도나 지노라였다. 〈그 아주머니가 관절이 퉁퉁 부어서 얼마나 고생했을지 생각해 봐. 그 지독한 류머티즘 때문에 그 아주머니는 다른 사람을 통해서 뒷조사를 해야 했어.〉 그녀가 할 수 있는 일이라곤 손님들에게 카드를 펼쳐 보이고 모두에게 불행을 예언하는 것뿐이었고, 아예 마음까지 못되게 변해 버렸다. 그녀는 도나 플로르에게까지 자기가 본 점괘를 경고했다. 〈나한테 조심해야 된대. 영원히 지속되는 행복은 없다고 말이야. 그렇게 저주로 가득 찬 입은 처음 봤어. 신이 우리와 함께하시기를.〉
  이런 평범한 소식들을 접어 두면 언급할 만한 것은 전혀 없었다. 〈아무 일도 없었어. 얘기할 만한 일이 하나도 없어.〉 약사는 그들이 사는 집을 매입할까 하는 생각도 했었지만 마침 약국의 상속자 중 한 사람이 자기 지분을 팔고 리우로 이사하기로 했다. 닥터 테오도루는 그 문제를 도나 플로르에게 이야기했다. 「당신은 뭐가 더 현명하다고 생각하오? 집을 사는 것, 아니면 약국 지분을 사는 것?」

그리고 그 지분을 사면 그가 약국의 통제권을 갖게 될 것이며, 그가 대주주가 될 거라고 덧붙였다. 집이라면 나중에, 돈이 마련되었을 때 사면 될 터였다. 그러나 집주인으로선 그 집을 파는 것 외에 달리 방법이 없게 되는데, 그들이 내는 집세가 터무니없이 싸기 때문이었다.

사실 약사는 이미 마음을 정하고 무엇이 최선인지 결정해 둔 상태였다. 그가 도나 플로르에게 조언을 구한 것은 다만 예의상 그런 것이었다. 〈시간이 가도 약사는 변하지 않아. 똑같은 정중함, 똑같은 일과, 똑같은 습관, 나날이 항상 똑같아. 1분마다 무슨 일이 생길지 미리 알 수 있고, 그이가 무슨 말을 할지 다 알아. 왜냐하면 오늘도 어제와 똑같거든.〉

그런 식으로 조용하고 평온하게, 이 변하지 않는 느린 리듬으로 생활이 흘러가는데, 그녀가 어떻게 변화를 두려워할 것이며, 아드리아누 피리스 사령관이 첼로의 아마추어인 것보다 더, 카드의 아마추어로서 두 번에 한 번 맞히는 그 절뚝발이 점쟁이의 경고를 어떻게 심각하게 받아들인단 말인가?

아니, 도나 플로르는 무슨 일이 일어난다고 해도, 설사 예측할 수 없는 사건이 일어나 똑같이 행복하고 똑같이 평온한 일상의 단조로움이 깨진다고 해도 나쁘게 받아들이지 않았을 것이다. 〈그렇게 쓴 빵을 먹고 나서 이런 생활로 축복받은 마당에, 이런 말을 한다면 분명 죄악일 거야. 하지만 날마다 똑같으니 아무리 좋다고 해도 점점 싫증이 나. 언니한테만 하는 얘긴데, 모두가 부러워하는 이런 행복한 삶이 가끔씩 괴로울 때가 있어. 정말 바보 같지만 도무지 설명할 수도 없는 거야. 그게 뭔지 모르겠어. 아마 자격도 없이 너무나 많은 것을 천국에 빚지고 있으면서도 감사할 줄 모르는 이 동생이 워낙 못됐기 때문인가 봐. 생활은 정말로 평온하고 남편은 그렇게 착한데 말이야.〉

이 무렵의 어느 일요일, 그녀는 성 테레사 교회의 미사에 나갔다. 동 클레멘치 신부의 설교 주제는 이것이었다. 〈주여, 인간의 마음속에는 왜 평화가 머물지 않는 것입니까?〉 설교가 끝난 후 그녀는 닥터 테오도루와의 결혼 1주년에 그 사제를 초대하기 위해 성구실로 갔다. 성대한 기념행사는 아니었다. 그냥 친한 친구 몇몇을 불러 리큐어와 약간의 간식을 들며, 한편으로는 최근 선출된 바이아 약사 협회 간부진에 약사가 재무 담당보로 뽑힌 것을 축하하자는 것이었다.

「부부 화합의 해인 올해, 신이 축복하신 모범 부부의 댁을 방문해 축하를 할 수 있다면 저로선 큰 기쁨이지요.」

도나 플로르가 떠나자, 약간 비관적이며 자기비판적인 설교를 하는 상아색 피부의 창백한 그 사제는 행복하게 미소를 지었다. 〈여기 한 사람, 도나 플로르가 있습니다. 평화가 머무는 마음을 가진 사람, 자기 삶에 만족하며 행복한 인간, 저의 음울하고 의심 많은 설교를 거짓으로 만드는 사람이.〉

홀 중간쯤 내려갔을 때 도나 플로르는 바로크풍 성녀 클라라와 목조 천사 상이 이상하게 배치되어 있는 곳 앞에서 멈추었다. 뻔뻔하지만 거부할 수 없는 매력의 소유자, 죽은 바지뉴를 닮은 냉소와 천진함을 띤 낡은 목조 상이었다.

불쌍한 성녀. 아무리 신심이 강하고 튼튼하고, 덕망이 아무리 높다고 해도 그 악마의 음탕한 눈길을 물리치지 못한 그 불쌍한 성녀는 그에게 굴복하고 있었고, 자신의 정숙함과 삶을 그에게 건네면서, 이미 주어진 구원을 그를 위해 팽개치고, 천국과 지옥을 맞바꾸려 하고 있었다. 그가 없다면 천국이든 삶이든 무슨 가치가 있으랴?

도나 플로르는 거기, 목조 상과 회반죽 초상화의 이상한 조합 앞에 오랫동안 서 있었다. 돌과 모르타르로 된 본당, 거대한 배는 닻을 올리고 구름의 푸른 바다를 가르며 출발했다. 천국을 향하여.

10

도나 플로르가 온갖 정성을 기울인 덕에 작은 축하 파티는 아주 품위 있었고, 완전한 성공을 거두며 〈쌍둥이 영혼의 행복한 결합〉 1주년 기념일을 장식했다. 두 사람에게 아주 적확한 그 표현을 했던 사람은 닥터 시우비우 페헤이라, 바이아 약사 협회의 (재선된) 총서기로, 그는 부부를 위한 건배의 잔을 들면서 소리쳤다. 「우리의 친애하는 재무 담당보와 재능과 덕의 본보기인 존경스러운 부인, 도나 플로르를 위해.」

도나 플로르는 동 클레멘치에게 그 모임엔 〈친한 친구 몇몇〉만 부를 거라고 얘기했지만, 사제가 들어갔을 때 그 집은 만원이었고 이웃들만 온 것도 아니었다. 닥터 테오도루의 명망과 도나 플로르에 대한 애정 때문에 친한 사람들의 모임에 많은 사람이 모였던 것이다. 약국계의 중요 인물들, 아마추어 오케스트라의 동료들, 제약 회사 대리인들, 예술과 풍미 요리 학교의 수강생들과 졸업생들, 여기에 옛 친구들, 돈에 파묻혀 사는 도나 마가 파테르노스트루와 〈특권 정신〉 닥터 루이스 엔히키까지. 동 클레멘치는 약사와 그 아내에게 인사하기도 전에 그 〈순문학가〉를 포옹했다. 그가 쓴 『바이아 역사』는 얼마 전 문학 협회의 상과 함께 〈고대했던 월계관으로 정통 가치에 인증의 봉인을 찍었다〉라는 찬사를 받았던 것이다(주노트 시우베이라, 〈책과 작가들〉, 「아 타르지」 참조).

문화계에서는 풍부한 수사를 자랑하는 딕티 페헤이라의 축하 연설이 있었으며, 닥터 벤세슬라우 베이가는 바이올린으로 아리아 두 곡을 연주해 열광적인 갈채를 받았다. 박수갈채와 환호를 받은 사람은 또 있었으니 젊은 가수, 〈열대의 열정적인 목소리〉 마리우다 하모잔드라지였는데, 반주자도 없이 오스바우지뉴의 탬버린 박자만으로도 청중을 감동시켰다.

이 즉석 음악회에서 닥터 테오도루도 뭉클한 감정을 일으키는 한 곡을 연주했다. 그는 바순으로 브라질 국가 전곡을 연주해 가장 열광적인 갈채를 받아 냈다.

이어서 사람들은 먹고 마시고, 웃고 떠들었다. 남자들은 거실에, 여자들은 다른 방에, 이런 성별의 분리가 〈봉건적이고 이슬람교적〉인 흔적 같다는 도나 지자의 항변에도 아랑곳 않고 따로 모였다. 그녀를 비롯해 서너 명의 여자만 과감히 남자들 무리에 끼었는데, 그 자리에는 맥주가 아낌없이 나왔고, 상황은 도나 지노라, 아직까지 앓고 있으면서도 확신을 굽히지 않는 그 점쟁이의 비난과 맞아떨어지는 상황이 연출되었다. 「마리아 안토니아는 방탕한 여자야……. 저기 그녀가 남자들 사이에서 음담패설을 듣고 있잖아. 게다가 도나 알리시와 도나 미제치까지 끌어들이고 말이야. 그리고 저 그링가는 그중에서도 가장 나빠. 한마디라도 놓칠세라 목을 빼고 있는 저 꼴하고는…….」

반면에 도나 네우자 마세두(마세두 회사의)는 좋은 행실의 본보기처럼 차분하고 조신하게 여자들 무리 속에 앉아서, 도자기 공장을 하는 아르헨티나인의 아들, 열일곱이나 열여덟 살쯤 된 라미로에게 관심을 쏟고 있었다. 그녀가 아니었다면 그 청년은 같이 시간을 보낼 사람이 없었을 것이다. 다른 청년들은 마리우다 주변에 모여서 삼바와 왈츠, 탱고, 란체라를 불러 달라고 청하고 있었지만 라미로가 하고 싶은 것은 낚시 얘기뿐이었던 것이다. 「4.5킬로그램이 넘는 붉은 도미를 잡았다니까요!」

「어머나!」 그녀는 감탄했다. 「4.5킬로그램이 넘다니! 정말 큰 고기네! 그것 말고 또 뭐 잡았어?」 그러면서 그녀는 그 대담한 어부에게 무슨 별명을 붙일지 궁리하고 있었다. 〈간유〉도 나쁘지 않을 것 같았다. 네우조카의 눈이 빛났다.

아르헨티나인이 아내와 아들을 데리고 도착했을 때, 현관에서 〈꽃 피는 낙원〉 장의사의 비바우두 씨를 만났다. 그들은 같이 들어가 주인에게 축하를 전했고, 부에노스아이레스 출신의 아르헨티나인은 남자들이 모인 방에 들어가다가 도나 플로르의 우아함에 관해 무례하다 싶을 정도로 솔직하게 한마디 했다. 도나 플로르가 입은 드레스는 모든 여자는 물론이거니와, 미우치뉴, 신경증적인 동성애자로 가끔 가정부로 일하는 까닭에 — 사실 얼마나 일을 잘하는지 모른다 — 마침 행사 준비를 거들라며 도나 자시가 보낸 남자인 미우치뉴에게까지 시샘을 사고 있었다(「도나 플로르는 오늘 주인공이라도 그렇지, 너무한 것 같아요. 먹고 싶을 정도로 예뻐 보이잖아요.」).

「여자를 예쁘게 만드는 건 돈이지.」 엑토르 베르나보 씨가 거들었다. 「저것 봐, 도나 플로르가 얼마나 맵시 있고 아름다운지…….」

비바우두 씨가 쳐다보았다. 그에게는 전혀 힘든 일이 아니었다. 그는 여자들을 보면서 몸의 윤곽과 곡선, 각도를 재는 걸 좋아했기 때문이다.

「사실을 말하면, 항상 우아하고 매력적이긴 하지만 솔직히 예쁜 건 아니지요. 지금은 더 여성스러워져서 끝내 주는 외모이긴 한데 돈 때문은 아닐 겁니다. 그건 나이 때문이지요. 지금이 한창 무르익은 나이잖아요. 어린 10대 소녀들과 노는 놈들은 머리가 어떻게 된 놈들이지. 열 명을 모아 놓아도 절정의 활력을 자랑하는 여자 하나만 못해요. 무르익어서 터질 것 같은…….」

「저 눈 좀 보게.」 아르헨티나인은 자기가 보는 것의 가치를 잘 알고 있는 것 같았다.

꿈꾸듯 먼 곳을 바라보는 눈, 관능적인 생각에 빠진 듯한 그녀의 눈. 비바우두 씨는 도나 플로르가 그렇게 멍할 정도로, 과연 그 약사가 달콤한 생각을 심어 줄 수 있는지 의아했다. 그녀는 이 방에서 저 방으로, 모든 손님에게 불편한 건 없는지 정중하고 기분 좋게 신경 쓰면서 완벽한 안주인 역할을 했다. 그러나 그녀의 행동은 너무 기계적이었다.

비바우두 씨는 아르헨티나인의 팔을 붙잡았다. 「베르니보 씨, 여자를 예쁘게 만드는 건 돈이 아니지요. 그녀가 받는 대우, 영혼의 평화, 행복이 여자를 그렇게 만든답니다. 꿈꾸는 듯한 그 눈과 관능적인 엉덩이는 고요한 행복의 결과예요.」

그녀의 눈빛은 이상했다. 멍하니 생각에 잠긴 눈빛, 마치 그녀 자신의 마음을 들여다보는 듯한 눈빛을 전에도 본 적이 있지 않았던가? 기억을 더듬던 비바우두 씨는 답을 찾아냈다. 그것은 그녀의 첫 남편의 경야 때 보았던 그 눈빛이었다. 똑같은 표정, 멍한 시선으로 그때 그녀는 위로를 받았고 오늘은 축하를 받고 있었다. 마치 슬픔의 눈물도 축하의 웃음도 그녀에겐 존재하지 않고, 오직 고독밖에 없다는 듯 그 눈은 시간을 초월해 있었다. 비바우두 씨는 깨달았다. 그녀의 아름다움은 또한 그녀 내면에서, 그가 이해하지 못할 어떤 차원에서 나온다는 것을.

　여자들이 모인 방에서는 현재 도나 플로르의 행복한 삶에 관한 화제가 다시 떠올랐다. 그 방에 있는 몇몇 귀부인은 오케스트라나 약사 협회 성원의 아내들이어서 첫 번째의 그 끔찍한 결혼과 남편의 행각에 관해선 잘 모르고 있었다.

　이웃들과 수다쟁이들은 말로써 남을 비교하는 것보다 더 좋은 건 알지 못했고, 그래서 진심으로 즐겁게 떠들었다. 그들이 아는 한 험담보다 더 즐거운 오락거리는 없었다. 저쪽 방에서 남자들이 머리를 젖히면서 웃어 대는 음탕한 이야기도, 도나 노르마나 도나 마리아 두 카르무, 도나 아멜리아, 그리고 젊은 총각들(그들 모두가 마리우다에게 반해 있었다)처럼 마리우다 주변에 모여들어 흘러간 삼바, 옛날 왈츠를 애처롭게 불러 달라고 애걸하는 것도 그보다 즐겁지는 않았다.

「첫 번째 결혼은 말이에요, 정말이지 지옥이 따로 없었답니다.」

「실수였던 첫 번째 결혼의 시련, 재앙, 불행과 비교하면 두 번째 결혼이 안겨 준 이 행복은 보상치고는 아주 크죠. 저 불쌍한 순교자는 그 괴물, 온갖 사악함과 비열함의 결합체인 그 악마의 손아귀에서 고통이란 고통은 죄다 받았어요. 심지어 첫 남편은 손찌검까지 했답니다.」

「세상에!」 충격을 받은 도나 세바스치아나는 거대한 가슴에 손을 갖다 댔다.

「그 고생은 이루 말할 수가 없었어요! 조강지처로 팍팍한 거리에서 온갖 굴욕을 견뎌 가며 살림을 꾸리기 위해 일하고 그 난봉꾼의 도박 자금까지 대주었으니 말 다 했죠. 도박은 누구나 알다시피 악덕 중에서도 가장 나쁘고 가장 비싼 악덕이잖아요. 지금 그녀가 행복하다면 전에 착하고 비참하게 살았기 때문이에요.」

　식품 저장실에서는 멍하고 흐릿한 눈의 도나 플로르가 지난 이야기를 엿듣고 있었다. 도나 지자는 남자들 이야기에 어울리고, 도나 노르마는 가수 주변에 있었으므로, 누구 하나 바지뉴를 편드는 말을 하지 않았다.

　자정께에 마지막 손님들이 떠나갔다. 도나 세바스치아나는 7년간 지속된 순교의 이야기에 아직도 감동해서 — 이 불쌍한 것이 어떻게 그걸 견뎠을까? — 다정히 도나 플로르의 뺨을 토닥였다. 「이제 모든 것이 바뀌었고 진작 얻어야 할 걸 얻었으니 얼마나 다행이야.」

스타의 빛으로 젊은 학생들을 매혹한 마리우다는 세레나데 가수들이 좋아하는 탱고를 부르며 떠났다. 「뒤척이는 밤, 미소 짓는 하늘, 꿈결 같은 적막…….」 도나 플로르가 죽은 남편의 관 속에 함께 묻었던 그 노래였다.

닥터 테오도루는 만족스럽고 흥분해서 마지막 손님들을 문간에서 배웅했는데, 그 시끄러운 무리는 특정 질병에서 음악의 치료 효과에 관한 지루한 논쟁을 벌이고 있었다. 닥터 벤세슬라우 베이가와 닥터 시우비우 페헤이라는 동의하지 않았다. 집주인은 논쟁의 결론을 놓치지 않으려고 친구들을 전차까지 배웅했다. 마리우다의 노래는 아스라이 사라졌다.

혼자 남은 도나 플로르는 그 모든 것을 뒤로하고 돌아섰다. 음식들, 리큐어 병들, 어지러워진 방, 보도에서 오가는 대화의 울림, 조용하고 엄숙하게 한구석에 놓인 바순. 그녀는 침실로 걸어가 방문을 열고 불을 켰다.

「당신이에요?」 그녀는 들떠서, 그러나 놀라지는 않은 목소리로 물었다. 마치 그를 기다리고 있었다는 것처럼.

철제 침대에, 그 카니발의 일요일 오후 시체 안치소에서 데려와 눕혔을 때 도나 플로르가 보았던 주검처럼 발가벗고서, 바지뉴가 몸을 뻗고 있었다. 그는 웃음을 띠고 그녀에게 손짓했다. 도나 플로르는 웃음으로 답했다. 그 망나니, 천진함과 냉소의 결합체, 못된 눈빛의 매력을 누가 거역할 수 있으랴? 교회의 그 성녀도 할 수 없다면, 한낱 인간인 도나 플로르에게서 무얼 기대한단 말인가?

「여보오.」 느릿느릿 끄는 그 사랑스러운 목소리.

「그런데 왜 오늘 왔어요?」 도나 플로르가 물었다.

「당신이 불렀으니까 왔지. 그리고 오늘 당신이 하도 여러 번 나를 불러서 이렇게 온 거야.」 그녀의 부름이 너무 집요하고 강렬해서 가능한 것과 불가능한 것 사이의 경계가 녹아 버렸다는 말 같았다. 「그래서 온 거야, 여보. 방금 도착했어…….」 그는 반쯤 몸을 일으켜 그녀의 손을 잡았다. 그녀를 끌어당겨서 키스했다, 뺨에. 그녀가 고개를 돌려 버렸기 때문이다. 「입에는 안 돼요. 정신 나간 사람, 그러면 안 돼요.」

「왜 안 돼?」

도나 플로르는 침대 끝에 걸터앉았고, 바지뉴는 편안하게 드러누워서 다리를 살짝 벌려 모든 것을, 그 금지되고 (그리고 멋진) 외설스러운 곳들까지 드러냈다. 도나 플로르는 그 몸의 구석구석에 감동했다. 거의 3년 동안 그 몸을 보지 못했지만, 그것은 시간이 정지했다는 듯 그대로였다.

「당신은 전과 똑같네요. 하나도 변하지 않았어요. 난 살이 쪘는데.」

「아니, 당신은 정말 아름다워. 상상도 못할 거야. 양파 같다니까, 단단하고 즙 많은 양파. 너무 예뻐서 깨물고 싶을 정도야. 비바우두 그 망나니 녀석, 그래도 사람 보는 눈은 있어서. 당신 뒷모습에서 눈을 떼지 못하더라니까, 더러운 개자식…….」

「손 좀 놓으세요, 바지뉴. 그리고 거짓말 마세요. 비바우두 씨는 날 보지도 않았어요. 늘 존경스러운 분이라고요. 어서 그 손 놓으세요.」

「왜 그래야 돼? 왜 내 손을 치워야 하지?」

「바지뉴, 당신 잊었어요? 난 점잖은 유부녀라고요. 내 몸에 손댈 수 있는 사람은 내 남편뿐이에요…….」

바지뉴는 엉큼한 눈으로 윙크했다. 「여보, 그럼 난 뭔데? 난 당신 남편이야. 벌써 잊었어? 그리고 첫 번째 남편이야. 내가 먼저라고.」

그 말은 새로운 문제를 제시했다. 그 문제를 생각도 못했던 도나 플로르는 해답을 찾을 수 없었다. 「하여튼 당신이란 사람이 생각하는 거란! 도대체 반박할 기회를 주지 않네요…….」

닥터 테오도루가 돌아오는 힘찬 발소리가 거리를 울렸다.

「그이가 와요, 바지뉴. 어서 가세요. 난 행복해요. 상상할 수 없을 만큼 정말 기뻐요. 당신을 만났으니까요. 정말 좋았어요.」

바지뉴는 아주 느긋한 듯 꿈쩍도 하지 않았다.

「어서 나가요, 제발요. 그이가 집으로 들어오려고 하잖아요. 이제 문을 열 거예요.」

「내가 왜 가야 하는 거야?」

「그이가 와서 당신이 여기 있는 걸 보면, 난 뭐라고 해요?」

「바보 같기는! 그는 날 보지 못해. 나를 볼 수 있는 사람은 당신뿐이야, 내 운명의 꽃인 당신.」

「하지만 그이가 침대에 누울 텐데…….」

바지뉴는 태연한 몸짓을 했다. 「난 그걸 막지는 못해. 하지만 바싹 붙어 누우면 세 사람이 누울 수는 있겠지…….」

이 말에 그녀는 진짜 화가 났다. 「대체 날 뭘로 보는 거예요? 나를 좀 더 좋게 생각해 줄 수 없어요? 당신은 왜 나를 매춘부처럼, 창녀처럼 대하는 거예요? 어떻게 그럴 수 있어요? 나를 존중하는 마음은 조금도 없나요? 내가 정숙한 여자란 건 잘 알잖아요.」

「화내지 마, 여보. 어쨌든 나를 부른 건 당신이잖아…….」

「그냥 당신이랑 얘기하고 싶었던 거예요.」

「하지만 아직 얘기할 틈도 없었어.」

「내일 오세요. 그때 얘기하죠.」

「왔다 갔다 그렇게는 안 돼. 그게 뭐 여기서 산타아마루나 페이라쯤 되는 짧은 거리인 줄 아나 보지? 내가 이렇게 〈나 간다, 나 왔다〉하고 말만 하넌 되는 줄 알아? 여보, 일단 이렇게 온 참에 영원히 여기 머물 생각이야.」

「하지만 여긴 안 돼요. 이 방, 이 침대에는, 절대로. 바지뉴, 제발. 그이가 당신을 못 본다고 해도 나는 난처해서 죽겠다고요. 난 그런 일엔 소질이 없잖아요.」 그녀의 목소리에 울음이 배어났다. (그는 절대로 그녀가 우는 걸 견디지 못했다.)

「좋아, 그럼 난 거실에서 잘 테니까, 내일 그 문제를 마무리 짓자고. 하지만 그 전에, 키스.」

약사가 욕실에서 씻는 소리, 수돗물 소리가 들렸다. 그녀는 수줍게 뺨을 내밀었다.

「아, 싫어. 내가 나가기를 원한다면 입에다 해줘.」

약사는 곧 나타날 것이다. 이 폭군의 요구에 굴복해 입술을 내주는 것밖에 달리 무슨 수가 있겠는가?

「아, 바지뉴, 아.」 그녀는 더 말을 이을 수 없었다. 그 굶주린 입, 속속들이 아는 입이 그녀의 입술, 혀, 눈물(수치심인가, 행복감인가?)을 삼켜 버렸기 때문이다. 아, 키스란 그런 거였다!

그는 완전 알몸으로 나갔다, 매우 아름답고 남자다운 몸! 황금빛 잔털로 덮인 팔다리, 황금 털 매트가 깔린 가슴, 왼쪽 어깨의 칼자국, 그 뻔뻔스러운 콧수염과 수치를 모르는 눈. 그는 그녀의 입에 (그리고 심장과 호흡에) 타오르는 키스를 남기고 나갔다.

닥터 테오도루가 방으로 들어오면서 그녀의 수고를 칭찬했다. 「정말 멋진 파티였소. 모든 것이 적당했고, 부족한 것도 없었고, 정말 완벽했소. 어느 하나 걸리는 것 없이 내가 좋아하는 방식 그대로였소.」 그는 그녀가 잠옷을 입는 사이 철제 침대 뒤쪽으로 가서 옷을 갈아입었다.

「다행히 모든 게 잘 풀렸어요.」

그녀는 결혼기념일을 맞아, 첫날밤 파리피에서 입었던 레이스와 주름 장식 잠옷, 도나 에나이지의 선물이었지만 그날 이후 입지 않았던 그 잠옷을 입었다. 그녀는 거울 속에서 탐나도록 예쁜 자신의 모습을 보았다. 바지뉴가 그녀를 봐줬으면, 잠깐이라도 봐줬으면 하는 생각이 들었다.

「잠깐 물 좀 마시고 올게요, 테오도루. 금방 돌아올 거예요.」

그 남자는 오랜 여행의 피로로 벌써 잠들었을지 모른다. 그녀는 그를 깨우지 않으려고 발끝으로 복도를 걸었다. 잠깐 동안만 그를 보고 싶었다. 만약 그가 잠들었다면 그 뺨을 만지고 싶었고, 그가 깨어 있다면 투명한 잠옷을 (멀리서) 보여 주고 싶었다.

그녀가 도착한 순간 그는 문을 통과해서 나가고 있었다, 알몸으로 서둘러서. 그녀는 가슴에 통증을 느끼며 그 자리에 얼어붙은 듯 서버렸다. 그녀가 화를 내서 그가 가버린 것이다. 그녀는 영원히 외로울 것이다. 다시는 그 섬세한 얼굴에 그녀의 입술을 대지 못할 것이며, 다시는 잠옷을 입은 모습을 그에게 보여 주지도 (그래서 그가 손을 뻗어 웃으면서 잠옷을 벗기지도) 못할 것이다, 이제 다시는. 그는 마음이 상해서 떠나 버린 것이다.

어쩌면 차라리 잘된 건지도 모른다. 분명 잘된 것이다. 그녀는 정숙한 여자였다. 어떻게 그녀가 다른 남자한테, 결혼기념일 선물인 새 파자마를 입고 침대에서 기다리는 남편이 있는데, 비록 전남편일지언정 다른 남자한테 눈길을 준단 말인가. 오히려 그게 나았다. 바지뉴는 당장, 영원히 떠나 버려야 했다. 그녀는 그를 만났고, 키스했다. 그녀가 원했던 건 그것뿐이었다. 차라리 잘됐다. 그녀는 계속 혼잣말을 하고 있었다.「차라리 잘됐어.」

그녀는 침실로 돌아갔다. 그는 왜 그렇게 갑자기 떠났을까? 여기 오기까지 시간과 공간을 건너야 했을 텐데, 왜 그렇게 황급히 떠난 것일까? 어쩌면 아주 간 건 아닌지 모른다. 어쩌면 산책을 나간 건지도 모른다. 바이아의 밤을 둘러보려고, 도박장은 어떻게 됐는지 보려고, 그가 없는 동안 무슨 일이 있었는지 보려고 나갔을지도 모른다. 그냥 둘러볼 생각으로, 팰리스에서 3인의 대공 하우스로, 아바이샤지뉴에서 제제 지 메닌지치의 도박장으로, 타바리스에서 파라나구아 벤투라의 소굴로.

제5장

특이한 사건들이 동반된
정신과 물질 사이의 치열한 전쟁

그리고 바이아에서만 일어날 수 있는 기가 막힌 상황들,
믿고 싶은 사람들만 믿도록 하자.

(북과 종의 코러스를 곁들여 에슈가 부르는 조롱의 노래
「나는 문을 닫았지만 이제 그 문을 열라고 명령했다네」와 함께.)

풍미와 예술 요리 학교

신들이 좋아하는 요리와 싫어하는 요리
(정보 제공 — 지오니지아 지 오쇼시)

샹고는 매주 목요일에 아말라[1]를 먹고 특별한 날에는 거북이나 양고기를 먹지요.

봄의 여신 에와는 럼주와 치킨이라면 질색해요.

이야 마세는 뿔닭 암컷을 먹는답니다.

오군에게는 염소와 아키코[2]를 바치는데, 아키코란 칸돔블레 사당에서 쓰는 말로 수탉을 뜻해요.

거울과 부채를 든 과민하고 감동 잘하는 오슌은 튀긴 콩 케이크와 새우, 양파를 넣어서 익힌 얌을 좋아해요. 그녀가 좋아하는 염소 고기를 낼 때에는 옥수수 가루를 덴데 오일과 꿀에 버무려서 익힌 걸 같이 내세요.

가장 존경받는 신이자 케투의 왕, 사냥꾼인 오쇼시는 아주 까다로워요. 그는 숲에서는 멧돼지와 맞서지만, 비늘이 없는 물고기는 먹지 않고 얌과 흰콩을 무척 싫어하며, 집에 창문을 내지도 않는답니다. 그의 창문은 숲이거든요.

죽음이나 죽음의 정령을 두려워하지 않는 여전사, 얀상에게는 호박을 올리지 마세요. 양상추나 사포딜라도 드리지 말고요. 그녀의 음식은 콩 케이크랍니다.

닥터 테오도루는 그 진지한 행동과 차분한 태도로 알 수 있듯이, 오샬라의 사람이지요. 그가 흰색 슈트를 입고 파쇼루[3]를 닮은 바순을

---

1 *amalá*. 오크라로 만든 요리. 카루루와 비슷하다.
2 *akikó*. 수탉(요루바어).
3 *paxoro*. 지팡이의 일종으로 늙은 오샬라인 오슐루팡의 상징 중 하나이다.

들고 있을 때는 오슐루팡, 신 중에서도 가장 위대하며 모든 신의 아버지인 늙은 오샬라를 닮았어요. 그가 먹는 것은 얌 오조조,[4] 흰 옥수수를 곁들인 겨자 잎, 달팽이와 포리지예요. 오샬라는 향신료가 든 음식을 좋아하지 않아요. 소금이나 기름을 쓰면 안 돼요.

죽은 사람을 위해 주문을 외는 사람은 아조바 지지라고들 해요. 그리고 신들은 세 번이나 똑같이 대답했답니다. 바지뉴의 수호신은 다름 아닌 에슈라고 말이죠. 에슈가 악마라면 그가 어떻게 거기에 나타났을까요? 아마 타락한 천사 루시퍼, 율법을 어기고 불로 스스로를 덮은 그 반역자가 그를 데려다 놓았을 거예요.

에슈는 음식이란 음식은 다 먹지만 술은 한 종류만 마셔요. 아무것도 섞지 않은 럼주. 에슈는 길목에서 밤이 되기를 기다린대요. 가장 힘든 길, 가장 좁고 가장 구불구불한 길, 나쁜 길로 데려가려고요. 모든 에슈의 소원은 못된 짓을 많이 하는 것이니까요.

에슈, 그 말도 못할 장난꾸러기가 바지뉴의 수호신이에요.

---

4 *ojojó*. 쌀가루로 만든 케이크로, 오샬라 신에게 바친다.

1

크루피에가 마지막 게임이라고 선언하려는 순간이었다. 새벽이 밝아 오는 시각, 다들 무척 지쳐 있었다. 절망에 빠진 마담 클로데트는 이 도박꾼 저 도박꾼 사이를 다니면서 손을 벌렸다. 그녀에게선 이제 외설적 암시, 유혹적인 느낌, 달콤한 보상을 약속하는 눈빛과 목소리가 사라졌다. 그녀에게선 자존심의 흔적이라곤 찾을 수 없었으며 굶주림에 대한 두려움, 아사의 두려움밖에 없었다. 그녀는 더 이상 순수한 파리 억양으로 〈몽 셰리〉, 〈몽 프티 코코〉, 〈몽 슈〉라고 말하지도 않았다. 충치 사이로 새는 목소리로 그녀가 할 수 있는 말이라곤 칩 하나, 적어도 5미우헤이스짜리 작은 칩이라도 달라는 구걸뿐이었다. 도박을 위해서가 아니라, 돈으로 바꿔 다음 날 양식을 사기 위해서였다.

도어맨의 매서운 눈을 피해(그는 그녀를 쫓아내라는 명령을 받았다), 또는 동정에 호소해 도박장에 들어와서 내기를 좋아하는 사람이라도 발견하면, 구걸한 칩으로 혹시나 돈을 따서 쥐와 바퀴벌레(그녀의 침대 위로 기어오르는 검고 껍데기가 딱딱한 바퀴벌레는 공포 자체였다)가 들끓는 돼지우리 같은 펠로리뉴 셋집의 방세라도 낼 수 있을까 하는 희망으로 칩을 가지고 내기를 하곤 했다. 매일 아침 그녀의 잠을 깨우는 것은 도나 이마쿨라다 타베이라 피리스의 대리인인 그 변기통 녀석이 당장 방을 비우라고 위협하는 고함 소리와 기침 소리였다. 도나 이마쿨라다는 그 집을 비롯해 여러 건물을 가지고 있었고, 사령관은 거기서 나오는 집세를 그녀의 자선 사업에 쓰라고 했던 것이다.

집세라면, 누가 알랴, 그 변기통 녀석이 그의 말마따나 〈자신의 욕구를 만족〉시킬 생각이 있다면 하루나 이틀쯤은 더 버틸 수 있을지도 모른다. 변기통을 아는 사람들 말에 따르면 그 집세는 사람 잡는 값이었다(마담 클로데트의 완벽한 퇴폐주의를 고려한다 해도 너무했다. 물론 그 변기통 녀석에 비하면 마담은 향수요 꽃이었다).

일흔을 바라보는 나이, 완전한 대머리는 아니라 해도 머리카락 몇 가닥뿐인 거의 대머리, 듬성듬성 남은 사금파리 같은 이, 백내장으로 흐릿한 눈, 마담 클로데트는 왕년의 스타였던 시절, 그 세련된 취향으로 꾸민 고급스러운 유곽 응접실에 고객들이 줄을 섰던 과거의 영예로운 직업에 더는 종사할 수 없었다. 부에노스아이레스, 몬테비데오, 상파울루, 리우를 거친 뒤 40대의 왕성한 활력과 매력을 가지고 사우바도르에 상륙했던 그녀는 〈파리의 감각〉을 지닌 바이아 최고의 고급 매춘부였으나, 그것도 워낙 오래전의 얘기라 마담 클로데트에겐 희미한 기억밖에 남아 있지 않았으며, 따라서 지나간 영광은 되씹으며 위안으로 삼을 즐거움조차 주지 못했다.

그녀는 한 계단 한 계단, 이 거리에서 저 거리로 몰락해 갔다. 세련의 첨단이던 테아트루 광장의 에우로파 펜션, 카카오 농장의 〈대령들〉이 5백 미우헤이스 수표를 던져 주고 갈리아풍 쾌락의 변주곡에 관해 집중 교습을 받던 그곳을 출발점으로, 명망과 가격이 조금씩 떨어지기 시작해 기나긴 세월을 거치면서 그녀는 언덕배기의 가장 더러운 곳, 줄리앙과 필라르의 매음굴, 이어서 썩은 고기의 골목으로 연착륙했다. 그리고 마침내 그보다도 못한 곳까지 들어갔다. 그 컴컴한 모퉁이, 후미진 복도에서, 그녀는 〈미세 드 파리, 몽 코코(파리산 궁둥이야, 자기야)〉라고 말하며 푼돈에 몸을 내주었다. 한번은 두어 잔 걸친 흑인 하나가 친절하게 동전 한 닢을 주면서 말한 적도 있었다. 「할머니, 가서 손자들이나 보시지요. 할머니는 더 이상 매춘부 노릇은 못 하시겠네요……」

그녀에겐 손자가 없었다. 친척도, 친구도, 아무도 없었다. 입을 만한 좋은 옷도 없었다. 최근의 옷차림은 땟국이 흐르는 누더기였다. 그녀가 가진 모든 것을 하나씩 팔았던 것이다. 마지막까지 남아 있던 보물, 가장 오래 지니고 있었던 것(그것은 가보였다)은 10여 년 전(그쯤 되었을 것이다. 마담 클로데트는 달이 가고 해가 가는 걸 잊은 지 오래였다), 몰락의 길에 접어들어 싸구려 매춘부로 영업하던 어느 날 아침에 처분해 버렸다. 바지뉴, 미친 도박꾼이지만 상냥했던 그 남자가 큰돈을 주고 터키옥 목걸이를 받아 갔던 것이다.

그 순간, 룰렛 테이블 앞에서 베팅을 하는 바로 그 순간, 마지막 구슬이 구르던 그때, 칩 하나, 돈 한 푼, 아무런 희망도 없는 마담 클로데트는 바지뉴를 생각했다. 그 젊은이는 잃든 따든, 운이 좋든 나쁘든, 항상, 아무리 못해도 10토스탕짜리 칩 하나를 주며 예감을 일러 주곤 했다. 한번은 타바리스 카지노에서 물주를 거의 파산시킨 후 주머니 가득 돈을 넣고 나온 그가 친구들과 축하를 위해 홍등가로 갔던 적이 있었다. 거기서 그는 동화 속 임금님처럼 여자들에게 5천 미우헤이스에서 1만 미우헤이스 정도 지폐를 나누어 주었다. 대개 20미우헤이스짜리, 더러는 50미우헤이스짜리도 있었다. 굉장한 밤이었다! 매춘부들은 성인 모시듯 그를 어깨에 떠받들고 다녔다.

만약 바지뉴가 살아 있다면, 그가 거기 있다면, 틀림없이 그녀한테 칩을 주어서, 고기 한 덩이와 콩과 담배 한 갑을 사도록 해주었을 것이고, 그러면서 그 파렴치한 미소, 능청스러운 매력으로 이렇게 덧붙였을 것이다. 「마담의 명을 받들겠습니다, 명령만 하십시오.」 그러면 마담은 이렇게 대답하고 나갔을 것이다. 「메르시, 몽 슈.」 그러나 어쩌랴, 그는 요절했으니. 시들해진 기억이 틀리지 않다면 아마 카니발 때였을 것이다.

일이 벌어진 것은 그녀가 그를 생각하던 바로 그때였다. 완벽한 크루피에 샤스치네트가 칩 — 1백, 2백, 5백 미우헤이스짜리 칩들이었는데 5백 미우헤이스짜리는 진주 색으로 커다란 것이 정말 아름다웠다 — 을 가득 쥔 손으로, 마지막 구슬의 결과대로 칩을 주고받다가 갑자기 발작을 일으켰던 것이다. 그는 짧고 거친 비명을 내지르며 팔을 올렸고, 손이 벌어지면서 칩들이 카펫 위로 떨어져 굴렀다.

건달들은 이 순간을 놓치지 않고 칩들을 잡느라 난투극을 벌였고, 남녀 할 것 없이 칩을 줍기에 여념이 없었다. 마담 클로데트 혼자만이 멍하니, 그 난투극에 끼어들 힘도 없어 절망해서 가만히 서 있었으며, 그사이 발작에서 깨어난 샤스치네트가 무릎을 꿇고 나머지 칩을 주웠다. 수위인 그라누주까지 자기 몫을 챙기려고 달려왔다. 그녀를 뺀 모든 사람이 칩을 주웠다.

마담 클로데트는 늘어진 가슴이 드러난 옷 속으로, 누군가의 손이 칩 하나를 들이미는 것을 느꼈다. 진주 색의 커다란 칩, 5백 미우헤이스짜리, 방세를 내고 2주 동안 먹을 음식을 사고도 남을 돈이었다. 「마담의 명을 받들겠습니다. 명령만 하십시오.」 그녀는 그 교활하고 음흉한 목소리를 들은 것 같았다. 「메르시, 몽 슈.」 그녀는 아주 오래 전 옛날처럼 대답했다. 그녀는 출납원에게 가서 그 행운을 돈으로 바꾸었다. 너무 늙고 풍파에 찌들어서 그 행운을 해명할 여력도 없었다. 틀림없이 도박꾼 중 한 사람이 그 꿈의 칩을 그녀의 가슴에 밀어 넣었으리라. 그가 누구든 〈메르시, 몽 비외(고맙네, 자네)〉.

2

도나 플로르는 화들짝 잠에서 깼다. 닥터 테오도루는 벌써 목욕과 면도를 끝내고 옷을 갈아입고 있었다.

「내가 늦잠을 잤군요…….」

「피곤했던 모양이오. 그럴 만도 하지. 어제 같은 파티를 준비하고 그렇게 많은 손님을 접대하는 게 보통 일이 아니잖소. 좀 쉬어요. 그냥 침대에 누워 있지 그래요? 내 아침 식사는 하녀한테 시킬 테니.」

「누워 있으라뇨? 아프지 않아요.」

그녀는 황급히 몸을 일으켜 침대에서 내려왔다. 그들은 항상 모닝 커피를 함께 마셨고, 도나 플로르는 남편의 기호에 정확히 맞게, 타피오카 가루를 살짝 넣어 묽고 몽글몽글한 포리지를 만들 사람은 자기뿐이라면서 직접 포리지 만들기를 고집했기 때문이다.

피곤한 건 사실이었지만, 파티 때문은 아니었다. 밤새 잠을 못 이루고, 옛날처럼 거리의 발소리에 새벽까지 귀를 쫑긋 세우고 있었기 때문이었다. 걱정거리는 또 있었다. 혹시 테오도루가 어제 결혼기념일 밤의 정사 동안 그녀의 태도 변화를 눈치 챈 것은 아닐까? 어제는 수요일도, 토요일도 아니었지만 도나 플로르는 첫날밤의 잠옷을 입었고, 약사는 이렇게 말했던 것이다. 「기억이 생생하오, 여보. 사람이 달력 따위를 잊어버려야 할 때가 있는데, 오늘 밤 내가 부당 이득을 취하더라도 부디 용서해 주기 바라오.」 그는 언제나 신중하고 사려 깊었다. 그런 품성에 매료되지 않을 여자가 어디 있을까?

도나 플로르는 요구에 응했지만, 감정은 갈등하고 있었다. 입술은 멍들고, 입 안은 타오르고, 불타는 혀에는 아직 바지뉴의 얼얼한 맛이, 그 대담한 맛이 남아 있었다. 그래서 약사가 황홀한 정사를 벌이기 시작할 때마다 똑같이 하는 키스가 무미건조하게 느껴지는 것 같았다.

그녀는 완전히 혼란스러워서 보조를 맞추지 못했고, 정숙하면서도 맹렬한 기쁨 속에서 그들을 하나로 만들어 주었던 조화로움은 깨져 버렸다. 당황한 그녀가 늘 했던 것처럼 한 단계 한 단계 남편과 동행하지 못하는 사이 그가 먼저 끝내 버려서, 도나 플로르는 앙코르(앙코르가 한 번 있었다) 때에야 간신히 긴장되었던 신경을 느슨하게 풀었다. 그들이 그처럼 일을 그르친 적은 없었다. 파리피에서 보낸 첫날밤의 실수를 되풀이한 것과 비슷했다. 그는 그녀가 이상하고 냉담하다고 느끼긴 했지만 다행히 피곤한 탓으로, 결혼기념일을 치르기 위한 수고 때문일 것이라고 여겼다.

날이 밝을 때쯤, 아직 밤의 기운에 눌린 새벽빛이 희미하게 벽을 물들이기 시작할 때, 도나 플로르는 멀리서 발소리를 들었고, 그 후로는 수면제를 먹은 것처럼 곤한 잠에 빠져 들었다.

침실 슬리퍼에 발을 넣고 잠옷 위로 꽃무늬 실내복을 입은 그녀는 손으로 대충 머리를 빗고 부엌으로 나갔다. 그러나 거실에서 그녀는 망측스럽게 알몸으로 소파에 드러누워 있는 그 화상을 보았다. 포리지고 뭐고 그 먼저 깨워야 했다(부엌에서는 하녀가 끓이는 향긋한 커피 냄새가 풍겨 왔다). 도나 플로르는 바지뉴의 어깨를 건드렸다. 그가 투덜거리며 한쪽 눈을 떴다. 「자게 놔둬. 방금 전에 들어왔단 말이야.」

「여기 거실에서 자면 안 돼요.」

「그게 뭐 어때서?」

「말했잖아요, 내가 난처해진다고.」

그는 짜증스러운 몸짓을 했다.「그게 나하고 무슨 상관이야? 좀 가만히 놔둬.」

「그 못된 버릇이 또 나오네요. 제발, 바지뉴…….」

그가 다시 눈을 뜨더니 나른한 웃음을 지었다.「좋아, 어리석기는. 그럼 침실로 갈게. 내 동지는 나갔나?」

「동지라뇨?」

「당신의 약사 말이야. 우리 둘 다 당신과 결혼했고, 당신 남편이잖아? 그러니까 잠자리 동지인 거지…….」그는 교활하게, 뻔뻔스럽게 그녀를 쳐다보았다.

「바지뉴! 그런 농담 하면 가만두지 않겠어요.」

그녀가 큰 소리로 말하자 부엌에서 하녀가 물었다.「저한테 뭐라고 하셨어요, 도나 플로르?」

「포리지는 내가 만들겠다고요.」

「여보, 화내지 마.」바지뉴가 일어섰다.

그는 그녀를 잡으려고 — 꼴불견의 알몸으로! — 손을 뻗었으나 그녀는 용케 빠져나갔다.

「제정신이 아니군요.」

복도에서 두 남자는 서로를 지나쳤고, 그걸 지켜보던 도나 플로르는 두 사람 모두에게 애정을 느꼈다. 서로 너무 다르지만 둘 다 교회와 법 앞에서 결혼한 그녀의 남편이었다.「두 동지.」그녀는 그 조잡한 농담에 웃지 않을 수 없었다. 그러나 재빨리 정신을 가다듬었다. 「저런, 나도 바지뉴처럼 냉소적이 되어 가잖아.」게다가 그 냉소주의자는 그녀를 자극하는 윙크를 하는 동시에 약사에게는 혀를 내밀고, 손으로는 불경스러운 몸짓을 해 보였다. 도나 플로르는 정말 미칠 지경이었다.

그랬다, 그건 옳지 않았으며 그녀는 그런 천박한 행동, 유혹적인 농담, 부랑자 같은 태도, 그 조잡함과 욕설을 견딜 수 없었다. 점잖은 집에서는 어떻게 행동해야 하는지를 바지뉴에게 가르쳐 줄 때였다.

깨끗이 면도한 약사는 조끼와 새로 맞춘 외투의 단추를 채우며 말했다.「오늘은 좀 늦었소, 여보.」

「어머나, 포리지!」 도나 플로르는 부엌으로 달려갔다.

3

오전 수업이 끝날 무렵, 수강생들이 누가 코코넛 커스터드 요리를 가져갈 것인지를 놓고 제비뽑기를 할 때, 도나 플로르는 그를 보기도 전에 그의 존재를 느낄 수 있었다.

그때까지 그녀는 자기만 그를 볼 수 있다는 사실이 쉽사리 이해되지 않았으므로, 모든 것을 드러낸 알몸으로 탁자 옆에 있는 그를 발견하자 몸서리가 쳐졌다. 그러나 수강생들이 꼴사나운 그의 행동에 아무런 반응을 보이지 않자, 그녀의 첫 남편을 볼 수 있는 것은 다른 누구도 아닌 그녀만의 특권임을 깨달았다. 천만다행이었다.

수강생들은 그들 사이에서 완전히 벌거벗은 남자가 자신들을 훑어보며 노련한 눈으로 몸을 가늠하고, 무례하게도 그중 예쁜 수강생들을 빤히 바라보고 있는데도, 전혀 아랑곳 않고 계속 웃고 농담을 해댔다. 이번에도 그는 예전과 똑같이 학생들을 희롱하며 교실을 뒤집어 놓고 있었다. 말이 나왔으니 말이지, 바지뉴는 이미 기한이 지난 사건, 오랜 앙금에 관해 그녀에게 해명할 것이 있었다. 이네스 바스케스 두스 산투스, 그 밀고자와의 불륜 말이다.

그 완벽한 맵시꾼은 거의 춤을 추듯 가벼운 발걸음으로 지극히 편안하게, 풍만한 주우미라 시몽이스 파군지스 주변을 세 번 돌았다. 풍만한 엉덩이, 자유롭게 따로따로 움직이는 청동 젖가슴(적어도 그렇게 보였다)을 한 그 기품 있는 크레올은 막강한 인물인 펠란키 모울라스의 사적인 비서, 그 말을 곧이곧대로 믿는다면 지극히 사적인 비서였다.

491

그녀의 몸매를 철저하게 평가하고 음미한 바지뉴는 이참에 그 젖가슴의 수수께끼를 완전히 밝혀 보고 싶었다. 그 젖가슴은 정말 청동으로 되어 있을까, 아니면 그냥 특이하게 단단한 걸까? 그는 공중으로 부양해 물구나무서서는 그 요루바 공주의 드레스 앞섶을 들여다보았다.

도나 플로르는 망연자실해서 할 말을 잃고 서 있었다. 그가 가뿐히 공중으로 떠올라 땅에서처럼, 그에게 가장 걸맞은 자세를 취한 모습을 아직 본 적이 없었던 것이다. 다리를 수평으로, 또는 수직으로 뻗고 머리를 숙여서 그 자랑스러운 가슴을 들여다보던 그 순간과 같은 자세 말이다.

확실히 학생들은 그를 보지는 못했지만, 그럼에도 공기 중에 뭔가 있다는 것을 느끼는 게 분명했다. 평소보다 훨씬 긴장해 있었고, 아무 이유 없이, 어떤 예감 속에서 웃고 떠들었기 때문이다. 도나 플로르는 점점 화가 났다. 바지뉴는 모든 한도를 넘어서고 있었다.

그는 정말 도가 지나쳤다. 들여다보는 것에 만족하지 않고, 그 성스러운 피조물의 재료가 무엇인지 확실하게 알아보기 위해서 주우미라의 드레스 앞섶에 손을 집어넣었던 것이다. 그것이 피와 살로 된 것일까, 아니면 뭔가 기적적인 것일까?

「어머나.」 주우미라가 소리를 쳤다. 「누가 날 만져.」

도나 플로르는 그 뻔뻔스러운 행동 앞에서 이성을 잃고 고함을 질렀다. 「바지뉴!」

「누구? 뭐요? 무슨 일이죠? 어디 편찮으세요?」 아무것도 모르고 흥분한 학생들이 자기 동료와 교사 주변으로 모여들었다. 「아까 뭐라고 하셨어요, 도나 플로르? 그리고 주우미라, 넌?」

주우미라는 얌전한 척 한숨을 내쉬고는 설명했다. 「뭔가가 내 가슴을 잡고 쥐어짜는 것 같았어.」

「아팠어?」

「아니, 오히려 기분 좋던데.」

도나 플로르는 정신을 가다듬으려고 애썼다. 아까 그녀가 고함을 질렀을 때, 바지뉴는 이미 사라진 뒤였다.

4

그날 오후 바지뉴는 조롱하는 미소에 음흉한 목소리로 이 말을 두 어 번 반복했다. 「누가 더 오래 버티는지 두고 봅시다, 성녀님. 당신 이랑 당신의 약사, 그리고 당신의 자존심인지, 아니면 나랑…….」

「당신 편이 뭐 있나요?」

「나와 내 사랑.」

그것은 도전이었다. 도나 플로르는 그때까지 그가 자신에게 저지른 행동이 별로 없다는 사실(그는 무력으로가 아니라 그녀의 동의를 얻 어야만 그녀를 차지할 것이었다)에 고무되어서, 자신의 도덕성과 의 지를 믿고 기꺼이 위험을 감수하면서 그 도전을 받아들이기로 했다. 〈지옥 같은 과부 생활에서 불에 타지 않고 견딘 사람인데 농간이나 유혹 따위는 겁나지 않는다고요, 이 못된 사람.〉「난 정숙함을 가장 중요하게 여겨요.」

「당신, 말하는 게 꼭 그 약사 같아. 마치 선생이라도 된 것처럼 가 당치도 않게 허풍 떨고.」

그 말에 그녀는 웃음을 터뜨렸다. 「난 선생이에요. 그이를 알기 전 부터, 당신을 알기 전부터 그랬어요. 게다가 존경받는 선생이고요.」

「요리 선생이긴 했어도 잘난 체하지는 않았어.」

「정말 내가 잘난 체하는 것 같아요? 내가 변한 것 같아요?」

「여보, 당신은 절대 변하지 않아. 당신의 자존심은 당신의 명예지. 하지만 난 이미 한 번 그것을 따먹었고, 다시 따먹을 거야. 당신이 얼 마나 대단한 선생인지 몰라도 성에 관한 한 당신은 내 학생이야. 그리 고 그 가르침을 끝마치기 위해 내가 온 거고.」

그들은 거의 저녁 시간이 될 때까지 계속 이렇게 웃고 농담하며 사 이좋게 말을 주고받았다. 도나 플로르는 자신만만하게 우쭐거렸다. 바지뉴는 결코 정숙한 여인이 되려는 그녀의 의지를 꺾거나, 아내로 서의 지조를 저버리게 만들지 못할 것이다. 지난날 그녀는 무지한 젊 은 처녀였고, 첫사랑의 감정을 조절할 줄 몰랐으며, 이타포앙 바다의 산들바람 속에서 명예를 잃어버렸다. 그러나 지금의 그녀는 슬픔과 행복을 아는 여자였다. 모든 것의 대가와 의미를 알고 있었다. 바지뉴는 기다리다 지칠 것이다. 그러나 그는 그런 불굴의 저항을 별로 심각하게 받아들이지 않았다. 「당신은 옛날처럼 거의 아무런 대가 없이 자신을 나한테 내주게 될 거야. 왜지 알아?」

「왜인데요?」

그는 거들먹거리며 능청맞게 설명했다. 「나를 좋아하니까. 당신 마음 깊은 곳, 당신도 알지 못하는 아주 깊은 곳에서는 자신을 나한테 주고 싶어서 안달하고 있어.」

정말 교활하게 덤비는 바지뉴. 도나 플로르는 굳게 품위를 지켰다. 「이번에 당신은 허풍이나 떨다 시간만 낭비할 거예요.」

이렇게 어느 고요하고 황홀한 오후는 지나갔다. 그러나 그 오후는 기분 나쁜 전조와 함께 시작되었었다.

오후 수업이 끝난 뒤, 도나 플로르가 욕실에서 나와 브래지어와 팬티 차림의 반쯤 벗은 몸으로 향수를 뿌리고 머리를 빗고 있을 때였다. 방 안 어딘가에서 감탄의 휘파람 소리가 들렸다. 그녀는 욕실에 들어가기 전과 나올 때, 신중히 방을 둘러보고 두 남편이 모두 없는 것을 확인했었다. 약사는 아직 약국에 있었고 바지뉴는 오전 수업에서 소동을 피운 뒤 사라지고 없었다.

그런데 그 건달이, 서랍장 꼭대기에 앉아 다리를 흔들고 있었던 것이다. 황혼 녘 부드러운 빛 속의 그는 성 테레사 교회 복도에 있는 그 천사 상과 똑같은 나무 재질로 되어 있는 것 같았다. 그는 똑같이 음탕하고 탐욕스러운 눈으로 도나 플로르의 어깨를 지그시 보다가, 그녀의 몸, 축축한 몸을 훑어보았다. 「어머나!」 도나 플로르는 재빨리 실내복을 집어 들고 뒤집어썼다.

「뭣 때문에 놀라고 옷을 입고 그러시나. 내가 당신을 처음 감상하는 거야? 속속들이 아는데. 내가 키스하지 않았던 데가 어디 있다고? 그런 바보 같은 짓은 뭐야? 뭐 하러 그래?」

알몸의 그는 무희처럼 뛰어내리더니 ─ 그의 움직임은 무중력 상태에서 이루어지는 듯했다 ─ 빛과 그림자를 가로질러 새 매트리스를 간 철제 침대에 다가가 우아하게 누웠다.

「와, 이 매트리스는 구름 같네. 아주 좋아. 축하해.」

그는 늘어지게 몸을 뻗었다. 한 줄기 햇살이 감각적이고 유혹적인 그 얼굴의 만족스러운 미소를 비추었다. 도나 플로르는 어둠 속에서 그를 지켜보았다.

「어서 와, 플로르. 어서 내 옆에 누워. 한판 뒹굴어 보자. 여기 누워, 이 푹신한 매트리스에서 재미 좀 보자고.」

아직도 아까 학생들에게 한 일 — 바지뉴가 주우미라의 가슴에 손을 집어넣은 믿지 못할 일 말이다. 그녀는 그가 그걸 즐겼음을 보지 않고도 알 수 있었고, 무안해서 졸도할 지경이었다 — 에 화가 풀리지 않은 도나 플로르는 날카롭게 대꾸했다. 「아까 그 짓으론 만족이 안 되나 보죠? 뻔뻔스럽게 여기 숨어서 날 엿봐요? 당신 행동은 도대체 그동안 달라진 게 없군요. 그 능력을 더 좋은 데 쓸 수 있을 텐데……..」

「그런 식으로 말하지 마! 어서 옆에 와서 누우라니까.」

「그런데도 배짱 좋게 나더러 옆에 와서 누우라니! 내가 그렇게 우스워 보여요? 난 체면도 자존심도 없는 줄 알아요?」

바지뉴는 말다툼하고 싶지 않았다. 「여보, 왜 그렇게 화가 난 거야? 난 도리에 어긋나는 짓은 하나도 안 했어. 그냥 그 여자 몸을 들여다본 것밖에 없어. 도대체 그게 뭐기에 펠란키 모울라스가 그렇게 반했는지 궁금했던 것뿐이라고. 소문에는 그 작자가 그 젖가슴을 신줏단지 모시듯 한다거든.」 그는 깔깔 웃고는 목소리를 낮추었다. 「여보, 어서. 당신 남편 옆에 와서 앉아. 당신이 눕는 걸 원치 않고 두려워하니까 어쩔 수 없지. 그냥 앉아서 얘기나 해. 할 얘기가 있다고 한 건 당신 아니었나?」

「내가 앉으면 날 덮칠 거면서……..」

「그럴 수 있으면 오죽 좋아! 당신이 허락하지 않아도 당신을 붙잡을 수 있다면 여기서 알랑거리면서 시간을 낭비하겠어? 난 절대로 당신 뜻을 어기면서까지 당신을 덮치진 않을 거야. 각서를 써도 좋아. 약속할게.」

「힘으로 날 건드리는 건 금지되어 있나 보죠?」

「금지? 누가 금지한다고 그래? 신도 악마도 나한테 뭘 금지할 순

없어. 당신도 알잖아. 아니면 날 알지도 못하면서 7년 동안 같이 살았던 거야?」
「그렇다면 왜죠?」
「당신이 싫다는데 내가 억지로 한 적 있어? 한 번이라도 있어?」
「없어요.」
「그렇지? 그걸 금지한 사람은 나야. 나는 절대 여자를 힘으로 차지하지 않아. 언젠가 미란당이 우니앙 해변에서 가무잡잡한 한 여자를 어떻게 해보려고 했었는데 내가 말렸어. 당신이랑 대화하고 있는 이 남자는 나한테 내주는 것만 먹는 사람이야. 그것도 기꺼이, 진심으로 내주는 것만. 힘으로 빼앗은 게 맛이 좋을 리 있어?」

그는 그녀를 감상하며 다시 미소를 지었다. 「당신은 나한테 넘어오게 되어 있어, 사랑하는 플로르. 난 내 몫을 얻게 될 그 순간을 애타게 기다리고 있고. 하지만 나한테 내주고 싶어 할 사람은 당신이라야 해. 다리를 벌리고 싶어 안달할 사람이 당신이라야 한다고. 당신이 그걸 원할 때만 내가 원하니까. 당신한테서 나쁜 맛이 나는 건 싫어.」

그녀는 그의 말이 의심할 여지 없는 진심임을 알았다. (첫 번째) 남편의 가슴에서 자존심이 후광처럼 붉게 타올랐다. 그는 비록 성자는 아니지만, 남자, 뼛속까지 진짜 남자였다.

이윽고 도나 플로르는 몸을 뻗은 채 그녀를 바라보는 바지뉴 옆, 침대 가장자리에 앉았다. 긴장을 풀고 편안히, 그에 대해 무장을 해제하고서. 그러나 그녀가 앉자마자 그 사기꾼의 손이 그녀의 허리와 배 윤곽을 쓸어내려 갔다. 그녀가 벌떡 일어섰다.

「정말 구제 불능이군요. 난 당신의 말을 진지하게 받아들이고, 당신은 약속을 지키는 사람이라고, 그렇게 생각했어요. 그런데 그새 말을 뒤집고 그 손으로……」

「내가 힘으로 당신을 덮쳤나, 뭘 어쨌나? 당신 배꼽 좀 건드렸다고 그러는 거야? 여보, 앉아서 내 말 들어 봐. 난 절대 힘으로 당신을 덮치지 않을 거야. 하지만 그게 모든 걸 전혀 하지 않겠다는 뜻은 아니야. 당신이 자유 의지로 몸을 내줄 때까지 내가 생각할 수 있는 수단들을 전혀 사용하지 않겠다는 뜻은 아니라고. 난 당신을 만질 수 있을 때마다 만질 거야. 키스할 수 있을 때마다 키스할 거고. 어리석게 굴지 마, 플로르. 난 모든 걸 할 거야, 모든 걸, 그것도 빨리. 당신 때문에 미칠 것 같거든. 굶주려서 죽을 지경이란 말이야.」

그것은 도전이었다. 정숙한 여인의 지조 대 바지뉴의 매력, 그 말솜씨, 뻐기는 태도, 무례함과의 싸움.

「당신을 속이는 게 아니야, 플로르. 있는 그대로 말하는 거라고. 당신의 약사는 전혀 생각도 못하고 있을 때 머리에 질투의 뿔이 돋게 되겠지. 게다가 말이야, 그 큰 키에 그 큰 머리에 뿔이 나면 얼마나 멋져 보이겠어? 아마 최상급 뿔 나무가 될 거야.」

〈도전? 아주 좋아요, 내 첫 남편이자 유명한 바람둥이, 매음굴과 홍등가의 돈 후안, 하녀와 유부녀를 유혹하는 교활한 남자, 잘난 체하는 최고의 인기남 씨. 하지만 당신이 아무리 교활하다 해도 두 번 다시 감언이설로 날 꾀어내지는 못해요. 당신이 온갖 술책, 말솜씨, 잔꾀를 다 동원해도 난 무너지거나 굴복하지 않을 거예요. 난 정숙한 여자예요. 난 내 이름이나 내 남편의 이름을 더럽히지 않을 거예요. 그 도전을 받아들이죠.〉 그렇게 생각하고 결심을 굳힌 그녀는 다시 침대에 설터앉았다.

「그런 식으로 말하지 마요, 바지뉴. 추레 보여요. 내 남편을 존중해 주세요. 그런 대화는 그만두고 진지한 문제를 얘기해요. 당신 말대로 내가 당신을 부른 거라면, 당신과 말하기 위해서였어요. 때로 나는 당신이 무척 보고 싶고, 당신 목소리를 듣고 싶었어요. 하지만 음란한 걸 기대하지는 않았다고요. 당신은 왜 나를 그렇게 천박하게 봐요?」

「내가? 내가 언제 당신을 나쁘게 생각했다고?」

「난 7년 동안 당신 아내였어요. 그동안 당신은 시내를 돌아다녔지요. 도박 때문만은 아니었어요. 당신은 바이아에 있는 매춘부란 매춘부의 침대는 죄다 탐색했고, 그것도 모자라서 처녀들, 유부녀들, 그리고 정직한 매춘부보다 더 나쁜 바람둥이 여자들과도 관계를 가졌어요. 그리고 교활한 바람둥이 여자들 말인데, 난 당신이 그중 한 사람과 관계를 가졌다는 걸 최근에야 알게 됐어요. 이네스라고, 오래전 요리 학교 수강생이던, 폐결핵에 걸린 것 같은 여자인데……」

「이네스? 그 깡마른 여자?」 그 게으름뱅이는 놀라운 기억력의 파일을 뒤지더니 가냘픈 몸에 만족을 모르는 입과 탐욕을 가졌던 이네스 바스케스 두스 산투스의 모습과 이름을 찾아냈다. 「그 여자 말이야? 뼈와 가죽만 남은 여자였지. 괜히 오해하지 마. 그녀는 생각할 가치도 없어. 그냥 포대 자루야, 그것도 최악의 포대 자루. 게다가 그건 아주 오래전 일인데, 왜 지금 그 얘기를 꺼내는 거야? 까맣게 잊었던 일, 다 끝난 일이라고.」

「까맣게 잊었던 일, 다 끝난 일이라고요? 하지만 내가 그 얘길 들은 건 얼마 안 됐어요. 그 수치심이 어떤지 아세요? 당신은 죽어서 땅에 묻혔고 나는 재혼했는데, 당신이 저지른 파렴치한 짓들은 아직도 날 따라다녀요. 그래서 이런저런 이유로 당신을 불렀던 거예요. 우리 사이에 아직도 청산할 게 남아 있어서요. 당신이 생각하는 그것 때문이 아니라고요.」

「하지만 여보, 그게 무엇 때문이든 간에, 내가 이렇게 온 김에 살을 좀 섞자는 게 뭐가 잘못이야? 기회를 잘 이용해야지. 우리만의 시간인데 왜 남들 문제에 신경 써? 당신이 조금만 참아 주면 나는…….」

「당신은 나를 알 필요가 있어요. 내가 남편을 속이는 여자예요? 당신은 나한테 못된 짓을 하면서 온갖 방법으로 괴롭혔어요. 그건 세상이 다 알아요. 사람들이 그렇게 말한다고요.」

「늙은 수다쟁이들이 떠드는 소리에 신경이 쓰여?」

「당신은 날 괴롭혔어요. 조금이 아니라 아주 많이. 다른 여자 같았으면 당신을 떠났거나 다른 남자들과 어울려서 당신을 웃음거리로 만들었을 거예요. 하지만 내가 그랬어요? 아뇨, 전부 다 받아 줬어요. 난 정숙한 여자니까요. 당신이 살아 있는 동안 다른 남자는 쳐다보지도 않았어요.」

「나도 알아, 여보.」

「그런데 그걸 알면서 어떻게 내가 테오도루를 속이길 기대해요? 그 사람은 당신처럼 내 남편이고 착하고 바른 사람이에요. 절대로 날 속이거나 부정한 짓을 하지 않을 거라고요. 절대, 절대로요. 심지어 한번은…….」

「심지어 한번은? 뭔데?」 그는 부드러운 소리로 요청했다. 「마저 얘기해 봐.」

「사실 그이를 좋아한다며 쫓아다니는 여자가 많았는데, 그이는 거들떠보지도 않았어요.」

「여자가 많았다고? 에이, 과장하지 마. 딱 한 명, 마그놀리아, 바이아 최대의 젖소뿐이었지. 게다가 그 일로 그는 웃음거리가 되었어! 약사건 뭐건 간에 건장한 남자가 여자를 겁내고 아이처럼 행동하다니. 그는 사실상 구조를 요청한 거야. 망신스럽지. 그 치욕스러운 사건 후에 사람들이 그를 뭐라고 부르는지 알아? 닥터 관장약이래.」

「바지뉴, 그만 해요. 당신이 나랑 점잖게 얘기하고 싶어서 온 거라면, 좋아요. 하지만 내 남편을 비웃으려고 여기 온 거라면 같이 얘기 못 해요. 내가 그이를 얼마나 좋아하는지 당신이 알아 줬으면 해요. 나한테 너무 잘해 줘서 더욱 감사하고 있다고요. 그러니 내가 그이 명예에 먹칠하는 일은 절대 없을 거예요.」

「이 얘기를 꺼낸 건 당신이야, 여보. 하지만 사실대로 말해 봐. 당신은 누가 더 좋아? 거짓말하지 말고. 나야, 그자야?」 그는 도나 플로르의 어깨에 머리를 기댔고, 그녀는 그의 머리를 쓰다듬었다.

멍하니 생각에 잠긴 그녀는 이 유치한 질문에 대답하지 않았다. 〈난 절대로 그이를 배신하지 않을 거예요, 바지뉴. 그 사람한테는 그럴 수 없어요.〉

바지뉴는 아이 같은 천진한 미소를 짓고 한숨을 쉬었다. 도나 플로르는 그를 끌어당겨 그 황금빛 털 매트, 부드럽고 따뜻한 가슴을 만지작거렸다. 이어진 그의 말은 질문이 아니라 선언이었다. 「당신은 날 더 좋아해. 그건 확실히 알 수 있어.」

「그이는 내 사랑을 받을 자격이 있어요.」

도나 플로르는 칼자국 흉터를 쓰다듬었다. 그 흉터를 만지면 기분이 좋아지면서 그녀가 그를 알기 전에 있었던 싸움의 기억이 떠올랐다. 그 길고 깊은 흉터는 그가 학교를 그만둔 후 젊은 날의 싸움에서 얻은 것이었다. 정말 무모한 깡패 같았던 바지뉴! 너무도 잘생겼던 청년.

오후의 달콤함이 나른한 산들바람을 타고 빛 반, 어둠 반의 방 안으로 들어왔다.

「여보, 정말 당신이 보고 싶었어. 그리움이 너무 커서 거대한 흙더미처럼 내 가슴을 짓눌렀다고. 처음 당신이 나를 부른 후부터, 오랫동안 오고 싶었어. 하지만 당신은 지지한테서 받은 그리그리[5]로 나를 묶어 버렸지. 그 때문에 이제야 겨우 자유로워져서 오게 된 거야. 이제야 당신이 진정으로 나를 불렀거든. 날 원한다고, 내가 필요하다고……」

「항상 당신이 보고 싶었어요. 당신이 나빴던 건 상관없어요, 바지뉴. 당신이 죽었을 때 나도 죽은 거나 마찬가지예요.」

도나 플로르는 마음속에서 이상한 것이 느껴졌다. 웃고 싶은 건지 울고 싶은 건지 알 수 없었지만, 조용하고 부드러운 것이었다. 그녀의 팔을, 목덜미와 얼굴을 쓰다듬는 바지뉴의 애무는 무척 포근했다. 그는 더욱 편안한 자세를 잡으면서 그녀의 가슴에 머리를 기대고 그녀의 허벅지에 무겁고 뜨거운 몸을 대고는 따스하고 졸린 느낌을 주었다. 황금빛 머리카락으로 덮인 예쁜 머리. 도나 플로르는 조금씩 고개를 숙였고, 바지뉴는 고개를 들었다. 그리고 갑자기 그의 입이 닿았다. 무력으로가 아니었다.

도나 플로르는 황홀하게 느껴졌던 그의 품과 키스에서 화들짝 몸을 뺐다. 「어머, 난 몰라! 오, 신이여!」

그 결투는 쉽지 않을 것이었다. 그 악마에게 승리를 양보하고 싶지 않다면 단 한순간의 부주의, 약간의 방심도 허락할 수 없었다.

바지뉴는 세상을 다 얻은 듯 휘파람을 불고 빙긋거리며 일어나서는 서랍장 주변을 기웃거리기 시작했다. 순수한 호기심에서, 그게 아니면 도나 플로르가 너무 힘들지 않도록 남은 의지를, 그렇게 단호하게 선언했던 결심을 추스를 기회를 주기 위해서였는지도 모른다.

5 *gri-gri*. 아프리카의 부적 또는 호부.

5

약사가 저녁 시간에 맞추어 퇴근했을 때, 도나 플로르는 내면의 정숙함을 완전히 회복한 상태였고, 그에게 걸맞은 품위를 지키고, 그의 이름과 명성에 흠을 남기지 않겠으며, 그가 이마 — 생각이 빛을 뿜고 지식이 가득한 — 를 찡그리는 일이 없도록 하겠다는 결심을 더욱 굳히고 있었다. 〈당신이 나에게 붙여 준 성을 더럽히는 일도, 당신 머리에 질투의 뿔이 나게 만드는 일도 절대 없을 거예요, 테오도루. 그러느니 차라리 죽겠어요.〉

중요한 것은 머뭇거리지 않는 것, 그 교활한 건달에게 그녀의 감정을 농락할 기회를 주지 않는 것이었다. 그래서 자신의 순수한 감정을 배신하고 명예를 팔아먹는, 추잡스럽고 경멸스러운 일 — 굶주렸던 과부 시절 요가 수업을 받을 때처럼 — 이 일어나지 않도록 하는 것이었다. 바지뉴가 계속 그녀를 만나고 싶다면 정숙함의 한도, 플라토닉한 관계의 한도를 지켜야 했다. 도나 플로르와 전남편의 관계는 다른 누구도 아닌 그들만이 인정할 수 있었기 때문이다.

도나 플로르는 전남편, 그녀의 첫사랑이자 크나큰 사랑에게 느끼는 애정을 숨기지 않았다. 아니, 숨기려고도 하지 않았다. 그녀의 삶을 깨우쳐서 라데이라 두 아우부의 어리석은 소녀를 펄떡이는 불꽃으로 만들어 준 사람, 기쁨과 고통을 가르쳐 준 사람이 바로 그였다. 그녀는 그에게서 깊고 가슴 울리는 애정을 느꼈고, 분석하거나 스스로에게 해명하는 것조차 힘든 어떤 것, 선과 악이 결합된 어떤 것을 느꼈다.

그녀는 그 건달을 만나서 기쁘고 행복했다. 그와 얘기를 하고, 그의 못된 장난에, 사물을 바라보는 방식에 웃게 되어서 기뻤다. 다시 한 번 불안하게, 끝없는 밤이 새도록 기다리고, 거리의 정적을 깨는 그 발소리가 들릴까 귀를 기울이며 잠 못 이루는 마음고생까지 행복했다. 예전처럼 좋은 것과 나쁜 것을 함께 받아들이는 것까지도 다 좋았다. 그러나 지금 이 모든 것은 어디까지나 애정 어린 우정을 넘지 않는, 더 이상의 암시나 의무적인 타협이 없는, 잠자리를 같이하는 외설스러움이 없는 한에서만 좋았다. 침대 — 아, 위험은 거기에 있었다.

지뢰 매설 구역, 덫과 시한폭탄이 가득한 그곳에.

지금, 두 번째 남편과 재혼해 행복하게 지내는 그녀로선 부끄러움과 한도를 모르던 젊은 날의 열정이 바지뉴의 죽음과 함께 낭만적인 연인의 애잔한 만남으로 변해 버렸다는 듯, 격렬한 육욕이 사라져 순수하게 무형의 영혼(게다가 그 영혼은 이런저런 이유로 불러들인 것이었다)이 되어 버렸다는 듯, 첫 남편과는 순수한 관계를 가질 수밖에 없었다. 침대와 육체적 쾌락은 오직 둘째 남편 테오도루와, 수요일과 토요일(앙코르를 동반하는)에, 헌신적인 애정을 갖고서만 가능했다. 바지뉴에겐 잠자는 시간보다 더한 시간, 그 많은 행복, 그러니까 — 누가 알까? — 지나가 버린 그 많은 행복의 한가운데 놓인 빈 시간의 몫이 있었다.

바지뉴가 이런 상황을 기꺼이 받아들이고 합의를 존중해 준다면 좋을 텐데. 감미롭고 조심스러운 이 플라토닉한 감정, 그 유쾌한 젊은 남자의 존재는 너무도 규칙적인 도나 플로르의 생활에 즐거움과 활력을 줄 것이며, 행복의 중요한 부분인 것 같은 일종의 단조로운 지루함에 대한 보상이 될 것이다. 철학자이자 도덕주의자(여러 번 증명되었다시피)인 미란당은 바이아의 전형적인 말투로 이렇게 말한 적이 있었다. 「행복은 갖고 있기 힘든, 꽤나 따분한 것이다. 한마디로 목에 걸린 가시이다.」

그러나 도나 플로르는 바지뉴가 이런 요구 조건을 거부하면 모든 감정과 관계를 파기하고 다시는 그를 보지 않을 작정이었다. 비록 영적인 애정이 순수해서 죄악이나 경솔함과 거리가 멀고, 또는 신망 있고 올곧은 둘째 남편의 매끈한 이마에 질투의 뿔을 돋게 할 위험으로 볼 수 없다고 할지라도 말이다.

따라서 그렇게 마음을 정리해 차분함을 되찾고, 그 외설스러운 키스가 남긴 꿀과 후추 맛을 없애기 위해 페퍼민트 정제를 빨고 나자, 도나 플로르는 평소처럼 상냥하게 닥터 테오도루를 맞이할 수 있었으며, 매일 저녁과 똑같은 부드러운 키스를 한 뒤, 그의 외투와 조끼를 받아 들고 시원한 잠옷 가운을 가져다주었다. 약사는 식사를 할 때나 책상에서 일할 때, 또는 비순을 연습할 때에는 셔츠와 타이 위에 잠잘 때 입는 가운을 걸쳤다. 그것이 그의 실내복 차림이었다.

식사 도중 도나 플로르는 남편의 목소리와 행동에서 평소와 다른, 거의 엄숙할 정도의 무게를 눈치 챘다. 우리가 알다시피 약사는 약간 격식을 차리는 편이다. 그러나 그날 오후의 우울한 얼굴과 침묵, 무심한 식사 태도는 걱정과 고민이 있음을 말해 주는 것이었다. 도나 플로르는 밥이 담긴 접시와 속을 채운 돼지 안심(달걀, 소시지, 후추 드레싱을 한)을 건네주면서 남편을 유심히 살폈다. 약사한테 심각한 문제가 생긴 게 분명했다. 도나 플로르는 착하고 헌신적인 아내답게 덩달아 걱정이 되었다.

커피를 마실 때(천국의 만나 타피오카 쿠키와 함께), 닥터 테오도루가 마침내 침묵을 깼다. 그로선 노력이 필요했다.

「여보, 우리 둘과 관련된 아주 중요한 문제를 상의하고 싶소.」

「말씀해 보세요.」

그러나 그는 적당한 말을 찾으며 망설였다. 〈저렇게 자신 없어 하는 걸 보면 정말 어려운 문제인가 봐.〉 도나 플로르는 생각했다. 불안해하는 그에게 집중하느라 자신의 문제, 이중 결혼에 관해서는 완전히 잊어버렸다.

「테오도루, 무슨 문제예요?」

그가 그녀를 보며 목청을 가다듬었다. 「당신이 가장 좋고 편리하다고 생각되는 대로 전혀 얽매이지 말고 결정해 주었으면 좋겠소.」

「도대체 그게 뭔데 그러세요? 어서 말씀해 보세요, 테오도루.」

「집 문제요. 집을 판대요.」

「어느 집요? 우리가 사는 이 집요?」

「그래요. 당신도 알겠지만 난 당신 바람대로 이 집을 사려고 돈을 모았소. 그런데 모든 게 준비되고 마무리되려던 순간에…….」

「알겠어요……. 약국 말이군요…….」

「……다시 약국의 지분을 사들일 기회가 생긴 거요. 이걸 얻으면 내가 대주주가 되니까 우리가 과학 약국의 주인이 될 수 있소. 그 기회를 놓칠 수가 없었소.」

「잘하셨어요. 마땅히 그러셨어야죠. 내가 했던 말 기억하세요? 〈집은 나중까지 기다릴 수 있어요.〉 내가 그렇게 말씀드리지 않았어요?」

「그런데 공교롭게도 지금 이 집이 싼값에 매물로 나왔단 말이오.」

「매물로 나왔다고요? 하지만 우선권은 우리한테 있는 걸로 되어 있잖아요.」

「그랬지요. 하지만……」 그는 자초지종을 설명했다. 집주인이 콩키스타에 목장을 사서 목축업을 하겠다고 송아지와 어린 암소에 많은 돈을 쏟아 부었다. 그는 혹소 투우장에 발을 들여놓았다. 혹시 〈혹소 투우장〉이라는 게 뭔지 아느냐? 그런 소리를 들어 본 적은 있느냐? 집주인은 그 우시장 싸움에 자기 집까지 날리고 말도 안 되는 싼값에 이 집을 내놓았다. 우선권에 관해선 이렇다. 집주인 말을 빌리면, 도나 플로르가 세 들어 산 지 오래됐고 훌륭한 임차인인 건 사실이지만, 그녀가 이 집의 매입을 포기한다면 이미 합의했던 조항대로, 공증인 앞에서 서명을 기다리고 있는 서류와 함께 그 특권은 없어진다는 것이다. 집주인은 닥터 테오도루가 약국 상속인들로부터 남은 지분을 다 사들이고 이어서 이 집을 살 형편이 될 때까지 기다릴 수가 없다. 그가 원하는 건 당장 집을 사주는 것이다. 터무니없이 싼 집세나 안겨 주는, 마두레이라 부부가 공짜나 다름없이 살고 있는 이 부동산이 그한테 무슨 소용이겠는가? 혹소들, 병에 강한 종의 소들을 키워서 좋은 가격에 고기를 많이 파는 게 훨씬 더 남는 장사일 것이다. 그는 지금 목장 일에 파묻혀 있으므로 이 집의 매매에 관한 일은 그들의 친구인 셀레스치누의 은행 부동산 담당 부서에 맡겼다. 그리고 가격이 워낙 좋아서 사겠다는 사람은 많을 것이다.

닥터 테오도루가 그 모든 사실을 어떻게 알았을까? 아주 간단했다. 셀레스치누가 은행의 자기 사무실에서 그에게 모든 것을 말해 주었던 것이다. 그는 약국에 전화를 걸었고 —「그 약병들은 내려놓고 당장 이쪽으로 오세요.」— 테오도루에게 일이 어떻게 된 건지 설명한 다음 무리를 해서라도 그 집을 사는 게 어떠냐는 질문으로 끝을 맺었다. 이건 일생일대의 기회였다. 이보다 좋은 행운을 바랄 수는 없었다. 그 조급한 바보가 혹소를 많이 살 생각만 했는지 그 부동산을 사실상 공짜에 내놓은 거나 다름없었다.

「닥터 테오도루, 혹소 가격이 치솟다 멈추면 수많은 사람이 알거지가 될 거요. 여기 은행업계에서는 그런 투기사업에는 동전 한 푼 빌려주지 않을 겁니다. 집을 사세요, 친구. 두 번 생각할 것도 없어요.」

집과 혹소에 관해서는 그 포르투갈인의 말이 옳았다. 약사 역시 송아지, 암소, 수소 열풍이 의심스러웠다. 그러나 바로 얼마 전에 돈을 모두 털어서 약국의 지분을 사들인 터에, 셀레스치누를 통해 은행에서 대출받을 경우, 어음이 만기가 되면 대체 어디서 돈을 구해 지불한단 말인가?

그 은행가는 약사의 얼굴을 살폈다. 정직하고 꼼꼼하며 누구한테도 사기 칠 줄 모르는 사람, 갚을 수 있다는 확신이 없으면 은행 대출을 신청하지 않을 사람, 닥터 테오도루는 도박꾼이 아니었다. 셀레스치누는 웃음을 지었다. 인생이란 얼마나 재미있는지! 도나 플로르, 수줍은 모습의 그 재능 있는 요리사는 완전 정반대인 두 남자와 결혼했다. 지금 약사에게처럼, 바지뉴에게 돈을 빌려 주던 일을 상상해 보라. 그 건달은 떨리는 손으로 펜을 집어 들고서, 룰렛에 탕진할 돈을 내주기만 한다면 자기 앞의 아무 종이에나 서명을 해댔었다.

「계약금을 낼 만큼만 마련해 보세요. 나머지는 집을 담보로 내가 빌려 드리죠. 어떻습니까…….」

그는 연필을 들고 생각에 잠겼다. 만약 약사가 몇 콘투 지 헤이스만 마련한다면 나머지는 문제 될 게 없었다. 그의 편의를 봐서 저금리로 장기 주택 담보 대출을 해주면 되었다. 그 포르투갈인은 아버지가 아들에게 하는 것과 같은 거래를 제시하고 있었다. 셀레스치누는 도나 플로르의 첫 번째 결혼 때부터 그녀를 알고 있었다. 그는 그녀가 요리한 음식을 먹었고, 그녀를 많이 배려해 주었다. 그는 닥터 테오도루만큼 점잖고 성품이 훌륭한 사람이었다. 그는 두 번째 남편을 존중해서 바지뉴를 암시하는 말을 하지 않았다. 그 건달은 죽었기 때문이다. 그러나 이 순간 그는 그 건달의 이력과 행각들, 그리고 생각만 해도 웃음이 나는 기억들을 떠올리며 주택 담보 대출 만기일을 6개월 연장해 주기로 제안했다.

「제안은 감사합니다. 그리고 그 성의는 결코 잊지 않겠습니다. 그

러나 지금 당장은 계약금을 감당할 돈이 없습니다. 어디서 구해야 할
지도 모르겠고요. 플로리페지스가 그 집을 무척 사고 싶어 하는데, 정
말 아쉽군요. 하지만 방법이 없어요……」

「플로리페지스.」셀레스치누가 중얼거렸다.「참 이상한 이름이야.
그런데 닥터 테오도루 마두레이라, 선생은 안사람을 플로리페지스라
고 부릅니까?」

「아뇨, 우리끼리 있을 때는 안 그러죠. 다른 사람들처럼 그냥 플로
르라고 부릅니다.」

「그렇군요.」그는 약사가 몸짓까지 곁들여 설명하려고 하자 말을
잘랐다. 은행가에겐 시간이 돈이다.「그런데 도나 플로르든 도나 플
로리페지스든 뭐라고 부르시든 간에, 부인이 저축 은행에 상당한 돈
을 예치한 걸로 압니다. 계약금을 치르고도 남을 만큼이죠……」

약사는 아내의 돈은 생각도 못하고 있었다.「하지만 그건 아내 돈
입니다. 아내가 흘린 땀의 결실이에요. 전 손대지 않을 겁니다. 신성
한 돈이에요.」

이번에도 은행가는 맞은편에 앉아 있는 약사를 한참 동안 바라보
았다. 바지뉴는 도박에 탕진하려고 아내의 돈을 모두 털어 갔고, 때론
포악하게 무력으로 뺏어 갔다. 그가 듣기론 아내를 때린 적도 있다고
했다.

「훌륭한 태도입니다, 선생. 하지만 멍청이가 따로 없군요.」포르투
갈인은 태연하게, 지극히 정중한 태도에서 지극히 무례한 태도로 바
꾸었다.「선생은 돌대가리요. 길 한가운데 있는 바위를 깨려고 피아
노를 끌고 가는 포르투갈 사람들과 똑같아요. 생각해 봐요, 은행 통장
에 든 도나 플로르의 돈이 무슨 필요가 있습니까? 그녀는 자기 집을
원하는데, 고매하신 신사 양반은 염병할 자기 자존심만 생각하고 있
어요. 네, 〈염병할〉이라고 했습니다. 이런 기회를 그냥 놓치다니요.
당신, 결혼하지 않았어요? 공동 재산이란 게 그런 거 아닌가요?」

약사는 〈멍청이〉, 〈돌대가리〉, 〈염병할〉이란 말에 반박하지 않고 참
았다. 그 포르투갈인을 잘 알고 있었을뿐더러 많은 은혜를 입었기 때
문이다.「아내한테 뭐라고 말하면 좋을지 모르겠습니다.」

「방법을 모르겠다고요? 그럼 잠자리에 들 때 말해요. 아내와 상의할 일이 있을 때는 그게 최고요. 난 마누라와 이런 일을 의논할 때는 꼭 침대에서만 합니다. 그러면 항상 얘기가 잘 풀려요. 내 말대로 해요. 스물네 시간 여유를 주겠소. 내일 이 시간까지 나타나지 않으면 최고액을 제시한 입찰자에게 그 집을 팔라고 할 겁니다. 그럼 일이 있어서 이만 실례합니다.」

아직 밤이 되지 않았으므로 침대가 아닌 식탁에서 코코넛 밀크에 적신 하얀 타피오카 쿠키를 앞에 두고, 닥터 테오도루는 그 은행가와의 대화를 욕설과 〈멍청이〉 부분만 빼고 도나 플로르에게 되풀이해 주었다.

「만약 내가 결정한다면, 저축 은행의 당신 돈에 손대지 않도록 할 거요.」

「내가 그 돈으로 뭘 하겠어요?」

「그건 당신의 개인적인 일에 쓸 돈이오.」

「돈 쓸 일이 어디 있다고 그러세요, 테오도루? 당신이 언제 내가 돈 쓸 기회를 줬나요? 엄마 용돈까지 내 돈으로 드리지 못하게 했잖아요. 당신은 모든 돈을 혼자 내면서 내가 거절하면 화까지 냈어요. 그동안 나는 은행에 돈을 맡겼고, 딱 두 번, 굳이 말하자면 당신에게 선물하려고 두 번 빼서 썼어요. 우리한테 아무 소용도 없는 돈인데, 왜 쓰면 안 되는 거죠? 내가 죽을 때 장례 비용이 아니라면…….」

「말도 안 되는 소리 말아요. 그건 남편으로서 내 의무이기도 해요…….」

「그리고 우리 집을 사는 데 내가 보탬이 될 권리도 없나요? 당신은 나를 내조자로 여기지 않는 거 아니에요? 난 그냥 청소 잘하고, 당신 옷 챙겨 주고, 밥이나 해주고 같이 잠자는 사람밖에 안 되나요?」 도나 플로르는 흥분해 있었다. 「그냥 하녀에 매춘부예요?」

예상 밖의 폭발 앞에서, 닥터 테오도루는 가슴이 쿵쾅거려 할 말을 잃었고, 쿠키를 찍은 그의 포크는 가만히 정지해 버렸다. 도나 플로르는 목소리를 낮추고 애처롭게 나왔다. 「더 이상 날 사랑하지 않고 날 무시하는 게 아니라면, 우리 집을 사는 데 내 도움을 마다할 것까진 없잖아요…….」

　결혼해서 1년 넘게 살아온 시간 동안, 닥터 테오도루가 그날 저녁 때만큼 감동했던 적은 없었을 것이다. 가끔 소심하게 표출되곤 했던 갑작스러운 충동이 밀려왔다. 「플로르, 내가 당신을 사랑하고 당신은 내 인생의 전부라는 걸 잘 알잖소. 왜 그걸 의심해요? 말도 안 되는 소리 말아요!」

　그녀는 아직도 흥분이 가시지 않았다. 「내가 당신 아내가 아니라 첩이냐고요. 좋아요, 내일 당신이 은행에 안 가면, 내가 은행에 가서 셀레스치누 씨와 문제를 해결하겠어요.」

　닥터 테오도루가 일어서서 그녀에게 다가가더니 뜨겁게 포옹했다. 도나 플로르도 감동해서 약사의 넓은 가슴으로 파고들었다. 그들은 소파에 앉았다. 도나 플로르는 남편 무릎에 앉아, 거의 감각적인 애정으로 빰을 맞댔다.

　「당신은 세상에서 가장 바르고, 가장 충직하고 가장 예쁜 아내요!」

　「가장 예쁜 건 아니에요, 테오도루.」

　그녀는 행복에 겨워 글썽이는 눈으로 남편 눈을 들여다보았다.

　「가장 예쁘진 않아도 가장 충직하지요. 그건 장담할 수 있어요. 앞으로도, 지금도.」

　그녀는 이렇게 말하면서 남편 입술을 찾았고, 사랑의 키스로, 자기 입술로 그 입술을 덮었다. 착한 남편, 그녀에게서 애정과 육체의 쾌락을 누릴 권리가 있는 단 한 사람.

　밤이 방 안을 가득 채웠을 때, 어둠 속에서 바지뉴가 이 장면을 지켜보았다. 그는 거북한 듯 머리를 쓰다듬었다. 이어서 등을 돌려 거리로 나갔다, 뿌루퉁해서.

6

　도나 플로르와 닥터 테오도루의 그 대화가 있은 후, 여느 때보다 빠르고 혼란스럽게, 탄력 받은 리듬을 타고 많은 사건이 일어났다.

그 도시에서 벌어진 일들은 누구보다 신비와 마술에 익숙했던 존재들까지도 경악하게 할 만한 것이었다(그들은 실제로 경악했다). 자신의 실제 거주지인 동방에서 아침마다 포르타스 두 카르무로 와서 〈작용 중인 심령 과학의 체계를 활용하는 유일한 사람〉으로서 천리안을 가진 아스파지아나, 저승 사람들과의 친분으로 유명한 영매 조제치 마르쿠스(〈공중 부양과 심령체의 천재〉), 칼라파치 골목에 기적의 성소를 두고 있는 카르발류의 성 미카엘 대천사, 〈목성 대학교 졸업장〉을 갖고 있으며 수수께끼의 15번가에서 자기(磁氣) 통행증을 가지고 모든 병을 고쳐 주는 닥터 나이르 사카, 티베트 승려의 비전을 전수받고 살아 있는 붓다와 영적인 성 관계를 가진 결과 영원히 임신한 후, 스스로 〈미래의 궁극적 계시〉가 되어 탁월한 통찰력으로 〈단시간에 부유한 결혼을 예언하고 보장하며 행운의 복권 숫자를 알아맞히는〉 미란치 두스 아플리투스의 마담 데보라까지 놀라기는 마찬가지였다. 이 무렵 약간 망령기가 든 바그다드의 왕자, 테오바우두는 말할 것도 없었다.

그리고 이런 쟁쟁한 사람들만 경악한 것이 아니었다. 그 놀라운 일들은 바이아의 소수 신앙과 밀접한 관계에 있던 사람들, 그 신앙을 만들고 보존하며 오랜 세월 지켜 온 사람에게도 영향을 주었다. 남녀 사제들, 신전 성직자들, 관리인들이 그들이었다. 심지어는 아세 두 오푸 아폰자 칸돔블레 사당의 권좌에 앉아 있는 성모나, 아세 이아마시 사당에 자신의 영역을 가진 메니니냐 두 간토이스도, 또는 유서 깊은 아세 이아 나수 사당에 있는 하얀 집의 마시 아주머니도 303세라는 나이에도 불구하고, 혹은 알라케투의 자기 사당에서 안상을 모시고 보란 듯이 뽐내며 춤추는 올가, 혹은 네지뉴 지 에와, 심플리카 지 오슈마레, 죽은 사제 프로코피우 두 일리 오군자를 모시는 시냐 지 오쇼시, 혹은 주앙지뉴 두 카보클루 페드라 프레타, 이밀리아누 두 보궁, 마리에타 지 템푸, 아우데이아 지 주미누 헤안자호 강가지티에 사는 혼혈 인디언인 네이비 브랑쿠, 또는 루이스 다 무리오카까지, 누구 하나 그 상황을 통제하거나 속 시원하게 설명하지 못했다.

그들은 마쿰바 제의가 있던 밤이면 갈림길에서, 사원 마당에서, 넓은 하늘에서, 신들 사이에 전쟁이 벌어진 것을 보았다. 그 전쟁은 곳곳에서 유례없던 마술, 마법, 치명적인 주문, 주술 등의 형태로 일어났다. 신들은 분노해서 모두 단결했고 각자의 특성이나 자질에 맞게 완전 무장을 했다. 에슈는 그들과 맞서서, 그 죽은 자의 반항적인 영혼을, 누구 하나 붉은 천이나 닭, 양, 염소의 피를, 하다못해 뿔닭 암컷의 피도 바치지 않는 영혼을 홀로 보호하고 있었다. 에슈는 시들지 않는 열정의 금실로 짠 욕망의 의상을 입고서, 오직 도나 플로르의 웃음과 꿀만을 제물로 요구했다.

심지어 얀상(에파 에이![6])마저도 잡귀를 겁주어 쫓아 버리고 죽은 자들의 영혼에 두려움 없이 맞서며, 죽은 지 얼마 되지 않은 영혼을 호령하며, 목소리로 과일을 익게 하고 적군을 멸망시킨다는 여전사 얀상마저도, 그 권위와 용맹을 떨칠 수 없었다. 그 에슈 신도가 그녀에게서 언월도와 말 꼬리 상징을 훔쳐 갔던 것이다. 모든 것이 거꾸로 되고 뒤집어졌으며, 전부 거꾸로 가고 있었다. 상상해 보라, 밤중의 정오를, 여명의 태양을.

남녀 사제들이 제사를 올리다 녹초가 되어서 더 이상 개입하고 싶지 않을 때도 있었다. 전투의 불길 속에서 결단력을 모아야 했건만 그들은 주술에 걸려 있었다. 다만 주술사 지지만이, 사실 그는 아조바지 오몰루,[7] 이파의 마법사, 오사인의 성소 관리인이었던 까닭에, 그리고 무엇보다 아모레이라에 있는 죽은 자들의 사당에서 코리코에 울루코툼이란 직책에 있었던 까닭에, 사랑에 의해 잠에서 깨어난 그 영혼을 밀짚 부적으로 다시 한 번 덮어 보려고 애썼다. 그는 지오니지아 지 오쇼시의 부탁으로 그것을 하기는 했지만, 앞으로 확인되다시피 효과는 없었다.

카르도주 에 사까지 경악했다고는 말하지 않기로 하자. 그는 경악할 사람이 아니었으며 공포나 충격에 빠질 존재가 아니었다. 그러나

6 *epa hei.* 오샬라 신에게 바치는 인사.
7 Omolu. 죽음의 신 — 옮긴이주.

510

한순간 화들짝 놀랐으며 그 사실을 숨길 도리가 없었다. 그저 거장 카르도주 에 사가 놀랐다는 한마디면 모든 것이 대변되고, 그 도시에 특별한 차원이, 부조리한 분위기가 주어지는 것이다. 바로 그 시기였다, 머리가 명석해져 세상에 분노하게 된 사람들이 외국의 독점 전력 회사 본부를 공격하고 광산과 유전의 국유화를 요구했으며, 경찰서로 행군하고 프랑스어도 모르면서 「라 마르세예즈」를 불렀던 것은. 이 모든 것이 그 사건과 함께 시작되었다.

도나 플로르는 곧바로 상황을 파악하지는 못했다. 그러나 칼라브리아인의 피가 흐르는 펠란키 모울라스는 그 김새를 알아차렸고, 곧이어 불길한 그날 밤 벌어진 사건들의 의미와 방향에 대한 단서를 포착했다. 불과 며칠 만에 펠란키는 확신에 이르렀다. 겁에 질린 그는 ― 그는 두려움이나 감정이 없는 남자, 칼라브리아의 도적, 시카고 갱단을 흉내 낸 아류 갱이자 한도를 모르는 도박꾼이었음에도 공포에 질렸다 ― 전적으로 신임하는 운전사 아우렐리우를 콩고의 여사제, 오타비아 키시크비 수녀의 칸돔블레 사당에 보냈고, 그사이에 자신은 이 끔찍한 긴급 상황에서 자신의 제국과 주권을 지켜 줄 유일한 사람인 신비주의 철학자이자 천문학자 카르도주 에 사를 찾아 나섰다.

여기서 제국과 주권이란 말은 과장이 아니다. 펠란키 모울라스는 바이아에서 가장 막강한 트러스트의 지배자, 도박과 마권업의 제왕으로서 팰리스, 타바리스, 아바이샤지뉴 등 크고 작은 시설에서 룰렛 게임장과 프랑스 산토끼, 바카라, 라스키네[8]를 합법적으로 운영하고 있었고, 그곳에서 그의 수하 지배인들은 주사위와 카드, 크루피에와 구경꾼들을 감시하면서 날마다 론다, 21 게임, 블랙잭에서 거둬들인 돈을 그에게 갖다 바쳤다. 그의 통제가 미치지 않는 도박장은 극히 드물었는데, 3인의 대공 하우스, 메넌지치, 파라나구아 벤투라의 소굴 같은 한두 곳이 고작이었다. 탐욕스러운 그의 갈고리 발톱은(그의 손발톱은 전속 매니큐어리스트가 매니큐어를 발라 주었는데, 그 젊은

---

8 *lasquiné*. 21 게임과 비슷하지만 31점에 가장 가까운 사람이 승자가 되는 것이 다르다.

물라타의 아버지는 늙은 바헤이루스, 우리가 아는 변호사 치부르시
우의 아버지였다. 그 남자는 저마다 더욱 아름답고 매력적인 여자들
로부터 서른일곱 명의 물라타를 낳았다) 다른 모든 이의 머리 위까지
뻗쳐 있었다.

그 수많은 유흥가의 엄청난 불법(그렇게 보이는) 왕국은 어떻게 된
것일까? 펠란키는 유일하게 경찰의 비호를 받는 물주였다. 혹시라도
덜떨어진 어느 바보가 경쟁할라치면, 열성적인 당국은 그 눈치 없는
훼방꾼에게 가혹한 법의 잣대를 적용했다. 악법도 법이다.

바이아 주를 통틀어 민간인이건 군인이건, 주교건 마쿰바 사제건
그만큼 큰 권력을 쥔 자는 없었다. 펠란키 모울라스는 명령하는 자였
고 명령을 취소하는 자였다.

가장 복잡하고 부유한 제국의 행정관, 도박 제국의 총독, 그리고 하
수인, 의식 집전자, 크루피에, 마권업자, 물주, 뚜쟁이, 첩보원, 비밀
경찰 요원, 경호원 군단의 수장으로서 그는 수천 명의 충직한 추종자,
열성적인 노예를 둔 분파의 교황이었다. 그는 정부의 주요 인사들, 지
식인들, 그리고 경찰 총감으로 시작되는 여러 치안 관계자에게 뇌물
공세를 펴며 그들을 부자로 만들어 주었고, 자선 활동의 기부자였으
며 교회 건축에도 성금을 내놓았다.

그에 비하면 주지사, 장관, 육해공군 사령관, 관을 쓰고 반지를 낀
대주교는 어떤가? 지상의 어떤 권력자도 펠란키 모울라스를 주눅 들
게 할 수는 없었다. 백발에 온화한 미소를 띠고, 냉혹하고 잔인하기까
지 한 눈빛에 상아 담뱃대로 끊임없이 시가를 피워 대며, 게임은 물론
물라타와 시를 사랑하고 베르길리우스와 단테를 읽는 그를.

7

흑인 아리고프는 암담했다. 아무리 재수가 없기로서니 이럴 수는
없었다. 불행은 거의 한 달 동안 그를 따라다녔다. 홀몸으로 사는 셋

집 계단을 달려 내려가다가 액이 낀 꾸러미 위에 넘어졌을 때부터였다. 그의 인생을 망칠 작정이었는지 고약한 주술품이 거기 놓여 있었던 것이다. 종이가 찢어져 꾸러미가 터지면서 노란 카사바 가루와 암탉의 검은 깃털들, 부적으로 쓰인 허브, 구리 동전 두 개, 아직 새것인 그의 손뜨개 넥타이 조각들이 사방에 흩어졌다. 그 넥타이가 확실한 단서였다. 그것은 자이라의 복수였다. 그 못된 계집은 화가 나면 복수하지 않고 그냥 넘어가는 법이 없었다.

어느 날 밤 아리고프는 평소의 침착함과 귀족풍의 우아함을 잃고서, 그 여자한테 예절을 가르쳐 두 번 다시 그의 인내심을 시험하는 일이 없도록, 타바리스에서 모두가 보는 가운데 그녀의 따귀를 두 번 때린 적이 있었다. 자이라는 혈통이 무수루밍[9]이었으나 부두교를 믿고 기니 제의를 따랐으며 잉키세[10]의 힘을 지니고 있었다.

그건 가장 막강한 주술, 지독한 액운이 분명했다. 자이라를 위해 그런 막강한 마술을 써줄 사람이 누가 있을까? 틀림없이 필요한 것을 아는 사람, 허브에 정통하고 사악한 힘이 있는 사람일 것이다. 여러 액막이를 써보았지만 조금이라도 효과가 있는 건 없었다. 그 주술은 그 흑인의 행운을 바닥까지 끌어내렸고, 그는 이 도박장 저 도박장을 거지처럼 전전하면서 가는 곳마다 잃고 있었다. 좋은 물건들은 모두 전당 잡혔다. 은반지, 기니산 호부와 작은 상아가 달린 금줄, 금발의 선원에게서 산 시계, 아마 백만장자 전용실에서 훔쳐 온 시계가 분명했다. 얼마나 예쁘고 특이한 시계였는지, 보석이라면 모르는 게 없는 세치의 그 스페인인은 그걸 보더니 휘파람을 불며, 5백 미우헤이스 이상 줄 테니 팔라고 제안했었다.

악귀 들린 그 크레올, 주술 속에서 태어난 그 여자가 그의 행운을 바닥내 버렸다. 깊은 상심에 잠긴 아리고프는 그 손뜨개 넥타이의 나머지 부분은 어디 있는지 생각해 보았다. 틀림없이 그의 신분증에서 빼낸 작은 사진, 그 흑인이 금니를 드러내며 미소 짓는 사진과 함께

9 *Muçurumim.* 말리계 사람.
10 *inkice.* 오리샤를 뜻하는 반투어 — 옮긴이주.

어느 인디언이나 잉키세의 밭에 묶여 있을 것이다. 아리고프는 사랑의 정표로 그 고약한 마녀한테 자기 사진을 주었었다. 지금 그 사진은 얼굴에 핀이 가득 박힌 채 제단에 놓여 아침마다 그의 행운의 별을 하루빨리, 그리고 영원히 몰아내기 위한 주문을 받는 것이 뻔했다.

그는 저주를 풀기 위해 허브 목욕을 하고 오군의 주현절 기도를 올렸었다. 여사제는 세 번이나 나뭇잎 다발을 새로 가져와야 했다. 나뭇잎이 그의 몸에 닿자마자 시들어 버릴 만큼, 아리고프에게 걸린 주술의 위력은 막강했던 것이다.

암담한 불운이 계속되는 동안, 그 흑인은 머릿속으로 인생의 부침을 생각하면서 칠레 거리를 걸어갔다. 식당에서 나온 그는 당장의 목적지를 테레자의 집으로 정했다. 그 운명의 오후, 마지막 돈을 날린 제제 지 메닌지치의 소굴에서 만난 바우도미루 링스는 그에게 저녁 식사를 사주었다. 아리고프는 분해서 아침, 점심, 저녁을 한꺼번에 해치웠다.

「아리고프, 그러다가 체하겠네. 무슨 문제라도 있나?」 채워지지 않는 그 식욕을 보고 바우도미루가 물었다.

그 흑인은 몹시 비관해서 대답했다. 「앞으로 다시 먹을 기회가 없을지도 몰라.」

「병에 걸렸나?」

「불운 때문이라네. 누가 나한테 어떤 주술을 걸었어. 카보클루의 주술이 아니면 앙골라 신의 주술일 거야. 그 못 믿을 짐승들은 검은 마술을 쓰거든. 그래서 난 완전히 파산했지.」

그는 자신이 어쩌다 불운에 빠졌는지 설명했다. 빗나가는 법이 없었던 직감은 통하지 않았다. 하나도 맞지 않았다. 주사위건 카드건 룰렛 휠이건 줄곧 잃었다. 다른 도박꾼들은 그의 마법이 전염되기라도 할까 봐 그를 흘겨보기 시작했다.

그는 수단 좋은 젊은 친구, 유쾌한 동지 바우도미루 링스가 혹시나 그날 밤 놀 수 있는 약간의 돈을 빌려 주어 이 궁지에서 구해 주진 않을까 기대하면서 시시콜콜 이야기를 늘어놓았다. 그러나 계획은 빗나갔다. 이 친구는 돈 대신 충고를 해주었다. 그 주술을 눌러 버릴 방법은 단 하나, 당분간 도박을 포기하는 것이다. 그동안 미치지만 않는 다면 불운의 물결이 가라앉고 주술의 힘이 다할 때가 올 것이다. 지금 처럼 계속하다가는 결국 바지까지 저당 잡히는 신세가 될 것이다. 바우도미루 링스는 운과 기회를 따져 봐야 한다는 걸 알고 있었다. 그는 언젠가 카드, 주사위, 룰렛 테이블을 아예 쳐다보지도 않고 석 달을 지낸 적도 있었다.

칠레 거리를 걸으면서, 아리고프는 친구의 말이 옳다고 생각했다. 괜한 고집이야말로 지독히 어리석은 일, 정신 나간 사람의 집착이었 다. 차라리 테레자 다 제오그라피아, 이 힘센 흑인 남자에 환장하고 그가 자이라를 때린 사실에 열광하는 그 백인 여자나 만나는 게 더 나 을 것이다. 테레자의 집에서 그녀와 나란히 침대에 누워 레몬을 넣은 럼주를 홀짝거리다 보면, 그동안의 손실을 모두 잊고 도박 테이블에 서의 불운을 피해 쉴 수 있을 것이다. 그래, 이번에는 흑인 아리고프 가 졌다. 그에게 남은 것은 수치스러운 후퇴뿐이었다. 바우도미루 링 스가 옳았다. 그 노련한 남자가 좋은 충고를 해주었다. 흑인 연인 아 리고프는 테레자를 만나러 갈 결심이 서 있기는 했지만 그래도 왠지 찜찜했다. 상황이 아무리 절박하고 시작하기도 전에 패했다고 해도, 선무에서 달아나는 것은 그의 방식이 아니었다. 그는 또 다른 바우도 미루, 그가 본보기로 삼았던 잊지 못할 친구를 떠올렸다. 바지뉴, 불 행하게 죽었지만 능력 있고 과감했으며 도박에, 아니 거의 모든 것에 따를 자가 없었던 사나이. 살아 있다면 그를 도와줄 친구였다.

몇 해 전 어느 날 밤, 몇 주간의 지독한 불운 끝에 빈털터리가 되어 돈 나올 구석도 없었던 아리고프는 타바리스에 들렀다가, 거기서 마 음도 칩도 넉넉해서 큰돈을 걸고 있던 바지뉴를 만났다. 흑인은 그 승 리의 사나이에게서 칩 하나를 얻었다. 그리고 몇 분 후 96콘투를 땄 다. 그때까지 누구도 얻는 적이 없는 횡재였다. 꿈같은 밤이었다. 아 리고프는 한꺼번에 정장 여섯 벌을 주문하고는 양복장이의 얼굴에 지폐 5백 미우헤이스를 던져 주었다. 카를라의 유곽에서 잊지 못할 주연이 벌어지고, 모든 술값과 지출을 그가 계산했던 환상적인 그 밤 은, 바이아 도박 연감에 전설적인 밤으로 기록되었다.

이 무슨 우습지도 않은 일인가. 바지뉴의 그 뽐내는 모습을 떠올리자마자 그 뻔뻔스러운 목소리가 뚜렷이 들리는 것 같았다. 「아니, 겁쟁이 깜둥이 친구, 자네 배짱은 다 어디 간 거야? 그 백인 계집 궁둥이에 묶어 두었나? 행운을 좇지 않는 자는 그걸 얻을 자격이 없는 법. 그건 자네도 잘 알잖나. 그래, 언제부터 바우도미루 링스의 제자가 되었어? 그자가 도박에 걸음마를 할 때 자네는 이미 교수가 아니었나?」

아리고프는 칠레 거리 중간에서 멍하니 멈춰 섰다. 바지뉴의 목소리는 너무도 생생하고 또렷했다. 바다에서 떠오르는 달빛이 도시를 금색, 은색으로 비추기 시작했다.

「백인 계집의 몸뚱이는 나중을 위해 남겨 놓으라고, 겁쟁이 깜둥이 친구. 아니, 주술을 두려워하다니! 자네는 상고의 아들이 아닌가? 그 주술을 작살내 버릴 때까지 그 백인 계집은 아껴 둬야지! 오늘 밤은 길이 기억될 자네의 밤이야.」

바지뉴는 무모한 직감을 갖고 있었고, 잃건 따건 똑같이 교활하고 뻔뻔스러운 미소를 짓는 것이 늘 반죽이 좋았다. 누가 알랴, 저 달 뒤에서 바지뉴가 그에게 내려진 저주를 보고, 금줄과 은반지, 세치의 스페인인이 탐내던 시계까지 전당 잡히게 만든 주문이 걸린 그를 보고 있을지.

「흑인 친구, 자네 기개는 어디로 갔나? 삼세판을 외치던 흑인 아리고프는 어떻게 됐냐고?」

신중하고 빈틈없는 도박꾼 바우도미루 링스는 그에게 운에 맞서지 말고 기다리라고, 너무도 하얗고 교양 있는 여자 친구의 침대에 숨어 있으라고 충고했었다. 테레자는 중국의 강 이름과 안데스의 화산 이름, 봉우리 이름들을 외곤 했다. 그녀는 아리고프의 거대한 알몸을 볼 때면 에베레스트 산과 지축을 동시에 들먹이곤 했다. 외설스러운 테레자. 이처럼 지독한 불운이 따르는 때에 그를 기다리는 테레자가 있는데, 그날 밤 도박장으로 가는 것은 미친 짓이었다.

「가자고! 갈팡질팡 깜둥이 친구, 내가 행운을 보장하지.」 바지뉴의 목소리가 귓가에 들렸다.

아리고프는 주변을 둘러보았다. 바지뉴의 숨결까지 느껴졌기 때문이다. 마치 죽은 그 친구가 그의 손을 잡고 근처에 있는 아바이샤지뉴의 계단으로 끌고 가는 것 같았다.

테레자는 초콜릿을 먹으면서, 캐나다의 호수들과 아마존의 지류들에 둘러싸여서 그를 기다리고 있을 터였다. 그러나 아리고프는 주머니에 동전 한 닢 없이, 아바이샤지뉴에 들어가 라스키네 테이블로 향했다.

크루피에인 안토니우 데지뉴가 새 게임을 시작하기 위해 여섯 벌의 카드 상자를 열고 있었다. 테이블 주변의 얼굴들은 잃은 사람의 표정을 하고 있었다. 열띤 얼굴은 없었다. 행운은 모두 그 도박장 편이었다. 아리고프가 아는 친구들 중 누구도 칩 하나, 동전 한 푼 만지지 못하고 있었다. 안토니우 데지뉴는 판돈이 1백 콘투라고 선언하고는 두 장의 카드를 돌렸다. 퀸과 킹이었다.

「퀸이야.」 아리고프는 바지뉴의 명령을 들었다.

그러나 그에게 5미우헤이스라도 빌려 주려는 사람은 없었다. 한 남자, 흰색 정장이 아주 잘 어울리게 차려입은 한 남자가 손에 칩을 들고 있었다. 단골인 듯한 분위기였지만 낯선 사람이었다. 아마 내륙 사람이었을지 모른다. 아리고프는 테레자가 선물한 넥타이핀, 하트에 꽂힌 열쇠 모양의 화려한 넥타이핀을 뺐다. 그러나 금은 도금이었고 다이아몬드는 유리였다. 세치의 스페인인은 코웃음을 치면서 그 물건을 받지 않았다.

아리고프는 핀을 보여 주면서 흰색 정장의 그 남자에게 다가갔다. 「선생, 얼마짜리라도 좋으니 이 보석을 담보로 칩 하나만 빌려 주시오. 나중에 갚겠습니다. 제 이름은 아리고프, 여기 있는 모든 사람이 저를 압니다.」

그 점잖은 신사는 1백 미우헤이스짜리 칩을 건네주었다. 「핀은 그냥 두시지요. 따시면 그때 갚으세요. 행운을 빕니다.」

아리고프는 칩을 퀸에 걸고 기다렸다. 그 혼자였는데, 테이블 주변 사람들은 돈을 잃을까 봐 누구도 걸지 않았기 때문이다. 그들은 완전히 의욕을 잃고 있었다. 그 흰색 정장의 사내조차 참견하기만 했지 참여하지는 않았다. 안토니우 데지뉴가 첫 번째 카드를 뒤집자 퀸이 나왔다. 아리고프는 칩들을 가져갔다. 데지뉴가 다른 카드를 놓았는데 이것 역시 퀸과 킹이었다. 아리고프는 이번에도 수중의 돈을 퀸에 걸었다.

안토니우 데지뉴는 카드 묶음에서 한 장을 꺼냈다. 무슨 우연의 일치인가! 또 퀸이었다. 새로운 카드에서도 그 우연의 일치는 계속되었다. 심상치 않은 일이었다. 세 번째로 퀸과 킹이 테이블에 놓였다. 아리고프는 다시 퀸에 걸었고, 이번엔 그를 따라서 흰색 정장의 사내가 돈을 걸었다. 이제 구경꾼들이 다가왔다. 안토니우 데지뉴는 새 카드에서 또 한 장을 뽑았다. 믿어지지 않겠지만 세 번째에도 첫 번째 카드는 퀸이었다. 다이아몬드, 우연히도 테레자를 생각나게 하는 카드였다. 「세상에.」 한 매춘부가 떨리는 목소리로 말했다.

퀸이 세 번 나왔을 뿐 아니라, 항상 첫 번째 카드였고, 그 테이블에서 세 번 연속 똑같은 카드, 퀸과 킹이 나왔기 때문에 떨릴 만도 했다.

세 번에서 그치지 않았다. 그 테이블에서 퀸과 킹이 나온 것은 열두 번, 아리고프의 콜에 열두 번 퀸이 나왔으며 항상 뒤집을 때마다 첫 번째 카드였다. 흰색 정장의 사내와 함께 몇몇 구경꾼도, 매번 최대 베팅액인 3콘투를 거는 아리고프의 예감을 따랐다.

안토니우 데지뉴는 얼굴이 창백해지고 목까지 차오르는 두려움을 느끼며 새 카드를 준비했다. 이제는 객장 감독인 룰루가 데지뉴 옆에 서서 그가 카드를 섞는 모습을 날카롭게 지켜보고 있었다. 테이블 주변의 구경꾼은 늘어났다. 바카라 테이블과 룰렛 테이블에서도 사람들이 몰려왔다.

안토니우 데지뉴는 사람들이 보는 앞에서 카드를 펼치고 두 장의 카드를 뽑았다. 얼굴은 더욱 새하얘지고 손은 떨렸다. 퀸과 킹이 나왔던 것이다. 아리고프는 미소를 지었다. 그는 운을 바꾸었다. 간신히, 바지뉴에 대한 기억으로 주술을 깨뜨린 것이다. 만약에 저승이 있다면, 어떤 전문가들이 말하는 것처럼 망인들이 시공을 돌아다니는 세계가 있다면, 아마도 바다와 그 도박장 위로 금가루, 은가루를 뿌리는 저 높은 달 위에서 바지뉴가 그를 지켜보고 있을 것이다. 의심 없이 자랑스럽게, 그의 친구 아리고프로서 용감하게, 진짜 사나이인 그 흑인은 그동안의 저주와 주문을 무력화하고 있었다.

그런데 확실히 바지뉴는 바로 그 방 안, 아리고프 옆에 줄곧 서 있는 게 분명했다. 왜냐하면 그 흑인이 심오한 계산을 마친 후 카드를 바꾸어 킹에 걸기로 했을 때(다시 퀸이 나오는 건 불가능한, 도저히 불가능한 일이었다), 그 친구가 화난 목소리로 거칠게 명령하는 소리를 들었기 때문이다. 「퀸에 걸어, 이 망할 깜둥이 녀석아.」

그리고 아리고프의 손은 의지와 무관하게, 마치 더 큰 힘에 복종하는 듯 그의 칩을 퀸에 놓았다.

안토니우 데지뉴는 눈을 크게 뜨고 이를 갈면서 첫 번째 카드를 뒤집었다. 퀸이었다. 동요와 탄성, 긴장한 웃음들이 터져 나왔고, 점점 더 많은 사람이 그 불가사의한 사건을 보기 위해 모여들었다.

지우베르투 카쇼항, 파수견의 의심 많은 눈빛을 한 그 도박장 지배인은 그 사기 술책의 정체를 밝히려고 룰루 옆에 자리 잡았다(그게 엄청난 사기가 아니라면 뭐겠는가?). 바로 그의 코앞에서 믿을 수 없는 똑같은 일이 여러 번 벌어졌고, 몇백 콘투의 뭉칫돈이 날아갔다. 방탕한 여자가 약 올리듯, 퀸은 항상 첫 번째 카드였다. 이건 무슨 사기인가, 카쇼항? 뻔뻔한 술책인가, 교묘한 술책인가?

안토니우 데지뉴는 좌절한 얼굴로 지배인을 쳐다보며 그의 명령을 기다렸지만 카쇼항은 의심의 눈길만 보낼 뿐 아무 말이 없었다. 크루피에는 새 카드를 천천히, 지극히 잘 보이게 꺼내고는 목멘 소리로 말했다. 「판돈은 1백 콘투입니다.」

그는 두 장의 카드를 펼쳤다. 퀸과 킹이었다. 순간 정적이 흘렀고, 이어서 모두가 퀸에 걸려고 달려들었다. 거리에서, 이 기막힌 소식이 벌써 전해진 타바리스에서 사람들이 몰려왔다. 새 뭉칫돈도 오래가지 못했다.

지우베르투 카쇼항의 지시에 따라, 룰루는 서둘러 전화기로 달려갔다. 항상 퀸이 처음에 나오는 불가능한 일이 그 도박장에서는 이제 기정사실이 되었다. 흰색 정장을 입은 남자가 말했다. 「나는 발작이 일어나기 전에 떠나렵니다. 심장이 못 견딜 것 같군요. 일레우스와 이타부나, 피란지와 아구아프레타에서 10년 넘게 도박을 해오면서 별

별 속임수와 사기를 봤지만 이런 적은 없었어요. 두 눈으로 보면서도 믿지 못할 일이 또 있네요.」

아리고프는 그에게서 빌린 칩을 갚고 테레자의 집에서 같이 식사하자고 초대하려 했지만 그 남자가 거절했다. 「신이 절 굽어보고 계십니다. 전 마술을 두려워하는데 이건 아무래도 마술이 아닌가 싶어요. 칩은 놔두세요. 저 사람들이 불을 끄거나 파산을 선고하기 전에 제 칩이나 환전하렵니다.」

룰루가 돌아왔고 오래지 않아 그와 카쇼항 옆으로 나이 지긋하고 신중한 크레올이 다가섰다. 아주 차분한 성품의 안경 쓴 마시무 살리스 교수, 펠란키 모울라스가 가장 신임하는 오른팔이었다.

그 거물은 룰루의 전화를 받았을 때 그 황당한 이야기를 믿지 않았다. 틀림없이 룰루가 다시 술을 입에 대기 시작해서 근무 시간에 술을 마셨거니 했다. 그건 용서할 수 없는 일이었다. 펠란키는 반백의 머리를 주우미라 시몽이스 파군지스의 따뜻한 가슴에 다정하게 기댄 채, 마시무 살리스에게 그 말도 안 되는 소식을 제대로 알아보도록 했다. 그 모든 소동은 룰루가 마신 술 때문임이 분명했다.

「교수, 만약에 룰루가 취했다면 주저하지 말고 그 자리에서 해고해. 그리고 자초지종을 전화로 알려 주게.」

펠란키의 충복은 1백 콘투가 아리고프의 손으로 들어가는 순간 거의 곧바로 사태가 어떻게 된 건지, 그리고 룰루가 맨정신이라는 것까지 파악했다.

안토니우 데지뉴는 창백한 이마의 땀을 훔치면서 자신을 지켜보는 세 남자를 쳐다보았다. 그에겐 자식이 셋 있었고 다른 기술은 배운 것이 없었다. 오, 주여! 세 사람은 그를 위아래로 훑어보았고 마시무 살리스 교수는 낮게 속삭였다. 「계속하게.」 파란 셔츠에 테 없는 안경, 루비 반지를 낀 마시무 살리스는 존경받는 교수다운 하얀 백발이, 많은 밤을 연구와 과학 실험으로 보낸 느낌을 주었다. 각듯하게 격식을 차리고 위엄이 있어서 펠란키를 비롯해 모두가 그를 교수라고 불렀지만 사실 그의 전공은 밀수, 칩, 카드였다. 그 분야에서 그는 정말 탁월했으며 이론의 여지 없는 능력과 지식을 갖춘 천사적 박사*doctor* *angelicus*였다.

운명의 노리개가 된 안토니우 데지뉴는 또 다른 카드를 꺼냈으나 이전과 똑같이, 악몽 같은 일이 벌어졌다. 『생각 연감』을 비롯해 여러 비교 자료에 파묻혀 지내는 매춘부 아메지나가 말했다시피(이 예쁜 이름은 그녀의 아버지 이름인 아메리쿠의 〈아메〉와 어머니 이름 호지나의 〈지나〉를 합친 것이다), 이것은 〈오랫동안 기다렸던 세계 종말의 징후〉였다. 마시무 살리스는 카쇼항과 룰루에게 몇 가지 질문을 했다(그들의 순수함을 믿고서). 이어서 여자들의 물결 속을 헤치고 전화기로 걸어갔다.

그렇게 해서 펠란키 모울라스가 주우미라를 거느리고 그 방에 나타났던 것이다. 사람들이 양옆으로 물러서며 길을 터주었고, 따라서 그는 자신의 돈이 사라지는 광경을 단번에 목격하게 되었다. 1백 콘투나 되는 판돈이 눈앞에서 날아갔다.

펠란키 모울라스는 제왕의 몸짓으로 안토니우 데지뉴를 밀치고 모두의 앞에서 서랍 속을 들여다보았다. 마지막 카드 상자의 아래쪽에 킹 열두 장이 쌓여 있었다. 세 명의 부하 — 박사 같은 분위기의 마시무와 파수견 지우베르투, 객장 지배인 룰루 — 는 서로가 아는 눈짓을 교환했다. 안토니우 데지뉴는 자신의 결백에도 불구하고 끝이라는 걸 알았다. 냉혹한 눈빛, 잔인하도록 차가운 파란 눈의 펠란키 모울라스는 먼저 그 크루피에와 세 명의 부하를 쳐다보았고, 이어서 거기 모인 군중, 긴장한 얼굴로 최대한도만큼 돈을 거는 탐욕스러운 도박꾼들을 쳐다보았다. 그 모든 사람의 맨 꼭대기에 흑인 아리고프가, 교양 있는 지리학도에 흑인을 좋아하는 테레자에 따르면, 히말라야 봉우리, 지구의 축, 믿기 힘들 만큼 키가 큰 그가 있었다. 미소 짓는 아리고프는 땀과 칩에 덮여 있었다.

펠란키 모울라스 역시 주우미라에게 웃음을 짓고 맨 마지막에 끼어들었고 직접 새 카드를 꺼내고는 시를 읊듯이 판돈을 선언했다. 「판돈은 2백 콘투로 하지.」

펠란키 모울라스, 도박판의 제왕, 올가미와 칼의 황제, 만물의 통치자, 더 이상 말할 필요도 없는 권력자인 그가 나타났다고 해서, 행운이 조금이라도 바뀌지는 않았다. 그것은 이제 행운이 아니라 기적이었다. 나온 킹과 퀸 중에서 첫 번째 카드는 퀸이었다. 카드의 절반을 써보기도 전에 판돈이 바닥나자 펠란키 모울라스는 나머지 카드가 담긴 서랍을 유심히 살폈다. 그 카드 상자들의 아래쪽에(「세상의 종말이 다가왔어.」 예언자 아메지나가 다시 중얼거렸다) 쓸모없는 킹 열두 장이 놓여 있었다.

펠란키 모울라스는 카드들을 팽개치고는 뭔가를 중얼거렸고 지우베르투 카쇼항이 큰 소리로 그 말을 되풀이했다. 「오늘 게임은 이걸로 끝입니다.」

아리고프가 박수갈채를 받으며 물러갔고, 감탄하는 사람들과 열심히 아양 떠는 여자들이 그 뒤를 따랐다. 그는 칩을 환전하고 샴페인을 사 들고는 흑인을 사랑하는 여자, 지리학과 잠자리의 최우등생 테레자의 집으로 향했다. 그 흑인은 자부심으로 가슴이 뿌듯했다. 마술과 징크스, 말리 주술사의 분노도 그 앞에선 무력했던 것이다.

펠란키 모울라스는 곰곰 생각에 잠겼다. 룰루는 두 손을 맞비볐다. 지우베르투 카쇼항은 아무런 해명도 하지 못했지만 마시무 살리스의 의견에 동의했다. 이번 일은 속임수, 엄청난 사기라는 것이다. 여자들의 바다에 좌초된 난파선 같은 안토니우 데지뉴는 선고를 기다렸다. 「이 사태의 진상을 밝혀야 합니다.」 교수가 엄숙하게 말했다. 펠란키 모울라스는 어깨를 으쓱했다. 「필요한 조치는 조사든 심문이든 뭐든 해봐. 도움이 된다면 경찰이라도 불러.」 그는 왠지 불안했고, 칼라브리아인의 피는 아까의 비합리적인 일, 초월적인 기운을 느끼고 있었다.

청동과 벨벳의 젖가슴을 가진 주우미라 시몽이스 파군지스도 그랬다. 그 일등 비서, 프리마 돈나, 펠란키 모울라스의 총아는 갑자기 수줍게 킬킬거리며 몸을 비틀었다. 「뭔가 제 가슴에 있어요, 페키투. 뭔가 날 간지럽혀요. 어머, 이게 뭐람! 무슨 유령 같아요……」

펠란키 모울라스는 성호를 그었다.

8

　며칠 동안 혼란의 나날, 감격적인 나날의 연속이었다. 닥터 테오도루와 도나 플로르는 은행에서 공증 사무실로, 공증 사무실에서 여러 관공서로 여기저기를 분주하게 다녔다. 그녀는 주말까지 수업을 취소해야 했다. 약사는 좀처럼 약국에 나갈 시간이 없었다. 루시타니아인의 몸에 밴 솔직함으로 셀레스치누는 도나 플로르에게 말했다.「정말로 그 집을 사고 싶다면 쓰레기 같은 수업일랑 잊어버려요. 그러지 않으면 집과는 영영 이별입니다.」

　또 다른 구매자가 나타났기 때문에, 친절한 그 은행가가 아니었다면 거래를 성사할 기회를 잃을 수도 있었다. 이제 모든 것이 실질적으로 끝났다. 남은 일은 증서에 서명하는 것뿐이었고 며칠 내로 공증인이 서류를 준비하기로 되어 있었다. 그들은 이미 전 주인에게 계약금을 지불했는데, 계약금으로는 저축 은행에 두었던 도나 플로르의 돈이 사용되었다.

　도나 플로르는 남편과 팔짱을 끼고, 그의 힘과 지식을 믿으면서, 그 한 주 동안 바이아 시내 절반을 돌아다녔다. 그녀는 먹고 잘 때를 제외하고 서의 집에 있지 못했으며, 집에 있는 동안에도 쉴 수가 없었다. 그녀가 들어가기만 하면 바지뉴가 바로 옆에서, 일분일초가 지날수록 점점 더 과감하게 몸을 들이밀면서 그녀를 불명예로, 불륜으로 끌고 가려 하는데 어떻게 쉰단 말인가?

　「불륜? 어떻게 불륜이야?」날건달은 그렇게 따졌다.「내가 당신 남편인데? 합법적인 남편이랑 잠자리를 같이했다고 간통한 여자가 되다니 그런 법이 어딨어? 당신은 판사와 사제 앞에서 순종을 약속하지 않았어? 여보, 대체 이런 플라토닉한 결혼이 세상에 어디 있다고 그래? 이건 미친 짓이야…….」

　그 악마에겐 꿀 바른 혀와 매끄러운 입술, 논리학과 수사학이 있었다. 그는 그녀를 혼란시킬 모든 쟁점을 간파하고 자장가 같은 목소리로 꾀었다.「여보, 우린 같이 잠자려고 결혼한 거였잖아. 그런데 왜 그런 식으로 말하는 거야?」

523

도나 플로르는 아직도 자신의 팔을 잡은 약사의 팔이 느껴졌다. 이 관공서에서 저 관공실로 이동하면서 언덕을 올라가던 그의 땀 냄새가 아직도 나는 것 같았다. 바지뉴의 목소리는 그녀를 어지럽혔다. 신경을 곤두세우고서 어떻게 쉴 수 있으며, 순간순간이 위험한데 어떻게 마음을 놓는단 말인가? 음악 같은 그 목소리에 굴복하고, 그의 말에, 못 믿을 그 손에, 입술에 현혹될 위험이 다분했다. 자칫 방심하면 어느새 그녀는 그의 품 안에 있었고 격렬하게 반항하며 빠져나와야 했다. 그래도 굴복하지 않았다. 절대로 넘어가지 않을 것이다.

그녀는 그에게 넘어가지 않았다. 아니, 적어도 완전히 넘어간 건 아니었고 다만 피곤했던 며칠 동안 어느 정도의 자유를 그에게 허락했을 뿐이었다. 가볍고 순수한 애무를. 아니, 그게 말만큼 가볍고 순수할까?

예를 들면 어느 날 오후, 여러 관청과 공증 사무실을 돌아다니다 녹초가 되어 돌아온 후(약사는 처방을 위해 약국으로 갔다), 도나 플로르는 드레스와 신발, 스타킹을 벗고서 침대 위에, 브래지어와 슬립만 걸친 채 누워 있었다. 조용한 빈집에 산들바람이 불어왔고 도나 플로르는 한숨을 쉬었다.

「피곤해, 여보?」 바지뉴가 옆에 누워 있었다.

그가 어디서 나왔을까? 어디 숨어 있었기에 도나 플로르가 그를 보지 못한 걸까?

「정말 피곤해요⋯⋯. 관청에서 서류 한 장 얻는 데 한나절이 걸려요. 어쩜 그럴 수가 있지⋯⋯.」

바지뉴가 그녀의 얼굴을 만졌다. 「하지만 행복하잖아, 안 그래?」

「내 집을 갖는 게 소원이었죠.」

「나도 늘 당신한테 이 집을 사주고 싶었어.」

「당신이?」

「내 말 못 믿어? 뭐, 당신 탓할 게 아니지. 하지만 그건 내가 가장 원하던 일이라는 걸 알아주면 좋겠어. 언젠가는 당신한테 이 집을 사주고 싶었지. 17에 걸고 큰돈을 따는 날에는 이 집을 살 수 있을 거라고 믿으면서. 그 일은 당신 모르게 할 생각이었어. 다만 그럴 시간이 없었어. 그렇지 않았다면……. 내 말 안 믿네, 그렇지?」

도나 플로르는 웃음을 지었다. 「내가 왜 당신 말을 안 믿겠어요?」

그녀는 바지뉴의 입이 얼굴께에 있다는 것을 느끼고 그의 팔에서 빠져나오려고 했다. 「놔주세요.」

그러나 그가 하도 애원하는 바람에 그 금발의 머리를 나란히 누이게 허락했었고, 그가 그녀를 바싹 끌어당겨도 내버려 두었다. 물론 순수하게.

「맹세해요, 나를 범하지 않겠다고…….」

「맹세할게.」

기분 좋은 순간이었다. 도나 플로르는 목에 닿는 바지뉴의 숨결을 느꼈고 그의 손은 그녀의 휴식을 지켜 주는 듯했다. 한 손이 그녀의 얼굴을 애무하고 머리카락을 쓰다듬자 피로가 풀리는 것 같았다. 기진맥진해 있던 그녀는 잠이 들고 말았다.

그녀가 잠에서 깼을 때는 밤의 어스름이 내려 있었고 닥터 테오도루도 들어와 있었다. 「잘 잤소, 여보? 정말 피곤했을 거요! 돈을 쓴 것도 모자라 이런 고역까지 치르다니.」

「말도 안 되는 소리 마세요, 테오도루.」 그녀는 수줍게 시트로 몸을 가렸다.

그녀는 어두컴컴한 방에서 바지뉴를 찾아보았지만 그는 보이지 않았다. 틀림없이 약사의 발소리를 듣고 떠났으리라. 〈그가 테오도루를 질투하는 게 아닐까?〉 하고 생각하면서 도나 플로르는 웃음을 지었다. 바지뉴는 당연히 아니라고 했지만 도나 플로르는 의심스러웠다.

닥터 테오도루는 파자마 윗도리로 갈아입었고 도나 플로르도 실내복을 입고 일어났다. 남편이 그녀의 손을 쥐었다. 「얼마나 신경 쓰이겠소, 여보. 하지만 다 그럴 가치가 있는 일이에요. 우리 집이 생기니까 말이오. 나는 대출금을 다 갚고 이번에 쓴 당신 돈을 다 채워 넣을 때까지 쉬지 않겠소.」

약사는 도나 플로르의 허리에 팔을 감은 채 나란히 침실을 나와 식당으로 들어갔다. 그곳에서는 도나 노르마가 그 집의 매입에 관한 자세한 내용을 듣고 싶어 기다리고 있었다.

「한 쌍의 원앙 같네요.」다정한 그들을 보고 이웃이 한 말에 약사는 얼굴을 붉히며 아내한테서 몸을 뗴었다.

다음 날 아침 도나 노르마는 바느질 때문에 할 얘기가 있어서 다시 찾아왔다. 그녀는 도나 플로르의 목을 가리키면서 장난스럽게 말했다.「남편과의 정사가 과격해지고 있나 봐.」

「네? 무슨 말이에요?」

「어제 둘이서 껴안고 침실에서 나오는 걸 내가 못 본 줄 알아?」

「나와 테오도루 말이에요?」도나 플로르가 여전히 눈이 동그래서 물었다.

「그럼 누구 얘기겠어? 시치미 뗄 셈이야? 약사 선생이 진중함을 잃고 있어. 저녁 전에도 그러다니. 파티는 그 후에도 계속된 거야? 뭐, 집을 샀으니 축하할 일이긴 하지.」

「대체 무슨 말이에요, 노르미냐? 파티는 없었어요.」

「아, 시치미 떼기는. 내가 그 말을 믿을 줄 알고? 그 목에 있는 자국이 다 말해 주는데 아무 일도 없었다니? 약사가 흡혈귀 타입인 줄은 미처 몰랐어.」

도나 플로르는 손으로 목을 가리고 황급히 거울 앞으로 달려갔다. 붉은 자국, 자주색으로 변해 가는 자국이 목 한쪽을 뒤덮고 있었다. 남세스러워라.

아, 거짓말쟁이, 미친 폭군 바지뉴 같으니. 그녀는 그 입술의 애무를 느끼고 저항했었다. 그러나 그는 목만 건드리는데 안 될 게 뭐냐고 따졌다.「이건 키스도 아냐. 그냥 살갗에 입만 대는 거라고.」그런데 도나 플로르가 잠든 사이에 그 일을 벌였다니. 아, 가망 없는 바지뉴.

그녀는 거울에서 돌아서서 죄의 흔적을 감추려고 칼라가 올라오는 블라우스로 갈아입었다. 자기 것이 아닌 그 붉은 입술 자국을 보면 약사는 뭐라고 할까, 그런 방탕하고 퇴폐적인 짓은 못 하는 사람인데? 그녀는 거실로 돌아왔다.

「노르미냐, 부탁인데 테오도루한테는 그런 짓궂은 농담은 하지 말아 줘요. 그이가 얼마나 쉽게 당황하는지 알잖아요. 숫기가 없는 사람이에요.」

「물론이지. 약사를 놀리진 않을게. 하지만 플로르지냐, 그 사람이 느슨해졌다는 건 분명해. 옛날에는 숫기 없게 굴더니 요즘은 편안해 하잖아. 심지어 행동도 바지뉴를 닮아 간다니까. 다른 점이 있다면 사람들 앞에서 그런 짓을 안 한다는 것뿐이야.」

다행히도 도나 노르마가 눈치 채지 못한 웃음소리와 존재를 도나 플로르는 느꼈다. 그 불한당은 허공을 떠다니고 있었고 그것만으로는 충분치 않다는 듯, 도나 지자가 미국에서 돌아오면서 약사에게 선물했던, 벌거벗은 여자들로 뒤덮인 셔츠까지 입고 있었다. 그러나 그 셔츠는 그의 가슴만 가렸을 뿐, 아래쪽은 여실히 드러내 보임으로써 어느 때보다 더욱 꼴불견이었다.

9

「그게 뭐가 잘못됐다고 그래, 여보? 내가 당신을 어떡한다고? 내 손 좀 거기 놓게 해줘. 꼬집거나 때리지 않잖아. 이렇게 손이 가만히 있잖아. 그럼 괜찮은 거 아니야?」 그는 계속해서 그녀의 둥근 엉덩이에 조심스레 손을 가져갔고, 무언의 동의를 받자마자, 손을 가만히 두지 못하고 그녀의 옆구리를 위아래로 쓸었으며 엉덩이에서 허벅지로 내려가면서 조금씩 방대한 영토를 정복해 가고 있었다.

따라서 바지뉴는 손과 숨결, 입술, 부드러운 말, 눈길, 웃음, 희롱, 불평, 말다툼, 암시를 총동원하여 도나 플로르가 함락 불가라고 선언했던 요새를 집중 공략하면서, 품위과 정숙함의 벽을 조금씩 깎아 내고 있었다. 거침없는 전진, 집요한 공격으로 그는 차츰 그 영역을 정복해 나가고 있었다.

한 번씩 교전할 때마다 그는 새로운 거점을 차지했고, 힘 또는 기민함에 정복당한 성채는 무너져 내렸다. 구석구석 잘 아는 손, 천 번의 약속을 중얼거렸던 입술, 그 모든 것이 기만이었다. 「키스 한 번만, 여보, 딱 한 번만……」 그런 다음에는 가슴, 허벅지, 목, 엉덩이,

매끄러운 등으로 넘어갔다. 이제 모든 곳이 그의 영토가 되었고, 바지뉴의 손, 입술, 애무가 질책받지 않을 자유 지대가 되었다. 도나 플로르가 사태를 파악했을 때, 그녀의 체면이나 약사의 명예는 그때까지 남은 유일한 곳인 최후의 보루 안에 가두어져 있었다. 나머지, 타오르는 전쟁터는 그녀가 거의 의식하지 못하는 사이 그에게 정복당했다.

도나 플로르는 목의 붉은 자국, 죄를 말해 주는 당혹스러운 그 표지에 관해 불평할 준비를 단단히 했지만, 그는 그녀를 감싸 안고 변명을 속삭였다. 아니, 그녀의 정숙함과 진지함을 조롱했다. 잠시 후에 그는 온몸을 전율시키려는 술책으로 그녀의 귀를 깨물고 있었다.

그녀는 처음 바지뉴가 돌아왔을 때 가능하다고 생각했던 다정한 애정, 순수한 우정, 플라토닉한 감정을 이미 훨씬 넘어서 버린 이 수상쩍은 관계를 단번에 끝장내야 했다. 가득 차오른 위험 수위를 재어 보며, 지조 있는 아내는 두려움과 용기가 섞인 마음으로, 그 부조리한 상황을 종결지을 각오를 했다. 세상에, 두 남편을 둔 아내라니 있을 법한 소리인가?

도나 플로르는 소파에 앉아 사안의 미묘함을 생각하고 있었다. 그녀는 바지뉴가 마음 아프지 않도록, 화내지 않도록 매우 능숙하게 이야기를 이끌어 가야 했다. 어쨌거나 그는 그녀의 부름에 응해서 온 것이니까. 그러나 어느새 그 악당이 나타나서 그녀를 껴안고 있었다. 도나 플로르가 문제를 해결할 방법을 궁리하는 동안 바지뉴는 드레스 밑으로 손을 집어넣어 아직 넘어오지 않은 최후의 보루, 약사의 명예로운 아내로서 아직껏 품위를 지키고 있는 금고에 손을 대려고 했다.

「바지뉴!」

「여보, 그 불두덩 좀 보여 줘! 당신 거기 보고 싶어서 죽겠단 말이야. 그거 내 거잖아……」

도나 플로르는 거칠게, 사납게 화를 폭발시키며 벌떡 일어났다. 바지뉴 역시 화를 냈고 말다툼은 매섭고 불쾌했다. 바지뉴는 도나 플로르가 그토록 날카롭게 반응하리라곤 예상하지 못했던 모양이었다. 그는 자신의 승리가 확실하다고 생각하고 있었다.

「그 손 치워요! 더 이상 날 건드리지 마요. 계속해서 날 만나고 얘기하고 싶다면 거리를 두세요. 아는 사람한테 하는 것처럼만, 그 이상은 안 돼요. 내가 정숙한 여자라고 말했죠. 그리고 내 남편한테 아주 만족하고 있다고요.」

바지뉴가 비아냥거렸다. 「당신 남편, 그 멍청이, 얼간이한테! 당신 남편은 덩치만 클 뿐이야. 그 샌님이 이런 거에 관해 뭘 아는데?」

「테오도루는 당신처럼 무식하지 않아요. 무능하지도 않고요. 그이는 아주 박식한 사람이에요.」

「아주 박식하다. 그래, 기침약을 만들 수는 있겠지. 하지만 정말 중요한 것, 잠자리에 관해서는 아마 세계 제일의 멍텅구리일걸. 당신이 할 일이라곤 그자를 쳐다보는 것뿐이지. 자기 물건을 쓸 줄도 모르는 남자를……」

도나 플로르는 바지뉴를 노려보았다. 그녀가 이렇게 화내는 모습은 처음이었다. 「당신이 단단히 실수하고 있다는 걸 말해 주고 싶네요. 나보다 그이를 더 잘 평가할 수 있는 사람이 있나요? 나는 만족 이상이에요. 그이보다 좋은 남자는 보지 못했어요. 당신은 그이 발꿈치도 못 따라가요.」

「쳇.」 바지뉴는 경멸하는 투로 야비하게 대꾸했다.

「날 내버려 둬요! 이제 난 당신이 필요 없어요. 그리고 다시 내 몸에 손대지 마세요.」

그녀는 마음을 다잡았다. 더 이상의 친밀감, 포옹, 순수한 키스도 허락하지 않을 것이며 그로 하여금 〈더 편하게 얘기하도록〉 옆에 눕지도 못하게 할 것이다. 그녀는 올곧은 여자, 정숙한 아내였다.

「그렇게 만족한다면 왜 날 불렀어?」

「그것 때문이 아니라고 말했잖아요. 어쨌든 미안하게 생각해요.」

나중에 혼자 남게 되자, 그녀는 자신이 너무 심하게 몰아붙인 건 아닌지 생각해 보았다. 바지뉴는 화가 났고 마음이 상했으며 의기소침했다. 그는 문밖으로 나간 후 밤까지 나타나지 않았다. 그녀는 그가 땅거미 질 때쯤 돌아오면 다정한 말로 그에게 해명할 생각이었다. 바지뉴는 뚱하니 비아냥거리긴 해도 때로 뜻밖의 반응을 보이므로, 도나 플로르가 느끼는 가책을 이해하고 점잖고 품위 있는 관계를 유지하자는 데 동의할 것이다.

　도나 플로르는 오후에 하루 일과가 끝나면 늘 목욕을 하고 화장수와 텔컴파우더 냄새를 풍기면서 몇 분간 누워 휴식을 취했다. 그러면 바지뉴가 나란히 누워서 함께 온갖 이야기를 했다(얘기 도중에도 그는 계속 그녀의 방어를 허물어뜨리면서 그녀를 끌어안고 자기 의지대로 하려고 했다). 그녀가 꾸짖을라치면 자기가 떠나온 곳 얘기를 해서 그녀의 주의를 흐트러뜨렸고, 호기심이 발동한 도나 플로르는 금지령을 강화할 생각을 잊고 질문을 퍼부었다.

　「바지뉴, 그곳은 어떤 곳이에요?」

　「온통 파랗지.」

　도나 플로르가 묻는 사이 그 유혹자는 그녀의 허벅지나 가슴께를 더듬었다. 「신은 어떻게 생겼어요?」

　「신은 뚱뚱해.」

　「그 손 치워요! 날 갖고 장난치고 있군요…….」

　바지뉴는 웃었고, 그녀의 단단한 젖가슴을 쥔 채 그녀의 입술에 입을 가져갔다. 그것이 진실인지 거짓인지 어떻게 알 수 있을까? 그 불같은 숨결, 후추 맛과 산들바람, 바닷바람의 달콤함이 밴 그 뜨거운 숨결, 오, 거짓말쟁이, 믿지 못할 바지뉴. 그렇게 그는 조금씩 그녀를, 마지막 보루만, 최후의 후위만 남기고 정복해 들어갔다.

　그러나 그날은 기다려도 소용없었다. 그는 오지 않았다. 도나 플로르는 싱숭생숭, 불안 반 의심 반으로 하릴없이 침대에서 뒤척거렸다. 그가 자존심에 상처를 입고, 화가 나서 다시 떠나 버린 걸까? 영영 떠나 버린 건 아닐까?

　그 생각에 도나 플로르는 몸서리를 쳤다. 그를 보지 않고 지내는 생활에 어떻게 익숙해질까? 그의 익살과 재치, 그 유혹이 없이 어떻게?

　그러나 어쨌든, 그녀가 정숙하고 올곧은 여인으로 남길 원한다면 그 없이 지내는 법을 배워야 했다. 가능한 해결책은 그것뿐이었다. 막다른 그 길에는 다른 출구가 없었다. 그것은 가혹한 수단, 거의 참을 수 없는 시험이었지만 어쩌겠는가? 과감한 단절이 수순이었다. 만약 바지뉴가 계속 머문다면, 아무리 정숙과 품위를 지키기로 결심한다고 한들 그 구제 불능 건달에게 저항하기란 불가능할 것이다. 도나 플로르는 솔직하게 인정했다. 그동안의 대화들은 애무를 위한 변명, 정말 힘들면서도 즐거운 그 투쟁의 핑계가 아니었던가?

바지뉴의 타고난 재담에 저항하는 것이 가능하기나 한 일인가? 그는 분명히 다짐했고, 도나 플로르는 그의 말에 넘어가지 않았던가? 절대로 성 관계는 없을 거라고, 그저 무해한 농담, 사촌끼리의 장난 같은 것, 명예나 체면을 손상하지 않는 것만 하겠다고. 성 관계를 갖지 않는 한 불명예스러운 일은 없을 것이고, 그녀의 품위와 약사의 기품 있는 이마는 오점 없이 유지될 것이다.

바지뉴는 그녀의 가책을 덜어 주고 마음을 달래 주려고 다시 예의 그 자장가, 그 옛날 히우베르멜류와 라데이라 두 아우부에서 사랑을 나누며 그녀를 유혹했던 그 모지냐를 불러 주었었다. 옛날 이타포앙의 바닷가에서 그녀는 그에게 몸을 맡겼고 이윽고 눈을 떴을 때는 그녀의 순결과 명예를 내준 후였다.

이제 바지뉴는 또 한 번 그녀의 마지막 보루, 그녀 안에 가장 깊이 숨겨진 안식처의 열쇠를 얻으러 온 것이다. 아무튼 두 번째의 통제할 수 없는 욕정에서 그녀가 다시 실수한다면 그녀의 순결에 이어, 남편의 명예와 아내로서의 지조까지 내주게 될 것이다.

모범적인 아내, 훌륭한 남편의 전형인 남자의 아내가 아니었던가. 그 불쌍한 사람이 전혀 생각지도 못한 때에, 아내가 부정을 저지른다면 그야말로 무엇보다 부당한 일이 아닌가. 이 부당한 일의 씨앗은 이미 바지뉴의 손에 의해, 그의 키스에 의해, 도나 플로르에게 갈망과 죄의식을 불러일으키는 그 남성적 체취에 의해 이미 뿌려졌다.

그래, 안전하고 확실한 해결책은 한 가지뿐이다. 바지뉴가 그가 왔던 곳으로 돌아가는 것이다. 오직 그것만이 아내의 정조와 약사의 명예를 지키는 길이었다. 비록 가슴이 찢어지고 엄청난 고통이 따르겠지만 다른 방법, 다른 해결책은 없지 않은가? 그에게 정중하게 이유를 설명하면 될 것이다. 〈용서하세요, 내 사랑. 우리가 계속 이렇게 지내는 건 불가능해요. 난 더 이상 못 견디겠어요. 당신을 불렀던 걸

용서해 주세요! 그건 내 잘못이었어요. 잘 가요. 그리고 나를 평화롭게 놔두세요.〉

평화롭게? 절망스럽게가 아니고? 그거야 어떻든 적어도 도리는, 남편에 대한 정조는 지킬 수 있을 것이다.

바지뉴는 나타나지 않았다. 저녁 무렵 침실에도, 나중에 저녁 식사 때 거실에도 나타나지 않았다. 그는 그 시간에 나타나 짓궂은 장난을 치는 버릇이 있었고, 그 벌거벗은 여자들이 그려진 셔츠를 입고 춤을 추며 쇼를 해서, 도나 플로르는 웃음을 참느라 이따금 입술을 깨물곤 했다. 또는 약사의 의자 뒤에서 테오도루의 머리 위에 손가락으로 뿔 모양을 만들어 그녀의 화를 돋우곤 했다.

뿔은 나지 않았다. 그녀가 몸을 허락하지 않았으니까, 진짜 명예가 존재하는 최후의 보루를 완강하게 보호했으니까(나머지는 모두 시시한 것이라는 얘기는 바지뉴가 한 말이자, 이 문제를 생각해 본 사람들이 증명하는 바였다).

그녀가 잠들 때까지 기다렸지만 그는 오지 않았다. 틀림없이 바지뉴는 마음이 상해서 떠난 것이다. 그는 자존심이 강했으며, 거만한 태도로 극단적으로까지 화낼 수 있는 사람이었다. 누가 알랴? 어쩌면 영원히 떠났을지도 모른다. 오, 신이여. 작별 인사도 없이 떠나다니.

10

바지뉴가 사라진 것이 수요일 오전이었다. 도나 플로르는 그날 하루 그를 보지 못한다는 괴로움에, 다시 그를 잃어버릴지도 모른다는 두려움에 멍하니 보냈다. 이 완전한 이별, 영원한 이별만이 행복한 가정을 지킬 수 있는 유일한 방법임을 알고 있었으므로, 그녀의 소망은 모순이었다.

그리고 수요일과 토요일 밤이면, 앞에서도 여러 번 말했듯이, 꼼꼼한 약사는 아내를 예우하고 아내와 함께 쾌락을 나누면서 결혼의 의무, 유쾌한 과제를 수행했다. 토요일의 앙코르(이 점을 잊어서는 안 된다)와 함께 정해진 그 의례에서, 상대에 대한 존중을 배제하지 않는, 겸손함과 세심함으로 둘러싼 쾌락이 만들어졌다.

첫날밤과 바지뉴가 돌아왔던 날 밤의 서투름이 지나가고, 도나 플로르와 닥터 테오도루의 잠자리가 다시 정상적인 상태를 회복함에 따라 그녀는 얌전하고 다정하게 자신을 내주고 완벽하고 풍부한 만족을 얻었으며, 토요일에는 그 과정이 되풀이되었다.

더욱이 도나 플로르는 그 목석같은 약사와 자면서 요즘처럼 짜릿한 쾌락을 맛본 적이 없었다. 솔직히 말해 그녀는 이제 정숙함보다는 애정으로 자신을 내주었고, 그녀가 가끔 자제력을 잃고 격렬히 움직이며 신음하고 한숨을 내쉬는 걸 보면서 약사는 그녀가 더욱 정력적이고 적극적이 되었다고 느끼고 있었다. 약사는 이와 같은 사랑과 만족의 증거가 반가웠다. 아내의 사랑은 그사이 더욱 커졌고, 그 또한 어느 때보다 더, 말이 되는지는 몰라도, 훨씬 더 아내를 사랑했다.

심지어 달력에 정해진 날도 아닌데 특별한 성 관계까지 있었다. 그들이 셀레스치누의 은행과 공증인 마르바크의 사무실에서 그 집의 매입 계약을 끝낸 날 밤이었다. 약사는 이 사건을 기쁘게 축하하면서, 그런 이유로 잠자리에 내한 엄격한 규칙을 깨뜨리는 것이 어울린다고 생각했다.

사실 그는 그날 오후 자기 어깨에 머리를 얹은 도나 플로르의 허리를 안고 침실에서 거실로 나오다가 도나 노르마의 놀리는 웃음을 마주했을 때, 그 분위기에서 도나 플로르에게서 희미한 사랑의 호소를 느끼고, 그것에 감동했다. 게다가 이미 〈이따금 바보 같은 짓을 한다고 해서 부부 사이의 육체적, 도덕적 행복이 남용되거나 위협받지는 않는다(물론 그것이 습관이 되지 않는다는 전제에서)〉는 근거로 그 사건을 축하할 생각을 하고 있었던 터였다.

집을 산 일이 도나 플로르에게 영향을 주었고, 결국 남편을 자극해 동의하에 그 〈특별〉 합동 작전을 하게 만들었다고 해도, 그녀는 그렇게 생각하지 않았다. 그녀 내면의 타오르는 불을 붙인 건 은행, 저당권, 공증 사무실 방문이나 그 성과가 아니었다. 집을 사게 된 사건이 분명 그녀와 약사의 관계를 더 친밀하게 만들어 주고, 애정을 더해 주기는 했다. 그러나 그녀가 예정에 없던 쾌락과 정사를 바라게 된 이유는 바지뉴, 그의 애무, 그 다정한 손, 키스로 넘치는 그 입, 황혼 녘의 그 외설스러움, 그녀의 목에 남긴 흔적이 지핀 불 때문이었다. 이제 약사가 시트 속에서 눈을 감고 그녀 위로 몸을 일으킨 동안 도나 플로르가 본 것은 그 커다란 새가 아니라, 마침내 그녀를 차지하고서 그녀의 신음과 한숨을 자아내는 바지뉴의 모습이었다! 이 무슨 망측스러운 혼란인가!

도나 플로르는 그 복잡한 문제를 더 이상 생각하지 않기로 했다. 그녀는 이미 고민하는 데에는 이골이 나 있었다. 반면에 약사는 2주에 한 번, 특별 정사 시간을 정하기로 진지하게 생각하고 있었다.

그녀가 바지뉴와 말다툼을 벌였던 그 수요일 밤, 도나 플로르는 당황스럽고 심란한 마음을 진정시킬 뭔가가 필요했다. 그녀는 계속, 바지뉴가 영영 떠났을지 모른다고 생각하고 있었다. 그것은 그녀가 예전처럼 평온한 존재로 돌아가게 됨을 뜻했고, 그녀의 사랑을 차지할 권리가 있는 두 남편 사이에서 방황하면서 어쩔 줄을 몰라 하고, 때로는 최악의 혼란으로 두 사람을 뒤섞고 혼동하던 긴장의 나날이 끝났음을 뜻했다. 이제 그녀가 바지뉴가 돌아오기 전의 조용한 일상으로, 수요일과 토요일에만 육체가 생기를 띠던 때로 돌아갈 수 있을지 아닐지는 누가 알까?

그리하여 수요일 밤, 도나 플로르는 시트 밑에서 바지뉴의 키스가 남긴 목의 자국을 숨기고 그가 없다는 두려움을 외면하면서, 달콤하고 신중한 의례를 시작하는 남편을 받아들였다. 그러나 약사가 편안한 우산처럼 그녀 위로 엉거주춤 몸을 일으켰을 때, 바지뉴의 웃음소리를 듣고는 소름이 끼쳤다.

우선은 침대 발치에 있는 그를 보자 반가웠다. 도나 플로르가 두려워했던 것처럼 그는 영영 떠난 게 아니었다! 그러나 그 음탕한 미소, 비웃듯 경멸하는 그 얼굴의 측은한 척하는 표정에 그녀의 반가움은 분노로 바뀌었다.

그 밉상스러운 건달은 무슨 일이 벌어지는지 더 자세히 보고 조롱하려고 시트 한쪽을 들어 올려 장난을 치고 있었다. 도나 플로르는 희롱하듯 방탕한 그 웃음소리를 마음속으로 들을 수 있었다. 〈이게 정사야? 이 남자가 닥터 박식함, 매춘부의 스승, 봉사의 왕이라고? 이 엉터리 친구가? 이처럼 재미없는 장면은 난생처음일세! 내가 당신이라면 이것 말고 기침약이나 한 병 갖다 달라고 하겠어. 차라리 그건 감기에 좋고 기분이라도 좋아지지. 여보, 이 친구가 하는 건 내가 본 것 중에 가장 딱해……〉

그녀는 하마터면 말을 내뱉을 뻔했다. 〈그래도 좋아요.〉 하지만 할 수 없었다. 약사는 마지막 힘을 다했고 그녀는 바지뉴의 웃음소리를 들으며 수치스러움으로 (그리고 욕망으로) 죽을 것 같았다.

11

도나 플로르는 매우 괴로워서, 자신의 명예와 행복한 가정이 모두 위험해질까 봐 두려워서 전전긍긍하고 있었다. 그때 펠란키 모울라스는 어떻게 되었을까? 그의 제국은 지진이나 혁명에 휩싸인 것처럼 무너지고 있었다.

그런 일은 세상이 열리고 도박이 시작된 이래 처음이었다. 분명 그동안 믿지 못할 불운과 놀라운 행운의 사례들이 있었고, 과감한 행운의 도박꾼이 카지노의 판돈을 싹쓸이한 적도 몇 번 있기는 했다. 그러나 그런 경우는 어쩌다 한 번 있는 드문 일이었다. 그런 경우를 제외하면 속임수들이었다. 그리고 야바위는 항상, 특히 반복적으로 계속 나타날 때에는 적발되기 마련이었다. 이 불확실한 세상에서 하우스에서 벌어들이는 수입과 이윤, 영업권 소유자에게 돌아가는 부정한 돈의 액수만큼 확실한 것은 없었다. 그들은 몇몇에게 잃는 대신 수많은 이에게서 돈을 거둬들였다. 그들은 거물 행세를 하며 호사스럽게 살았다. 그보다 나은 사업, 그보다 수지맞는 돈벌이는 이 나라의 대통령이 되는 것뿐이었다.

　그러나 카드, 주사위, 룰렛 휠이 하나같이 펠란키 모울라스에게 등을 돌려 버렸다. 도저히 설명할 수 없는 온갖 일이 일어나고 있었다. 터무니없고 기이하고 불가능한 일들. 직접 보지 않으면 믿지 않을 일들이었다. 아니, 두 눈으로 직접 보고서도 많은 사람은, 아리고프의 퀸 시합을 목격했던 일레우스의 한 남자가 한 말을 똑같이 되풀이했다.「두 눈으로 보면서도 도저히 믿기지 않아.」

　도박에 관한 한, 마시무 교수는 그곳에서 일어나는 온갖 일을 보며 평생을 살아왔다. 룰렛에서 자기가 걸었던 숫자가 줄줄이 나오자 심장 마비로 죽은 남자도 보았고, 독약을 삼키고 자살한 추한 죽음도 보았다. 그러나 이렇게 불가해한 일에 맞닥뜨리게 되리라곤 생각도 못했다. 그는 회의주의자였으며, 두 발을 현실에 굳게 뿌리박고 냉정한 머리를 가진 사람이었다. 젊었을 때에는 포르투알레그리에서 숫자 티켓을 팔았고, 마나우스에서는 무허가 도박장 지배인으로 일했으며, 리우에서는 크루피에로, 헤시피에서는 신용 사기꾼으로, 마세이오에서는 론다의 물주로 일했다. 다이아몬드 광산촌에서는 포커 게임으로 밥벌이를 했다. 세상에는 비밀도 속임수도 없음을 그는 잘 알고 있었다.

　「좋아, 교수. 자네는 나한테 뭐라고 해명할 건가? 무엇을 찾아냈는가? 진실을 말해 보게.」펠란키의 눈은 사악했고, 그 목소리엔 두려움이 배어 있었다.

　진실을 말하자면 아무것도 없었다. 마시무 살리스는 책임을 져야 했다. 테이블과 서랍을 철저히 검사했고 주사위와 카드도 완벽하게 조사했다. 어떤 흔적도 없었다. 경찰이 도착했다. 능력 있기로 정평이 난 구역 경찰서장이 왔고 몇몇 사복형사는 마시무가 지휘하는 직원들을 심문했다. 그들의 지위나 나이, 심지어 상관과의 관계도 전혀 고려하지 않고 철저하게 조사했다. 펠란키의 젖형제인 도밍구스 프로팔라투도 수사 선상에서 예외가 아니었다. 오직 주우미라만이 이 굴욕을 모면했는데, 교수가 건강 증명서를 발급해 준 사람이라는 이유 때문은 아니었다.「그 여자는 아마 갱단의 한 사람일 겁니다.」

　마시무의 판단으로는 갱단만이, 그것도 최고로 조직된 갱단만이 이런 속임수를 쓸 수 있었다. 국제 갱단이 분명했다. 지역 사기꾼들은 이런 일을 할 만한 능력이 없었고, 똑같은 일이 리우나 상파울루에서도 벌어졌기 때문이다. 유럽이나 미국의 전문가들, 몬테카를로나 라스베이거스 출신의 전문가들만이 바카라에서 벌어진 것과 같은 묘기를 부릴 수 있을 것이다. 타바리스의 한 테이블에서는 이틀 동안 사람들이 돈을 걸 때마다 매번 물주를 이겼고, 늙은 아나크레옹은 큰돈을 건졌다. 그와 나머지 모든 사람, 정말 많은 사람이 운 좋은 사내와 함께 그 게임에 참가했다. 운? 마시무의 생각에 아나크레옹은 그 갱단과 한패일 뿐이었다.

타바리스의 물주는 그 도시에서, 아니 어쩌면 브라질 북부 최고의 물주일 도밍구스 프로팔라투였다. 그는 급료를 받는 직원이기도 하지만 펠란키 모울라스의 고향 친구이자 콤파드레이며 젖형제였다. 그들은 같은 마을에서, 겨우 며칠 차이로 태어났고 도밍구스의 어머니는 그 풍만한 젖가슴으로 미래의 백만장자를 먹여 키웠다. 형제를 위해서라면 살인을 마다하지 않고 죽음까지 불사할 프로팔라투는 도무지 의심할 수 없는 사람이었다. 그와는 반대로 늙은 아나크레옹은 보통 의심스러운 게 아니었다.

그는 어디서 판돈을 얻었으며, 게임의 육감은 어디서 얻었을까? 그의 비참한 형편을 모르는 사람은 없었다. 오죽했으면 하이문두 피타리마의 카페에서 숫자 티켓을 팔 정도로 몰락했겠는가.

더욱이 ― 마시무는 자신의 성과를 손가락으로 꼽아 나갔다 ― 그늙은이는 노련했고 담력도 있었다. 펠란키 모울라스가 바이아에 자신의 제국을 세우기 한참 전, 아나크레옹은 이미 공식 도박판에서는 유명한 인물이라, 경찰에게 들볶이고 돈을 갈취당하곤 했었다. 카드를 다루고 주사위를 던지는 데 능숙하며, 룰렛 테이블과 바카라, 파로, 블랙잭, 21 게임에서 나이 많고 꾸준히 오는 단골손님이 누구던가? 그는 일종의 장로였다.

세월이 흘러 나이 든 세대는 세상을 뜨고 새로운 세대가 나타났지만, 인생의 부침을 겪으며 더욱 단단해지고 도박 외의 다른 일은 해본 적이 없는 늙은 아나크레옹만은 불사조였다.

그의 그늘에서 자랐던 젊은 제자들은 이제 도박을 끊었다. 진지하고 존경받는 사람으로 탈바꿈한 그 제자들이 제키투 미라보, 게헤이루, 넬리투 카스트루, 에드가르드 쿠르벨루 등이었고, 심지어 지오바니 기마랑이스도 그의 제자였다. 그의 초기 동지 중 한 사람인 비텡코르트는 상수도 사업 책임자로 고속 승진했고 유능한 엔지니어가 되었다. 그는 동지를 잊지 않고 노후를 보장해 줄 안정된 일자리를 내주었다. 아나크레옹은 감동해서 눈물이 그렁그렁한 눈으로 비텡코르트를 와락 껴안았지만 고용 계약서에 서명하러 가지 않았다. 「내가 잘하는 유일한 일은 도박뿐이야. 다른 일은 못해.」

일부(다행이지만 몇몇뿐이다) 중요한 위치에 있거나 돈 많은 여자와 결혼한 옛 동지들은 부랑자로 보낸 청년기를 감히 회상하지도 않았다. 나머지는 젊었을 때 죽었는데, 아나크레옹은 늘 그들의 이름과 행동을 떠올리곤 했다. 쾌활한 친구 주는 재치의 왕자, 세련된 악마였고, 아름다운 지바우두 미란다는 돈 많고 고상한 친구였다. 뚱뚱한 로시, 삼바와 럼주에 열광했던 그는 얼마나 멋진 친구였던가. 한번은 술에 취해 팰리스 호텔 로비에서, 숙녀들이 보는 앞에서 소변을 본 적도 있었다. 그날 린치를 당하지만 않았어도. 그 사건은 아나크레옹 때문이었는데, 그 친구가 칼을 꺼내 들어 그가 달아나도록 엄호해 주었던 것이다. 그리고 바지뉴. 그가 좋아하는 잊지 못할 젊은 친구. 가장 엉뚱하고 재미있었던 멋쟁이 친구.

멋쟁이, 가장 멋진 친구였다. 심지어 3년 전 죽어 묻혔어도 그는 늙은 아나크레옹이 카페 구석에서 숫자 티켓을 팔면서 가난에 쪼들려 기죽어 사는 모습을 그냥 보고만 있지 않았다. 그는 그의 꿈 — 오히려 현실 같은 꿈이었는데, 아나크레옹은 잠들었던 게 아니라 형편없는 점심을 먹고서 기껏해야 잠깐 졸았던 게 전부였기 때문이다 — 에 나타나 반드시 그날과 다음 날 타바리스에 가서 도밍구스 프로팔라투의 테이블에서 밤새도록 같은 포인트에, 오직 그 포인트에만 돈을 걸라고 충고해 주었다. 항상 같은 포인트에 걸고, 물주에게는 절대 걸지 말 것. 그런데 돈은 어디서 구한단 말인가? 「하이문두에게서 조금만 슬쩍 빌리면 되지요. 그 카페 주인은 사람이 좋으니까 몇 미우헤이스 가지고 문제 삼지는 않을 겁니다. 내일 오전이면 아나크레옹은 숫자 도박 운영자의 직원으로서가 아니라, 주머니 두둑한 돈을 가지고 숫자 도박을 하고 있을 것이고, 하이문두의 카페에서 빌린 몇 푼에 이자까지 쳐서 갚아 주게 될 겁니다.」

늙고 노련한 도박꾼 아나크레옹은 꿈을 믿었고 꿈에서 중요한 예감을 찾곤 했는데, 특히 이번 꿈에선 바지뉴 같은 충직한 친구가 예감을 제시해 주었다. 그날 오후의 끝 무렵에, 하루 치 판매분을 제출할 때 그는 약간의 푼돈을 슬쩍했지만 사람 좋은 하이문두는 아무 말도 하지 않았다.

그리고 그 도시를 놀라게 한 그 사건이 벌어진 것이다. 아무도 그 외에 다른 이야기는 하지 않았다. 그 바카라 테이블에서 일어났던 선풍적인 사건인즉, 이틀 밤 내리 매번 똑같은 포인트가 나왔고 오랫동안 그 일을 해온 도밍구스 프로팔라투가 처음으로 냉정을 잃었으며, 말문이 막힌 마시무 살리스는 펠란키 모울라스한테 달려간 것이었다.

아나크레옹 자신은 위법자로서 파란만장한 일생을 살아왔지만 자신의 이런 행운과 물주의 불운에 비교할 만한 일은 본 적이 없었다. 그러나 사건의 전말을 해명하는 건 그가 할 일이 아니었다. 바지뉴의 예감은 존중해야 할 것이었지 어리석은 무용담으로 전파할 성격이 아니었다. 넓은 아량을 가진 남자 아나크레옹은 운명과 행운의 별을 믿었으며, 주사위와 카드에 관한 한 그에게 불가능한 일은 없었다.

펠란키 모울라스는 현장에 도착한 순간 도밍구스 프로팔라투의 당황한 눈에서 공포를 읽어 냈다. 그는 자신의 젖형제에게 다가갔고, 프로팔라투는 절망적인 목소리로 사형 선고나 다름없는 말을 했다. 「*Dio cane, Pecchiccio! Siamo fututi!* (제기랄, 페키치오! 우리 엿 먹었어!)」

운명의 손안에 든 도구에 지나지 않는 프로팔라투는 카드를 뒤집었다. 그 포인트였다.

12

「*Sono fregato, sono fututo!*(사기야, 엿 먹은 거야!)」펠란키 모울라스가 중얼거리는 순간, 아나크레옹 뒤에서 미란당이 나타났다.

같은 세대 중에서는 미란당만이 유일하게, 시간이 멈춘 것처럼 유쾌한 부랑자 생활을 계속하면서, 도박장의 흥분 속에서 밤을 보내고 있었다.

어느 일요일 오전, 집에서 새장을 청소하던 미란당은 바지뉴가 보낸 것이 틀림없는 메시지를 받았다. 그날 밤 팰리스의 룰렛 휠에서 숫자 17.

미란당에게 그처럼 좋은 친구는 없었다. 바지뉴와는 쌍둥이처럼, 떼려야 뗄 수 없는 사이였다. 그의 생각이나 말에서 바지뉴의 이름이 나오지 않는 적도 없었다. 그런 친구가 다시없는데, 어떻게 그를 잊는단 말인가?

그러나 그날은 달랐다. 바지뉴의 기억이 현실적인 존재감을 띤 것이, 되새들과 카나리아들의 소리를 들으려고 새장을 청소하는 미란당을 그가 도와주는 것 같았다.

미란당은 돼지 허파와 간 요리를 먹으러 오라는 흑인 여자 안드레자의 초대를 받고 그 집을 찾아갔다. 식사 도중에도 그 목소리는 내내 예감을 일러 주었고, 하얀 식탁보 위에서 전채 요리와 후추 소스가 향기를 뿜어내는 동안에도 그랬다. 17은 바지뉴의 행운의 숫자였으나 미란당에겐 행운을 안겨 준 적이 없었다.

지난 3년 동안, 미란당은 죽은 친구를 위해 빈약한 액수나마 17에 돈을 건 적이 여러 번 있었지만 언제나 잃었다. 바지뉴가 그토록 원한다면 다시 그럴 용의가 있었다. 그 친구한테는 그 이상도 아깝지 않았으니까.

그런데 공교롭게도 그 일요일에 그는 빈털터리였고 안드레자의 손님들 — 목수 바우데마르, 정부의 농업부 직원으로 쥐꼬리만 한 봉급을 받는 주카, 석공 후피누, 그리고 카포에이라 교사인 거장 파스치뉴 — 중에 그에게 푼돈이라도 내줄 능력이 있는 사람은 호바투 필류 정도뿐이었다. 대화 도중 바지뉴의 이름이 나오자 호바투는 시인 고도프레두의 송시를 칭찬하면서 맥주잔을 높이 들었다. 그러나 돈은 동전 한 닢밖에 없었다.

미란당은 배가 불러서 가벼운 마음으로(일요일의 기분을 돋우기로는 허파와 간 스튜만큼 좋은 게 없었다), 돈을 빌릴 사람을 찾아 거리를 쏘다녔다. 어찌어찌 약간의 돈만 모을 수 있다면 그 일부를 17에 걸고 잃는다 해도 상관없었다. 그의 숫자는 3이었고 32도 괜찮았다. 17에 거는 것은 돈을 버리는 셈이었지만, 그는 바지뉴의 무덤에 꽃을 가져가듯 그렇게 하곤 했다.

하지만 일요일에 어디서 돈을 구하나? 다들 축구나 영화를 보러 가고 없었다. 거리는 휑했다. 그가 만난 친구 두어 명은 그의 요행에 자금을 대주려 하지 않았다. 그들은 비관론자였다.

희망을 버리려던 순간, 문득 코마드레 도나 플로르가 생각났다. 도박과 관련해서는 절대로 그녀에게 손을 벌린 적이 없었지만, 다만 아이들이 아플 때 그런 적이 있었고, 지붕을 고칠 때에도 돈을 빌린 적이 있었다. 지붕을 고치는 것은 주인 몫인데 집주인은 야박하고 비겁하게 의무를 저버렸다. 「그래, 집에 비가 샌다고요? 아이들이 젖는다고요? 미란당 씨, 내가 아는 한, 비는 저 좋으면 어디에든 떨어지게 되어 있어요. 벽, 지붕, 들보에도 비가 샐 수 있겠지만, 내가 알 게 뭡니까? 그게 내 집인가요? 아무래도 그 집은 당신 집 같은데요. 난 6년 넘게 집세라고는 한 푼도 받지 못했으니 말이죠.」

하지만 닥터 테오도루가 있으면 어쩐다? 도나 플로르가 재혼한 후, 미란당은 딱 한 번 그녀를 찾아갔을 뿐이었다. 약사 앞에 나서고 싶지 않았을뿐더러, 바지뉴와 닮은 꼴인 그를, 신체적으로가 아니라 — 한 사람은 금발, 또 한 사람은 물라토였다 — 도덕적으로, 혹은 일부의 말처럼 도덕과 무관한 것이 바지뉴의 판박이인 그를 약사가 달가워할 리도 없었다.

그러나 그날 오후엔 다른 방법이 없었다. 코마드레한테 폐를 끼치지 않으면 도박을 할 수 없었다.

「어머, 저게 누구야?」 도나 지자가 도나 플로르에게 말했다. 두 사람은 보도 옆 의자에 앉아 있었다.

〈세상에, 그가 미란당한테까지 나타났어!〉 도나 플로르는 속으로 경악했다. 그녀의 죽은 남편이 콤파드레 옆에서 알몸으로 아주 흐뭇한 얼굴을 하고 있었던 것이다(유혹하는 여자들이 그려진 셔츠는 어디에 버리고 없었다).

아니, 미란당이 그를 만난 건 아니었다. 다행이었다. 콤파드레는 도나 플로르와 도나 지자에게 인사하면서 약사의 안부를 물었다.

「잘 지내세요. 약사 협회 회의가 있어서 나가셨어요.」

「당신 혼자 있는 줄 몰랐는데.」 바지뉴의 말은 도나 플로르 혼자만 들었지만 그녀는 들은 척하지 않았다.

도나 지자는 조금 더 떠들다가 영어 보고서를 수정해야 한다는 핑계로 자리를 떴다. 미란당은 빈자리에 앉았다. 「코마드레, 용서해 주세요. 폐가 되는 줄 압니다만 사정이 좀 급해서요.」

「식구 중에 누가 아픈가요?」

그는 아이 한 명이 고열이 나서 병원에 데려가고 약도 사야 한다는 핑계를 댈까 하던 참이었다. 하지만 도나 플로르에게 몇 푼 갈취하는 것도 모자라 걱정을 끼칠 이유가 있을까? 「아뇨, 코마드레. 아픈 사람은 없습니다. 그놈의 도박 때문에……..」

「차라리 다행이군요.」

갑자기 미란당은 자초지종을 쏟아 놓기 시작했다. 「……그 친구 목소리였어요, 코마드레. 오늘 하면 틀림없이 딸 거라고 명령을 하더군요. 무슨 일이 있어도 가야 한다고…….」

도나 플로르는 그를 볼 수 있었다. 거기, 기울어 가는 오후의 빛 속에서 바지뉴가 창턱에 앉아 그 뻔뻔스러운 눈빛으로 그녀를 보고 있었다. 그녀는 그를 보지 않으려 애썼지만 마음과는 달리 눈길은 그의 벗은 몸으로, 그 희고 매끄러운 피부로, 곱슬거리는 금빛 털로, 흉터로, 비죽 내민 입으로 향하고 있었다.

「얼마나 필요하세요?」

「많이는 아닙니다…….」

그녀는 돈을 가지러 갔다. 바지뉴가 그녀를 따라 들어서더니 침실에서 그녀를 껴안고 키스했다. 문간에서 콤파드레가 기다리고 있었으므로, 불쌍한 도나 플로르는 소리를 지르지도 못했다. 그의 키스 아래선 저항도 지리멸렬했다.

「오, 바지뉴.」 그녀는 낮게 중얼거렸지만 다음 순간 이성과 정숙함을 잃고 그에게 입술을 준 것은 그녀였다.

바지뉴는 그녀를 침대로 이끌면서 동시에 그녀의 옷을 벗기려고 했다. 집 안으로 들어오는 미란당의 발소리가 아니었다면, 도나 플로르는 그때 그 자리에서 유부녀이자 올곧은 아내의 명예를 포기했을지 모른다. 그러나 마지막 순간 이성을 되찾은 그녀는 다리를 붙이고서, 키스와 현기증을 떨쳐 내면서 바지뉴의 품을 빠져나왔다. 「무슨 미친 짓이에요……. 미란당이 와 있는데…….」

「바깥에 있잖아.」

「거실에 있다고요. 놓으세요! 망신스럽게!」

그녀는 손가락으로 머리를 다듬고는 숨을 골랐다. 미란당은 식당에서 물을 마시고 있었고, 그녀는 땀에 젖은 손 때문에 축축해진 지폐를 건넸다.

「고맙습니다, 코마드레. 어떻게 보답해야 할지 모르겠군요. 오늘 따지 못한다면 다시는 하지 않겠습니다. 꼭 딸 겁니다. 마치 바지뉴가 내 옆에서 행운을 가져다주는 것 같거든요.」

현관에서 미란당이 껄껄 웃더니 사실대로 털어놓았다. 「그 친구는 17에만 걸라고 하지만 난 3과 32에 걸 겁니다. 내가 미쳤습니까? 한 번은 32에 걸고 네 번이나 땄는데 정말 대단했지요.」

「이 멍청이!」

「저 소리 들었어요, 코마드레? 그가 하는 말을 들었냐고요. 그 친구 목소리 아니었나요? 말씀해 보세요…….」

도나 플로르는 몸에 힘이 빠지고 심장은 들뛰고, 입은 바싹 마르고 뜨거워서 낮은 목소리로 말했다. 「신경 쓰지 마세요. 그이가 나한테도 그러는 적이 많답니다.」

미란당은 이해하지 못했다. 게다가 그날은 모든 것이 뒤죽박죽, 설명할 수 없는 일들뿐이었다. 밤이 갑자기 서쪽 하늘에, 보통 때보다 일찍, 평소의 해 질 녘 노을도 없이, 완전히 푸른 밤이 나타난 것 같았다. 미란당은 하늘을 보고 도박할 시간이 되었음을 알았다. 한 번의 회전, 하나의 구슬도 놓칠 수 없었다. 「안녕히 계세요, 코마드레. 돈은 내일 와서 갚아 드릴게요.」

「그럴 필요 없어요. 만약 따시면 내 이름으로 아이들한테 사탕이나 사다 주세요.」

그리고 잠시 멈추었다가 낮은 목소리로 덧붙였다. 「……그리고 당신 콤파드레의 이름으로요.」

바지뉴의 키스가 그 푸른 밤의 산들바람처럼 그녀의 뺨을 쓸었다.

「당신 보러 다시 올게! 오늘 밤은 기어코 당신을 침대로 끌고 갈 거야. 기다려, 물론 기다리겠지만.」

13

일요일 밤이라 방마다 사람들이 가득했다. 오케스트라는 폭스트롯을 연주했고 남녀 쌍쌍이 댄스 플로어를 누볐다. 미란당은 아르헨티나인 베르나보와 도나 낭시를 알아보았다. 출납 창구에서 그는 도나 플로르가 준 1백 미우헤이스를 칩으로 바꾸었다. 적은 액수의 칩 두 개는 주머니에 넣었다. 「이건 나중에 바지뉴의 17을 위한 거야.」 나머지는 똑같이 두 쪽으로 갈랐다. 한 쪽은 3, 또 한 쪽은 32에 걸 칩이었다.

룰렛 테이블에서 그는 오래전부터 아는 크루피에인 로렌수 망지바카에게 웃음으로 인사했다. 그는 확실한 목표를 가지고 칩 하나를 3에, 또 하나를 32에 던졌다. 아니, 그런데 두 칩이 공중에서 곡선을 그리더니, 로렌수가 게임 시작을 알리는 그 순간에 둘 다 17에 떨어졌다.

당연히 17이 나왔다. 그리고 그 숫자는 멈출 생각을 하지 않았다. 자정이 조금 지나서 펠란키 모울라스가 휠에 뭔가 문제가 있다는 핑계로 게임을 중단시키지 않았다면 영원히, 한 번도 멈추지 않고 계속 나왔을 것이다.

14

주우미라의 아파트, 펠란키 모울라스는 그 물라타의 무릎을 베고 그 풍만한 가슴의 축복 밑에서 마시무 살리스 교수의 보고를 주의 깊게 듣고 있었다. 그 룰렛 휠과 테이블을 가져다 조각조각 분해해서 모든 테스트를 다 해봤지만, 손을 댄 흔적이나 결함은 없었으며 속임수의 증거도 없었다.

「알아! 전부 시간 낭비야.」 가여운 제왕이 신음했다.

불과 몇몇 사람만 아는 그 주소에서 그 위대한 남자, 그 도시의 제왕, 정부의 막후 실력자는 귀찮고 성가신 일들을 피해 숨어 있었다. 그의 사무실(펠란키 모울라스 회장실)에는 아침부터 밤까지 끊임없이 사람들이 드나들었다. 저마다 목록과 서류, 청탁거리, 고민, 실수, 술책을 가지고 정말 다양한 유형의 개인들, 온갖 종류의 위원들이 드나들었다. 모두가 돈을 바라고 오는 사람들이었다.

교회를 지을 돈, 종을 살 돈, 자선 사업과 병원 기부금, 노인 주택과 학교 보수 자금, 나라의 남쪽과 북쪽으로 가는 학생들의 수학여행 지원금. 만족을 모르는 탐욕 덩어리 언론인들과 정치가들은 하나같이 어둡고 치명적인 멸망과 무신론의 위험에서 나라를 구하고 그리스도교적 도덕, 문명, 체제를 구하기 위해 돈을 요구했다. 삭가들은 잡지와 책을 낼 계획을 가지고 찾아왔다. 「회장님은 문화, 문예, 시의 친구이시며 새로운 마이케나스입니다.」 (펠란키는 이렇게 말하고 싶었다. 〈마이케나스는 당신을 낳은 매춘부요.〉 그러나 그 말은 하지 않고 돈을 뜯으러 온 그자가 젊은 천재인지 늙은 이류 시인인지에 따라 20미우헤이스나 50미우헤이스 지폐를 내주었다.) 개혁가들, 도덕주의자들, 가톨릭교도들, 개신교도들, 밀교 신앙을 가진 사람들, 무정부와 무질서와 싸우고, 공산주의와 자유연애의 위험에 맞서는 사람들, 창피하게 포르투갈어 문법 규칙(문장을 시작할 때의 부정 대명사)도 모르는 자들, 해변에서나 볼 수 있는 망측한 수영용 옷차림(배까지 훤히 보이는)을 한 자들. 그가 막 창창한 사업을 시작했을 때 안토니우 시넬리냐 같은 어머니들로 구성되었던 알코올과 매춘과 도박 감시를 위한 어머니 협회, 오세아니아 선교 후원회, 마조르 코즈미 지 파리아의 문맹 퇴치 캠페인, 성 야누아리우스 섬김회, 카불라의 유쾌한 브루넷들의 카니발 클럽 등등. 나병부터 암까지, 선페스트부터 각기병까지, 샤가스병부터 무도병까지, 별의별 병을 앓고 있는 사람들, 맹인, 불구자, 절름발이 무리는 물론이고, 아무런 핑계도 없이 낯짝 두껍게 그냥 돈을 요구하러 온 정신 나간 얼간이들은 말할 것도 없었다.

펠란키는 그 아파트와 주우미라의 품에서 이 모든 것을 떠나 휴식을 취했고 이제 그 도피는 여느 때보다 더 소중했다. 그곳에서만큼은 그를 덮쳐 오는 무시무시한 공포와 싸울 수 있었다. 거기서 그는 부하들의 보고를 들었다. 아첨하는 쓸데없는 소리들을.

마시무 살리스는 마지못해 패배를 인정하고서 과감하고 단순한 계획을 이야기했다. 그 룰렛 휠을 떼어 내어 모든 것을 밝혀낸 사실을 역이용하면 어떻겠는가? 어떻게? 아주 간단하다. 휠을 살짝 기울여 구슬이 절대로 17 칸에 떨어지지 않도록 만드는 것이다. 그 수법은 룰렛 휠의 역사만큼 오래된 것이다. 위험하지만 확실하다. 물론 불명예스러운 짓이다. 그러나 확실한 증거를 입수할 방법이 달리 어디 있단 말인가?

마시무는 처음의 견해를 고집했다. 말도 안 되는 그 모든 억측, 펠란키가 불길한 운명의 검은 손이라고 여기는 그 상상은 극악무도한 술책, 갱단 — 물론 외국 갱단 — 이 출납원과 크루피에와 손잡고, 아리고프, 아나크레옹, 미란당과 연합해 벌인 작전이라는 것이었다.

「*Sono fregato, sono fututo!*(갱단이니 외국인이니 집어치워)!」 펠란키 모울라스가 아는 한, 마시무 살리스가 지껄이는 그 헛소리들은 시간 낭비일 뿐이었다. 갱단도 술책도 없었다. 이것은 그보다 훨씬 더 지독한 것이었다. 그의 적들이 그를 파멸시키기 위해서 초자연적인 힘, 다른 세계의 통제할 수 없는 힘을 일깨운 것이었다.

권력을 잡기까지 순탄치 않았던 과정에서, 펠란키는 뿌리 깊은 증오, 불구대천 적의의 씨앗을 뿌렸다. 필요할 때마다 가혹하고 냉혹했던 그의 손은 경야의 저주, 복수의 맹세를 낳았다. 이제 그는 마법과 주술의 공격에 밀려 궁지에 몰린 자신을 발견하고 있었다.

펠란키는 사람이나 싸움이 두렵지는 않았다. 그는 무자비한 맞수였다. 그러나 그 현대판 갱스터, 계몽과 기술 시대의 아들은 천둥이 내지르는 첫 번째 포효에 덮개 밑으로 머리를 감추고 번개의 섬광을 두려워하는 칼라브리아의 어린아이, 미신과 가난에 찌든 조그만 시골 아이에 지나지 않았다.

「*Maledetto, sono stregato!*(저주야, 귀신이 들렸어!)」

「좋습니다.」마시무가 말했다. 오직 사람을 두려워하고 다른 세계의 영혼은 믿지 않는 그는 자유사상가, 회의주의자였고, 모든 현상에 대해 항상 합리적이고 논리적인 해명을 추구했다.「좋습니다. 우리는 끝까지 해보겠습니다. 테이블을 기울여서 어떻게 되는지 두고 볼 겁니다. 물론 그건 불법이고 부정한 짓이며, 회장님이 그런 사기를 싫어한다는 것도 잘 압니다. 저도 마찬가집니다. 하지만 이건 과감한 조치가 필요한 문제입니다. 그들이 회장님께 하는 짓은 훨씬 더 부정하지 않습니까? 만약 테이블을 기울였는데도 계속 17이 나온다면 — 그게 불가능하다는 건 아시겠지요 — 그때는 회장님 의견에 동의해야겠지요. 악마가 테이블을 접수했다고 말이지요. 그때 가서 우리를 도와줄 마쿰바 사제들을 찾아볼 겁니다.」

펠란키 모울라스는 어깨를 으쓱해 보였다. 단지 시험을 위한 것이라면 마시무가 애원하는 대로 휠에 손을 대는 걸 허락하시만, 이주 신중하고 조심스럽게 해야 했다.

「제가 직접 할 테니 걱정 마십시오.」

「딱 하룻밤만이야.」

「그래야지요, 딱 하룻밤만.」

마시무는 흡족하게 손을 비비면서 그 정교한 작업을 하러 떠났다. 펠란키 모울라스는 모든 것이 부질없는 짓 같았다. 마시무나 경찰보다 더 유능한 손에 행운과 운명을 맡길 순간은 이미 와 있었다. 만약 그 수수께끼의 답을 알아낼 사람이 있다면, 바로 카르도주 에 사렸다. 카리스마 넘치는 그 철학자의 숭고한 지성은 저 너머, 무한하고 방대한 공간까지 뻗어 있었고, 우주 공간을 뚫고 과거와 미래의 베일을 벗길 수 있었다. 그는 가장 높은 곳과 어두운 심연 모두에서 어제, 오늘,

내일을 한꺼번에 살기 때문이었다.

주우미라 역시 추호도 의심하지 않았다. 이것은 마법이었고 악마가 돌아다니고 있었다. 지금까지는 그에게 근심거리를 더해 주고 싶지 않아서 말을 하지 않았다. 그는 워낙 고민이 많은 사람이었기 때문이다. 그러나 어젯밤 팰리스에서 게임이 중단되었을 때, 전과 똑같은 일이 일어났다. 뭔가 보이지 않는 존재가 그녀의 가슴을 만지고 간질였다. 그것으로도 만족하지 않았는지, 그것은 그녀의 치마 밑으로 들어가 궁둥이를 꼬집었다.

「보세요, 페키투. 여기요.」

그녀는 실내복을 들어 올렸다. 실내복 아래 빛나는 구릿빛 피부 위에서 그는 그녀가 가리키는 반점을 볼 수 있었다. 바지뉴의 손가락이 남긴 자주색 반점, 미지의 존재에 대한 결정적인 증거였다.

「*Accidente!*(제기랄!)」 그 칼라브리아인이 소리를 질렀다. 그리고 힘을 쥐어짜서는 그 암흑의 수수께끼 속으로 뛰어들었다.

15

어리석고 염치없기는. 바지뉴는 늘 그랬었고, 죽음의 세월에도 변한 게 없었다. 「오늘 밤은 기어코 당신을 침대로 끌고 갈 거야. 기다려…….」

도나 플로르가 마치 가장 천박하고 타락한 매춘부라도 되는 양, 잠자는 남편 옆에서 부정을 저지를 걸로 생각하다니. 닥터 테오도루는 철제 침대에서 곤히 잠들어 있었다. 귀족적인 모습으로 편안한 휴식을 취하면서, 가끔 바순처럼 코를 골기는 했지만 고른 숨을 쉬었다.

도나 플로르는 남편의 고결한 모습을 물끄러미 바라보았다. 애정의 파도가 그녀를 감쌌다. 그보다 좋은 남자, 그처럼 완벽한 남편은 없었다. 용감하고 흠잡을 데 없는 성격(단호하다는 소리도 들었다). 도나 플로르는 그 미심쩍고 변명할 수 없는 관계, 그녀의 품위와 정조를 바칠 가치가 없는 그 관계를 영원히 끝내기로 결심했다.

밤새 거실에서 기다리는 편이 낫고 안전할 것 같았다. 남편이 (그 착하고 올곧은 사람이) 자는 방에서 저도 모르게 바지뉴의 품에 안긴 자신을 발견하는 위험은 피할 수 있을 것이다. 도나 플로르는 육욕이란 사악한 감정의 노예가 되어, 곧바로 그에게 굴복하게 될까 두려웠다. 의지로 통제하기는 이제 불가능했다. 굳은 결심은 바지뉴의 모습을 보는 순간 사라졌고, 그가 다가올 때면 어떤 현기증 같은 게 덮쳐서 그 유혹자의 손에 놀아나게 되었다. 그녀는 이제 자기 육체의 주인이 아니었다. 반항적인 육체는 더 이상 그녀의 정신에 복종하지 않고 바지뉴의 욕망에 복종했다.

그렇다 해도 아직은 확실히 굴복한 것이 아니었다. 어쩌면 그것은 요 며칠 동안 바지뉴가 좀처럼 나타나지 않았기 때문일 것이다. 또 한 번 도박에, 광란의 삶에 넘어간 그는 나타나지 않았다.

그렇게 그날 밤이 되었다. 그러나 그는 매우 확실하고 명료하게 말했었다. 「기다려, 반드시 나를 기다려. 당신을 찾아 침대로 올 테니까.」 그는 그녀의 처지를 생각조차 하지 않았다. 그는 오겠다고 약속해 놓고서 도박장에 있었다. 아니면 매음굴에 갔거나. 도나 플로르는 방을 오락가락하다가 창문을 열고 거리를 내다보았고 가는 시간을 헤아렸다.

그 모든 사랑의 맹세, 끝없는 열정은 거짓에 지나지 않았다. 도나 플로르가 기다리고 있는데 그는 단 한 게임도 포기할 수 없다니. 어쩌면 마지막 구슬이 회전을 멈춘 후에야 올 것이다.

그러나 도박은 끝났다. 도나 플로르는 그 시간을 훤히 꿰고 있었다. 카지노에 관한 모든 것이 지극히 익숙했다. 바지뉴를 기다리는 이런 일은 오래전에 시작된 것이었다. 그는 어디 있을까? 어떤 소동이 그의 발목을 잡고 있을까? 누구 때문에 그녀와의 약속을 어기는 걸까? 〈바지뉴, 당신은 왜 나의 이런 감정을 이용하지 않는 거예요? 왜 약속한 때에 오지 않는 거예요? 이러는 나 자신을 미워하면서 기다리고 있는데? 명예, 정숙함, 가정, 올곧은 남편이 나한테 무슨 소용이 있을까요? 지금 중요한 한 가지는 당신이 여기 있는 것. 당신을 향한 내

욕망은 무엇 하러 일깨웠나요?〉

그날 오전 요리 수업 시간에 도나 플로르는 심란해서 정신을 팔다가 밥을 태울 뻔했다. 방 뒤쪽에서 주우미라 시몽이스 파군지스가 흥분해서 떠드는 소리를 들었던 것이다. 「분명 어떤 주술일 거야. 무서워 죽겠어. 저번에 이 교실에서 뭔가 내 가슴을 만졌다고 한 말 기억하지? 그게 다가 아니야…….」

학생들은 소란을 일으키며 그녀 주변에 모여들었다. 「무슨 일이 있었는데? 말해 봐, 어서.」

「어젯밤에 팰리스에 갔었는데…….」

「하루도 빼먹지 않고 팰리스에 가네.」

「그게 내 일의 일부니까.」

「어쩜, 나도 그런 일을 했으면 좋겠다!」

「계속해 봐, 주우미라…….」

「그래, 어젯밤에 회장님이랑 팰리스에 갔었는데, 룰렛 휠에서 무슨 일이 난 거야. 계속 17만 나오지 뭐야.」

도나 플로르는 생각나는 게 있어서 귀를 기울였다.

「사람들의 흥분이 절정에 이르렀을 때, 보이지 않는 그 손이 내 가슴을 만지는 걸 느꼈어. 그러고는…….」 ― 여기서 그녀는 목소리를 낮추었다 ― 「내 엉덩이를 꼬집는 거야.」

「보이지 않는 손이 엉덩이를 꼬집어? 말도 안 되는 소리.」 신비를 믿지 않는 줏대 있는 한 여자가 미심쩍은 목소리로 말했다.

「내 말을 못 믿겠어? 증거를 보여 줄 수도 있어.」

거짓말쟁이로 몰렸다는 생각에 짜증이 난 주우미라는 치마를 들어 올리고는, 몸매 잘 빠진 동료 학생들에게조차 질투심을 일으키는 허벅지를 보여 주었다. 약간 희미해지긴 했지만 바지뉴의 손가락 자국은 분명 있었다. 도나 플로르는 조용히 방을 나왔다.

그날 하루 종일 도나 플로르는 그를 기다렸지만 슬프기만 했다. 바지뉴는 오지 않았다. 그다음 날도 오지 않았다. 그 모든 열정은 거짓이었고, 사랑의 회오리는 가짜, 위선이었다. 도나 플로르는 잠자지 않고 그를 기다렸고 그 건달은 도박 테이블에서, 또는 주우미라의 치마

속에서 그녀의 궁둥이나 꼬집으며 재미를 보았다. 바지뉴, 냉소적이고 무책임하며 불충스럽고 무정한 사람. 내면의 모든 갈등이 사라지고, 정숙함과 욕망 모두에서 자유로워진 도나 플로르는 그저 슬프기만 했다.

16

승리의 시간, 마시무 살리스 교수는 자부심에 우쭐대지 않았다. 반대로 그는 하나도 틀리지 않은 옛말에 공을 돌렸다. 〈도둑은 도둑으로 잡아라.〉 그는 거만하지 않은 학자, 진정한 휴머니스트였다.

그러나 그는 다른 세계의 영혼이니 말도 안 되는 마술이니 주문이니 하는 얘기를 더는 듣고 싶지 않았다. 한낱 속임수에 불과한 그 마법을 사라지게 하는 데에는 룰렛 테이블을 기울이는 것으로 충분했다. 이제 남은 일은 그 우두머리, 갱단 두목을 색출해 그를 끝장내는 것뿐이었다. 로렌수 망지바카, 그 음모에서 절대 결백한 그가 그 테이블에서 구슬을 돌린 사람이었다. 전날 밤에는 계속 17만 나왔지만 오늘은 지금까지 한 번도 나오지 않았다.

펠란키 모울라스의 얼굴에선 긴장이 풀어졌다. 그는 초자연적인 것 외에는 무서울 게 없었다. 하지만 룰렛 테이블에 농간 좀 부렸다고 그걸 어쩌지도 못하는 이것이 무슨 신비한 힘이란 말인가? 마시무는 그 술책에서 신비의 가면을 뜯어내 버렸다. 영향력 있는 긴 팔을 가진 펠란키는 그 책임자를 붙잡아, 그동안 뜯어낸 돈, 그 뻔뻔스러움, 오만함에 대해서, 그리고 무엇보다 가슴 졸였던 그 시간에 모두에게 드러내야 했던 그의 두려움과, 그의 심장을 갉아먹었던 공포의 대가를 이자까지 쳐서 갚게 할 것이다. 다시 한 번 세상과 화해한 도밍구스 프로팔라투와 주우미라 사이에서, 펠란키는 도박꾼들을 보며 미소를 지었다. 세상에서 가장 상냥하고 진심 어린 미소였다.

이 모든 사건이 벌어지는 동안, 도망자 미란당은 카를라의 매음굴,

분홍색으로 칠한 그 아름다운 규방에서 술에 취해 자고 있었다. 전날 밤, 펠란키 모울라스가 눈에 띄게 당황해서 게임 중지를 명령했을 때, 해독할 수 없는 그 악몽에서 풀려났다고 가슴을 쓸어내린 사람은 크루피에인 로렌수 망지바카와 도밍구스 프로팔라투만이 아니었다. 칩더미에 둘러싸여 있던 미란당도 그에 못지않은 안도감을 느꼈다. 그만큼 상황이 부조리하고 무서웠던 것이다.

룰렛에서 계속 17이 나오는 동안, 미란당은 황홀경과 공포의 중간쯤에 있었다. 무한한 행운은 황홀했지만, 끝이 없을 것 같은 악마적인 행운은 공포였다. 그날 밤 재물의 둑은 붕괴되었고 그 카지노의 모든 칩이 미란당의 수중에 들어왔다. 그러나 그 행운이 정말 그의 것, 미란당의 것이었을까?

정말이지 아주 미심쩍고 이상한 일이었다. 바지뉴의 목소리가 귓가를 맴돌았다. 오전에 새장을 청소하며 부산을 떨 때부터, 점심때 허파와 간 스튜를 먹을 때나 거리에서도. 도나 플로르를 찾아갔을 때의 이상한 말들, 희미한 흔적들, 그리고 그가 들은 죽은 친구의 욕설, 마치 미란당과 도나 플로르 외에, 바지뉴가 같이 대화를 하는 것 같았다. 그 후에도 그가 3과 32에 칩을 던졌을 때 마술처럼 17에 떨어졌던 일. 밤이 깊었을 때 미란당은 고집으로, 그리고 시험 삼아 다시 한번 자기가 좋아하는 숫자에 칩을 놓았다. 그러나 칩은 제멋대로, 아무도 모를 조화를 부려 17에 들어갔다. 이 모든 일을 겪었으니, 미란당은 무엇이겠는가? 도박꾼인가, 아니면 운명의 노리개인가?

엄청난 백만장자가 되어, 그러나 무거운 마음으로 팰리스를 나온 그는 카를라의 유곽으로 향했다. 그곳은 그렇게 큰 대박을 축하하기에 알맞은 장소일뿐더러, 큰 시련을 겪을 때에도 반겨 주는 곳이었다. 그는 그 뚱뚱한 이탈리아 여자, 정직하고 양심 있는 사람에게 돈을 건넸다(당연히 축하를 위해 비용은 생각하지 말고 아낌없이 돈을 쓰라고 위임하면서). 그는 여자들이 지나치게 들러붙거나, 길에서 갑자기 많은 친구가 친한 척할까 봐 두려웠다. 그날 밤 미란당은 평생 잊지 못할 만큼 흥청망청 놀아 보기로, 그러면서 그 수수께끼, 온갖 미친 일을 같이 묻어 버리기로 작정했다.

뚱보 카를라가 지휘한 축하 행사는 다음 날까지 계속되었고, 가장 술이 센 사람들, 호바투 필류나 아우레우 콘트레이라스(단춧구멍에 늘 꽃을 꽂고 다니는) 같은 작가와 기자인 주앙 바티스타는 다음 날 정오에 여전히 그 유곽에서 점심 식사를 했다. 푸짐한 페이조아다에 럼주와 백포도주를 곁들인 훌륭한 식사였다. 미란당이 달려온 그 마라톤 축하연이 끝난 때는 죽은 사람처럼 뻗은 그를 여자들이 들것으로 옮긴 후였다. 그들은 조심조심 그의 옷을 벗기고 따뜻한 스펀지로 목욕을 시켰다. 그의 몸에 분을 바르고 향수를 뿌리고 마지막으로, 그 유곽에서 귀빈을 위해 따로 마련한 방, 온통 핑크와 공단으로 장식한 방의 가장 좋은 침대에 눕혀 재웠다.

미란당과 몇몇 예민한 손님, 앞에 이야기했던 아메지나 — 아버지의 아메리쿠에서 아메를, 어머니의 호지나에서 지나를 따온 — 같은 사람들은 그곳에서 어떤 불가항력이 축하연을 지휘하고 있음을 느꼈다. 그렇지 않다면 카를라가 끝내 주게 멋진 장면들이 연출되는 일곱 베일의 춤을 셀 수도 없이 여러 번 춘 것을 어찌 설명할 수 있단 말인가?

마시무 살리스는 회의주의자에 현실주의자, 자유사상가였음에도 그 또한, 그날 오후 도박실에서 (펜란키의 젖형제인! 도밍구스 프로팔라투만을 데리고) 능숙하고 꼼꼼하게, 예술가의 완벽성을 동원해 휠을 기울이는 힘든 작업을 하고 있을 때, 뭔가 그를 지켜보고 있다는 느낌을 받았다. 그 이상한 느낌이 하도 강해서 그는 몇 번이나 작업을 멈추고 보이지 않는 목격자를 찾아 실내를 두리번거렸다.

도박이 절정에 이를 시간인 자정께에, 피로와 술에 절어 무거운 잠 속에서 미란당은 어젯밤과 똑같은 그 목소리를 들었다. 처음에 흐릿했던 그 목소리는 곧 바지뉴 비슷한 목소리로 또렷이 정확하게, 지체 말고 당장 팰리스로 돌아가서 17에 돈을 걸라고 명령했다. 「17에, 오직 17에만. 꾸물대지 마!」

눈을 뜬 미란당은 밤의 어둠 속에 자기와 그 목소리만 있는 걸 깨달았다. 죽도록 겁이 난 그는 시트 밑에 웅크려 베개로 귀를 막았다. 그는 듣고 싶지 않았다. 어젯밤의 축하연이 막바지에 이르렀을 때 아나크레옹이 그에게 물었었다. 「그런데 자네도 귀에 속삭이는 바지뉴의 목소리를 들었나? 그런 친구는 다시없을 거야. 죽은 후에도 친구를 잊지 않다니 말이야.」

미란당은 듣고 싶지 않았지만 들었다. 똑똑히 들었다. 귀신에 씐 것이다. 마법에 걸린 것이다. 죽은 친구의 혼이 등에 달라붙은 것이다. 되도록 빨리 성모의 칸돔블레 사당에 가서 육체를 정화하고 신들에게 수탉을, 아니 염소를 바쳐야 했다.

그러나 목소리는 베개를 통해서 계속 그를 압박해 왔고, 거의 위협하고 있었다. 점잖지 못하고 창피하기 짝이 없는 방법이었지만, 미란당은 비명보다 나은 방법을 찾을 수 없었다. 그는 살려 달라고 비명을 지르며 건물 전체를 쑥대밭으로 만들었다. 친절한 카를라는 매우 존경받는 판사, 저명하고 굼뜬 고객에게 양해를 구하고는 겁에 질린 손님을 돌보러 갔다. 그녀가 팔을 둘러 꼭 껴안아 주었을 때, 미란당은 어머니의 영혼과 자기 아이들의 행복을 걸고, 다시는, 평생 두 번 다시는 도박을 하지 않겠다고 맹세했다. 그 어떤 사람의(또는 초인간적인) 힘도 그에게 다시 칩을 만지게 할 수는 없었다.

17

전화벨이 울렸을 때, 지오바니 기마랑이스는 두 시간 넘게 잠들어 있었다. 그는 결혼한 후 일찍 자고 일찍 일어나는 습관이 들었다. 아내의 말로는 건강에 아주 좋은 습관이었다. 좋은 건강과 성공적인 직장 생활을 위해서 그만큼 유익하고 필요한 것은 없다. 특히 방탕한 생활을 하면서 너무 많은 밤을 낭비해 버린 사람한테는.

짧은 시간에 인생이 180도로 바뀌어 버린 남자 — 유명한 기자 지오바니 기마랑이스 — 가 있었다. 그것도 사실상 하루아침에. 이것은 방탕하고 뻔뻔스러운 걸 못 참는 헌신적이고 활달한 여자와의 결혼이 유익함을 말해 주는 증거였다. 지오바니는 기존의 쾌활함, 거침없는 웃음, 거짓말, 허풍을 그대로 유지했다. 겉보기에 그는 똑같았다. 그 도시에서 벌어지는 일 — 정치, 자금, 불륜, 모든 것 — 들을 속속들이 아는 그는 말 붙이기 편안한 사람이었다. 그러나 어디까지나 겉만 그랬다. 구제할 수 없는 방랑벽, 올빼미 습관, 도박, 그 모든 것을 씻어 낸 그를 보고 그를 아는 많은 사람은 적잖이 놀랐다.

언제인가, 우란지의 대농장에 들려오는 소식에 놀란 가족들은 그 방탕한 아들이 무슨 짓을 하고 있는지 알아보라며 세금 징수원이자 꽉 막힌 구닥다리로 명성이 자자한 사촌을 바이아에 보냈다. 그 세금 징수원은 피에다지에 있는 총각 지오바니의 아파트에서 지내면서 그 미묘한 임무를 소신껏 수행하기 위해, 그 잊지 못할 일주일 동안 그가 가는 곳마다 동행했다. 그는 돌아가서 자신의 진단을 한마디로 요약했다. 「가망이 없어요!」

하여튼 그렇게 보이긴 했다. 그는 봉급과 유산을 도박 소굴에서 탕진하고 있었으며, 그것도 모자라 밤낮이 바뀐 생활을 하면서, 자기 직장인 정부 관청 사무실에는 급료를 받을 때에만 모습을 나타냈다. 그는 빚에 허덕이고 있었고, 반역적인 사상에 동조했다. 기자로서의 명성, 지적 재능, 모두를 친구로 만드는 매력이 다 무슨 소용인가?

세금 징수원 사무실로, 자신의 종교와 가족으로 돌아간 그 사촌은 지오바니의 갱생은 거의 불가능하다고 생각했다. 그런 기쁨들, 특히 자자의 유곽에서 빼어난 보석과도 같은 주쿤지나, 그러나 달콤한 고기라는 별명으로 더 유명한 그 여자를 포기한다는 건 그야말로 바보나 할 짓이었다. 군침을 흘리면서, 그 사촌은 흐느끼는 가족들에게 말했다. 「희망을 버리세요. 그는 미쳤어요. 절대로 정신 차리지 못할 겁니다.」

천만에, 정신을 차렸다. 모두가 승산이 없다고, 그를 구제 불능으로 생각할 때 그는 사랑에 빠졌고, 두 달 만에 결혼했다. 사람들은 신부를 불쌍히 여겼다. 「가엾기도 하지. 신부는 저 친구와 결혼한 날을 저주하게 될 거야. 지오바니는 건달이야.」

그것은 사람들이 그 여자를 모르고서, 수줍은 듯 조용한 분위기를 보이는 그대로 받아들였기 때문이었다. 결혼 6개월 후, 그 도시로 돌

아갔던 오지의 그 구닥다리는 고개를 저었다.「불쌍한 지오바니!」그
러고는 황급히 자자의 유곽으로 향했다. 아마도 달콤한 고기는 지금
도 거기 있을 것이며, 그녀는 기꺼이 농촌 풍경 속 시골 생활에 적응
하겠다고 할지도 몰랐다.

지오바니는 딴사람이 되었다. 어떤 도박 테이블이나 술자리에서도
다시 그를 보지 못했다. 그는 아름다운 여자들은 영화 스크린에서만
구경했다. 그뿐 아니라 그는 가장 점잖은 신사, 완벽한 시민의 종, 이
상적인 가장이었으며, 한 팔에는 아내를, 또 한 팔에는 미녀의 자질을
갖춘 딸 루드밀라를 끼고 거리를 산책했다. 감동적인 장면이었다!

대머리와 함께, 보수적인 사상과 구시대적 습관, 땅과 가축에 대한
욕심이 그 머리를 차지하고 있었다. 확실히 그는 사회, 가족, 토지를
위해 완벽하게 교화된 남자였다.

지오바니가 잠든 지 두 시간쯤 지났을 때 전화벨이 울렸다. 그는 잠
에 취한 채 침대에서 나와 수화기를 들었다. 누구일까?

「지오바니인가?」상대방 목소리가 물었다.

「네, 그렇습니다만 누구십니까?」

「나 바지뉴야, 지오바니. 되도록 빨리 팰리스에 가서 17에다 칩을
걸게. 겁내지 말고. 17이 나올 거야. 내가 장담하지. 하지만 되도록
빨리 가야 해.」

「지금 가지.」

소란을 피우기 싫어서 그는 재빨리 옷을 입었다. 설명할 시간이 없
었으므로, 아내가 깨지 않은 게 다행이었다. 급히 빠져나가느라 열쇠
와 서류, 지갑까지 잊어버렸다. 마침 택시 한 대가 모퉁이를 지나기에
급히 올라타기는 했지만, 팰리스 문 앞에 도착해서 요금을 내려고 했
을 때에야 지갑을 가져오지 않은 걸 깨달았다.

「지갑을 깜빡했군요…….」

「신경 쓰지 마세요. 나중에 갚으면 되지요.」지오바니는 그 기사가
항상 늦은 시간에 일하는 시가누임을 알아보았다.

그는 운전기사를 알아보았지만, 그 자신, 지오바니 기마랑이스의
일은 깨닫지 못했다. 대체 새벽 한시에 팰리스 호텔 앞에서 무얼 하고

있는 걸까? 전화가 그를 깨웠고, 바지뉴는 17에 돈을 걸라고 다그쳤다. 그러나 바지뉴는 오래전에, 지오바니가 결혼하기 전에 죽은 사람이었다. 분명 꿈이었다, 환각 같은 꿈.

그러나 꿈이든 악몽이든, 그는 이미 그곳에 와 있었고 엎질러진 물이었다. 한밤중에 몰래 집을 빠져나왔으니, 그 결과를 피하기란 불가능할 것이었다. 차라리 그 예감을 따르는 게 나았다. 밤의 공기와 자유가 그를 감쌌고, 지오바니는 무슨 영웅이라도 된 기분으로 도박실로 난 계단을 올라갔다.

늦은 시간이었지만 방 안의 열기는 대단했고, 특히 룰렛 테이블 주변은 흥분의 도가니였다. 지오바니는 뜨거운 환영 인사들을 받았다.

「아니, 이게 누구신가?」

「기적 같은 일일세, 자네가 다 오다니.」

그 기자는 펠란키에게 다가가며 물었다. 「약식 차용증이라도 받아 주시겠습니까? 급히 나오느라 지갑과 수표책을 안 가져왔어요.」

「얼마든지. 금전 등록기에서 가져가시오······.」

「그냥 예감이 맞는지 보려고요. 17 꿈을 꿨거든요.」

「17?」

마시무 살리스는 빙긋 웃음을 지었으나 펠라키 모울라스는 불길한 예감이 들면서 불안했다. 지오바니는 약식 차용증을 쓰고 칩을 모아서는 17에 놓았다.

「오늘은 한 번도 안 나왔어.」 누군가 일러 주었다.

「게임 시작입니다.」 로렌수 망지바카가 선언했다.

기울어진 테이블에서 구슬이 돌았다. 구슬이 17에 멈추는 것은 불가능한 일이었다. 마시무 살리스의 얼굴에는 성자의 순한 표정이 떠올랐다. 펠란키 모울라스는 긴장했다.

「블랙. 17입니다.」 로렌수 망지바카가 소리쳤다.

18

비 내리는 우울한 토요일 오후였다. 슬픈 기분에 빠져 혼자 있기조차 힘든 오후였다. 도나 플로르에겐 그것조차 허락되지 않았다.

닥터 테오도루는 비옷을 입고 우산을 쓰고, 바순을 들고 닥터 벤세슬라우의 집으로 리허설을 갔다. 도나 플로르는 핑계를 댔다. 두통이 있고, 유행이나 남 이야기를 하며 떠드는 것은 즐겁지 않다고 말이다. 게다가 단조로운 리허설을 듣고 있을 생각도 없었다. 물론 그 말까지 하지는 않았다. 반대로, 거장 아제노르 고메스의 새 작품을 듣지 못해서 아쉽다고 말했다. 그 음악가는 도나 지자와 친해져서 그녀를 위한 느린 곡의 왈츠를 쓰고는 매우 자랑스러워했다. 「미시시피 강가의 달빛 아래 풍경」.

그뿐만 아니라, 좀 전에 도나 플로르에게 아마랄리나 근처의 빈 터에서 열리는 카포에이라 시합에 같이 가자고 했던 도나 지자까지 거절당했다. 세상 모든 것에 관심을 가진 용감한 그링가. 그러나 남편과 리허설에 가는 것도 거절한 마당에, 힘없는 몸과 맥 빠진 기운으로 어디를 간단 말인가? 토요일마다 꼬박꼬박 같이 마티니를 마시고, 거의 항상 같이 영화관에 가는 닥터 이베스와 도나 에미나의 초대도 거절했다. 도나 노르마 역시 그녀를 데리고 나가려고 했다. 「비스카[11] 게임 구경하러 와. 아무 말 않고 게임만 하면 돼.」

「고마워요, 노르미냐. 몸이 좀 좋아지면 테오도루랑 같이 갈래요. 그를 리허설에 혼자 보냈어요.」

「그래.」 도나 노르마가 대답했다. 「약사가 차 타러 가는 거 봤어. 무슨 장례식에 가는 사람처럼 울상이던데. 네 남편은 너를 정말 좋아하는 거야, 플로르.」

리허설에 같이 가지 않은 것은 지나쳤다. 그는 그렇게 많은 사랑과 헌신의 대가로 그녀에게 요구한 것이 거의 없었다. 반면에 또 다른 남편은……. 그녀는 그 악마, 건달을 생각하고 싶지도 않았다. 사람의

11 *bisca*. 카드 게임의 이름.

마음이 어쩌면 그리도 모순적인가? 결국 그녀가 혼자 있고 싶어 하는 이유는 뭘까? 닥터 테오도루에게 최고의 기쁨은 리허설에서 귀 기울여 주고 용기를 북돋아 주는 도나 플로르 앞에서 비순을 연주하는 것이었다. 그런데 그녀는, 다른 남편이 못 끊는 도박을 잠시 쉬고 단 한 순간이라도 찾아와 주기를 기대하는 게 아니라면, 왜 혼자 집에 있고 싶어 하는가?

사실 그런 마음이 있었는지는 몰라도, 어디까지나 그것은 진실을 말하기 위해, 영원히 그를 보내기 위해, 그와의 모든 인연을 끊기 위해서였다. 정말로 그것이 이유일까? 그에게 이 진실을, 아니면 다른 진실을 말하기 위해서가 아닐까? 〈바지뉴, 날 가져 주세요. 내 전부를. 더 이상 기다릴 수 없어요.〉 두 가지 진실 중에서 그녀는 어느 것을 말할 것인가? 아, 정신과 물질 사이의 이 전쟁에서 그녀는 절망에 빠진 가련한 피조물일 뿐이었다.

옆집에서 마리우다가 로만스를 부르는 소리가 들렸다. 그녀는 실제로 약혼 중이었다. 그러나 이 사범학교 학생, 새로운 라디오 스타는 아직 공식적으로 약혼 발표를 하지는 않았는데, 그 상대방, 부유한 카카오 농장 주인이자 편견에 가득 찬 남자가 그녀에게 라디오를 포기할 것을 요구했기 때문이다. 그녀는 그를 위해서만 노래해야지, 다른 누구를 위해서 노래하면 안 되었다. 마리우다가 마이크를 잡기까지, 그 작고 아름다운 목소리가 도시 전체에 울리기까지 기울인 노력은 적지 않은 것이었다. 왜 한낱 약혼자 때문에 그 비싼 대가를 치러야 하는가? 그녀는 굳게 신뢰하는 도나 플로르에게 조언을 청하러 왔었다. 그러나 도나 플로르는 워낙 혼란스러워서 다른 누구는 물론 자신에게도 조언할 처지가 아니었다. 그녀는 둘로 쪼개져 있었다. 한쪽에는 정숙하고 어울리지 않게 근엄한 정신이, 또 한쪽에는 정욕 덩어리가 있었다. 도저히 조화될 수 없는 두 가지였다.

닥터 테오도루는 빗속에서 비옷으로 비순을 덮고 나갔다. 그에게 세상에서 신성한 것은 단 두 가지였다. 도나 플로르와 음악. 아내와 비순의 멜로디를 위해서라면, 필요하다면 약국과 이윤, 과학 논문들, 자신의 명성까지 희생할 각오가 되어 있었다. 올곧은 남자, 모범적인 남편.

다른 남편은 날건달, 불한당, 그뿐이었다. 두 번째로 그녀를 범할 생각이 있으면서도, 한편으로는 그녀를 위해서 어떤 것도, 그 많은 시간 중 단 1분도 희생하지 않으려 했다. 그는 옛날에도 이처럼 무정하게 조금도 양보하지 않았었다. 그녀가 받은 것은 그 방탕한 생활의 부스러기뿐이었다. 「기다려, 금방 돌아올게.」 그러고는 오지 않았다. 속임수와 교활한 말로 가득한 바알세불.

마리우다가 도나 플로르의 발 앞에 무릎을 꿇고 있었다. 「플로르지냐, 어떻게 하면 좋을까요? 노래는 내 삶의 전부예요. 하지만 엄마는 결혼, 가정, 남편, 아이가 내 삶이 되어야 한다고, 나머지는 유치한 변덕일 뿐이라고 하세요. 뭐라고 말 좀 해주세요.」

도나 플로르가 무슨 말을 할 수 있을까? 〈나가요, 이 못된 건달 같으니. 내 남편과 행복하고 똑바르게 살게 놔둬요.〉 아니면 〈날 안아줘요. 내 깊은 보루에 들어와요. 당신의 키스라면 모든 행복을 다 포기할 수 있어요.〉 무슨 말을 할 수 있을까? 왜 사람들은 모두가 서로 다른 두 부류일까? 왜 두 가지 사랑 사이에서 고민해야 하는 걸까? 왜 동시에 두 가지 감정, 모순되고 상반되는 감정을 갖게 되는 걸까?

「이것과 저것, 두 가지 중에서 결정해야 해. 직업인지 결혼인지.」

「왜 결정을 해야 해요? 그이와 노래를 모두 사랑하는데 왜 결혼도 하고 노래도 계속할 수가 없는 거죠? 둘 다 사랑하는데 왜 한 가지를 선택해야 하죠? 왜 그런 거죠?」

왜요, 도나 플로르? 열린 창문으로 마리우다를 부르는 연인의 목소리가 들렸다. 그녀는 양각 초상화처럼 아름다운 얼굴을 들고 달려 나갔다. 도나 플로르는 눈으로 그녀를 좇았다. 바지뉴가 바람처럼 그녀의 머리를 날리고 그녀의 다리 주변을 맴돌았다.

「바지뉴! 마리우다는 안 돼요! 그건 내가 허락 못 해요.」

그는 껄껄 웃으면서 마리우다가 있었던 그녀의 발 앞에 쪼그리고 앉더니, 그녀의 다리를 감싸고 무릎에 머리를 뉘었다.

「혼자 있고 싶어요.」 도나 플로르가 토라진 소리로 말했다.

「당신은 왜 나를 그런 식으로 대하는 거야, 여보? 늘 나무라기나 하고.」

  그는 마치 〈금방 올게. 꼭 기다려야 해〉라는 말을 안 했다는 듯 뻔뻔스럽게 이유를 물었다. 잠 못 이루는 밤들, 쓰디쓴 나날들, 속 타는 기다림들. 그녀가 들은 새로운 소식이라고는 그 건달이 주우미라의 엉덩이를 꼬집어 자국을 남겼다는 것뿐이었다. 그런데도 배짱 좋게 그 이유를 묻다니.

  「당신이 더 이상 나를 보고 싶지 않다고 해서 내가 나간 거잖아, 안 그래? 그래서 펠란키한테 장난 좀 치러 갔던 거라고. 얼마나 짜릿했는지. 웃다가 죽는 줄 알았어.」

  「펠란키한테요, 아니면 그 비서한테요?」

  「당신, 질투하는 거야, 여보? 내 생각이 정말 맞았네. 내가 며칠 동안 나타나지 않으면 나를 돌아오게 해달라고 당신이 신한테 기도할 줄 알았어. 당신은 간절히 나를 갖고 싶어 하니까. 더 이상 참지 못하니까 말이야.」

  「누가 그래요? 기가 막혀. 그건 다 거짓말이에요. 난 정숙한 여자예요. 어서 거기서 손 치워요.」

  손과 입술이 그녀의 살을 태우고 있었다. 입술은 그녀 입 위에, 손은 가장 은밀한 지점, 최후의 보루에 있었다. 내리는 비에 몸이 더욱 흐트러지면서 최후의 저항은 무너졌다. 명예와 난공불락을 다짐한 바로 그 순간, 그녀를 기다리게 했던 것과 주우미라의 한숨에 대해 따지지도 못하고서 그녀는 입을 내주고 있었다. 어지럼증이 그녀를 압도했다. 그녀는 바지뉴의 진격에 맞설 힘이, 명예의 궁극적 한계를 방어할 힘이 없었다. 아, 그 자리에 도움을 청할 사람이라도 있었다면. 바지뉴는 도박 테이블로 돌아갈 생각에 서두르고 있었다. 그는 바삐 달려온 것이었다. 「침대로 가요, 여보.」 그녀는 더 이상 버틸 수 없어 그에게 안긴 채 일어났다. 남편이나 명예가 다 무슨 의미가 있으랴. 「당신이 원하는 곳이면 어디든지.」

  「들어가도 돼요, 코마드레?」

  지오니지아 지 오쇼시가 현관에 나타났다. 그녀는 도나 플로르를 보더니 이렇게 물었다. 「어디 아파요, 코마드레? 안색이 창백해요.」

  기적적으로 구제된 도나 플로르가 다시 앉으면서 중얼거렸다. 「신께서 보내셨군요, 코마드레 지오니지아. 당신만이 날 도울 수 있어요. 여기, 내 옆에 앉으세요.」

도나 플로르는 오쇼시 신도의 손을 잡았다. 「코마드레, 나한테서 바지뉴를 떼어 낼 방법을 아는 사람을 찾아 줘요. 그를 보내 버리고 그로 하여금 더 이상 나를 뒤흔들지 못하게 할 사람요. 그이가 오랫동안 날 괴롭히고 있어요. 난 이제 나 자신이 아니에요. 내가 누구인지, 무슨 짓을 하는지도 모르겠고, 더는 아무런 의지력도 없어요.」

「죽은 콤파드레를 말하는 건가요?」

「무슨 짓을 해서든 그이를 다시 무덤으로 돌아가게 해줘요. 그러지 않으면 무슨 일이 벌어질지 나도 몰라요. 차마 말을 꺼낼 수도 없어요. 그이가 나를 데려가려고 해요. 방금 당신이 도착했을 때 그러고 있었다고요. 어리석은 마음에 난 정말 넘어갈 뻔했지 뭐예요. 계속했다면 결국 그이가 이겼을 거예요.」

지오니지아는 비명을 지르지 않으려고 손으로 입을 막았다. 「오, 코마드레, 서둘러야 해요. 당장에 조치를 취해야겠어요. 나는 당장 지지 사제님한테 갈게요. 다행히 사제님이 지금 어디서 제의를 올리는지 알 거든요. 죽은 자의 영혼을 다루는 일은 아무나 하는 게 아니에요. 오제의 지팡이를 사용하는 사람만 할 수 있어요. 어쩜, 코마드레…….」

「지지?」 도나 플로르는 문득 꽃 시장에서 바지뉴의 무덤에 갈 때 주물을 주었던 수척한 흑인을 떠올렸다. 「가요, 코마드레. 어서 가세요. 나를 구할 수 있는 사람이 있다면 그분이에요. 그분이 아니면 난 파멸이에요. 끔찍한 재난이 일어날 거예요.」

「당장 갈게요.」

오쇼시의 목걸이로 보호를 받는 지오니지아가 떠났다. 그녀는 죽은 자의 영혼을 생각하니 위축되었지만 코마드레의 목숨을 구할 수 있다면 무슨 일이든 하기로 결심했다. 끔찍한 재앙이 일어날 것이다. 그게 죽음이 아니면 무엇이란 말인가. 지오니지아는 민첩하게, 더욱 민첩하게, 이파의 왕국 문으로 난 좁고 으슥한 길을 내려갔다. 그 교차로에 가면 온갖 능력을 지닌 칸돔블레 사제가 있을 것이다.

「사제님.」 그녀는 그의 손에 키스하며 말했다. 「죽은 남자가 제 코마드레를 데려가려 하고 있어요. 그녀를 구해 주세요. 죽은 그 남편의 영혼을 죽음에 가두어 주세요.」 그녀는 아는 대로 그에게 이야기를 해주었다.

바로 그 시각, 닥터 테오도루가 흠뻑 젖어서 돌아왔다. 비 때문에 리허설이 취소되었던 것이다. 그는 독감 예방을 위해 리큐어를 들이켜고 파자마 윗도리를 입은 뒤, 자신의 바순 레퍼토리 중에서 도나 플로르를 위한 곡을 연주했다. 그 음악에 귀를 기울이면서 도나 플로르는 공포와 절망에서, 그토록 부덕한 유부녀인 자신에 대한 염증에서 조금씩 회복되었다. 〈당신한테는 아무것도 두려운 게 없군요, 테오도루. 사랑해요. 난 당신의 것이에요, 오직 당신 것. 이 토요일(앙코르의 권리가 있는)에도 내일도, 그리고 영원히. 누구도 동시에 두 가지 사랑을 품어서는 안 되지요. 나는 나의 반쪽에게 떠나라고 명령했어요. 그리고 나는 여기에, 당신의 바순을 귀 기울여 듣는 더럽혀지지 않은 올곧은 여자로, 테오도루, 당신의 지조 있는 아내로 다시 앉아 있어요.〉

밤이 내린 바이아의 다른 한쪽, 불을 밝힌 숲의 빈 터, 그 안에서는 오쇼시 신도 지오니지아의 간청으로 사제가 주문을 외었다. 비는 폭풍우로 변해 천둥이 우르릉거리고 번개가 번쩍였으며, 성난 바다가 날뛰고, 신들은 아조바의 부름에 응해 번개와 섬광을 타고 내려왔다. 모두가 선뜻 응했지만, 에슈만은 거절했다.

19

펠란키 모울라스가 보낸 전갈이 신비주의자 카르도주 에 사에게 도착했다. 그는 해마다 자기 제삿날에 그러듯이, 주교구 교회에 있는 자기 무덤에 가 있었다. 그가 바이아의 세력가 조아킹 페레이라로 살다 죽은 것이 1886년 3월 15일, 코헤도르 다 비토리아에 있는 영지 저택에서였다. 호화로운 경야가 치러졌고 장례식에는 프리메이슨 동료들과 도매업 종사자 동료 일행, 주 총독이 참석했으며 전문 대곡꾼들이 곡을 하고 관을 연 채로 미사가 진행되었다.

카르도주 에 사의 무덤은 세계 각지 여러 곳에 있었다. 대피라미드 안에서 발견된 미라, 박물관에 전시된 미라, 한니발이 알프스를 건널 때 알프스 만년설 속에 묻힌 주검, 그리고 아라비아 사막 모래 속에는 밤색 말 위에서 죽은 잘로마르가 묻혀 있었다. 프랑스에서는 적어도 열두 번 죽었으며, 이탈리아에서도 같은 횟수만큼 죽었고, 스페인에서는 연금술사이자 이단자로 몰려 종교 재판에서 고문을 받다가 죽었다. 그는 부자, 가난뱅이, 거지, 추기경으로 살아 보았고, 이집트에서는 람세스 2세 시절 나일 강변의 시장 입구에서 대추야자를 팔았다. 동방에서는 하늘의 별자리를 관측했고, 북슬북슬한 수염을 기른 히브리인이었으며, 서력기원 이전에 살다 죽은 유명한 수학자 알리푸세가 바로 그였다.

바이아에는 주교구 교회 지하의 안치실 외에 이타파리카 섬의 바이아쿠 교회에도 그의 무덤이 있었다. 거기서는 네덜란드인들과 맞선 전쟁에서 서른셋의 나이로 죽었는데, 당시 잘생긴 외모에 강인했던 그는 포르투갈 왕의 방탕한 시종이자, 인디언이 살던 연안 구역의 최고 대장 프란시스쿠 누니스 마리뉴 데사였다.

이 모든 방대한 경험 — 방대하다는 말로는 부족한데, 온갖 위업과 사랑이 가득한 그 다종다양한 삶을 이야기하자면 이만저만한 분량이 아니기 때문이다 — 은 이제 시립 문서 보관소의 소박한 직원, 밀교 과학의 거장이자 솔로몬의 봉인 계승자, 박식한 힌두스탄 철학자, 우주의 선장 안토니우 멜시아지스 카르도주 에 시우바(속칭 카르도주 에 사)의 빈약한 뼈대 속에 저장되어 있었다.

「저기, 카르도주 선생님, 회장님께서 반드시 선생님을 모셔 오라고 하셨습니다. 회장님이 큰 곤경에 처하셨어요.」 펠란키의 운전기사 아우렐리우가 말했다.

「갑시다. 기다리고 있었소…….」

「제가 올 줄 알고 계셨단 말입니까?」

현인은 그 질문에 껄껄거리며, 맑게 울리는 웃음을 웃었다. 그보다 더 행복하고 흐뭇해하는 사람은 없을 만큼 더없이 밝은 모습이었다. 「내가 모르는 게 무엇이겠소, 아우렐리우? 나는 긍정적인 것과 부정적인 것을 다 안다오.」

아우렐리우로서는 긍정적인 것이든 부정적인 것이든 논쟁할 생각이 없었지만, 카르도주 에 사의 존재만으로도 왠지 긴장되었다.

차를 탄 우주의 선장은 운전기사 옆에 앉아서, 보이지 않는 존재들에게 인사했다. 「안녕하시오, 준장…….」

「준장이 어디 있습니까?」「거기, 앉아서 바다를 내다보고 있잖소. 오후의 청량함을 즐기면서.」「어디 말입니까, 카르도주 선생님?」 아우렐리우는 제복 차림이건 민간인 차림이건 아무도 볼 수 없었다. 「보는 능력은 모두에게 주어진 게 아니라오, 친구. 그런 능력을 가지고 태어나는 사람은 몇 안 되지.」

「마담, 정말 아름다우십니다. 발에 키스해도 되겠습니까?」

「자네한테는 그녀 역시 안 보이는가? 깃털 모자를 쓰고 길게 끌리는 드레스를 입고 정말 우아하다네. 당대 최고의 미녀였지, 옛날에는. 그녀 때문에 한창때인 두 청년이 서로를 죽였어. 이제는 저기 저 바닷가에서 세 사람이 나란히 팔짱을 끼고 유쾌하게 웃으면서 돌아다니지만 말이야. 자네는 눈이 멀었군. 참으로 안됐네. 그 왕족 같은 화려한 아름다움이 빛나는 그녀를 못 본다니.」

「신이 저를 구하시고 보호해 주십니다, 카르도주 선생님.」

그 거장은 유쾌하게 웃었다. 「이 거리에 유령들이 다니고 있어.」 운전기사는 핸들을 세게 쥐었다. 이 수수께끼 같은 일들 속에서 운전하는 것이 즐겁지는 않았다.

「그래, 도박장 일이 잘 풀리지 않았던 모양이지?」 카르도주 씨가 갑자기 물었다.

「그럼 알고 계셨습니까?」 정말로 그는 모든 걸 알고 있을까? 그게 가능한 일일까?

그때, 이건 또 무슨 일인지, 카르도주가 얼굴을 가리고 몸을 웅크렸다. 「누구를 피하는 겁니까? 해변으로 가는 그 금발 멋쟁이 여자인가요?」「바로 그녀가 나타났네, 친구.」「그 여자를 아십니까?」「잔 다르크야. 그리고 카르도주 에 사가 누군지 아나? 다름 아닌 당시 프랑스의 피에르 코숑 주교일세. 떨리는 손으로 오를레앙 처녀의 사형 선고에 서명했던 교황 사절. 그는 어디에서나 그녀를 본다네. 그 순수한 눈, 금발을 늘어뜨리고 처형대로 갈 때의 옆모습을.」

「나는 우유부단하고 경박했고, 음란한 겁쟁이였어…….」

펠란키는 주우미라의 아파트에서 그 힌두스탄 마법사, 불가능한 그 많은 일을 이해할 수 있는 유일한 사람인 그를 초조하게 기다리고 있었다.

「오래 걸리셨습니다, 카르도주.」

「나는 너무 이르거나 너무 늦는 법이 없소. 항상 정확한 순간에 오는 거지.」

그는 하늘하늘한 시폰을 두르고 있는 주우미라에게 인사했다. 그녀는 예전부터, 아마존 여전사들의 선두에서 한쪽 젖가슴을 다 드러낸 채 사기충천해서 사냥을 떠나 계곡을 건널 때부터 카르도주 에 사를 알고 있었다. 그것은 여전히 윤택함을 간직하고 있었지만(그쪽과 다른 쪽도 모두) 이제 다 드러내고 있지는 않았다. 그러나 거장 카르도주에게 더욱 안타까웠던 건 그렇게 많은 윤회를 거친 후에도 거의 순수했던 그 영혼이, 속죄해야 할 이 천박한 물질생활의 장점에서 아무 영향도 받지 않은 건 아니라는 것이었다.

「이틀 동안 선생을 찾아 수소문하고 있었소.」

「필요한 게 무엇입니까? 재촉인가요, 도움인가요?」

그의 눈은 움직임이 없이 허공에 고정되어 있었고, 넓은 이마는 어떤 영기에 싸인 채 땀에 젖어 있었다. 강력한 집중력. 「룰렛 때문에 파산했군요, 그렇죠?」

주우미라를 돌아보는 펠란키의 눈은 이렇게 말하는 것 같았다. 〈봐, 정말 모든 걸 다 알지?〉 도시를 떠돌던 소문은 카르도주가 다섯 아이와 함께 가난하게 사는(그는 좋은 일에 돈을 요구하는 법이 없었다) 영적인 오두막까지 닿았으며, 그 무렵 그 도시의 화제는 팰리스, 타바리스, 아바이샤지뉴 등지의 룰렛, 바카라, 파로 테이블에서 일어난 일뿐이었다. 신비든 사기든, 기적이든 속임수든, 펠란키 모울라스가 겪고 있는 것만큼 줄기찬 불운은 일찍이 듣도 보도 못한 일이었다. 분명 그런 말들이 거장의 귀에 닿았을 것이다. 그러나 소문을 듣지 못했다고 해도, 설마 그가 그런 사실을 모를까? 카르도주 에 사가 꼭 들어야만 사태를 아는 사람은 아니지 않던가?

「오늘 아침 집을 나오기 전에 이렇게 혼잣말을 했지요. 펠란키가 나를 찾으러 사람을 보내겠군. 그는 어둠에 빠져 있으니 약간의 빛이 필요하겠군.」

「약간? 약간이 아니라 많이요! 난 죽어 가는 기분입니다, 카르도주. 그 일로 나 자신을 지우고 해치우는 기분이라고요…….」

그는 그 믿지 못할 사건들을 모두 이야기했다. 카르도주 에 사는 맞은편에 앉아서 그 경악할 이야기를 태연하게 들었다. 뭔가 확실한 생각이 드는 건지, 아니면 어렴풋이 아는 건지 고개를 저었다. 카르도주 에 사는 주우미라의 투명한 실내복을 통해 한 뼘 너비의 허벅지를 곁눈질로 훔쳐보고 감동하면서도, 그 도박왕의 극적인 설명을 놓치지 않았다. 이 육감적인 장면 때문에 정신이 흐트러지지는 않았다. 무릇 아름다움은 현자를 현혹하지 않는 법이지만, 그것이 부도덕하거나 정신에 반대되는 일도 아니기 때문이다. 오히려 그것은 정신을 이완해 준다.

그의 시야가 흐릿해졌다. 영적인 눈이 공간을 넘어, 과기와 미래를 보고 있었다. 펠란키가 기막힌 불행의 이야기를 마쳤을 때, 카르도주 에 사는 문제의 항목과 알려지지 않은 분량까지, 모든 것을 파악하고 있었다. 그는 답과 해결책을 알고 있었다. 「화성인들입니다.」 그가 단언했다.

그러고는 마치 모든 일이 근사한 농담에 지나지 않는다는 듯, 날마다 펠란키의 큰돈이 날아가는 게 아니라는 듯 호탕하게 웃었다.

「화성인? 무슨 화성인 말이오? 카르도주 씨, 말도 안 되는 소리요. 난 당신만 믿었는데 실망시키지 마시오. 이 모든 게 화성인과 무슨 관계가 있소? 그건 내 적이에요. 일종의 마법이란 말입니다. 화성인을 본 사람이 있답니까? 아무도 그런 게 있는지조차 모릅니다. 하지만 마법은 존재합니다. 사악한 영혼도, 악마의 눈도 존재해요.」

「당신은 육신이란 짐을 지고 있기 때문에 그들을 못 본 겁니다. 말했지만 그건 화성인이오. 적도 마술도 아닙니다. 화성인들은 아주 호기심이 많아서 온갖 기계를 만지작거리며 시간을 보내지요. 그들은 뭐든지 알아내려고 하거든요. 뛰어난 정신을 지닌 그들에게는 행운도 불운도 없어요.」

「화성인?」 주우미라가 궁금해서 못 견디겠다는 듯 물었다. 「지구에요? 언제부터요?」

이제 우리는 카르도주 에 사를 어디에서나 흔히 볼 수 있는, 수정 구슬을 들여다보는 점쟁이나 신비주의자, 또는 제한된 시야를 가진 천리안이나 싸구려 예언자, 저급한 손금 해독가와 혼동하거나 비교하지 않도록 정신을 바짝 차려야 한다. 카르도주에 사는 미스터리 교수, 불가해한 일의 현자, 천체 물리학과 상대성 이론을 훨씬 넘어선 과학자였다.

「아주 오래전에 첫 번째 화성인들이 지구에 도착했습니다. 그 착륙을 목격한 인간은 단 세 명이었죠.」

「그럼 선생이 그중 한 사람이었다는 거요?」

그는 겸손하게 미소를 짓고는 계속 설명했다. 「조만간 그들이 자기 모습을 드러낼 것이고 인류는 충격을 받을 겁니다.」 그는 인류의 두려움이 굉장히 재미있는지 호탕한 웃음을 지었다. 「당장은 그들이 눈에 보이지 않습니다. 선택된 몇몇 사람만이…….」

주우미라는 호기심이 발동했다. 「그럼 그들을 보실 수 있군요. 어떻게 생겼는지 말씀해 주세요. 예쁜가요?」

「그들에 비하면 우리는 징그러운 야수죠.」

그 물라타는 골똘히 몽상에 빠져 들었다. 「그렇다면 카르도주 씨, 내 몸을 손으로 더듬고 꼬집은 게 화성인이라는 거예요? 그들 역시 그런가요?」

「뭐가 그렇단 말입니까?」 카르도주는 상세한 내용을 알고 싶어 했다. 무슨 손으로, 어디를 꼬집고, 그녀 몸의 어느 반점 말인가?

주우미라는 아직도 겁에 질린 채 그에게 말했다. 그녀는 행성 간 방탕 행위, 가상 심령체에게 찔린 희생자였다. 「페키투에게는 보여 줬어요. 그이가 멍 자국을 봤죠. 도나 플로르의 요리 학교 수업에서 다른 여자들한테도 보여 줬어요. 도나 플로르는 너무 놀라서 기절할 뻔했고요.」

그녀는 카르도주 에 사를 제외한 모든 사람에게 그것을 보여 준 것이다. 그에 대한 까닭 없는 거부감은 왜일까? 인 로쿠스*in locus*(코슝 주교라면 이렇게 말했을 것이다), 즉 현장 검증 없이 현상을 규정하는 건 불가능했다. 약간 지겨워진 카르도주 에 사가 대답했다.「화성인들이? 그건 아닐 겁니다. 그 경우는 그저 생각의 전송에 지나지 않아요.」

〈생각의 전송일 뿐이라고? 그 말을 누가 믿어?〉 주우미라는 그렇게 생각하면서 손톱을 다듬으러 갔다.

펠란키는 여전히 의심스러웠다.「화성인? 그게 원인이 아니라면 어떡할 거요?」

「나한테 맡기면 모든 걸 처리해 드리죠.」

펠란키는 카르도주 에 사를 굳게 믿고 있었다. 그는 그 남자의 방대한 학문의 범위를 확인해 보았던 것이다. 그러나 이렇게 복잡한 문제는 힌두스탄 박사한테만 맡겨 둘 것이 아니라, 마술을 하는 다른 사람들, 이를테면 오타비아 수녀 같은 사람들과도 상의하는 게 나을 것 같았다.

카르도주 에 사는 파이프를 다시 채우면서 창문 너머 수평선을 멍하니 바라보았고, 마지막 석양빛에 작별을 고했다. 그의 목소리가 아득히 멀리서 들려왔다.「화성인들 사이에서는 나의 명망이 높습니다. 그들과 함께 화성에 다녀온 지도 아직 나흘이 채 안 되었어요. 나는 화성 곳곳을 돌아다녔습니다. 그곳의 도시 한 곳은 온통 은으로 되어 있고, 또 한 곳은 온통 금으로 되어 있지요. 그곳에선 물고기들이 공중을 날아다니고 바다는 꽃이 만발한 정원입니다.」

그는 이제 주우미라의 실내복 레이스 사이로 보이는 다리나 풍만한 가슴에는 눈길을 주지도 않았다. 그는 빛의 배를 타고 화성으로 출발하고 있었다.「무아지경에 빠졌어.」펠란키는 존경스러운 마음으로 중얼거렸다. 주우미라는 실내복 레이스를 가다듬었다.

20

지옥문이 활짝 열렸고 반역의 천사가 도나 플로르의 침실(그리고 사랑의 방) 문지방을 넘어왔다. 탐욕스러운 눈을 빛내며, 유혹의 입을 나불거리며 완전히 발가벗고서. 성녀조차 그 눈에, 그 웃음의 매력에, 그 벗은 가슴에 저항하지 못할진대, 하물며 도나 플로르가 어찌 저항할까? 어디 있는가, 주술 박사가 처방한 그리그리를 가진 코마드레 지오니지아여? 빨리, 어서 빨리 오라, 지오니지아여. 고위 사제를 데리고, 영원한 휴식을 취하는 그 악마를 찾을 부적을 들고. 만약 그 악마가 살아 있다면 도나 플로르는 자신과 남편의 명예를 지키지 못한다. 온전히 곧바른 생활, 모범적 행동, 정숙함, 존경스러움, 부러움을 살 이 모든 것이 위험에 처해 있다. 내일이면 덕망의 상징, 도나 플로르의 이름은 웃음거리가 되고, 진흙탕 속을 끌려 다니는 경멸의 대상이 될 것이다. 내일이면 그녀는 다른 여자가, 후회와 수치를 뒤집어 쓴 채 손가락질당하는 여자가 될 것이다.

도나 플로르는 그 존재의 한가운데로 호색한의 눈길을 받았고 그 초대에 응했다.

한편으로 그녀는 경계하고 있었다. 위험을 감지하고, 올곧고 준엄하게, 꿋꿋하게 버티는 조심스러운 도나 플로르가 있는 반면, 너무 늦기 전에 자신을 내주고 싶어 애태우는 도나 플로르가 있었다. 이 두 도나 플로르 중 어느 쪽이 진짜인가? 쾅 소리를 내며 육체의 문을 닫은 쪽인가, 아니면 조금씩 그 문을 연 쪽인가? 그리고 비는 탁탁탁 지붕을 때리고 있었다.

그 토요일 밤, 오후의 두통과 어지럼증, 지오니지아의 방문, 바순 연주 이후의 밤은 모든 것이 아득히 먼 일로 느껴졌다. 도나 플로르의 시간은 전투의 시간, 시와 분으로 측정되는 시간이 아닌, 거절과 욕망, 갈망과 고통으로 뒤얽힌 시간이었다. 토요일 밤, 앙코르가 있는 약사의 밤. 그는 조심스럽고 즐거운 육체의 향연을 준비하며 욕실에 있었다. 도나 플로르, 고마운 마음으로 순종하는 아내는 누워서 그를 기다렸다. 그러나 아뿔싸, 그 건달이 침대 발치에서 손가락을 까딱이

며 그녀에게 명령했다. 「오늘 밤은 저 멍청이와 자면 안 돼. 내가 그
렇게 하게 내버려 두지 않을 거야. 내가 끼어들어서라도 말릴 거야.」
　어리석고 바보 같은 독설이었지만 — 인간의 마음을 어찌 알랴 —
도나 플로르는 흡족한 기분에 휩싸여 웃고 농담할 정도였다(기분이
상해서 화를 내며 나가라고 하는 게 아니라). 「그러니까 그이를 질투
하는군요? 씩씩한 사나이도 질투를 하네.」
　「당신을 원하기 때문이야, 여보.」 그는 다정히 대답하면서 침대에
편안히 몸을 뉘었다. 「난 너무 오래 기다렸어. 합법적인 아내를, 그것
도 7년 동안 같이 잤던 아내를 정복하기 위해 기다려야 하는 남자가
어디 있어? 어쨌든 난 더 이상 기다리지 않을 거야. 저 작자와 싸우거
나 경쟁할 일도 없는데 내가 당신의 약사 남편을 질투한다고? 그는 당
신과 결혼한 당신 남편이야. 잠자리 실력이 형편없다는 것만 빼고는
사실 좋은 남편이지. 그 점은 인정해. 난 그자의 권리를 문제 삼는 게
아니야. 하지만 오늘은 그가 실패했으면 좋겠어. 아마 노도 없는 배로
강을 올라가게 되겠지. 결국 오늘 당신과 몸을 섞을 사람은 이 전문
가, 모르는 것이 없이, 언제 들어가고 나와야 할지를 아는 나라고.」
　「당신은 아주 오래 기다려야 할 거예요.」
　완전한 알몸, 뜨거운 입, 호색적인 눈, 그리고 속속들이 잘 아는 경
로를 찾아가는 그 손으로 그는 그녀를 압도했다. 바지뉴의 노예, 도나
플로르는 말로만 자유로웠고, 순전히 허세를 부리고 있었다. 자존심
과 수치심, 정숙함, 도덕성, 품위 — 그가 그녀를 갈망하고 그녀 때문
에 왔다는데(그가 보이지 않는 곳에서 왔음을 기억하라), 그 모든 게
다 뭐란 말인가.
　「나는 손발이 묶인 채 지옥 한가운데 있었어. 그걸 풀고 당신을 만
나러 오기까지 얼마나 힘들었는데! 하지만 당신이 나를 불러서 불과
얼음, 허공과 장애물을 지나온 거야. 그렇게 찾아온 나를 빵 한 쪽, 물
한 모금 안 주고 내쫓을 수 있어? 없지?」
　「오, 바지뉴……」
　「당신은 왜 날 이렇게 개 취급을 해? 하지만 이번이 마지막이야,
여보. 오늘 아니면 영영 없어. 저 바퀴벌레가 욕실에서 나오면 몸이

안 좋다고 말해. 할 생각이 없다고 말이야. 그런 다음 우리끼리 정말 멋지게 하는 거야.」

「안 돼요, 그건 안 돼요! 난 정숙하고 점잖은 여자예요. 남편을 배신하진 않을 거예요. 도대체 몇 번이나 말해야 알아듣겠어요?」

약사가 깨끗한 파자마를 입고, 비누 냄새를 풍기며 욕실에서 나왔다. 그는 기분이 좋은 것 같았다. 미소는 진심이었고 눈빛은 정직했다. 바지뉴는 그녀의 검은 장미에 손을 얹고 있었다. 오, 도나 플로르여, 어찌 그렇게 야비할 수 있는가?

「테오도루, 용서해 주세요. 오늘 밤은 몸이 좋지 않네요. 당신만 괜찮다면 내일 했으면 해요.」

「몸이 안 좋아요?」 약사가 걱정했다. 그녀는 아까 오후에도 그렇게 말했었다. 「가벼운 감기가 맞나? 체온계, 시럽, 약상자가 어디 있지?」「아무것도 필요 없어요, 여보. 걱정하지 마세요. 그냥 주무세요. 내일 아침이면 좋아질 테니까. 다 좋아질 거예요…….」

「……그리고 당신 뜻대로 할게요.」 그녀는 스스로에게 맹세했다.

어떻게 갑자기 그렇게, 무정하게 염치없이, 그렇게 뻔뻔하게, 자존심까지 없어졌을까? 도나 플로르는 스스로 물어보면서도, 남편의 걱정에 기분 좋은 애정을 느꼈고 한편으론 자신의 연극에 만족한 생각이 들었다. 그녀는 그의 뺨에 키스했다. 그러나 닥터 테오도루는 그냥 넘어가지 않았다. 아내에게 알약과 시럽, 적어도 숙면을 취하고 아침에 산뜻하게 깨어날 수 있게 안정제 정도는 먹여야 했다. 그는 약과 물을 가지러 갔다. 그가 나가자마자 도나 플로르는 바지뉴의 포옹을 느꼈다.

「당신 미쳤군요. 어서 놓아요! 그이가 금방 들어올 거예요.」

바지뉴는 생각에 잠겨 공정하게 말했다. 「나쁜 놈이 아니야. 당신의 두 번째 남편 말이야. 정반대야. 당신이 믿을지 모르겠지만, 볼수록 그자가 맘에 들어. 당신은 두 남편 사이에서 살뜰한 보살핌을 받고 있어. 그자는 고민과 문제를 막아 주고 나는 잠자리를 만족시켜 주고…….」

약사가 시원한 물 한 주전자와 유리잔 두 개, 그리고 무색 액체가

든 작은 병을 들고 왔다. 「길초근으로 만든 물약이오. 물 반 잔에 스무 방울을 넣어 마시면 편안하게 잠잘 수 있어요.」

그는 약병을 들고 차분하고 신중하게 안정제를 물에 섞었다. 약사가 잠깐 등을 돌린 사이에 누가 그 잔을 바꿔 놓았을까? 누구였을까? 바지뉴일까, 플로르일까? 그리고 잔을 바꿔 놓았다고 해도, 유능한 약사인 그가 어떻게 길초근 맛을 알아차리지 못했을까? 그건 기적이었을까? 설사 그게 기적이라 해도, 게임의 이 단계에서 그깟 기적 정도는 우리에게 감동이나 놀라움을 주지 못한다. 아니, 그건 기적도 아니었을지 모른다. 그냥 도나 플로르는 안정제를 마시지 않았고, 약사가 깊은 잠에 빠진 것은 지붕을 두드리는 빗소리와 편안한 마음 때문이었을 것이다. 그는 아내에게 간신히 키스하자마자 잠에 빠졌다.

「이제 마누라 바람피운 남편 이마에 뿔이 돋네.」 바지뉴가 그 관용구를 썼다. 「이제 우리 차례야, 여보.」

「여기선 안 돼요.」 도나 플로르는 마지막 남은 수치심과 두 번째 남편에 대한 존경심으로 애원했다. 「거실로 가요.」

거실에서 천국의 문은 활짝 열렸고 환희의 노래가 터져 나왔다. 「남녀가 몸을 섞는데 누가 잠옷을 입고 한다고 그래?」 도나 플로르는 바지뉴처럼 벌거벗었고 서로 상대방의 알몸으로 자기 몸을 덮었다. 사나운 창이 그녀를 뚫었다. 바지뉴는 두 번째로 그녀의 명예를 빼앗아 갔다. 첫 번째는 처녀였을 때, 그리고 지금은 유부녀인 그녀에게서 (그리고 틈만 노린다면 다른 기회도 얼마든지 있었다). 그들은 밤의 초원을 헤치고 새벽의 언저리까지 나아갔다.

이번처럼 서로에게서 기쁨을 맛보았던 적은 없었다. 지극히 자유롭게, 격렬하게, 너무도 탐욕스럽고 너무도 황홀하게. 〈아, 바지뉴, 당신이 굶주리고 목말랐다면 나는 어땠겠어요? 소금이나 설탕도 없는 밋밋한 식사만 하면서, 존경받고 자제하는 남편의 정숙한 아내로 살았으니. 사람들이 날 어떻게 생각하든 무슨 상관이에요? 유부녀로서 내 명예가 무슨 의미가 있을까요? 당신의 불타는 입, 날양파 맛이 나는 그 입으로 그 모든 걸 먹어 버려요. 당신의 불로 내 안의 정숙함을 태워 버려요. 당신의 박차로 예전 나의 소박함을 찢어 버려요. 나

는 당신의 암캐, 당신의 암말, 당신의 창녀예요.〉

　그들은 환희의 물결을 타고 밀려갔다 밀려왔으며, 돌아오기가 무섭게 다시 그 물결을 타고 돌아갔다. 그토록 쌓였던 그리움, 도달해야 할 그 많은 목표를 두고서, 모든 곳을 누비며 모든 것을 되풀이했다.

　무례하고 사랑스럽고, 추잡하고 아름다운 바지뉴의 목소리가 그녀의 귓가를 울리고, 수많은 외설스러운 말로 지난날의 기쁨을 떠올리게 했다. 「내가 처음 당신을 만졌던 때가 기억나? 카니발 무리가 광장을 지나갈 때 당신이 나한테 기댔잖아…….」

　「내 허리를 껴안고 내 몸을 쓸어내린 건 당신이었어요…….」

　그는 그녀의 몸을 쓸어내리면서 말했다. 「당신은 사이렌의 꼬리를 가졌어. 당신의 배는 구릿빛이고, 당신 젖가슴은 아보카도야. 당신 살이 올랐네, 플로르. 더 단단해졌어. 머리끝에서 발끝까지 맛있다고. 솔직히 내 평생 수많은 처녀를 따먹으면서 수확이 괜찮은 편이었지만, 당신 거에 비교할 만한 보지는 세상에 없어. 맹세하지만 플로르, 당신 게 최고야.」

　「그건 무슨 맛인데요?」 도나 플로르가 뻔뻔하게, 빈정거리듯이 물었다.

　「꿀과 후추, 생강 맛.」

　그는 떠들었지만 도나 플로르는 한숨이 나오며 노곤해졌다. 〈바지뉴, 그 어느 때보다 화끈하고 거만한 당신은 불이자 산들바람. 바지뉴, 다시는 가지 마요. 당신이 떠나면 나는 슬퍼서 죽을 거예요. 내가 가달라고 애원하고 간청한다 해도, 절대 가지 마요. 내가 가라고 요구하고 명령한다 해도 떠나지 마요.

　당신이 여기 없어야, 당신이 떠나 버려야 내가 행복할 거라는 거 알아요. 당신과 함께라면 행복은 없고 수치와 고통뿐이라는 거 잘 알아요. 하지만 당신이 없다면, 아무리 행복하다고 해도 난 어떻게 살지 모르겠어요. 살 수 없어요. 오, 절대 날 떠나지 마요.〉

일요일이면 그들은 늘 평소보다 늦게 일어났다. 여전히 비가 내리던 그 일요일 오전에 도나 플로르가 눈을 뜨고 보니, 약사가 그녀의 얼굴을 그윽이 내려다보면서 그녀의 뺨에 손을 대고 있었다.

「여보, 잘 잤소? 열은 다 내렸어요.」

도나 플로르는 기지개를 켜면서 미소를 지었다. 그렇게 착한 남편을 둔 것이, 그런 걱정을 해주는 사람이 있는 것이 행복했다. 그녀는 그의 목에 팔을 감고 고마운 마음으로 키스를 했다.

「이제 기분이 좋아졌어요, 테오도루. 시시하게 그냥 지나가는 거였나 봐요.」

그냥 시시한 것, 게으름, 아무것도 안 하는 즐거움, 침대에 누워 있고 싶은 나른함, 세상에 성인이 있다면 바로 그 한 사람인, 남편의 따스한 마음과 애정을 즐기는 것. 그녀는 그의 품으로 파고들었다. 「나 정말 게으르죠?」

「좀 쉬지 그래요? 어제 힘들었을 텐데. 오늘은 실컷 침대에 있어요. 원한다면 내가 커피를 가져다줄게요.」

너무도 소중하고 사랑스러운 사람. 「당신도 같이 있어 줘요. 당신만 내 옆에 있어 주면 돼요.」

테오도루는 덩치만 큰 소년, 그 허우대, 그 지식, 나이에도 불구하고 악의라곤 전혀 모르는 소년이었다. 「내가 이 침대에 당신 옆에 있으면 ― 그리고 얼굴을 붉히며 웃었다 ― 그 결과가 어찌 될지 보장 못 하는데…….」

도나 플로르는 수줍게 대답했다. 「위험은 감수해야죠.」 그러고는 베개 속에 얼굴을 묻어 버렸다.

그녀는 아직도 약간 방자했다. 한쪽 가슴이 드러나 있었고 시트 사이로 보이는 허벅지 곡선은 당밀 색이었다. 약사의 목소리는 수줍고 배고픈 것 같았고, 손을 억제하고 있었다. 「밤새 많이 뒤척였나 보오, 여보. 몸에 멍든 것 좀 봐요. 한두 군데가 아니네. 잠을 제대로 못 잤군요.」

그녀는 움찔, 심장이 멈추는 것 같았다.「어디요?」

「여기. 가여워라.」그 애태우는 손이 허벅지로, 그리고 더 위로 올라갔다.

남편의 다리 사이에서 도나 플로르는 간밤의 단잠 또는 선잠(아니면 한숨도 못 잔) 흔적을 지워 버렸다. 입이 닿자 그녀는 몸을 떨었다. 순수한 (그러나 열렬한) 키스의 맛, 그 포옹의 뜻하지 않은 기쁨, 지붕을 두드리는 빗소리, 따뜻한 침대, 닥터 테오도루의 수줍음, 미숙하지만 어쩌면 그 때문에 더욱 기쁜 손길, 남편의 내리깐 눈길 속, 가쁜 숨소리 속의 욕망, 낮의 빛 속에서는 모든 것이 혼란스러웠다. 도나 플로르는 다시 몸을 떨었다. 크나큰 기쁨에. 〈속 태우며 걱정해 주는 착한 남편.〉단지 그 때문일까?「모든 남자는 자기만의 특별한 맛이 있어.」그녀의 수강생이던 마리아 안토니아, 남자와의 잠자리 놀이에 조예가 깊은 그 여자는 그렇게 말했었다.「남자마다 자기만의 특색이 있어. 현명한 남자도 있고 그렇지 않은 남자도 있지. 하지만 그것을 최대한 활용하는 법만 안다면, 어떤 남자든 다 좋아.」도나 플로르는 욕정에 휩쓸린 자신을 느꼈다. 새로운 종류의 욕정, 게으름의 욕정, 테오도루의 수줍음, 그 머뭇거림에서 비롯된 욕정이었다.

「당신, 나한테 빚진 게 있어요.」

「내가? 무슨 말이오?」약사가 물었다. 순진한 공격자, 덩치만 큰 바보 같은 소년. 지성적인 길쭉한 두상, 고매한 생각으로 가득한 이마, 그리고 바보 같은 남자. 도나 플로르는 호기심이 발동한 것처럼 그 머리를 만지고는 다정하게 웃었다. 그녀가 그렇게 유혹적이고 애교스러웠던 적은 없었다.「그래요. 당신이 나한테 빚이 있다고요. 어제는 어떻게 된 거죠?」

「그건 억울하오. 당신이……」

「당신 말처럼 빚을 진 게 나라면, 난 얼마든지 갚을 준비가 되어 있어요. 난 빚지고는 못 살거든요.」그녀는 손으로 얼굴을 가리고 희롱하듯 웃었다.

고상한 약사가 무얼 더 바랄 수 있단 말인가? 그는 진중함마저 팽개쳐 버렸다.「그럼 빚을 받아야겠소. 이자까지 쳐서.」

규칙적인 남자, 규칙과 의례를 지키는 닥터 테오도루는 습관적으로, 서로에 대한 정숙과 존경으로 부부의 사랑을 나누기 위해 시트를 끌어 올려 몸을 덮으려고 했다. 그러나 도나 플로르는 틈을 주지 않았다. 그녀는 시트와 함께, 정숙함과 체면까지 침대 밖으로 던져 버렸고, 약사는 어느새 그녀의 품에 안긴 자신을 발견했다. 그는 그 비 오는 오전을, 축복의 일요일을, 그 성스럽고 경사스러운 날을, 비할 수 없는 앙코르, 앙코르와 그다음을, 모든 것이 정확하게 맞아떨어졌다고 규정할 수 있는 그날을 잊지 못할 것이다.

그 후 도나 플로르는 미소를 띠고서 실 꾸러미 풀리듯 몸을 풀어 굴리고는, 빗소리를 자장가 삼아 잠들었다. 깊은 잠, 너무도 고요하고 만족스러워서 그 얼굴을 바라보는 것조차 경이로웠다.

22

바뀐 것은 없었고, 아무런 차이도 없었다. 일요일은 여느 일요일과 똑같은 일요일, 도나 플로르는 여느 때와 똑같은 사람이었다. 지옥 같은 가책, 정말 세상의 종말과도 같은 가책을 받을 줄 알았는데 밀이다. 인생이란 얼마나 놀라운 것인가!

그러나 그날은 과학 약국이 일요일에 문을 여는 순번이었고, 따라서 손님이 많은 날이었으므로 조금 달랐다. 상상해 보라, 사람들은 그렇게 많은데 약국은 단 한 곳만 문을 열었으니! 그래서 도나 플로르가 방에서 나왔을 때 남편은 집에 없었다. 그래도 아주 분주한 오전이었다.

우선은 파혼 위기에 놓인 마리우다와 실제로 히스테리 상태인 도나 마리아 두 카르무 때문이었다. 그 소녀가 노래를 계속해야 할까, 아니면 결혼해야 할까? 이웃 여자들은 도나 지자를 제외하고는 사실상 의견이 같았다. 그 미국 여자는 생각이 자유로웠다. 미국에서는 그런 생각이 괜찮은지 몰라도, 브라질에서는 딱히 위험하다고 할 순 없지만 좀 별났다. 그녀는 이혼을 옹호했을 뿐 아니라 한번은, 도나 자시와 도나 에나이지의 논쟁에 끼어들어 처녀의 순결은 시대에 뒤진 것이며 건강에도 나쁘다고 큰 목소리로 또렷하게 주장하기까지 했다. 그 그링가에 따르면 정신 병원은 성 관계를 가져 본 적이 없는 여자들로 가득하다고 했다. 여러분은 상상이 가는가!

나머지 여자들은 도덕적 확신에 차서 결혼은 여자에게 유일하게 합법적인 목표이며, 기쁜 마음으로 행복하게 가정과 남편을 돌보고 아이들을 키우라고 신이 만드신 제도라고 되풀이해서 말했다. 그 불굴의 진영 선두에서, 딸이 정착하기를 바라는 도나 마리아 두 카르무는 이렇게 주장했다.「이 애는 자기 가정에 안착해야 해요. 라디오는 아무런 보장도 없고 위험해요.」

위험? 그 집단은 열을 올렸다. 가수, 예술가에게는 하나가 아닌 수많은 위험이 도사리고 있다는 것이었다. 더욱이 우리가 알다시피, 엄격하고 단호한 사람, 저속함과 풍기 문란에 맞서 가차 없이 비타협적인 투쟁을 벌이는 도나 지노라의 견해에 따르면 그런 직업은 약간 모호하며 그런 사람들의 행동도 미심쩍다는 것이었다. 그녀는 예술가, 무대, 라디오 애기가 나올 때면 늘 경계했다. 감독, 가수, 음악가는 모두 못된 놈이며, 가련한 젊은 예술가들을 날카로운 발톱으로 잡아먹는 늑대였다.

바로 얼마 전에도 훌륭한 가문 — 도나 에나이지와 친척뻘인 〈매우 고매한 사람들〉 — 의 규수인 한 젊은 여가수가 죽도록 피를 흘려서 병원으로 실려 갔는데, 그녀를 검진한 의사는 그 출혈이 낙태 시술 때문임을 발견했고, 그 처녀처럼 불쌍한 여자들을 위해 대기 중인 어느 여인의 형편없는 솜씨가 문제였음을 밝혀냈다. 다행히 그 처녀는 명의로 소문난 닥터 제지투 마갈량이스가 때맞춰 조치한 덕분에 죽지는 않았다. 그녀는 살아났고 의사는 그녀의 목숨을 구했지만, 닥터 제지투가 아무리 유능하다고 해도 처녀성은 회복시킬 수 없었다. 그가 아니라 누구라도 불가능한 일이었다. 도나 지노라의 말처럼, 〈아직 누구도 여분의 처녀막을 발명하지 못했기 때문〉이다.

「상상해 봐.」 도나 노르마가 생각에 잠겨 말했다. 「그걸 발명한 사람은 얼마나 떼돈을 벌겠어? 그렇게 되면 약국에 가는 것과 별다를

게 없어. 이를테면 과학 약국에 가서 이렇게 말하면 그만이잖아. 〈닥터 테오도루. 새 처녀막 두 개만 주세요. 하나는 제가, 하나는 제 동생이 쓸 거예요……. 그리고 소녀용으로 싼 걸로요.〉」

그건 마리우다와는 아무 상관 없는 이야기였지만 모두가 웃음을 터뜨렸다. 이웃의 평에 따르면 마리우다는 음전한 처녀였고, 바로 그렇기 때문에 그녀는 농장주와의 결혼과 형편없는 급료를 주는 라디오 사이에서 망설여선 안 되는 거였다.

따라서 그 일요일에, 다시 마리우다와 상담하게 된 도나 플로르가 전제적인 고집불통 약혼자한테 짐을 꾸리게 하고 머지않아 보수가 오를 라디오에 남으라고 충고해 주었을 때 모두가 놀란 것도 당연한 일이었다. 도나 마리아 두 카르무는 뜻밖의 지원군에 용기를 얻은 딸이 파혼을 결심하는 것을 보고는 달려와서 해명을 요구했고 도나 플로르와 거의 싸울 뻔했다. 「자기 딸이라도 그랬을까 정말 궁금해……. 친구로서 어떻게 그럴 수 있어…….」

이웃들이 가세하면서 논쟁이 뜨거워졌지만 도나 플로르는 주장을 굽히지 않았다. 「그건 편협한 생각이에요.」

설교는 눈물로 끝났다. 도나 마리아 두 카르무는 딸의 성공과 안전한 결혼 사이에서 갈등했다. 도나 플로르는 다수의 지지를 얻었다. 도나 노르마는 이런 말로 상황을 정리했다. 「플로르는 아마 지옥에서도 그처럼 상황을 지휘할 수 있을 거야. 노예 시절은 지나갔어.」

도나 플로르가 점심을 준비하려고 부엌에 들어갔을 때 — 약국이 일요일 당번일 때면 그들은 히우베르멜류에 가지 않았다 — 지오니지아 지 오쇼시가 그녀를 찾아왔다. 「코마드레의 허락이 필요해요.」

돈을 구하러 온 그녀는 서두르고 있었다. 마술이 준비되고 있었고 신도들이 그날 오후와 밤까지 이어질 춤을 준비하고 있었기 때문이다. 그러나 그 전에 해야 할 일이 많았는데, 이 일은 가장 진지한 것 중 하나였고 절차가 복잡했다. 사제가 주문을 외웠고 신들이 응답을 했다. 그녀의 평화를 지키고, 그녀를 사악한 눈과 모든 질병에서 보호하고, 그녀를 죽음으로 데려가지 않으면 만족하지 않을 죽은 영혼의 협박으로부터 보호하기 위해서는, 도나 플로르가 단순한 부적이나 시시한 마술이 아닌 값비싼 맹세를 해야 했다. 죽은 자의 수호신인 에슈는 신들의 요구에 반대하고 전시 체제에 들어갔다. 지오니지아는 주술사에게 비용은 신경 쓰지 말라고 일러두었다. 삶과 죽음의 문제, 에슈가 고집을 부리며 조금도 양보하지 않고 싸울 채비를 하는 판국에, 돈은 문제가 아니었으며 중요한 건 속도, 아주 빠른 속도였다. 그녀의 코마드레 도나 플로르는 거의 버티지 못할 것이다. 이 모든 상황 앞에서 아조바가 우선 자기 주머니를 털어서 급한 비용을 충당했다. 숫양 한 마리, 염소 두 마리, 수탉 열두 마리, 뿔닭 암컷 여섯 마리, 옷감 10미터. 그 밖의 것들, 포장지에 연필로 쓴 기다란 목록의 물건들은 말할 것도 없었다. 모든 품목에 돈이 들어갔고, 에슈가 숨은 숲으로 가는 길을 열려면 오사인의 성소에도 20미우헤이스를 바쳐야 했다.

그러나 지오니지아가 와서 보니 도나 플로르는 아주 건강하고 힘이 넘쳤고, 아주 흡족해 보여서 도무지 어제 오후에 보았던 그 사람 같지가 않았다. 그 모든 비용을 들여 가며 괜한 일을 한 걸까?

아니, 그녀가 한 일은 옳았다. 분명 어제저녁에 도나 플로르는 겁에 질려서 직접 그녀에게 손을 써달라고 명령하지 않았는가.「고마워요, 코마드레. 내가 부탁한 일을 해줘서. 하지만 이제 문제는 없어요. 모든 일이 그럭저럭 잘 풀렸어요.」

「죽은 남편이 이제 괴롭히지 않나요?」

도나 플로르는 당황한 기색을 감추려 애쓰면서 웃음을 지었다.「아니에요. 내가 두려움을 이겨 낸 거죠. 이제 아무것도 필요 없어요.」

「그럼 이제 어떡해요? 그 일을 취소하는 건 불가능해요. 어젯밤과 오늘 새벽에 사제들은 동물을 바쳤고, 아침 첫 햇살이 비칠 때 각자의 신 앞에 제사 음식을 담은 나무 제기를 올렸어요. 일요일 내내, 오후와 밤까지, 규정에 따르면 제의는 신들이 모인 가운데 계속되어야 해요. 제의를 올리다 말고 도중에 취소하는 건, 이미 벌인 일을 취소하는 건 불가능해요, 코마드레. 그렇게 중요한 사원에서의 마술은 취소할 수 없어요. 마법사들의 잔인한 처벌은 예측하지 못할 치명적인 결과를 낳는데, 그 속에서 무사할 사람이 어디 있겠어요? 한낱 중개자에 불과하지만 나, 지오니지아도 무사할 수는 없어요.」

계속 진행할 수밖에 도리가 없었다. 도나 플로르조차 위협에서 자유로워졌음을 느끼지 않는가. 주술은 영혼의 평화를 보장해 주었다. 돈은 이미 지출되었다. 신들은 도살의 시간에 이미 동물들의 뜨거운 피를 마셨고, 동이 틀 때 자신들이 가장 좋아하는 살점을 먹었다. 그들은 무기와 표상으로 정성껏 치장했으며, 얀상의 외침은 이미 숲 속으로 울려 퍼졌다. 도나 플로르는 더 이상 죽은 남편이 돌아와 자신을 괴롭히지 않을 거라고, 영원히 그는 죽음에 묶이게 될 거라고 확신하게 될 것이다.

도나 플로르는 돈을 내주고 거기에 더 얹어 주면서, 지오니지아에게 수고해 줘서 고맙다고 다시 한 번 인사하고는 점심을 먹고 가라고 했다. 브라운소스를 얹은 닭고기와 브랜디에 익힌 돼지 등심, 옥수수가루로 만든 덤플링, 그리고 디저트는 망고와 사포테 플럼이었다. 그러나 지오니지아는 서둘러 사원으로, 북소리에 맞춰 오쇼시가 좋아하는 산에서 제사를 올리라고 요구하는 그곳으로 돌아가야 했다.

약사가 당번인 일요일, 점심 식사 후(약사는 아내가 준비한 진미의 맛을 못 느낄 만큼 급하게 식사를 마치고는, 배달 소년한테 잠시 맡겨둔 약국으로 돌아가려고 서둘렀다), 도나 플로르는 옷을 갈아입고, 약사의 만류를 들은 척도 않고, 남은 시간 동안 남편의 일을 덜어 주려고 그를 따라나섰다. 그녀는 남편의 옆, 카운터에 앉아서 모든 일을 거들었다. 마치 백만장자 도나 마가 파테르노스트루를 방문할 때나, 사령관 타베이라 피리스의 집 연회에 갈 때처럼 우아하게 차려입고서. 그 모든 우아함, 그 모든 아름다움은 오직 그를 위한 것이었다. 닥터 테오도루는 무척 뿌듯했다.

그렇게 일요일에, 온갖 매력과 아름다움, 매혹과 애교를 발산했던 도나 플로르는 바지뉴가 주었던 오래된 터키옥 목걸이를 하고 있었다. 바뀐 것은 하나도 없었다. 그날은 약국이 문을 열던 다른 일요일과 똑같았다. 모든 것이 똑같았다. 거리, 사람들, 약사와 그녀, 도나 플로르까지. 아무도 그녀에게 손가락질하지 않았고, 뭔가를 눈치 챈 사람도 없었으며, 그녀에게서 불륜의 죄책감을 알아본 사람도 없었다. 심지어 점쟁이 행세를 하면서 적의를 내뿜는 도나 지노라조차 아무엇도 몰랐다. 예전과 똑같은 태양, 똑같은 비(이제 막 보슬비로 바뀐), 똑같은 대화, 똑같은 웃음, 그녀에 대한 변함없는 애정들. 그녀는 철저한 세상의 끝을 생각했고, 가슴이 찢어져서 차라리 죽음이 나을 거라고 생각했었다. 그런데 그게 아니라 모든 것이 똑같았다. 사람들이 얼마나 스스로를 속이면서 살아가는지!

카운터에서 손님을 맞으며 닥터 테오도루는 그녀에게 미소를 지었다. 너무도 사랑스러운 그녀를 보는 것만으로도 우쭐하고 뿌듯했다. 그녀도 같이 미소를 지으면서 그의 이마를 힐끗 쳐다보았다. 뿔 같은 건 없었다. 어리석기는, 도나 플로르! 광대극의 일부가 된다는 이 갑작스러운 즐거움은 무슨 의미일까?

그녀와 약사 사이에 변한 것은 아무것도 없었다. 오전에 침대에서의 일을 회상해 보면 오후에 같이 약국에 있는 것이 더욱 친근하기만 했다. 물론 소파에서 보낸 밤의 기억 또한 남아 있었다. 탐욕스럽고 격렬했던 사랑, 빗소리 아래서의 부끄러운 줄 몰랐던 놀이, 바지뉴의 승리에 겨운 외침. 그 차분한 오후, 일요일의 평화 속에서 그녀는 욕망의 자극에 다시금 몸이 쑤셔 왔다. 그 건달, 폭군, 악마, 그녀의 첫사랑은 언제 다시 돌아올까? 그날 밤, 피곤한 약사가 행복하게 곧장 잠에 곯아떨어지면 틀림없이 올 것이다.

그 차분한 행복 속에서 도나 플로르는 착한 아내, 두 번째 남편의 아내로서 그를 도와 의무를 다하면서, 첫 번째 남편과의 음탕한 밤을 기다리고 있었다. 갑자기 불안한 생각이 그녀를 휩쓸었다. 지오니지 아의 말로는 바지뉴가 다시 돌아와 그녀를 괴롭히는 일은 없을 거라고, 영원히 그 주문의 굴레에 묶일 거라고 하지 않았던가? 맙소사, 그게 사실이면 어떡하지?

23

오타비아 키짐비 수녀는 펠란키의 몸 위로 기도를 했고, 펠란키와

582

주우미라는 코코넛 비누와 나뭇잎으로 목욕을 했다. 제물로 바쳐진 수탉의 깃털들이 십자 오솔길에 놓여 있었다. 오타비아 수녀는 펠란키 주변 사방과 일곱 개의 문에 방책을 둘러치고는 그에게 결과를 기다리라고 말했다. 그러나 그 숫자 도박의 제왕은 성급했고, 그래서 다른 전문가를 찾아 떠났다.

천리안을 가진 아스파지아가 방금 극동에서 새벽의 서풍을 타고 돌아와, 점쟁이 제복(입기에는 별로 좋지 않은)으로 막 갈아입었을 때, 펠란키가 찾아와 돈뭉치를 보여 주었다. 비록 그 예언자는 돈에는 관심이 없었지만 — 그녀는 천국의 상금으로 먹고살았으므로 그런 속세의 즐거움에는 완전히 초연했다 — 부탁받은 일이 그렇게 어려운 일이라면, 어떻게 그 큰돈을 거절할 수 있겠는가?

〈역동하는 영혼 과학의 체계〉를 이용하는 자신만의 특권을 이용해, 그녀는 마치 목 졸린 사람처럼 거친 말들을 끙끙거리며 초월계로 떠났다. 그것은 그다지 바람직한 장면이 아니었으므로, 천성이 회의적이고 빈틈없는 마시무 살리스 교수는 밖으로 나가고 싶었다. 그러나 펠란키는 그 자리에서 주우미라의 떨리는 손을 꼭 잡고 있었다. 주우미라는 보이지 않는 존재들이 그녀의 가슴과 궁둥이에(그리고 누가 알랴, 나머지까지도?) 관심을 보인 후로는 초자연적인 것에 상당한 외경심을 갖게 되었다. 비서이자 믿을 만한 친구로서, 굳세 상사 편을 들어 주는 주우미라는 그의 고통을 덜어 주는 위안, 아주 큰 위안이었다!

역겨울 정도로 군침을 흘리고, 눈은 머리에서 툭 튀어나온 극동의 그 예언자가 외계에서 돌아왔다. 그녀는 펠란키를 보더니 그 앙상한 가슴 — 다리미판 같은, 보기에 애처로운 장면이었다 — 에서 비명을 내질렀다. 그녀는 돈을 더 요구했다. 「아, 이 과업에는 정상 참작이 필요합니다. 초월계의 모든 것이 칠흑처럼 깜깜하고, 회장님의 운명도 암담하군요. 촛불을 밝히게 조금만 더. 어쩌면 빛을 보강한다면 그 전체 음모를 밝힐 수 있을지 모릅니다.」 그녀는 지폐들을 서랍에 집어넣고 상징적인 초에 불을 붙였고, 그 빛 속에서 꿰뚫는 듯한 눈으로 펠란키의 적들을 알아보았다. 「길옆에 세 남자가 보이는데 그들이 당신을 미워하고 있어요……」

「그럼 그렇지.」펠란키가 으르렁거렸다. 「시뇨라, 그들이 어떻게 생겼는지 말해 보시오.」

그녀가 자세히 살펴보려면 시간이 필요했지만 펠란키는 조급했다. 「그중 한 사람은 대머리이고 또 한 사람은 뚱뚱하지 않소? 세 번째 는…….」

「세 번째는 어떻게 생겼는지 직접 말하게 하시지요.」마시무 살리 스, 최고의 참견쟁이가 끼어들었다. 「모든 걸 다 말해 버리면 누가 점 쟁이입니까?」

그 예언자는 무아지경 속에서도, 자신의 자비로운 노력을 더욱 힘 들게 만드는 그 개한테 날카로운 눈길을 보냈다. 〈내가 쉽게 돈을 번 다고 누가 그래?〉 하는 것 같았다. 그녀는 툴툴거리고 콧방귀를 끼고 는 손목을 깨물고 머리를 찧었다. 〈펠란키의 이 돈이 거저 들어온 줄 알아? 이 일은 정말 힘들고 위험하다고.〉

「세 사람 중 첫째는…….」그녀는 무덤 너머에서 들려오는 듯한 목 소리로 말했다. 「대머리입니다.」

「잘도 새로운 소식이군.」마시무, 그 불한당이 중얼거렸다.

「두 번째는 뚱뚱하군요, 아주 뚱뚱해요…….」

「그럼 세 번째는요, 어떻게 생겼습니까?」마시무가 코웃음을 치며 물었다.

「세 번째는 아직 뚜렷이 보이지 않습니다. 어둠 속에 있어서…….」

펠란키는 가만히 있을 수가 없었다. 「바로 그자요. 바로 그자, 늘 숨어 있는 그 저주! 그가 혹시 콧수염을 기르고 코가 부러지진 않았 는지 보시오…….」

그러나 그 점쟁이는 저 너머에서 그를 알아보려고 애쓰느라 펠란 키의 말을 못 들은 것이 분명했다. 「이제 점점 뚜렷해집니다. 콧수염 을 기르고…… 잠깐만…… 제대로 보이기 시작합니다……. 코가 부 러졌군요.」

「스트람비 형제요. 틀림없이 그들이야.」펠란키는 원한에 사무친 스트람비 형제를 쫓아내려면 무얼 해야 하는지 알고 싶었다.

「그들을 바이아에서 쫓아내려면, 용서라는 숭고한 감정을 심어 주고 그들을 먼 극동으로 데려가려면, 돈이 더 필요할 겁니다.」기진맥진한 아스파지아가 말했다. 펠란키는 벌써 지갑을 꺼내고 있었지만, 그 버르장머리 없는 망나니 마시무 살리스는 또 한 번 남의 일에 참견하면서 상당액을 깎아 버렸다.

아스파지아가 손을 쓴 덕분에 스트람비 형제는 사라졌지만 도박장의 액운이 사라진 건 아니었다. 펠란키는 점쟁이에게서 무당으로 전전하면서, 계속 골고다의 수난을, 슬픔의 길을 걸어갔다.

조제치 마르쿠스는 적어도 예쁘고 젊었다고, 마시무 살리스는 증언할 수 있었다. 그녀는 대부분 밥맛 떨어지는 노파들이라는 그들 여성 클럽의 일반 법칙에서 예외임을 증명했다. 왜 — 그 불법 활동의 교수는 혼자 물어보았다 — 다른 세계에서는 그런 쭉정이들을 이용하는 걸까? 왜 그들의 대기실, 그들이 나타나는 신전은 그렇게 더럽고, 신비의 악취는 그토록 불쾌하며 영혼들은 암내가 날까? 회의주의자 마시무는 그 초월계가 어느 정도는 악취 나고 더러운 곳이 틀림없다는 결론을 내렸다.

조제치 마르쿠스는 예외였다. 호리호리하고 금발에다 청결했다! 그녀가 그들을 맞이한 작은 응접실에는 꽃병과 타구까지 있었다. 그들의 애기를 듣고 난 그녀는 그들을 조수와 남편과 함께 남겨 두고, 기도를 위해 공중 부양 및 투시의 방으로 들어갔다. 남편인 마르쿠스 씨 역시 젊었고, 날건달 분야에서 박사 학위를 받았는지 살가운 분위기의 남자였는데, 그는 영매인 조제치가 고객들에게 아무것도 요구하지 않는다고 설명했다. 「모두 자원 봉사로 하는 일이고 영혼들은 아무것도 받지 않거든요. 다만 한 번 중재를 서줄 때마다 조제치의 건강이 약해지므로, 건강 회복을 위해 절대적으로 필요한 주사와 약 값만을 받습니다(생활비가 계속 올랐으므로 요즘은 모든 게 워낙 비싸거든요). 심령체가 그녀의 몸에서 나올 때 — 고객들이 직접 볼 수 있도록 그녀는 노력을 아끼지 않는다 — 에는 원래부터 허약한 그녀의 유기체가 매우 약해지므로 목숨까지 위태로워져요.」희망에 부풀어 동정심이 발동한 펠란키는 후하게 인심을 썼고, 마르쿠스 씨는 돈을 받아 챙겼다.

경이로운 일이 일어나는 다른 방 안은 거의 완전히 깜깜했다. 온통 붉은 커튼이 둘러쳐져 있었다. 조제치는 새하얀 옷을 입고 의자에 몸을 뺀 채로 초감각의 유체 한가운데에 있었다. 마르쿠스 씨는 네 사람 — 펠란키, 주우미라, 도밍구스 프로팔라투, 마시무 — 에게 생각의 흐름을 구축해야 하니 서로 손을 잡으라고 했다. 그들이 손을 잡자 그 방 안의 유일한 조명이던 작은 램프의 불이 꺼졌다.

이어서 종이 딸랑거리는 소리와 고양이 소리처럼 깩깩거리는 소리가 나면서, 커튼 주변으로 빛줄기가 돌자, 주우미라가 히스테릭한 비명을 질렀다. 펠란키는 비명조차 나오지 않았고 프로팔라투는 식은 땀을 흘리면서 이를 딱딱거리며 떨고 있었다. 빛과 종소리는 정말로 중국 명 왕조의 현자인 리우 형제의 것이었다. 구제 불능인 마시무 살리스의 견해에 따르면 그 빛과 소리는 현자 리우의 것이 아니라, 그저 날강도 마르쿠스의 작품, 그 매혹적인 심령체가 퍼진 공간에서 기분 좋은 삶을 즐기는 똑똑한 녀석의 짓에 지나지 않았다. 그러나 마시무 살리스는 허풍쟁이에 의심 많은 사람이라 그의 견해는 고려할 가치가 없는데, 우리가 굳이 여기서 그것을 언급하는 것은 다만 내러티브의 정확성을 유지하기 위해서일 뿐이다.

믿을 수 있고 확실한 건 조제치였다. 그녀는 완전히 심령체로 변해서, 무슨 옛날 중국이나, 더욱 그럴듯하게는 마카오의 포르투갈 아이가 하는 것 같은 도저히 알아듣기 힘든 이상한 언어로 말하고 있었다. 현자 리우에 따르면 그 모든 문제의 원인은 한 여자 때문인데, 펠란키의 부당한 처사로 원한에 가득 찬 이탈리아 여자라는 것이었다.

「금발인가요, 갈색 머리인가요?」 칼라브리아인이 물었다.

「갈색 머리에 예뻐요. 나이는 스물다섯 정도……」

「스물다섯? 낼모레면 마흔인데. 그리고 그 여자는 뱀이오. 난 잘못한 게 없소. 제발 그 중국인에게 나는 아무 잘못 없다고 전해 주시오.」

그녀의 이름은 안눈치아타, 순진한 젊은 여자였으나 매우 힘들어 보였고 보호를 바라는 것 같았다. 그러나 한 번 창녀는 영원히 창녀이기 마련이다. 펠란키, 그는 당시 소년에 지나지 않았다. 열일곱의 가난한 소년……

조롱당한 열일곱 어린 치기에 그는 충동적으로 그 배신녀의 뺨에 칼자국을 남겼고 그것도 모자라 그녀의 턱을 여러 번 찔러 버렸다. 펠란키는 미성년이라 감옥에 가지는 않았지만 병원에 입원한 안눈치아타는 죽기 살기로 복수를 맹세했다. 이제 오랜 세월이 흐른 지금, 그녀는 그 이탈리아 드라마에서 자신의 약속을 실행하고 있었다. 안눈치아타, 그의 첫사랑, 너무도 변덕스러웠던 창녀가.

오늘까지도 펠란키는 자신이 한 일을 후회하지 않았다. 그의 여자는 오직 그만의 여자라야지, 다른 남자의 여자여선 안 되었다. 주우미라는 어둠 속에서 움찔했다. 〈세상은 정말 위험한 곳이구나!〉

중국 현자는 주사 몇 상자 값을 더 얹어 준 데 대한 감사의 표시로, 안눈치아타의 기억과 증오에서 펠란키를 풀어 주었다. 물질적인 것들, 계산이나 지불에 관해서는 마르쿠스 씨가 중개인 노릇을 하면서 그 영혼의 피난처를 영적, 정신적으로 관리했다.

카르발류의 대천사 성 미카엘, 시트 같은 것을 몸에 두르고 머리에는 터번을 쓴 그 남자는 원혼의 생김새를 묘사하거나 이름을 거론하지는 않았지만, 적극적이었으며 시간을 낭비하지도 않았다. 그는 손으로 펠란키를 잡고서 눈을 쳐다보았다. 우주 어딘가에서 잔인한 적이 그를 쫓고 있었는데, 그 남자는 그 칼라브리아인 때문에 심한 마음의 상처를 입었고, 육신을 떠난 지 얼마 되지 않았다. 대천사는 천사의 등불로 곧바로 그를 관찰했다. 「그가 당신 바로 뒤에 서 있어.」

모두가 움찔했다. 만약을 위해 문 옆에 자리를 잡고 있던 마시무 살리스도 예외는 아니었다.

「죽은 지 얼마 안 됐다고요?」

「그래. 그리고 한 여자를 두고 말다툼이 있었군.」 대천사는 마법의 기운을 깊이 들이마신 뒤 이야기를 이어 갔다.

펠란키는 그를 지오제니스 히바스라고 생각했다. 그는 히바스의 아내, 가장 콧대 높은 물라타, 신에게 맹세코 끝내 주게 멋지고 교활한 여자를 뺏었던 것이다. 지오제니스, 화가 난 불만스러운 주인은 단검으로 위협하며 소동을 벌였다. 지금은 막강한 도박업계 제왕이 된 펠란키는 그의 입을 막아 버렸고 그 물라타 ─ 지오제니스는 그 여자를 모욕하고 비방하면서 괴롭히고 있었다 — 의 부탁으로 그에게 매타작을 하라고 전문가 팀에게 시켰다. 구타 실력자들이 결국 그를 풀어 준 후 지오제니스 히바스는 영영 자취를 감추었다. 펠란키는 우연히, 그가 알거지가 되어 얼마 전에 슬픈 죽음을 맞았다는 소식을 들었다. 그 드라마의 주축이었던 물라타는 시간이 지나면서 참을 수 없게 변해 갔다. 펠란키는 카드 몇 벌 값을 받고 한 스위스인에게 그녀를 넘겨 버렸다.

대천사는 지오제니스, 입만 살았지 배짱도 없는 삼류 인생, 게다가 마누라도 제대로 단속하지 못한 한심한 남편을 불 뿜는 칼로 쫓아내 버렸다. 그는 복채를 많이 받지 않았다. 그는 믿는 사람을 착취하지 않으며 인류에게 할 수 있는 좋은 일을 한다는 것이 그의 설명이었다. 부정한 아내를 둔 그 남편은 질투의 뿔과 함께 사라졌지만 액운은 더욱 심해졌다.

나이르 사바는 목성 대학교를 우등으로 졸업한 일반 내과의 겸 외과의로, 형편없이 못생긴 40대 여자였는데, 자기 통행권으로 환자들을 치유했다. 적당한 복채를 받은 그녀는 행성들의 접속점에서 펠란키의 적들을 적어도 여섯 명 찾아냈는데, 전혀 착오 없이 곧바로 그들을 알아보았다. 목성의 그 의사는 기록적인 시간 내에 여섯 명을 처리하고 덤으로 펠란키의 십이지장 궤양과 프로팔라투의 만성 류머티즘까지 치료해 주었다. 그녀가 치유할 수 없었던 것은 액운뿐이었다.

예순 정도 되어 보이는 마담 데보라는, 마시무의 견해에 따르면 구경한 값조차 치를 가치가 없었다. 그녀는 아무런 언질도 없이, 자신의 복통에 대해서만 투덜거렸고(그녀는 30년 넘게 임신하고 아기를 낳았으며, 이제 계시록을 낳으려 하고 있었다) 럼주 냄새를 풍기는 데다 만성 감기를 앓고 있었으며, 집시의 누더기를 걸치고 있었다. 그녀가 실질적으로 밝혀낸 것은 카르모지나, 펠란키의 옛사랑이었지만 아무런 동정심이나 연민도 없이 버린 여자뿐이었다. 그 도박왕은 얼굴 못생기고 깡마른 여자는 견디지 못했다. 마담 데보라는 그 여자를 제거하는 것도 힘들어하다가, 결국에는 기침약 병에 넣어 둔 럼주를 몇 번 들이켜더니 가까스로 성공했다. 그 후 그녀는 펠란키에게 숫자 도박을 기막히게 맞히는 예감을 팔려고 했다. 말할 필요도 없이, 액운은 그치지 않았다.

유일하게 아무것도 요구하지 않은 사람은 바그다드 왕자 테오바우두뿐이었다. 그 쭈그렁 영감은 온통 흰색의 옷을 입고 흔들리지 않는 파란 눈에, 수수께끼 같은 입에는 미소를 띠고 있었다. 그는 돈이나 어떤 종류의 복채도 원하지 않았다. 그는 여자든 남자든, 보이지 않는 적을 열거하지도 않았다. 설사 그 도박왕 주변이나 무한대 속에서 누구를 보았다고 해도 혼자 간직했다. 그가 펠란키의 어깨를 잡으며, 눈물이 그렁그렁한 눈으로 한 말은 이것이 고작이었다. 「부조리의 거장만이 자네를 구할 수 있네. 그 말고는 누구도 할 수 없어.」

「그분을 어디 가서 찾으면 될까요?」

여든이 넘은 나이, 스물을 조금 넘긴 때부터 온갖 불신과 박해, 감옥과 정신 병원에도 아랑곳없이, 결코 포기하지 않고 세상의 종말을 선언해 온 그는 구약 성서의 준엄한 예언자였다. 바그다드의 왕자 테오바우두가 그에게 일러 주었다. 「자네가 가장 기대하지 않는 곳, 거기서 그를 찾을 것이네.」 그리고 말을 마치자마자 그는 눈을 감고 잠이 들었다.

주 우미라의 아파트, 사상가에게 필요한 고독 속에서 카르도주 에사는 자신의 최종 전투 계획안을 세웠다. 그는 화성인들과 면담할 준비를 해놓았는데, 그 화성인들 중에 그의 친구들이 있었다.

「만나서 뭐라고 할까요?」 그가 펠란키에게 물었다.

아무런 기대도 하지 않는 도박왕은 피곤해서 어깨만 으쓱해 보였다. 「혹시 부조리의 거장이란 사람을 어디 가면 찾을 수 있는지 아시오? 그 사람 얘기를 들어 본 적은 있소?」

「부조리의 거장? 그를 만나고 싶으십니까?」 그 신비주의자의 호탕한 웃음소리가 방 안에 울려 퍼졌다.

「되도록 빨리 봤으면 하오.」

「잘됐군요. 여기 당신 앞에 있습니다. 내가 부조리의 거장입니다.」

바카라, 라스키네, 룰렛에서는 아리고프, 아나크레옹, 지오바니 기마랑이스, 그리고 이들의 예감을 믿는 군중이 대박 행진을 계속 이어

가고 있었다. 그들은 지금까지 한 번도, 단 한 번도 잃지 않았다.

「당신이? 그럼 빨리 처리해 주시오. 이렇게 일주일만 더 계속되었다간 난 파산이오.」

「빨리요, 카르도지뉴.」 주우미라도 애원했다.

부조리의 거장은 그 비서의 친근하고 열성적인 태도에 미소를 지었다. 「마음 푹 놓으시지요. 금방 다 끝날 테니까요.」

〈저항할 수 없는 독수리의 눈빛을 가졌어.〉 주우미라는 속으로 생각했다.

24

도나 플로르와 닥터 테오도루는 나란히 팔짱을 끼고서 저녁 시간에 맞춰 약국에서 돌아왔다. 잠깐 낮잠을 잔 후 그는 일하러 돌아가야 했다. 당번인 날은 밤 열시까지, 정말 고되게 일했다.

「딱하기도 하지.」 도나 플로르가 말했다.

「오늘은 당신 먼저 일찍 자요, 여보. 어제 열이 있었잖소.」 착한 남편이 충고했다.

도나 플로르는 너무도 만족스러웠다. 모든 것이 모순과 분열로 느껴지던 감정은 갑자기 사라졌고, 정신과 물질은 서로에게 만족하고 있었다. 다만 한 가지 두려움은 있었다. 그이, 첫 남편이 돌아오지 않으면 어떻게 하나? 그가 돌아오지 않는다면?

그러나 그는 왔다. 약사가 (빗줄기가 굵어졌기 때문에 비옷을 입고 우산을 들고) 약국으로 가자마자 들어왔고, 이렇게 상황을 설명하는 시간만큼도 안 걸려서, 도나 플로르와 바지뉴는 스프링 매트리스를 간 철제 침대에서 열렬히 애무하고 있었다.

「안색이 안 좋고 피곤해 보여요. 야위기도 했고. 도박하고 놀러 다니느라 통 잠을 못 잤잖아요. 좀 쉬세요, 여보.」

그녀는 불과 폭풍의 결합이 끝난 후 부드러운 애무 사이사이에 그렇게 말했다. 바지뉴는 창백했다. 마치 피가 빠져나가는 듯 아주 창백했지만 그는 미소를 지었다.「피곤하냐고? 아주 약간은. 하지만 펠란키가 쓴 돈 때문에 내가 얼마나 웃었는지 상상도 못할걸. 조금만 있으면…….」

「조금만 있으면? 다시 도박장으로 돌아가려고요? 밤새도록 나랑 있지 않을 거예요?」

「오늘 밤은 우리의 밤이지, 지금은. 그 후에는 내 동지, 당신의 또 다른 남편 차례잖아.」

도나 플로르는 용기를 내고 극적인 결정을 다시 이야기했다.「그이랑은 다시 안 해요. 어떻게 그래요? 절대 안 해요, 바지뉴. 이제 그건 우리 둘만의 일이에요, 알았죠?」

그가 부드럽게 웃으면서 침대에 편안히 누웠다.「그런 말 하지 마, 여보. 당신이 신의 있고 올곧은 걸 좋아한다는 거 나도 알아. 하지만 그건 끝났어. 왜 자신을 속여? 그자하고만도 아니고 나하고만도 아니라 둘 다랑 하는 거야. 그자도 당신 남편이야. 나만큼 권리가 있다고. 그자는 좋은 사람이야. 점점 더 맘에 들어. 전에 내가 그렇게 말했잖아. 우리 셋이서 잘 지낼 거라고…….」

「바지뉴! 내가 테오도루와 잠자리를 같이해도 질투하지 않는다는 말이에요?」

그는 납빛 머리를 쓸어 올렸다.「질투? 아니, 여기에 질투 같은 건 없어. 그자와 난 연결되어 있어. 우리 둘 다 권리가 있다고. 둘 다 사제와 판사 앞에서 결혼했어, 안 그래? 그자한테 부족한 건 당신을 별로 이용하지 않는다는 것뿐이야. 멍청이거든. 여보, 당신이 우리 사랑을 불륜이라고 부르면서 더욱 짜릿함을 느낄 수도 있겠지만, 그건 합법적이야. 그건 그자도 마찬가지야. 혼인 증명서도 있고 증인들도 있어, 그렇잖아? 결국 우리 둘 다 당신 남편이고 똑같이 권리를 가지고 있는데 누가 누구를 속인다고 그래? 다만 플로르, 당신만 우리 둘을 속이는 거라고. 당신은 이제 자신을 속이지는 않으니까.」

「내가 두 사람을 속이는 거라고요? 더 이상 나를 속이지 않는다고요?」

「정말 사랑해 — 아, 그 거룩한 악센트가 그녀의 귓가에 울렸다 —.
얼마나 사랑했으면 당신을 보고 당신을 안기 위해서, 죽음의 굴레를
깨고 이렇게 다시 존재하겠어? 하지만 나한테 동시에 바지뉴와 테오
도루가 되어 달라고 요구하지는 마. 그건 못 하니까. 나는 어디까지나
바지뉴이고 당신한테 줄 거라곤 사랑뿐이야. 당신에게 필요한 다른
모든 건 약사가 주잖아. 당신의 집, 부부간의 정절, 존경, 질서, 배려,
안정. 그런 걸 주는 건 그자의 몫이야. 그자의 사랑은 고상한 (그리고
따분한) 것들로 이루어져 있고, 당신이 행복하려면 그게 필요해. 하
지만 당신이 행복하려면 내 사랑도 필요하지. 이 음탕하고 못되고 비
뚤어진 사랑, 난삽하고 거친 사랑, 당신을 괴롭히는 사랑이. 하지만
그 사랑이 워낙 커서 내 불행했던 삶에 맞설 수 있었고, 워낙 위대해
서 내가 죽은 후에 저승에서 되돌아오게 만들었지. 그래서 이렇게 당
신은 나를 가졌고 말이야. 난 당신한테 기쁨과 괴로움, 쾌락을 가져다
준 거야. 하지만 당신 곁에 머무는 동반자가 되고, 사려 깊은 남편이
되고, 당신에게 충실하고, 당신과 함께 여기저기 방문하고, 날을 잡아
영화관에 가고, 정확하게 시간 지켜 잠자리를 같이하고, 그런 건 하지
않을 거야. 난 그렇게는 못 해. 그런 걸 위해서 나의 고상하신 동지가
있는 거야. 그보다 좋은 남자는 없어. 나는 불쌍한 도나 플로르의 남
편, 당신한테 그리움을 일으키고, 욕망을 일으키고, 정숙한 당신의 깊
은 곳에 숨은 존재야. 그는 마담 도나 플로르의 남편, 당신의 덕망과
명성, 위신을 보호하는 존재이고. 그는 당신의 외면적 얼굴, 나는 당
신의 내면적 얼굴, 당신이 외면할 방법도 모르고 그럴 수도 없는 연인
이야. 우리는 당신의 두 남편, 당신의 두 얼굴, 당신의 긍정적인 면이
자 부정적인 면이야. 당신은 행복을 위해서 우리 둘 다 필요해. 나만
있었을 때 당신에겐 사랑이 있었지만 다른 것들이 없었어. 그때 얼마
나 고생했어! 그자만 있었을 때는 모든 것을 가지고 부족한 게 없었
지만, 전보다 더 괴로웠지. 이제 당신은 완전한 도나 플로르야. 원래
그랬어야 했어.」

애무가 점점 심해지며 두 육체는 불이 붙기 시작했다. 「서둘러, 여
보. 오늘 밤은 짧아. 빨리하자, 조금 있으면 난 떠나야 해. 그게 내 운

명이야. 그다음은 내 동료, 내 동업자, 내 형제의 시간이거든. 당신의 그리움, 비밀스러운 욕망, 깊이 묻힌 화냥기, 거친 비명은 나를 위한 거야. 그자를 위한 건 나머지, 돈 드는 일, 약국에서의 당번, 당신의 존경심, 고상한 마음들이지. 정말 완벽해, 여보. 나, 당신, 그자. 더 이상 뭘 바랄 거야? 나머지는 거짓이고 위선이야. 왜 아직도 자신을 속이려고 해?」

그는 그녀를 차지하려는 바로 그 순간에 이렇게 덧붙였다.「당신은 내가 당신을 망신시키려고 온 줄 알겠지만, 사실 당신의 명예를 지켜주기 위해서 온 거야. 내가 오지 않았어 봐. 모든 합법적 권리를 가진 당신의 남편인 내가 오지 않았다면, 무슨 일이 생겼을지 말해 봐. 사실대로 말해, 자신을 속이지 말고. 당신이 애인을 사귀고 당신의 이름과 명예에 먹칠하는 걸 막기 위해서 내가 온 거라고.

당신은 올곧은 여인이고, 정숙한 과부, 정직한 아내, 남편에게 충실한 여자니까 애인 같은 건 생각해 보지 않았다고, 아예 떠올린 적도 없다고 할 거야? 그렇다면 과부들의 기둥서방, 에두아르두 아무개, 갈보리 주님 어쩌고 하는 그 친구는 뭔데? 가로등 밑에 서 있던 그자를 벌써 잊어버린 거야? 당신은 창가에서 기다리고 있었어. 그때 내가 급히 미란당을 보내지 않았다면 당신은 그 녀석한테 넘어가서 내 무덤에 질투의 씨앗을 뿌렸을 기야.」

그 천국의 목소리, 욕정, 그리고 타는 듯한 생강, 후추, 날양파의 맛, 그리고 인생의 소금(게다가 어찌도 그리 맞는 말만 하는지).

「여보, 이제 모든 걸 잊어버려, 모든 걸. 지금은 정사의 시간이니까. 당신도 잘 알잖아, 플로르. 남녀의 정사는 신이 고안하신 신성한 거야. 어서, 여보.」

〈그래요, 바지뉴. 최고의 사기꾼, 지독한 이교도, 최고의 전제 군주, 조금도 시간 낭비하지 마요.〉

주우미라 시몽이스 파군지스의 청동색 벨벳 같은 가슴에 머리를 기댄 신비주의자 카르도주 에 사…….

카르도주 에 사라고? 그렇다. 이건 착오나 오타가 아니며, 이름을 헷갈린 것도 아니라, 실제로 (통탄스럽게도) 물리적 존재가 잠시 바뀐 것이었다. 배타적인 권리를 가지고, 그 물라타의 가슴에서 휴식을 취하며 그 따스한 보석의 위안을 즐기는 사람은 도박의 제왕, 숫자 도박의 황제, 정부와 주우미라의 후원자인 펠란키 모울라스가 아니었다. 그걸 즐기는 사람, 더욱이 그 모든 것을 놀랍도록 편안하게 누리고 있는 사람은 누구도 예상하지 못했던 부조리의 거장, 우주의 용감한 선장, 거의 순수한 영혼을 지닌 카르도주 에 사였다.

카르도주 에 사가 어떻게 이 위풍당당한 지위를 누리게 되었을까? 그걸 요구했기 때문이었다. 그는 펠란키의 문제를 해결할 방법을 찾으면서, 도박장을 방문하고 화성인 지도자들과 마라톤 회담을 여는 동안(심지어 그는 그때까지 어떤 인간도 접촉하지 못했던 화성의 까다롭고 음산한 독재자, 천재 지도자와 면담까지 했다), 주우미라에게 끈질기게 아부하며 부탁했는데, 그 낡은 수법이 다시 통했던 것이다.

우선 그는 순수하고 훌륭한 과학적 호기심에서, 그 보이지 않는 존재들이 〈당신의 당당한 아마존 여전사의 둔부〉에 남긴 멍을 보게 해 달라고 부탁했다. 멍은 사라졌으며 기억만 남았다고 그녀가 대답했다. 그래도 카르도주 에 사는 그 자리만이라고 보고 싶어 했다(현상을 〈현장에서〉 살펴보기 위해). 그걸 하지 않으면 적절한 판단을 내릴 수 없다는 것이었다. 과학은 정확해야 하니까.

그래서 그녀는 그 광범위한 부위를 보여 주었고 그는 시간을 들여 꼼꼼히(성급함은 과학의 적이다) 그것을 살폈다. 색과 단단함, 건축학, 모든 것이 최상급이었다. 주우미라는 그에게 만족감, 미소, 부끄러움을 안겨 주었다. 카르도지뉴가 정말 순수한 영혼, 물질적 토대로부터 자유로운 사람일까? 거의 그랬다.

「융기부와 심연이 있는 것이 화성의 산 같군요.」 행성의 지리학자가 말했다.

그 영토와 관련된 호기심을 (부분적으로) 만족시키고, 가슴과 관련된 사건 이야기를 들은 그는 그 경이로운 가슴, 과학적 이성과 함께 미적 이성을 자극하는 그 비탈과 봉우리를 보여 달라고 부탁했다. 펠란키의 미와 시에 대한 숭배 의식에 익숙해진 그녀가 전혀 음란한 느낌이 없는 끈덕지면서도 정중한 부탁, 그렇게 올곧은 사람의 부탁을 어떻게 거절할 수 있을까? 주우미라는 스스로에게 물어보고는 부탁을 들어주었다.

거장 카르도주 에 사, 그 존경스러운 예술가는 〈우주를 만드신 조물주의 걸작〉을 잠시만 보여 달라고 부탁한 거였지만, 드러난 젖가슴을 본 순간, 미적 쾌감이 너무도 강렬해서 곧바로 완전히 이성을 잃고 말았다. 사실상의 순수한 영혼인 그마저 최후의 물질적 구속에 굴복했다면, 하물며 연약한 인간인 주우미라에게 어떻게 더욱 단호한 행동을 기대할 수 있겠는가? 그래서 이 요구와 응대가 벌어진 것이다.

더욱이 펠란키 모울라스가 정말로 통이 큰 사람이라면, 그 점성술사이자 연금술사의 엄청난 수고에 맞게 보상해 주려고 할 것이며, 주우미라를 모든 의무와 구속에서 풀어 주어 카르도주 에 사에게 선물로 주는 대신, 그 자신은 다만 그 화려하고 요염한 (돈이 많이 드는) 여자의 비용을 대주는 기쁨만으로 만족했을 깃이다. 위대한 선장은 약속대로 도박장 문제를 해결해 줌으로써 칼라브리아인의 재산을 구해 주었고, 액운과 화성인들의 혼란에서 그를 풀어 주었기 때문이다.

적어도 한 가지는 분명했으며 이론의 여지가 없었다. 그 며칠 동안 지오바니 기마랑이스는 나타나지 않았고, 그를 마지막으로 모두가 떠났다는 것이다.

첫 번째는 아나크레옹이었다. 그 늙은 애국자, 여러 세대의 거장, 존경받는 백발노인은 어느 날 밤 오랜만에 사기꾼 파라나구아 벤투라의 불법 도박장에 갔고, 모든 카드에 표시를 해놓는 그 사기 도박장에서 비로소 다시 한 번, 스스로가 도박꾼임을 느낄 수 있었다. 끝없이 계속 이기기만 하는 것은 도박이 아니었다. 인간과 행운 사이의 경쟁, 물주와 룰렛 구슬, 카드와 주사위를 상대로 한 싸움이 아니기 때문이었다. 그는 칩 하나를 들어 카드에 걸고, 숫자에 걸고, 판돈을 거두어들이면 되었다. 아무 재미도 없는 마술, 거기에 무슨 기쁨이 있겠는가? 아나크레옹, 골수 도박꾼, 룰렛 휠의 교육자인 그에게 뒤집을 수 없는 그런 행운이 무슨 가치가 있겠는가?

그건 따는 것이지 도박이 아니었다. 무릇 도박의 감동은 예측하지 못하는 데에, 위험에, 잃었을 때의 분노에, 숫자를 맞혔을 때의 기쁨에, 따고 잃는 데에 있었다. 그것은 맹렬하게 돌아가는 룰렛 휠을 눈으로 좇고, 매번 다른 숫자가 나오는 그 휠이 어디서 멈출지 모르는 데에 있었다. 우연히도 같은 숫자가 나올 때는 얼마나 짜릿한가! 이제 아나크레옹은 자신이 칩을 건 그 숫자에 구슬이 순순히 떨어지는 광경을 보지도 않았다. 그리고 카드는 또 어떤가? 주사위는? 대체 그가 무슨 죄를 저질렀기에 그런 극악한 벌을 받는단 말인가?

늙은 아나크레옹은 정직하고 겸손하며 올곧은 사람이었으며, 도박의 기쁨, 모르는 것의 쾌락, 위험 감수의 쾌감을 아는 도박꾼이었다. 이제 처음부터 모든 것이 결정된 마당에, 위험이라곤 없었다. 그건 치욕이었다.

그는 쉽게 들어온 돈들을 모아 파라나구아 벤투라의 도박 소굴로 향했다.

「여기는 펠란키의 카지노가 아니오.」 그 흑인이 말했다. 「여기서 거들먹거릴 생각은 접어 두쇼.」

두 사람은 껄껄 웃었다. 그곳에서는 행운 이상의 것이 필요했다. 두둑한 배짱으로, 다 털리지 않기 위해서 항상 눈을 부릅떠야 했다. 그러나 그날 밤 아나크레옹은 불운 때문이든 속임수 때문이든 돈을 잃어도 개의치 않았다. 그가 피하고 싶었던 것은 기적적인 행운, 그리고 재미와 투쟁, 기쁨 없이 얻는 돈이었다. 인간의 본성이란 그런 것이다.

그보다 일찍 시작했던 아리고프는 며칠 동안 미루다가 결국 3인의 대공 하우스, 제제 다 메닌지치의 불법 도박장으로 향했다. 거기서의 도박이 진짜 도박이었다. 왜 미루었냐고? 사건의 전말을 이야기하는 것이 좋겠다. 쉽게 들어온 돈이 아리고프의 고결한 성품을 망치기 시작했다. 그는 한 여자에게 집착하는 병, 연인에게 돈을 쓰는 병이 생겨 좋은 습관이 180도로 달라졌다. 그는 테레자를 선물 속에 파묻히게 했고, 양각한 지구본과 잠잘 때 노래를 불러 줄 새 한 마리를 사다 주었다. 아리고프는 그녀의 집세를 비롯해 모든 것을 대신 치러 주기 위해 광분했다.

자존심 상하고 실망한 여류 지리학자는 그가 초래한 터무니없고 우스꽝스러운 상황을 설명했다. 자기 집과 자신의 흑인을 부양하는 것은 그녀, 흑인의 긍지를 존중하는 테레자의 몫이다. 그녀에겐 지켜야 할 명예와 자존심이 있다. 이따금 주는 선물은 좋고 환영한다. 새는 정말 감동적이었다. 그러나 집세를 내주고 기타 등등까지 해주는 것은 달갑지 않다.

테레자 덕분에 아리고프는 늦지 않게, 자기 발치에서 입을 벌리고 있는 심연을 보게 되었다. 그는 이제 도박을 위해 카지노에 가는 것이 아니라 돈을 벌기 위해 가고 있었다. 인간으로서의 고결함, 도박의 기쁨은 어떻게 되었는가? 그는 또다시 3인의 대공 하우스, 제제 다 메닌 지치의 소굴에 와 있는 자신을 발견했고, 테레자는 거품이 이는 그녀의 바다, 그녀의 하얀 위도로 통하는 입구를 다시 한 번 열어 주었다.

미란당은 우리가 이미 알다시피 공포에 떨면서 맹세를 했다. 그는 여전히 백수 생활을 계속하면서 모험담과 웃음으로 밤을 채우고 음주를 즐기긴 했지만 다시 도박을 하지는 않았다. 그는 그 불가사의한 존재와 그렇게 가까이 있는 기분을 다시 느끼고 싶지 않았다.

지오바니 기마랑이스는 펠리스의 도박장에서 돌아간 후에는 더는 전과 같은 도박꾼이 되지 않았다. 그는 중요한 정부 관리이자 목장주로서의 임무에 충실했다. 그렇지만 마음만 먹으면 평생 17에 걸고 돈을 따면서, 펠란키의 돈으로 땅과 가축, 목장을 샀을 것이다. 그러나 그의 아내와 사회는 그가 다시 도박에 손대는 것을 못마땅하게 생각했으므로, 결국 얼마 전 보수주의 계급에 합류했던 그 사람 좋은 기자는 가정과 은행 신용의 요구에 따라, 이전의 자중하는 생활로 다시 돌아갔다. 그는 펠리스에서 3인의 대공 하우스나 제제, 파라나구아 벤투라의 불법 도박장으로 가지 않았다. 그는 부부의 침대와 존경받는 위치로 돌아갔다. 그는 확실히 훌륭하고 가치 있는 이성에 따라 움직였지만, 그의 도덕적 대의는 아나크레옹이나 아리고프의 것과는 달랐다.

그리하여 세 가지 사건이 나란히 진행되어 똑같은 운명에 이르렀다. 우주 선장과 화성인들 사이의 행성 간 협정, 신비주의자와 아마존 여전사가 시간을 잊은 채 순진하게 장난치는 요구와 응수의 게임, 그리고 바지뉴의 친구들이 느끼는 따분함.

그러나 카르도주 에 사의 승리가 완고하고 끈덕진 마시무 살리스 교수의 물질주의적 확신까지 꺾은 건 아니었다. 그에게는 너무도 뻔했다. 카르도주, 어리숙하게 행동하면서 미치광이도 믿지 않을 허풍을 떠는 그자는, 틀림없이 주우미라를 공범으로 하는 갱단의 우두머리가 틀림없었다. 그 두 사람은 아주 오랫동안 서로 알고 지낸 연인이었다. 늙고 멍청한 펠란키만이 그 사실을 모르고 있었다. 그렇지 않다면 그 모든 일을 어떻게 설명할 것인가?

그리고 카르도주 에 사 — 주우미라 같은 가까운 친구들에게는 카르도지뉴라고 통하는 — 가 그렇게 놀랍게, 전혀 뜻밖에도 사랑에 정통한 줄은 누가 생각이나 했겠는가? 그것도 비참하고 하찮은 육체적 사랑만이 아니라 더욱 진보적인 행성적 사랑, 풍부한 은하적 사랑에까지? 그는 환희의 지식 분야에는 정통한 교수였으므로 말 잘 듣는 학생에게 그 지식을 나누어 주었다. 학생은 말도 잘 들었지만 호기심도 많았다. 「카르도지뉴, 토성은 어떤지 말씀해 주세요. 거기 사람들은 입이 없는데 어떻게 키스를 하죠? 손이 없는데 어떻게 포옹하나요?」

부조리의 교수는 호탕하게 웃었다. 「그럼 이번에 제대로 보여 주리다……」

주우미라는 펠란키가 그 영적인 애정, 같은 성질을 지닌 두 영혼의 신비한 관계를 알아내고, 그것을 과학적 호기심과 미적 쾌락과는 아무 상관 없는 악이자 부도덕으로 생각할까 봐 두려웠다.

「페키투가 와서 이런 우리를 보면 어떻게 하죠? 그는 우리를 죽일 수도 있어요. 그런 맹세도 했었다고요……」

빛의 거장이 대답했다. 「내가 손을 이렇게 움직이면 우리는 보이지 않게 되지요.」

그는 손으로 그 동작을 하고는 해왕성 주민들의 어떤 습관을 가르쳐 주었다. 어머나, 어쩜!

26

바지뉴는 날마다 더 창백해지고 생기를 잃어 갔다. 도나 플로르가 몸을 굽혀 그를 살폈다. 「바지뉴, 당신 어디 아파요?」

「좀 피곤해.」

목소리는 희미했고, 눈빛은 생기를 잃었으며 손은 앙상했다. 도나 플로르가 생각하기에는 그의 방탕한 생활 때문인 것 같았다. 그렇게 꾸준히 계속되는 소모를 견뎌 낼 유기체는 없었다.

저번에는 똑같은 일이 갑자기 일어났었다. 모두가 그를 건강하고 강하다고, 활력과 정력이 넘친다고 생각할 때, 바지뉴는 바이아 여인 차림으로 카니발의 가장행렬에서 활개를 치다가 쓰러졌다. 그는 갑자기 쓰러져서 꼼짝도 하지 않았다. 아직 너무 젊을 때, 아직 젊고 잘생겼을 때, 항상 허풍 잘 떠는 도박꾼이던 그의 심장이 갑자기 망가지고 완전히 닳아 버렸던 것이다. 도나 플로르는 도나 노르마와 도나 지자의 부축을 받으며 가장행렬과 카니발 그룹들을 헤치고 가서, 미소를 띠고 죽은 그를 발견했었다. 그 옆에는 집시 복장을 한 카를리뉴스 마스카레냐스가 지켜보고 있었고 그의 아름다운 기타는 침묵하고 있었다. 애도하는 이들은 종, 반짝이는 금속 조각, 밝은 색으로 치장하고 있었다.

그러나 이번엔 죽음이, 죽음인지 뭔지는 몰라도, 하루하루 다가오고 있었다. 우선은 창백하고 야위어 가더니, 다음엔 힘없는 유체가 되었다. 그랬다, 거의 투명한 유체였다. 그것은 아픈 사람이 야윈 것과는 달랐다. 그는 통증이나 열 같은 건 못 느꼈다. 밀도가 엷어지고 형체가 없어지면서 사라지고 있었다.

처음에 도나 플로르는 별로 심각하게 여기지 않았다. 그 익살꾼은 항상 뭔가 장난거리를 궁리하면서 사람을 골탕 먹였기 때문에 이것도 그녀를 겁주고 놀래려고 꾸미는 장난으로만 생각했다. 바지뉴는 옛날 버릇 그대로였다. 그는 처음부터 모든 것을 조롱하고 다른 사람들을 괴롭히며 즐거워하는 건달이었다. 겁에 질린 도나 호지우다한테 물어보라. 난봉꾼이라고 할 테니.

그 노파는 오랜 체류 기간을 예고하는 커다란 가방을 들고, 사전 통보도 없이 나타났다. 닥터 테오도루는 충격을 애써 감추고 평소처럼 정중하고 상냥하게, 그의 집에서 〈항상 환영받는 사람〉이어야 할 장모를 맞았다. 도나 호지우다의 심술은 날이 갈수록 늘어났고 실제로 독약의 수채통이 되었다. 그녀가 도착하자마자 그 집과 거리엔 적의가 가득했다. 「네 오빠는 졸장부, 바퀴벌레, 줏대도 없는 사내다. 그 마누라가 상전이야. 그 눈이 흐릿한 것이 말이다. 난 여기 눌러 살련다.」

「신이여, 저에게 인내심을 주시옵소서.」 도나 플로르는 기도했고 닥터 테오도루는 모든 희망을 잃었다. 그 괴물이 〈눌러 산다〉면 탈출구는 두 개뿐이었다. 그녀를 독살하거나 기적이 일어나는 것. 그러나 약사에게는 그럴 용기가 없었고 기적의 시대는 지나갔다. 그렇지만 우리가 알다시피 약사의 생각은 틀렸고, 나중에 그는 생각을 바꾸게 된다.

그녀가 상륙한 지 스물네 시간도 채 못 되어, 도나 호지우다는 마치 지옥이 쫓아온다는 듯 허겁지겁 배를 타고 나자레트로 돌아가고 있었다. 아니, 지옥이 아니었다. 어떤 사단이나 루시퍼, 바알세불, 무슨 이름을 붙이든 상관없었다. 그 악마, 악마 중에서도 최고의 악마, 한때 그녀의 사위였고 그녀와 딸에게 불행이었던 마귀였다. 그가 그녀의 머리카락을 잡아당기고 그녀를 쓰러뜨리기까지 했다. 그는 하루 종일 추잡한 말들을 귓가에 속삭였고 음탕한 욕설을 지껄이면서 주먹과 발길질로 엉덩이를 차고 위협했으며, 말도 못하게 민망한 짓을 제안했다.

「이 집에 악마가 들렸어. 저주가 내렸다고! 다시는 이 집에 발을 들여놓지 않을 거야.」 그녀는 투덜거리면서 가방을 챙겼다.

기적이 일어났다. 〈우리는 아직 기적의 시대에 살고 있구나.〉 약사
는 그렇게 큰 은총, 커다란 은혜를 입을 자격이 없다고 느끼면서 겸손
하게 생각했다.

「악마가 돌아다니고 있어. 나를 죽이려고 했다고.」 말을 마친 도나
호지우다는 극도의 혐오를 보이면서 떠나갔다.

「노망기가 드나 보오.」 닥터 테오도루는 안도하면서 자신 있게 진
단했다.

도나 플로르는 그와 똑같이 마음을 놓으면서 약사의 말에 미소로
동의했고, 바지뉴에게는 윙크로 대답해 주었다. 그 망나니는 거의 형
체가 없는 유체가 되었음에도 문간에서 머리를 젖히며 웃었다.

그의 창백함은 심각했다. 바지뉴는 점점 더 느끼기 힘들게 변했고,
거의 기체처럼 투명해져서, 도나 플로르가 그의 몸 뒤쪽까지 보게 되
는 순간이 왔다.

「오, 여보, 당신이 사라지고 있어요……」

도나 플로르는 처음으로 바지뉴가 무력함을, 혼란스럽고 어쩔 줄
몰라 하고 있음을 느꼈다. 그의 활력, 거만함, 악당 근성은 어디로 간
것일까?

「나도 모르겠어, 여보. 그들이 나를 데려가고 있어. 난 가고 싶지
않은데 말이야. 혹시 당신이 더는 나를 원하지 않는 게 아닐까? 나를
보낼 수 있는 건 당신뿐이거든. 당신이 원하는 한, 마음속에 나를 간
직하고 싶어 하는 한, 나는 여기서 살 수 있어. 플로르, 당신 무슨 짓
을 한 거야?」

도나 플로르는 그 주술을 떠올렸다. 코마드레 지오니지아가 경고
했었다. 그것은 모두 그녀의 잘못이었다. 그녀가 아프리카 신들의 힘
으로 바지뉴를 죽은 자들에게 데려가 달라고 부탁했던 것이다.

「그 주술 때문이에요.」

「주술?」 그의 목소리는 똑똑 물 듣는 소리, 아주 작은 중얼거림으
로 들렸다.

그녀는 그 토요일 오후의 일, 그녀가 그의 품에 안겼을 때 지오니지

아 지 오쇼시가 때마침 자신의 명예를 구한 일이며, 절망에 빠져 그녀에게 주술을 부탁했던 일을 모두 이야기했다. 고위 사제 지지가 그 일의 책임을 맡았다. 지지는 바지뉴의 운명을 통제하고 있었다.「플로르, 무슨 짓을 한 거야? 나의 잃어버린 꽃이여, 왜?」

「내 명예를 위해서였어요.」

그것은 아무 도움이 안 되었다. 어차피 일어날 일은 일어났다. 그 주술보다는 바지뉴의 말에 의해 고삐 풀린 욕망이 더욱 강했다. 일이 일어난 후 도나 플로르는 그 주술을 중단시키려고 했지만 이미 늦었다. 희생의 피는 떨어진 후였다.

「아, 당신은 이렇게 나를 보내 버리는군, 당신이. 나는 이제 가는 수밖에 도리가 없어. 내 힘은 당신의 욕정이고, 내 육체는 당신의 그리움, 내 생명은 당신의 사랑이야. 당신이 날 사랑하지 않으면 나는 존재하지 않아. 안녕, 플로르. 나는 갈게. 그들이 모칸으로 나를 못 박고 있어. 이제 다 끝났어.」

그녀가 보는 앞에서 그는 조금씩 사라지다가 흩어져서 아무것도 남지 않았다.

27

바지뉴는 갔다. 신들의 전쟁터, 오리샤들의 전리품, 무덤 없는 죽은 영혼은 떠났다.

도나 플로르, 이 상황을 이용하는 것이 어떤가? 이것은 그대의 마지막 기회, 명예와 정숙함, 순결, 너의 이웃, 너의 사람들, 네가 속한 사회적 계급의 도덕적 규범을 위한 마지막 기회이다. 지오니지아의 부탁으로 아조바 지지가 행한 주술 덕에 문은 아직 열려 있다. 우리로선 주술과 이상한 신들, 하층 계급의 어리석은 생각에 의존하는 게 내키지는 않지만, 도덕의 안전, 미덕, 사회와 문명의 계율이 위험에 처한 마당에, 무슨 선택의 여지가 있겠는가? 도나 플로르, 중요한 것은 신이 보는 앞에서 그대 자신을, 그대 자신의 양심을 구하고, 길 잃은 양들을 깨끗한 우리 안으로 되돌려 보내는 것이다. 다행히 인간들의 눈앞에서 그럴 필요는 없다. 그들은 그대의 잘못을 모르고 있으므로.

그대가 바지뉴를 떠나보낸다면, 그 수치스러운 며칠 밤을 잊기는, 미친 정사와 사랑의 신음을 잊기는 쉬울 것이다. 모든 것은 한낱 꿈, 열병으로 인한 착란, 환각에 지나지 않을 것이며, 혹은 정숙하고 행복한 생활 중 게으른 시간의 어리석은 생각에 지나지 않을 것이다. 그대에겐 아무런 양심의 가책도 남지 않을 것이다. 그대는 남편과, 자신의 양심과 평화롭게 살아갈 것이다. 도나 플로르, 지금은 그대의 덕을 실천할 마지막 기회, 계속해서 도덕과 올곧은 삶의 지주로 남게 될 마지막 기회이다. 바지뉴는 영원히 쉬게 놔두어라. 그대는 정숙한 여인이 아닌가?

도나 플로르, 어디를 향하고 있는가? 어떤 힘에 의지하고 있는가? 왜 그를 비존재에서 풀어 주는가?

나는 사랑 없이는 살 수 없어요, 그의 사랑 없이는. 차라리 그이와 함께 죽는 게 나아요. 그를 곁에 둘 수 없다면, 길을 지나는 모든 남자한테서 필사적으로 그를 찾을 거예요. 나는 모든 남자의 입에서 그의 맛을 찾으려 애쓸 것이고, 굶주린 늑대가 되어 울부짖으면서 거리를 쏘다닐 거예요. 그이가 곧 나의 덕이에요.

28

신들의 전쟁 중에 그 도시는 공중으로 떠올랐고, 시계들은 동시에 자정과 정오를 가리켰다. 모든 오리샤가 바지뉴, 그 반항적인 죽은 자의 영혼을, 사랑의 짐을 묻기 위해 모여 있었고 에슈 홀로 그를 지키고 있었다. 천둥과 번개, 회오리바람이 몰아쳤고, 강철과 강철이 맞부딪치면서 검은 피가 흘렀다. 그 접전은 최후의 오솔길 교차로, 비존재의 경계에서 일어났다.

파도의 물마루에서는 온통 파란 옷을 입고서, 거품과 게들이 부글거리는 긴 머리를 흩날리는 예만자가 일어섰다. 그녀의 은색 꼬리에는 세 개의 서로 다른 성(性), 해초의 흰색과 찌꺼기의 녹색, 그리고 세 번째의 검은색 가루들이 매달려 있었다. 그녀는 금속 부채, 아베베[12]로 죽음의 바람을 불러냈다. 그녀는 선박의 함대를 지휘했다. 물고기 군단이 소리 없이 그녀를 맞이했다. 오도이아.[13]

숲은 사냥꾼, 케투의 제왕 오쇼시 앞에 머리 숙여 절했다. 그 전쟁에서 그가 타고 다닌 것은 세 가지였다. 아침의 공격에는 멧돼지를, 달이 기울 때에는 백마를, 그리고 자정 무렵의 탈것은 그의 신도들 중 가장 아름답고 그가 총애하는 지오니지아였다. 그가 오파와 에루케레를 가지고 지나가는 곳마다, 그 진지 없는 전쟁에서 동물들은 일제히 죽어 나갔다.

거대한 뱀의 형상을 한 오슈마레는 무지갯빛을 띤, 여자이면서 동시에 남자인 신이었다. 그는 뱀과 방울뱀, 살무사, 산호뱀, 북살무사로 뒤덮여 있었고 남녀추니 다섯 대대가 그 뒤를 따랐다. 그들은 바지뉴를 잡아 무지개 한쪽 끝에 끌어들였다. 그 안으로 들어갈 때에 그는 남성성을 모두 갖춘 남자였다. 나올 때에 그는 소심한 여자, 풀죽은 처녀가 되어 있었다. 에슈가 삼지창으로 그 무지개를 흩어 버렸다. 오슈마레는 자기 꼬리를 입, 고리, 수수께끼 같은 곳(똥구멍)에 넣었다.

오군은 철을 두드려 강철 검을 달구었다. 자신의 샘을 가진 에우아, 숭고한 나나도 나타났다. 전쟁의 신 상고는 장엄한 궁정에서 오바[14]들과 오간[15]들에게 둘러싸여 번개의 섬광과 빛줄기를 보냈다. 그 옆에는 자만심 강한 오슌이 잔뜩 수줍어하는 모습으로 서 있었다. 무시무시한 군대를 가진 오몰루는 천연두와 나병, 더러운 점액과 고름, 모든 질병을 지휘했다. 바지뉴는 폐병과 치명적인 병에 걸리고 귀가 먹

---

12 *abebé*. 물의 여신 예만자가 사용하는 풀무.
13 *odoia*. 예만자 여신에게 바치는 인사.
14 *obá*. 칸돔블레의 남자 고위 성직자.
15 *ogan*. 칸돔블레의 성직자. 제의 현장을 관리하는 것이 오간의 의무이다.

고 눈이 멀었다. 에슈는 모든 질병을, 아프리카 부족들의 주술사들을 하나씩 쫓아 버렸다.

보이지 않는 창, 은색 파쇼루를 휘두르는 오샬라는 두 얼굴을 가지고 있었다. 젊은 쪽은 오쇼기앙이었고 늙은 쪽은 오솔루팡이었다. 그가 춤을 추며 지나가면 모두가 절을 했다. 그의 앞에서는 얀상, 죽은 자들의 지배자, 전쟁의 어머니가 앞장을 섰다. 그녀의 외침은 구경꾼들을 침묵시키면서 단검처럼, 바지뉴의 벗은 가슴을 찢었다.

그들은 각자의 무기와 상징, 고대의 제의를 가지고 밀집한 대형을 이루었다. 수가 별로 없음을 깨달은 그들은 그룬시족과 앙골라족의 신들, 콩고의 잉키세들과 원주민 신들을 초대했다. 남부에서 북부까지 모든 사람이 에슈와 그 죽은 영혼에 맞섰다. 그들은 최후의 결전을 위해 출발했다.

바로 그때 그 도시의 처녀들이 옷을 벗고 자진해서 몸을 내주려고 거리와 광장으로 나왔다. 이어서 아이들이 태어났다, 수천 명이 태어났다. 모두가 닮은 얼굴들이었다. 모두가 바지뉴의 아이들, 모두 악마들이었고 모두 사생아로 태어났다. 집들과 저택들, 바하의 등대, 우냥의 장원 영주 저택은 바다로 떠내려갔다. 바다의 요새는 테헤이루 지세주스로 옮겨져 정원마다 물고기들이 싹을 틔웠고 별들이 나무에서 익었다. 펠리스의 시계는 노란 얼룩들이 생긴 선홍색 하늘 위로 공포의 시간을 알렸다.

이어서 혜성들의 새벽이 매음굴들 위로 떠오르자 모든 매춘부가 남편과 아이들을 얻었다. 달은 이타파리카의 맹그로브 습지 위로 떨어졌고 연인들은 달을 주워 올렸으며, 달의 거울 속에서 키스들과 욕정이 반사되었다.

한쪽에서는 법, 편견, 후진성의 군대가 도나 지노라와 펠란키 모울라스의 지휘를 받고 있었다. 다른 쪽은 꿈의 중령, 주우미라의 양쪽 가슴 사이에서 웃고 있는 카르도주 에 사의 사랑과 시, 대담무쌍의 군대였다.

사람들은 등유를 먹인 창을 들고 언덕을 달려 내려갔고, 일일이 열거할 수 없는 파업과 폭동이 곳곳에서 일어났다. 광장에 도착한 사람들은 더러운 종잇장에 불과한 독재에 불을 질렀고, 구석마다 자유의 횃불이 불을 밝혔다.

이 폭동의 지휘자는 악마였으며, 정확히 10시 36분, 질서와 봉건적 전통은 산산이 깨어졌다. 한때 도덕성으로 여겼던 것들은 사금파리들만 남았으며, 그것들은 나중에 수거되어 박물관에 보관되었다.

그러나 얀상의 외침은 사람들 사이에 두려움 혹은 죽음을 유지하고 있었다. 바지뉴는 손도 발도, 그의 물건도 없어져 그의 몸은 아주 작은 부분만 남아 있었다. 거무스름한 연기, 흩어진 재, 그리고 전투로 찢긴 심장 하나가 고작이었다. 거의 아무것도 아닌, 하잘것없는 존재였다. 그것이 바지뉴와 그의 욕망 덩어리의 종말이었다. 죽은 남자가 철제 침대에서 정사를 벌이고 모든 것을 다시 시작했다고 누가 그랬는가? 대체 누가?

전투는 이제 역전되었다. 에슈, 사방으로 둘러싸여 모든 길을 차단당한 에슈는 힘을 잃었다. 죽은 남자는 싸구려 관 속에, 휑한 무덤 속에 들어갔다. 잘 가라, 바지뉴, 영원히 안녕.

바로 그 순간 한 형체가 공중을 갈랐다. 가장 단단하게 봉해진 통로를 뚫고서, 거리와 위선을 극복했다. 그것은 모든 속박에서 자유로워진 생각이었다. 완전히 발가벗은 도나 플로르였다. 그녀의 사랑의 울음은 얀상의 죽음의 외침을 능가했다. 에슈가 언덕을 굴러 내려갈 때, 한 시인이 바지뉴의 묘비명을 짓고 있었던 마지막 순간에.

대지에 불 하나가 밝혀졌고 사람들은 거짓의 시간을 불태웠다.

29

그 환하고 투명한 일요일 오전, 카베사에 있는 멘데스의 술집 단골들은 도나 플로르, 우아미의 결정체인 그녀가 남편 테오도루의 팔짱을 끼고 지나가는 모습을 보았다. 그들 부부는 리타 이모와 포르투 이모부가 점심 시간에 맞춰 기다리는 히우베르멜류로 가는 길이었다.

표정은 명랑했지만, 올곧은 유부녀답게 차분하고 신중하고 진지한 눈빛으로, 도나 플로르는 존경 어린 인사들에 답례했다.

장의사의 비바우두 씨는 도나 플로르를 머리끝에서 발끝까지 훑어보았다. 「닥터 기침약께서 저렇게 뿌듯한 표정을 지을 수 있는지는 꿈에도 몰랐어. 그럴 사람으로 보이지 않는데 아주 말도 못할 만큼 흐뭇해하잖아.」

「뭐가 어떻다고 그래? 약사지만 웬만한 의사 여러 명보다 낫잖아.」 간판업자 아우프레두가 끼어들었다.

「그녀를 잘 봐. 얼마나 아름답고 멋진지! 끝내 주잖아. 식탁에서든 침대에서든 부족한 게 없는 거야. 심지어 새 애인이 생겨서 남편 몰래 바람피우는 여자처럼 보여.」

「말조심하게.」 낭비벽이 있는 카카오 농장 주인 모이제스 아우베스가 화를 냈다. 「바이아에 정숙한 여인이 있다면 그건 바로 도나 플로르일세.」

「맞는 말이지요. 그녀가 덕망 높은 여자란 걸 모르는 사람이 어디 있습니까? 내 말은 저 약사, 졸린 얼굴의 저 양반이 교활한 놈이란 겁니다. 그 양반이 존경스러워요. 설마 밤일까지 잘할 줄은 생각도 못했지요. 나올 데 니오고 들어갈 데 들어간 저런 여자를 다루려면 아는 게 많아야 하는 법이거든요.」

그는 눈을 빛내며 덧붙였다. 「저 살랑거리는 뒤태 좀 봐. 얼굴은 저렇게 얌전한데, 아, 저 뒤태라니. 한번 보세요. 누군가 엉덩이를 간질이는 줄 알겠어요. 약사 양반은 정말 운도 좋지.」

그 운 좋은 남편의 팔짱을 끼고서, 도나 플로르는 상냥하게 웃음을 지었다. 아, 길 위에서 그녀의 가슴과 엉덩이 만지길 좋아하는 바지뉴의 버릇은 아침의 산들바람처럼 그녀를 들썩이게 하고 있었다. 비가 갠 그 맑은 일요일 오전, 도나 플로르는 행복한 삶과 사랑하는 두 사람에게 만족하면서 천천히 걸어갔다.

우리는 여기서 도나 플로르와 그녀의 두 남편 이야기를 끝내면서, 그 세세한 내용, 삶 자체만큼이나 또렷하고 어두운 불가사의들을 모두 얘기했음을 상기시켜야겠다. 이 모든 것은 실제 있었던 일이다. 믿기 싫으면 안 믿어도 좋다. 이 일이 있었던 곳은 바이아, 이곳에선 마법 같은 이런저런 일들이 아무도 놀래지 않으면서 일어난다. 혹시 의심하는 사람이 있다면 카르도주 에 사에게 물어보도록. 이것이 진실인지 아닌지는 그가 말해 줄 것이다. 그는 화성에서, 또는 이 도시의 어느 가난한 구석에서 찾을 수 있다.

1966년 4월 사우바도르

바이아의 문화와 활기찬 삶을 담은 문학

브라질, 직항로가 없다

한 나라와의 문화적 거리를 그곳에 닿기까지의 행로로 환산할 수 있을까. 그것이 가능하다면 우리나라 지구 반대편에 있는 브라질은 물리적 거리보다 문화적 거리가 훨씬 더 멀지 않을까. 이름만 알고 오면가면 자주 지나치다가 어느 날 문득, 실은 내가 그에 관해 아는 게 거의 없음을 깨닫게 되는 사람, 브라질은 그런 사람 같다.

브라질은 남미의 다른 나라와는 달리, 세계 곳곳에서 쓰이는 스페인어를 쓰는 나라가 아니다. 따라서 생각처럼 친숙하거나 다가가기가 쉽지는 않다. 한 예로, 세계적으로 유녕한 브라질 축구 선수들의 이름을 우리말로 옮겨 쓸 때에도, 생소한 그 이름, 알파벳과는 동떨어진 것 같은 발음 때문에 우리는 얼마나 헤맸는가.

축구, 삼바, 카니발. 남미에서 유일하게 포르투갈어를 쓰는 나라. 아마존 강. 세계에서 다섯 번째로 큰 나라, 세계에서 다섯 번째로 인구가 많은 나라. 한때 악명 높았던 인플레이션으로 외신에 자주 오르내렸으며 세계인의 관심 속에서 빈민 출신 대통령을 낸 나라. 영화 「중앙역」, 건축가 니마이어, 그리고 『나의 라임 오렌지 나무』. 이 정도가 브라질과 관련지어 떠오르는 몇 가지였다.

직항로가 없는 탓에 먼 길을 돌아가야 하는 나라 브라질. 그곳에서 거꾸로 먼 길을 돌아 내 손에 들어온 책이 브라질 작가 조르지 아마두의 『도나 플로르와 그녀의 두 남편』이었다. 그렇게 펼쳐 본 책 속에는 여기저기서 많이 보았던 남미의 풍경과는 사뭇 다른 풍경이 펼쳐졌다. 책 속의 브라질, 아니, 바이아는 즐겁고 신선한 놀라움이었다. 그동안 우리나라에 소개되었던 브라질 작가들, 조제 마우루 지 바스콘셀루스와 파울루 코엘류는 모두 리우데자네이루 출신이다. 그러나 조르지 아마두는 바이아 주 출신이다. 브라질 북동부, 지도에서는 대서양을 향해 툭 튀어나온 부분 바로 아래쪽, 그곳이 바이아 주이다. 그리고 바이아 주의 주도인 사우바도르는 『도나 플로르와 그녀의 두 남편』의 무대이다.

바이아, 삼바의 고향

작품에 등장하는 바이아는 곧 사우바도르, 앞서 얘기했던 바이아 주의 주도를 말한다. 이 도시는 사우바도르라는 공식 명칭이 있음에도 주민들 사이에서 여전히 옛 이름인 바이아〔바이아는 만(灣)을 뜻한다〕로 불린다고 한다.

일반인들에게는 좀 생소할지 몰라도 대중음악을 하는 사람들 사이에서 바이아는 아주 유명하다. 이곳이 삼바의 고향, 다시 말해 삼바의 성지나 다름없는 곳이기 때문이다. 노예제가 폐지된 후 일자리를 찾아 리우데자네이루로 떠났다가 그곳에서 삼바를 탄생시킨 사람들이 바이아의 노예 출신 이주민들이었다. 삼바가 남미의 다른 대중음악과 확연히 구분되는 아프리카 색채를 띠는 것처럼, 바이아의 문화 역시 남미의 다른 지역과는 뚜렷이 구분되는 특성을 지닌다. 이 특성은 아프로브라질 *Afro-Brazil*이라는 한 단어로 압축되는데, 바이아가 이런 특성을 띠게 된 데에는 이유가 있다.

바이아는 포르투갈의 식민 지배와 사탕수수 거래를 위해 1549년 건설된 계획도시로 〈열대의 리스본〉이라 불릴 만큼 화려한 위용을 자랑했다. 그러나 지금의 브라질이 시작된 곳이라고 할 수 있는 이 옛 수도는, 1763년 식민지 정부가 리우데자네이루로 옮겨 간 이후 기나긴 침체기로 접어들었다.

식민지 시대 바이아는 아프리카 각지에서 흑인 노예들을 실은 노예선이 들어오는 곳이었고, 1888년까지 노예무역의 중심지 기능을 했다. 브라질의 여러 도시 중에서도 바이아가 아프리카의 색채가 가장 두드러지는 도시가 된 것도 이런 까닭이다.

브라질 국민의 인종 구성은 남미의 다른 나라와는 달리 매우 다양하고 복잡하다. 바이아의 경우 〈흑인들의 로마〉란 별명을 가질 만큼, 주민의 80퍼센트가 흑인으로 이루어져 있으며, 그 흑인들도 저마다 다양한 조합의 결과이다. 『도나 플로르와 그녀의 두 남편』에서도 다양한 혼혈의 흑인들이 등장한다. 여러 흑인을 소개하면서 피부색을 섬세하게 구분하고 있는 점은 인종적 편견이라기보다 바이아의 특성과 그 문화가 반영된 것으로 보인다. 실제로 또 다른 소설 『기적의 막사 *Tenda dos milagres*』(1969)에서 아마두는 브라질에서 인종적 혼합, 그리고 인종 차별주의에 대한 투쟁의 중요성을 이야기한다.

한편 바이아는 종교에서도 뚜렷한 아프리카적 특색을 보인다. 사실 가톨릭, 아프리카 신앙, 무속 신앙, 심령술 등의 요소가 한데 섞인 혼합주의 종교는 브라질 전체에 퍼져 있지만, 그런 혼합 종교 중 아프로브라질 종교라 할 수 있는 것이 마쿰바이다. 마쿰바는 아프리카 전통 종교에 로마 가톨릭 및 지역적 신앙이 혼합된 종교로, 서인도 제도의 부두교와 비슷한 성격을 갖는다. 바이아에서는 미쿰바이 한 종파인 칸돔블레가 성행하는데, 이는 여러 종파 중에서도 아프리카적 요소가 가장 강하다. 주민들에게 깊이 뿌리내린 칸돔블레의 일부 제의들은 도시를 대표하는 축제로 발전하기도 했다. 이 작품에 쓰인 칸돔블레 요소들은 등장인물들의 정서적 배경을 말해 주기도 하지만 뒷부분에서 판타지를 도입해 무리 없이 연결하는 데 큰 역할을 한다.

브라질 무예로 널리 알려진 카포에이라 또한 바이아에서 탄생했다. 이 무예는 원래 아프리카에서 온 노예들이 개발한 호신술에서 발전했다고 한다. 도나 플로르의 특기인 다양한 바이아 음식도 대개 아프리카에서 유래한 전통 음식들이다. 삼바를 비롯해 바이아에 뿌리를 둔 여러 가지 음악도 바이아 출신의 수많은 음악가들이 리우에서 활동하면서 브라질 음악을 더욱 풍부하게 만들었는데, 이것들에서도 아프리카적 색채를 엿볼 수 있다.

바이아 문화의 이런 특성들은 브라질 전역으로 확산되면서 아프로브라질 문화를 브라질 주류 문화로 만드는 데 크게 이바지했다.

오랜 전통과 문화를 자랑으로 여기면서 삶이 힘들건 절망스럽건, 늘 여유와 웃음을 잃지 않고 오늘을 살아가는 낙천적인 바이아인들의 태도는 『도나 플로르와 그녀의 두 남편』 전반에서 확인되는 문화적 특징이다. 바이아는 브라질에서 네 번째로 큰 도시이지만 지금도 사람들이 소박하고 인정이 많아서, 상파울루나 리우데자네이루와는 달리 마약이나 총기 사건 등 무서운 범죄는 많지 않다고 한다.

조르지 아마두와 바이아

브라질 현대 작가 중 가장 인기 있는 작가, 가장 많은 언어로 번역되어 널리 읽히는 작가인 조르지 아마두의 소설은 우리나라에도 몇 번 소개된 적이 있다. 일찍이 1978년 안정효 선생님이 선구적으로 아마두의 『가브리엘라, 정향과 계피 *Gabriela, Cravo e Canela*』(최근에 다시 나왔다)를 번역 출간하신 적이 있고, 1988년에 김석희 선생님의 번역으로 『죽음을 삼킨 땅*Tocaia grande*』이 소개되는 등 몇 편이 더 번역되었다.

브라질 모더니즘 작가로 꼽히는 아마두는 1912년, 카카오 생산지였던 이타부나에서 태어났다. 카카오 농장 주인의 아들로 태어나 대농장에서 노예나 다름없이 살아가는 노동자들의 고통과 투쟁을 익히 보면서 자랐다. 이런 경험은 나중에 좌파 정치 운동에 가담하면서 심취했던 러시아 프롤레타리아 문학 및 존 스타인벡 등의 미국 사실주의의 영향과 결합된다. 따라서 이런 그의 행로에서 짐작할 수 있듯이 전기 작품들은 주로 북동부 지역을 무대로 한 삶의 현장을 생생하게 묘사하는 사회성 강한 작품들이다. 아마두는 좌파 정치 활동으로 여러 차례 옥고를 치렀고 그의 책이 금지되거나 공개적으로 불살라지는 등 문학 활동의 자유를 제한받기도 했다.

1945년에 아마두는 공산당 소속으로 상파울루 주 최다 득표로 하원 의원에 당선되었으며, 의원으로 활약하면서 예배의 자유를 보장하는 법안을 기초, 통과시키는 정치적 업적을 남기기도 했다. 그러나 공산당이 국내에서 불법화되면서 망명을 떠나야 했던 그는 프랑스와 체코슬로바키아에서 몇 년을 지냈다. 이때 그의 작품들이 여러 사회주의 국가에서 번역되어 대단한 인기를 끌었다.

귀국 후 몇 권의 정치적 작품을 발표하고 나서 정치 활동을 그만두고 집필에 전념했다. 이후 1958년에 발표된 『가브리엘라, 정향과 계피』를 시작으로 그의 문학 세계는 후기 국면으로 접어들었다.

후기 작품들은 전기 작품에서 더러 나타났던 소설 기법상의 미숙함에서 완전히 벗어나, 문장 구성이나 문체의 기교가 전기 작품보다 훨씬 다채롭고 원숙하다는 평을 듣는다. 또한 후기 작품에서는 전기 작품에서처럼 정치성이 드러나지 않는다고 한다.

짐작하다시피『도나 플로르와 그녀의 두 남편』은 후기 작품에 속한다. 이 작품은 후기 작품들 중에서도『가브리엘라, 정향과 계피』와 함께 지역의 풍습과 민속 등을 소재로 다룬 작품으로 묶인다.

도나 플로르의 이야기

『도나 플로르와 그녀의 두 남편』은 구성에서나 문체에서나 고전적인 느낌이 나면서도 매우 발랄하고 유쾌하며, 발표 시점이 현재와는 시간적으로 거리가 있음에도 매우 현대적이다. 희곡과도 같은 각 장의 설명 부분은 긴 분량의 작품을 적절히 안내하는 동시에 휴지기를 주고, 내레이터가 독자들과 교류하는 방식은 고전적 수법을 연상시키면서 작품 전체에 생기와 유머를 제공한다.

주인공 도나 플로르보다 더욱 뚜렷한 개성을 지닌 매력적인 캐릭터들, 첫 남편 바지뉴와 도나 플로르의 어머니 도나 호지우다, 그리고 도나 노르마를 비롯한 여러 친구의 생생하고 익살스러운 묘사는 이 소설을 전혀 지루하지 않게 만드는 생동감의 원천이다. 아마도 조르지 아마두가 쌓아 온 이야기꾼으로서의 엄청난 내공이 한껏 발휘된 작품이 아닐까 한다.

실제로 조르지 아마두는 도나 플로르와 비슷한 처지의 과부를 알고 있었다고 한다. 난봉꾼인 첫 남편과 사별한 후 착실한 포르투갈인 남편과 결혼해서 잘 살던 그 과부는 어느 날 자신을 침대로 끌고 가려는 첫 남편 꿈을 꾼 후부터 번민에 휩싸였다.

그리고 세월이 흐른 후 아마두는 한 친구와 바이아의 거리를 걷다가, 흰 정장을 입은 채 술에 취해 어느 계단에 뻗어 있는 사내를 보고 젊은 날의 친구 바지뉴, 부유한 도박꾼이자 바람둥이였던 친구를 떠올렸다. 그리고 몇 블록 가서는 〈풍미와 예술 요리 학교〉 간판을 보게 되었고, 같은 날 오후 그와 친구는 어느 집 창가에 기댄 매혹적인 갈색 피부의 여인을 보고 황홀경에 빠졌다. 그리고 바지뉴였다면 그 여자한테 〈당신 맛을 보고 싶다〉라고 했을 거라는 생각이 들었다. 그때 문득 모든 이야기가 서로 뒤얽히기 시작했다. 그렇게 해서 아마두는 바로 다음 날부터 소설을 타이핑하기 시작했고, 〈풍미와 예술 요리 학교〉의 교장 플로르와 바지뉴, 닥터 테오도루의 이야기가 탄생하게 되었다고 한다.

아마두의 소설 가운데 영화, 연극, 뮤지컬, TV 드라마, 라디오 연속극으로 만들어진 것은 일일이 열거할 수 없을 만큼 많다. 같은 작품이 새롭게 각색되어 다시 무대에 오른 것도 많다. 베스트셀러였던 『도나 플로르와 그녀의 두 남편』 역시 브루누 바헤투 감독에 의해 영화로 제작되어 1976년 같은 제목으로 발표되었다. 이 영화는 당시 브라질 영화사상 공전의 히트를 기록했다. 영화는 세계적으로도 큰 인기를 얻었으며 여러 영화제에서 많은 상을 수상하고 수상작 후보에 이름을 올리는 영예를 누렸다. 어느 자료에서는 이 영화를 〈섹스 판타지 코미디〉로 분류하고, 또 어느 자료에서는 〈속궁합이 중요하다〉는 걸 보여 준다고 했다. 어찌어찌 구해서 본 바헤투 감독의 영화는 과연 도나 플로르의 번민, 육체적 욕망과 현실적 명예 사이의 갈등, 인간의 이중적 욕구, 본문에서 말하다시피 〈정신과 물질 사이의 무시무시한 전쟁〉에 초점을 맞추고 있었다. 원래 장르가 다르니 형식이나 문법이 다른 게 당연하고, 서로가 공유할 수 없는 고유한 특징이 있겠지만, 한마디로 말하면 영화는 브라질 요리와 음악이 잘 버무려진, 한 여성의 깔끔한 이야기였다.

110분짜리 영화에 도저히 담을 수 없는 것들, 유쾌한 풍자와 경쾌한 문체 등 문학적 장치와 기교를 제외한다면, 그것은 수많은 인간의 다양하고 생생한 모습이었고, 풍부하고 역동적인 바이아 문화였다.

비록 먼 나라, 낯선 문화이긴 하지만 소설 속 바이아 사람들의 정서는 우리의 가까운 과거와 비슷한 데가 많다. 가부장적인 사회, 가족 중심적인 사고방식, 결혼 후에 부모를 모시는 것, 손님 접대를 중요하게 여기는 문화, 미신 같은 종교들, 소박한 인정. 그런 요소들 덕에 등장인물들은 여느 서구 문학 작품 속의 인물들보다 훨씬 친숙하고 생기 있게 다가온다. 그리고 그 익살스러운 묘사 속의 휴머니즘은 젊은 날의 격한 투쟁과 간난을 거쳐 세상과 현실을 여유롭게 바라보게 된 거장의 따뜻한 눈길, 브라질 사람다운 낙천성을 느끼게 한다.

오늘날의 눈으로 볼 때, 비록 남성 중심적인 내레이션과 여주인공의 소극적인 태도가 거슬릴지 몰라도 이 작품이 1966년에 발표되었음을 잊지 말자. 사실 소설 내용 속에는 명확한 시대적 배경, 연도가 나와 있지 않다. 이 점은 소설 속 사건들을 실제보다 더 가까운 최근의 일처럼 느끼게 만든다. 브라실의 화폐 개혁 시점을 근거로, 화폐 단위나 실존 인물들의 활동 시기를 통해 시대 배역을 유추해 볼 수도 있지만, 마침 바헤투 감독의 영화 속에서는 1943년으로 설정되어 있다. 어쨌든 소설 속의 시대가 1940년대 초라고 볼 때 사랑스러운 여주인공 도나 플로르는 여권 옹호자는 아닐지라도, 시대를 상당히 앞서 나갔던 주체적인 전문직 여성이다. 실제로 조르지 아마두는 여성의 성적 욕구, 표현에 대해서 매우 개방적인 태도를 보이고 있다. 아마두의 어느 소설 속 여성이 그렇게 묘사되었다는 데 대해 그 해당 지역 주민들이 반발해서 그의 출입을 막았다는 일화도 있었다.

일일이 주를 달지는 못했지만 이 소설에서 논픽션 요소들을 찾아보는 것도 흥미로울 것 같다. 가수, 음악가, 화가 등 현실 속의 인물들이 허구적 인물들과 매우 긴밀하게 상호 작용을 하는데, 여느 작가의 소설에서보다 실제와 허구의 거리가 가깝다. 따라서 소설 속의 어디까지가 사실이고 어디까지가 허구인지 구분이 모호해지면서 전체 소설의 개연성이 더욱 부각된다. 이런 요소는 칸돔블레의 제의와 신들을 동원한 뒷부분의 판타지적 요소까지 믿고 싶게끔 만들어 버린다. 아마 이것은 이 작품에서 발휘된 조르지 아마두의 마법이 아닐까. 아울러 이런 논픽션 요소는 이 소설 자체에 바이아 사회 문화에 대한 하나의 기록서와도 같은 성격을 부여하는 것 같다.

카니발과 퍼레이드, 도박장과 호텔의 밤 풍경, 널찍한 거리들, 창가에서 밖을 구경하며 인사하는 한가로운 사람들, 칸돔블레의 각종 신과 풍습들, 사운드 트랙처럼 깔린 삼바와 모지냐 같은 대중음악들, 내내 그 냄새가 끊이지 않는 풍성한 바이아 요리들, 오랜 전통과 문화유산을 사랑하고, 푸근한 인정을 자랑스러워하는 바이아 사람들. 그리고 사랑과 욕망, 질투, 선망, 우정 등의 감정과 갈등들, 다양한 인생의 보편적 모습들. 이 모든 요소를 어떻게 한 권의 소설이란 그릇 안에 집어넣어 조화롭게 버무리고 유쾌하게 익혀 냈을까. 그것을 가능하게 했을 문학적 역량을 가늠해 보면, 세계적으로 가장 유명한 브라질 작가라는 조르지 아마두의 명성에 고개를 끄덕이게 된다. 바이아의 특색과 인생을 담아낸 작품, 『도나 플로르와 그녀의 두 남편』은 문학 작품이 한 지역의 문화를 총체적으로 갈무리함으로써 그 자체가 하나의 빛나는 문화유산이 될 수 있음을 보여 주는 대표적인 작품이 아닐까 한다.

브라질, 직항로가 없다. 송구스럽게도, 독자 여러분께 도착하게 된 이 소설도 직항 편으로 온 것은 아니다. 한글판 번역에는 해리엇 드 오니스Harriet de Onís의 번역으로 미국 하퍼콜린스의 에이번 북스 Avon Books에서 나온 *Dona Flor and Her Two Husbands* 1998년 판을 사용했다.

브라질 직항로는 여행 수요가 크게 늘지 않는 한 앞으로도 생기지 않을 것이다. 그러나 뜻이 있고 요구가 있다면 문화와 문학에서의 브라질 직항로는 언제든 더 많이 생길 수 있다. 여러 매개를 통해 브라질 직항로가 지금보다 더욱 크게, 많이 뚫리기를 기대해 본다.

조르지 아마두 연보

1912년 출생   8월 10일 브라질 바이아 주의 이타부나에서 카카오 농장 주인인 주앙 아마두 지 파리아와 에울랄리아 레알 아마두 사이에서 태어남. 한 살 때 가족과 함께 일례우스로 이사 감.

1928년 16세   사우바도르에서 고등학교에 입학함. 펠로리뉴 지역의 지저분한 집에 방을 얻음. 이때의 경험이 훗날 소설을 쓰는 데 큰 자양분이 됨. 고등학교 재학 중 신문 기자 생활을 시작했으며 문학 서클에 참여함.

1930년 18세   리우데자네이루로 가서 법학교에 입학함. 12월 첫 소설을 집필하기 시작함.

1931년 19세   첫 소설 『카니발의 나라*O país do carnaval*』를 발표함. 독자와 평단 모두의 호평을 받음.

1932년 20세   하케우 지 케이로스의 영향을 받아 좌파 정치 활동을 시작하면서 험난한 정치 여정에 들어섬.

1933년 21세   마치우지 가르시아 호자와 결혼, 딸 릴라가 태어남. 사회주의 문학의 영향을 받은 소설 『카카오*Cacau*』 발표. 초판은 경찰에 압수되었지만 외무부 장관의 개입으로 이튿날 배포됨. 아마두의 작품 중 최초로 외국어로 번역됨.

1934년 22세   바이아 펠로리뉴 지역에 사는 빈민들의 생활상을 묘사한 자연주의 경향의 소설 『땀*Suor*』 발표. 중반기부터 바이아의 콘세이상 지 페이라에서 다음 작품 집필 시작.

1935년 23세   리우데자네이루 법학교 졸업. 알베르 카뮈에게서 극찬을 받은 소설『주비아바*Jubiabá*』출간.

1936년 ^{24세} 정치 활동으로 처음 투옥됨. 리우데자네이루 감옥에서 2개월을 보낸 후 출판업자 조제 올림피우의 제안으로 새 소설을 쓰기 시작, 15일 만에 완성한『죽음의 바다*Mar Morto*』발표.

1937년 ^{25세} 3월 세르지피 에스탄시아에서 집필을 시작해, 6월 멕시코로 가는 배 위에서 탈고한 소설『모래의 선장들*Capitães da areia*』발표. 1930년대 바이아 길거리 아이들을 소재로 했으며 〈새로운 국가*Estado Novo*〉 독재 출범 직후 발표되었는데, 주인공이 프롤레타리아 투사가 된다는 내용 때문에 압수되어 불살라짐.

1941년 ^{29세} 3월 시인 아우베스의 전기『카스트루 아우베스 전기*ABC de Castro Alves*』완성. 아르헨티나로 망명 중이던 8월 출간되었으나 검열로 판금됨.

1942년 ^{30세} 반독재 지도자 루이스 카를루스 프레스치스의 전기『희망의 기사들*O cavaleiro da esperança*』이 아르헨티나 거주 중에 스페인어로 부에노스아이레스에서 먼저 출간됨. 브라질로 귀국했으나 다시 투옥됨. 3개월 후 출감되어 경찰 명령으로 바이아에서 살게 됨. 이때 다음 소설 두 편을 집필함.

1943년 ^{31세} 9월 소설『끝없는 대지*Terras do Sem Fim*』발표.

1944년 ^{32세} 브라질로 돌아온 후 아내 마치우지 가르시아 호자와 이혼.『끝없는 대지』의 후속편인 소설『상 조르지 두스 일레우스*São Jorge dos Ilhéus*』출간.

1945년 ^{33세} 브라질어판『희망의 기사들』이 상파울루에서 처음 출간됨. 정치범 사면을 위한 시위에서 이탈리아 이민자의 자손인 젤리아 가타이를 만나 재혼. 9월 가이드북『바이아*Bahia de Todos os Santos*』출간. 브라질 공산당원으로 상파울루 주 최다 득표를 기록하며 하원 의원에 선출됨. 리우데자네이루로 이사 감.

1946년 ^{34세} 소설『붉은 들판*Seara vermelha*』발표.

1947년 ^{35세} 장남 주앙 조르지 출생. 시인 카스트루 아우베스와 여배우 에

우제니아 카마라의 사랑을 중심으로 한 3막극 희곡 『카스트루 아우베스의 사랑*O amor de Castro Alves*』 발표. 재판 때부터 『병사의 사랑*O amor do soldado*』으로 제목이 바뀜. 공산당 활동 금지로 탄압이 시작되어 가족과 함께 프랑스로 망명, 3년 동안 파리에서 생활함. 이 시기 그의 작품은 특히 사회주의 국가에서 번역되어 대단한 인기를 얻었음.

1949년 37세 리우데자네이루에 있던 조르지의 딸 릴라 사망. 12월부터 이듬해 2월까지 옛 소련의 일부 지역에 대한 여행 보고서를 집필하기 시작함.

1950년 38세 가족과 함께 체코슬로바키아로 옮겨 1952년까지 지냄. 딸 팔로마가 체코슬로바키아에서 태어남.

1951년 39세 옛 소련 여행 보고서 『평화의 세계*O Mundo da paz*』 펴냄. 스탈린 평화상 수상.

1952년 40세 3월 브라질의 반독재 투쟁을 묘사한 3부작 『자유의 지하*Os Subterrâneos da liberdade*』를 집필하기 시작함.

1953년 41세 브라질로 돌아옴. 11월 리우데자네이루에서 3부작 소설 탈고.

1954년 42세 3부작 소설 『자유의 지하』 발표. 후에 이 소설을 분파주의라고 스스로 비판함.

1956년 44세 문학이 더 이상 이데올로기의 도구가 될 수 없음을 깨날음. 공산당 탈당.

1958년 46세 소설 『가브리엘라, 정향과 계피』를 발표하면서 이전의 사실주의와 사회적 주제에서 벗어나 더욱 원숙하고 향토색 짙은 소설들을 쓰기 시작함.

1959년 47세 5월 조르지 아마두의 최고 소설, 혹은 브라질 문학 최고의 소설로 일컬어지는 『킹카스 베호 다구아의 두 죽음*A Morte e a Morte de Quincas Berro d'Água*』 발표. 자부티상 수상.

1961년 49세 1월 리우데자네이루에서 다음 소설 『집은 선원이다*Os velhos marinheiros*』 탈고. 브라질 문학 아카데미에 스물세 번째로 등극. 소설 『집은 선원이다』 발표.

1963년 51세　가족과 함께 사우바도르의 히우베르멜류로 이사. 후반기부터 『밤의 목자들*Os pastores da noite*』 집필 시작.

1964년 52세　소설 『밤의 목자들』 발표.

1965년 53세　소설 『도나 플로르와 그녀의 두 남편』 집필 시작.

1966년 54세　『도나 플로르와 그녀의 두 남편』 출간.

1969년 57세　소설 『기적의 막사』 발표.

1971년 59세　프랑스 라틴 문학상 수상.

1972년 60세　3월부터 11월까지 소설 『테레자 바티스타, 전쟁에서의 귀향 *Tereza Batista, cansada de guerra*』 집필, 12월 출간.

1976년 64세　어린이 책 『고양이 말랴두와 제비 시냐*O gato Malhado e a Andoriha Sinhá*』 출간. 1948년 파리에서 아들을 위해 썼던 작품을 뒤늦게 아들 주앙이 발견했고 출판할 생각이 없었으나 화가 카리베의 권유로 발표함. 브루누 바헤투 감독의 영화 「도나 플로르와 그녀의 두 남편」 개봉.

1977년 65세　1970년대 〈새로운 바이아〉의 기치 아래 바이아가 산업화하고 인구가 증가하면서 오염이 심해지던 시기에 소설 『시골 소녀 치에타*Tieta do Agreste*』 발표.

1979년 67세　1월부터 6월까지 바이아 이타포앙의 집에서 소설 『펜과 칼, 캐미솔*Farda, Fardão: camisola de dormir*』 집필, 9월 출간. 리우데자네이루를 배경으로 한 이 작품은 유일하게 지식인들을 중심으로 한 소설임. 『도나 플로르와 그녀의 두 남편』을 바탕으로 한 뮤지컬 「사라바*Saravá*」 상연.

1981년 69세　회고록 『카카오 고장에서 온 소년*O Menino grapiúna*』 발표.

1982년 70세　이탈리아 노니노상 수상.

1984년 72세　골키퍼와 사랑에 빠진 축구공 이야기를 다룬 어린이 책 『공과 골키퍼*A bola e o goleiro*』 발표. 1982년부터 여러 곳을 옮겨 다니면서 집필했던 소설 『죽음을 삼킨 땅』 발표.

1987년 75세   바이아 펠로리뉴에 조르지 아마두 재단 하우스가 설립됨. 아마두에 관한 자료들이 수집, 보존되어 있으며 바이아 문화유산의 보호와 발전의 중심지가 됨.

1988년 76세   브라질의 노예제 폐지 1백 주년을 맞아 아프리카 문화 요소들을 다룬 소설 『성자들의 전쟁*O Sumiço da Santa*』 발표.

1989년 77세   불가리아 게오르기 디미트로프상 수상, 러시아 파블로 네루다상, 이탈리아 에트루리아 문학상 수상.

1990년 78세   프랑스의 시노 델 뒤카, 이탈리아의 지중해상 수상.

1992년 80세   1991년부터 사우바도르와 파리에서 집필한 소설 『연안 항해 *Navegação de cabotagem*』 출간. 아메리카 대륙 발견 5백 주년을 맞아 의뢰받은 소설 『터키인들, 아메리카를 발견하다*A Descoberta da América pelos Turcos*』를 프랑스에서 발표. 브라질에서는 1994년 출간.

1994년 82세   이탈리아의 브란카티상, 포르투갈어로 쓰인 작품을 대상으로 한 카몽이스상 수상.

1997년 85세   소설 『새들의 기적*O milagre dos Pássaros*』 발표. 자부티상, 문화부 장관상 수상.

1998년 86세   프랑스 소르본 대학에서 명예박사 학위 수여. 지금까지 브라질, 이탈리아, 이스라엘, 포르투갈 등지에서 10개 명예박사 학위 수여.

2001년 89세   8월 6일 사우바도르에서 사망. 유해는 화장되어 나흘 후인 여든아홉 번째 생일에 알라구이냐스 가에 있는 그의 집 정원에 묻힘.

열린책들 세계문학 091 도나 플로르와 그녀의 두 남편 하

옮긴이 오숙은 1965년 제주에서 태어나 서울대학교 노어노문학과를 졸업하고, 브리태니커 편집실에서 일했다. 현재 전문 번역가로 활동하고 있으며, 옮긴 책으로는 니코스 카잔차키스의 『러시아 기행』, 『토다 라바』, 움베르토 에코의 『추의 역사』, 시배스천 폭스의 『바보의 알파벳』, 콘웨이 로이드 모건의 『스탁』, 헬레나 레킷과 페기 펠런의 『미술과 페미니즘』, 메리 셸리의 『프랑켄슈타인』 등이 있다.

지은이 조르지 아마두 **옮긴이** 오숙은 **발행인** 홍예빈·홍유진
발행처 주식회사 열린책들 **주소** 경기도 파주시 문발로 253 파주출판도시
전화 031-955-4000 **팩스** 031-955-4004 **홈페이지** www.openbooks.co.kr
Copyright (C) 주식회사 열린책들, 2008, 2009, *Printed in Korea.*
ISBN 978-89-329-1008-6 04890 **ISBN** 978-89-329-1499-2 (세트)
발행일 2008년 4월 10일 초판 1쇄 2009년 11월 30일 세계문학판 1쇄 2021년 7월 10일 세계문학판 2쇄

이 도서의 국립중앙도서관 출판예정도서목록(CIP)은 서지정보유통지원시스템 홈페이지(http://seoji.nl.go.kr)와 국가자료공동목록시스템(http://www.nl.go.kr/kolisnet)에서 이용하실 수 있습니다.(CIP제어번호 : CIP2009003381)

열린책들 세계문학
Open Books World Literature

각 권 8,800~15,800원